DROEMER

JAKOB
BODAN

DAS SCHÖNE, WAHRE UND BÖSE

THRILLER

DROEMER

Besuchen Sie uns im Internet:
www.droemer.de

Aus Verantwortung für die Umwelt hat sich die Verlagsgruppe Droemer Knaur zu einer nachhaltigen Buchproduktion verpflichtet. Der bewusste Umgang mit unseren Ressourcen, der Schutz unseres Klimas und der Natur gehören zu unseren obersten Unternehmenszielen. Gemeinsam mit unseren Partnern und Lieferanten setzen wir uns für eine klimaneutrale Buchproduktion ein, die den Erwerb von Klimazertifikaten zur Kompensation des CO_2-Ausstoßes einschließt. Weitere Informationen finden Sie unter: www.klimaneutralerverlag.de

FSC www.fsc.org
MIX
Papier aus verantwortungsvollen Quellen
FSC® C014496

Originalausgabe April 2021
Droemer Taschenbuch

Ein Projekt der AVA International GmbH
Autoren- und Verlagsagentur
www.ava-international.de
Redaktion: Antje Steinhäuser
Covergestaltung: ZERO Werbeagentur, München
Coverabbildung: Lysenko Andrii, Dmitry_K / shutterstock.com
Satz: Adobe InDesign im Verlag
Druck und Bindung: GGP Media GmbH, Pößneck
ISBN 978-3-426-30792-2

2 4 5 3 1

Für ein Zimmermädchen im Grand Hotel Montagne ist es kein Schock, wenn es einen Mann in der Badewanne überrascht. Manchmal hat der es nur darauf angelegt. Shandy wendet sich errötend ab, um sanft und züchtig – »Sorry, Sir« – die Tür hinter sich zu schließen. Aber das Sorry, Sir *bleibt ihr im Hals stecken. Sie starrt den Mann an. Der Mann starrt zurück, starrt durch sie hindurch, starrt in das schwarze Loch im Zentrum einer fernen Galaxie.*

Die Hand vor den Mund gepresst, stürzt die junge Frau aus dem Bad. Im selben Moment gellt auch Pias Schrei auf den Flur. Die ältere Kollegin hat das Bett bezogen, ehe sie des Mannes in der Wanne gewahr wurde. Ein Arm hängt über den Marmorrand.

In Kürze betreten hastigen Schritts Senior Floor Supervisor Gitta Lobinger und ihr Chef, Executive Housekeeper Friedrich Lüthi, gemeinsam die Superior Junior Suite zum Preis von 1420 Franken pro Nacht. Die Lobinger, eine länger schon ergraute Kraft aus dem Emmental, hält sich die Hand vor die Augen, als sie durch die Badezimmertür tritt, sich jedoch keinen Schritt weiter traut. Lüthi, hoffnungsvoller Nachwuchs der Schweizer Spitzenhotellerie, fasst sich an den Schlips, als ginge es ihm selbst an die Gurgel, nachdem er einen scheuen Blick riskiert hat. Ins Telefon neben dem halb gemachten Bett tippt er die Nummer des Sicherheitschefs.

Verblüffend rasch zur Stelle, bemüht sich der endlich um den Mann in der Wanne, wenn auch vergebens. »Gopfridstutz«, flucht Ruedi Siebeneich und alarmiert den Hotelarzt. Dann knöpft er sich die Zimmermädchen vor. »Hot jemand öbbis agrührt?« Dabei schaut er nur Pia an, weil die standfester wirkt und einheimischer ausschaut. Aber sie bringt keine Silbe heraus.

»Verstande Sie Deutsch?«, wendet Siebeneich sich an ihre jüngere Kollegin und bekommt ohne weiteres Zögern Antwort.

»Wir haben aufgeräumt und sauber gemacht.« Shandy ist jung, schlank, zierlich, rabenschwarz und ihr Deutsch makellos.

Leider ist es unvermeidlich, die Polizei einzuschalten.

Doch erscheinen zunächst der Resident Manager und Direktor der Rooms Division Sebastian Häfeli, ein drahtiger, sonnengebräunter Mann, und kurz darauf der Managing Director des Hotels, ein weltgewandter Schweizer namens Harry Nilsen, am Ort des Schreckens. Sie werden zwar nicht gebraucht, fühlen sich aber zuständig. Nilsen verständigt jetzt auch Urs Tobler, den General Manager der Montagne AG.

»Es schmöckt«, stellt Siebeneich, ein früherer Polizist aus dem Kanton Graubünden fest. Ja, es riecht. Nach der Duftkerze, die auf dem Wannenrand immer noch brennt, und nach verdammt großem Ärger. Sie spricht nach Ansicht Harry Nilsens für eine gewisse »Andacht beim Abgang«. Sein auf sieben Auslandsstationen von Hobart in Tasmanien bis Kuala Lumpur in Malaysia erworbener Zynismus steht in einem gewissen Ruf.

Tobler, der oberste Boss, ist noch vor dem Arzt zur Stelle. Er greift zu dem weißen Einstecktuch in der Brusttasche seiner um den Bauch herum spannenden Anzugjacke und wischt sich den Schweiß ab, der ihm von der hohen Stirn perlt. »Selbstmord«, konstatiert er. Er ist der Erste, der diesen Verdacht ausspricht. Weil er es so sieht, nicken die anderen.

Nur Siebeneich nickt nicht. Es wäre nicht das erste Mal, dass ein Deutscher, ob prominent oder nicht, nach Zürich fliegt, um sich so komfortabel wie möglich von dieser Welt zu verabschieden. Hätten ihm wie üblich Mitarbeiter des alteingesessenen Vereins Exit geholfen, läge er nicht in der Wanne dieses grandiosen Grandhotels.

Siebeneich grummelt etwas von einem »Tatort«. Das bedeutet, dass sich die anderen verkrümeln sollen. Aber niemand geht. Selbst die Zimmermädchen hocken noch immer zu zweit auf einer weißen Sofalehne, als müssten sie einander stützen. Häfeli schickt Pia und Shandy hinunter in den Aufenthaltsraum. Sie sollen sich von Nicola einen Schnaps geben lassen und von dem Schrecken ein wenig erholen, ehe sie von der Polizei befragt werden. Nicola ist Häfelis Assistentin. Wenn die erst einmal Bescheid weiß, weiß es das ganze Hotel. Senior Floor Supervisor Gitta Lobinger steht auf dem Balkon, von der spektakulären Aussicht hat sie nur gerade nichts. Ihr ist schlecht geworden, und sie ringt nach Luft, die gottlob verschwenderisch in bester Güte zur Verfügung steht. Lüthi gesellt sich stumm zu ihr. Auch der Managing Direktor und der General Manager schweigen einander an und blicken besorgt auf Ruedi Siebeneich, als hätte der das Malheur verhindern müssen.

Endlich betritt Doktor Maximilian Odermatt die Szene, beugt sich über die Wanne und sieht danach die anderen untröstlich an. Mehr kann selbst er nicht mehr tun.

Man weiß inzwischen, wer der Mann in der Wanne ist. »Ein Düütscher«, murmelt Siebeneich. Noch dazu ein unangenehm prominenter. Das macht die Sache nicht einfacher.

I.

DAS WANNSEEKOMPLOTT

Denn das Schöne ist nichts
als des Schrecklichen Anfang,
den wir noch grade ertragen.

R. M. Rilke, »Die erste Elegie«

1

Das Geschoss hatte in einer tausendstel Sekunde das daumendicke Glas durchschlagen. Constanze berührte das Loch in der Scheibe fast mit ihrer Nasenspitze und konnte es kaum glauben: Das großformatige Bild war gar kein Foto. Vielmehr handelte es sich um eine monumentale, unfassbar genaue Bleistiftzeichnung. Die Sprünge im Glas sahen wie Gefieder aus, wie Flügel eines Todesengels. Die Zeichnung wiederum war verglast. Echtes Glas schützte die Zeichnung von der zerstörten Scheibe.

Ein Dutzend Leute standen betroffen vor dem Kunstwerk. Sie kannten die Szene in der Redaktion des Satireblatts *Charlie Hebdo* in Paris unmittelbar nach dem Anschlag. Die Täter hatten elf Menschen ausgelöscht. In dem Moment erschien in dem riesigen Einschussloch der Zeichnung der Kopf einer rot gelockten jungen Frau. Das heißt: Er spiegelte sich im echten Glas, das das gezeichnete Loch bedeckte.

Constanze drehte sich zu ihr um.

»Bitte bleiben Sie so! Nicht bewegen!«

Sie hob die Kamera. Es war nicht ganz leicht, die Frau im Schusskanal zu erwischen, ohne sich zugleich selbst zu spiegeln. Während sie sich auch noch mit der Schärfe herumschlug, schlang die Frau sich spontan ein Tuch über ihren Kopf. Damit sah sie beinahe wie eine Muslima aus. Wie albern. Constanze zögerte einen Augenblick, ehe sie auf den Auslöser drückte. Gerade noch rechtzeitig, denn schon nahm die Frau das Tuch wieder ab.

»Danke.«

»Aber gern.«

Im nächsten Raum bedeckte eine bedrohlich aufgewühlte, schwarze Wasserfläche fast die ganze Wand. Ein mit Flüchtlingen heillos überladenes Schlauchboot tauchte in ein Wellental hinab. Auch dies war eine gigantische Zeichnung wie alle Werke der Ausstellung. Davor stand wieder die Frau mit ihren roten Locken. Es war ein verblüffender Kontrast, beinahe obszön. Constanze drückte ab.

Die Frau hörte das Klicken der Kamera und schnellte herum. »Was soll das!«

Sie hatte keine Lust, es ihr zu erklären.

»Du löschst das Foto! Und zwar plötzlich.«

Um die Aufnahme zu retten, blieb ihr nichts anderes übrig, als sie ihr auf dem Display der Kamera zu zeigen. Am besten auch die anderen Bilder. Die Zeichnungen von Robert Longo an den Wänden waren schwarz und weiß, die Leute davor trugen Farbe. Das war der Witz von Constanzes Fotoserie. Ein Kampfjet brauste über den Wolken auf zwei Anoraks in grellem Orange zu. Daneben hing ein quadratmetergroßer Weißkopfseeadler mit hellem, nach hinten gewehtem Gefieder, davor die bläuliche Glatze eines Betrachters.

»Der Vogel hat eine Frisur wie Trump«, fand die Frau, die sich gerade noch aufgeregt hatte. Er gefiel ihr offenbar.

»Ist ja auch das Wappentier der USA«, erklärte Constanze.

»Toll beobachtet. Vorher fragen könntest du trotzdem, ehe du mich abschießt. Bist du'n Profi?«

War sie das? Sie bemühte sich ja gerade erst, als Fotografin Fuß zu fassen. Über dem Versuch, es zu erklären, kamen die beiden Frauen miteinander ins Gespräch und landeten im Café der Kunsthalle.

Sie hieß Freia. Ihre kupferroten Ringellocken umrahmten ein schmales, ungeschminktes Gesicht. Eine ziemlich spitze Nase ragte daraus hervor, ihr Lächeln besaß etwas Energisches, Herausforderndes, die schwarze Hornbrille vergrößerte ihre wasserblauen Augen. Über der hautengen schwarzen Stretchhose schlabberte ein langer dunkelblauer Pulli aus extradicker Wolle, darüber hatte sie noch das Tuch geschlungen. Eine Ärztin oder Lehrerin, vermutete Constanze, vielleicht Anfang dreißig. Aber damit verschätzte sie sich. Freia war erst dreiundzwanzig, hatte nicht studiert, sondern eine Hotelschule absolviert und arbeitete am Empfang des Regent am Berliner Gendarmenmarkt.

Außerdem war sie neugierig. »Und was knipst du sonst so?«

»Leute«, sagte Constanze. »Zurzeit meistens Politiker.«

Das war reichlich übertrieben. Genau genommen saß sie in der Redaktion des Nachrichtenmagazins *Magazin* und suchte Fotos aus, die andere gemacht hatten.

»Die maskieren sich doch alle. Wie kriegst du es hin, dass man sie nicht sieht?«

»Du glaubst, dass sie sich verstellen? Jemand wie Trump kann das gar nicht.«

»Der macht keine Show, der ist 'ne Show«, stimmte Freia zu.

»Du hast vorhin ja auch eine gemacht und dich wie eine Islamistin verschleiert. Ausgerechnet vor dem Tatort eines Terroranschlags. Findest du das witzig?«

»Zeig's mir noch mal!«

Constanze weigerte sich. Und prompt gerieten sie einander in die Haare.

»Was der Islam vor allem zerstört sind Frauen«, behauptete Freia.

Übertreibungen dieser Art konnte Constanze nicht ausstehen.

»Burkas haben nichts mit Terror zu tun!«, sagte sie.

»Aber hallo! Es ist dieselbe verfickte Religion.«

Von Terror verstand Constanze mehr. Sie hatte ihn selbst erlebt.

»Pass mal besser auf, was du von dir gibst!«, sagte sie.

Freia aber kam erst richtig in Fahrt. »Was ist die Mutter allen Übels?« Sie gab die Antwort gleich selbst: »Es ist die Unterdrückung der Sexualität.«

»Häh?!«

»Wenn Männer erst mal durchdrehen …«

»… weil sie nicht genug zum Vögeln haben, sprengen sie sich in die Luft? Komm jetzt bloß nicht mit dem Quatsch von den neunundsiebzig Jungfrauen.«

»Zweiundsiebzig!«, trompetete Freia und stieß die Faust in die Luft.

»Nicht so laut, die Leute gucken!«

Was war das denn? Durchgeknallter Feminismus oder islamophober Nonsens? So jemand konnte unmöglich in einem Luxushotel arbeiten, wo jede Menge Scheichs logierten. Da musste sie nicht bloß ihre Mähne bändigen, sondern erst recht ihren Mund. Doch schnell stellte Constanze fest, dass sich Freia zwar gern ziemlich drastisch ausdrückte, aber nicht fanatisch war. Sie schien einfach Spaß am Streit zu haben. Die Herren Kollegen, mit denen sich Constanze täglich in der Redaktion herumzuschlagen hatte, waren oft viel rechthaberischer. Freia dagegen strahlte etwas erfrischend Unernstes aus.

»Du hast von nichts eine Ahnung«, sagte Constanze.

Aber es klang nicht nach einem Vorwurf. Sie musste selbst lachen.

2

Heut frei. Kunsthalle. Robert Longos XXXXL-Zeichnungen nach Fotos. Brutal genau. Zum Beispiel 'ne zerschossne Scheibe bei Charlie Hebdo. *Irrer Effekt durch Vergrößerung: Man hörts quasi krachen.*

Die Tante, die mich dauernd knipst, ist ne echte Fotografin. Reg mich erst auf. Dann wirds nett. Con zeigt, was sie draufhat. Kabbeln uns über Muselmänner etc. Weiß alles besser. Muss wohl so sein, wenn man beim Magazin *ist. Quatschen uns fest und fester. Mag sie. Sie muss dann aber heim zu David. Der ist sechs. Von nem andren Mann keine Rede. Schätz sie auf knapp vierzig. Ziemlich zierlich, kurzes, strohblond gefärbtes Haar, vorlaute Nase, flinker Kopf.*

Ob wir uns wiedersehn?

3

Chefreporter Luis Brenner hielt sich für unwiderstehlich. Er gab den Naturburschen mit expressiver Einstellung zum Leben im Allgemeinen und zu Frauen im Besonderen. Sogar einen Roman hatte er verfasst, erschienen unter dem Pseudonym Randolf Haberland: »Albatros und Kurtisane«. Mit ihm hatte er seine literarische Karriere begonnen und auch gleich wieder beendet. Sein Werk hatte er ihr in einem Sternelokal am Landwehrkanal über den Tisch geschoben. Sie hatte es aufgeschlagen und gleich den ersten Satz gelesen. »Der flackernde Schein der Kerze lag auf Amandas leuchtendem Leib.« Dann aus Höflichkeit vor seinen Augen nur noch den letzten. »Und wenn sie nicht gestorben sind, dann lieben sie noch heute.«

Selbstverständlich hatte er das Exemplar mit einer Widmung versehen. *Für die vielversprechende Kollegin Konstanze.* Ihr Name falsch geschrieben mit K, vermutlich absichtlich, um den Gleichklang der Anfangssilben optisch zu unterstreichen. Welche Absichten Luis sonst verfolgte, war kaum zu übersehen. Nur konnte sie sich für das unwiderstehliche Reporterass nicht bedingungslos erwärmen.

Nicht zu nehmen war Luis die Gewissheit, dass an ihm niemand vorbeikäme. Mücke, ihre Bürogenossin, hatte mehrfach gewarnt vor ihm. Doch ließ sich Constanze nicht abschrecken. Sie wollte es sich mit ihm nicht verderben und war innerhalb gewisser Grenzen bereit, ihm Aufmerksamkeit zu schenken. Sie glaubte zu wissen, weshalb Luis sich für sie interessierte. Sie war die Ex eines echten Ex-Terroristen. Wahrscheinlich machte sie das in seinen Augen attraktiv. So eine fehlte noch in seiner Sammlung. Luis wollte alles wissen von ihr. Und wissen wollte er es auch.

Sie saßen in der gerammelt vollen Victoria Bar in Schöneberg. Es durfte geraucht werden. Er qualmte, links und rechts und hinter ihr, der Sauerstoff ging zügig zur Neige, und in der dunstigen Tiefe des schlauchartigen Raums war nicht mehr viel zu erkennen.

Weshalb sie sich auf Luis einließ?

Weil sie ihn brauchte.

Die Fotoreporterin war noch Novizin. Ein Zufall hatte sie dazu gemacht. Der Ex-Terrorist war ihr mit dem Rad buchstäblich vor die Linse gestürzt. Blutend und verschrammt hatte er sich an eine Korkeiche gelehnt. Da hatte sie noch gar nicht ahnen können, an wen sie geraten war. So hatte sie das erste Bild geschossen, das später überall gedruckt worden war. Die Geschichte war längst zu Ende. Als Fotografin aber stand sie noch immer am Anfang. Luis war ihr Chef. Wann bekam sie endlich einen richtigen Auftrag?

»Schau'n wir mal«, hatte er versprochen, mehrmals schon.

Sah nicht schlecht aus. Ein stattlicher Lackel mit einem breiten, selbstgefälligen Dauergrinsen im Gesicht, die schwarzen Haare struppig über der Stirn und hinten überm Kragen. Den bordeauxroten Cordanzug zum drei Knöpfe offenen weißen Hemd hielt er vermutlich für modisch. Anfang fünfzig. Aus dem Bregenzer Wald. Siebtes Kind eines Sägewerksbesitzers. Verstand sich darin, wie man etwas zu Kleinholz machte.

Es genügte ihm nicht, Gin Tonic zu bestellen, er musste den Barmann auch gleich noch in eine Debatte über die einheimische Ginproduktion verwickeln. Der Fachmann hinter dem Tresen empfahl *The Duke*, Luis dagegen verlangte, wenn es schon Gin aus Bayern sein musste, einen *Josef* aus der Destillerie

Lantenhammer in Hausham am Schliersee. Den führten sie in der Victoria Bar bedauerlicherweise nicht.

»Ein Manko«, fand er. Weil er mit seiner Kennerschaft und mit seiner Sehnsucht nach »Alpine Botanicals« so prahlte, bestellte sie zur Strafe ein weiteres Glas Bollinger. Der Champagner war doppelt so teuer wie der Gin. Luis hatte es nicht besser verdient.

Ihn auf Distanz zu halten, ohne ihn zu verärgern, war gar nicht so leicht. Seine Hand auf ihrem Knie ließ sie erst einmal zu. Geschenkt.

»Zeit für ein ernstes Wort«, schnurrte er.

Sie rechnete mit dem üblichen Geständnis. Du, du, nur du allein! Es war ihr egal, wie vielen anderen er das schon gestanden hatte.

»Bloß nichts überstürzen!«

Damit hatte sie ihn gründlich missverstanden. Seine Hand blieb zwar, wo sie war, nur der Text dazu wollte nicht mehr passen.

Luis nannte einen Namen. »Brög«, sagte er.

»Wer?«

»Was hältst du von Wilhelm August Brög?«

Sie atmete auf, was nicht einfach war in der verqualmten Bar.

»Der Innenminister. Was soll ich von ihm schon halten? Ich lese unser Blatt.«

»Dann ist dir klar, dass er mit allen Mitteln Kanzler werden will. Und wenn ich sage, mit allen Mitteln, meine ich das so.«

»Ist mir nicht entgangen. Brög ist der Böse im Kampf um Berlin.« Leichter Spott lag in ihrer Stimme.

»Mit Brög ist nicht zu spaßen.«

»Mit dir auch nicht.«

Er tat, als habe er das überhört.

»Worauf willst du hinaus?« Die Antwort hätte sie sich selbst geben können.

»Wir stoppen ihn«, sagte Luis.

»Geht's auch 'ne Nummer kleiner?«

»Thaddäus ruft zu den Waffen.«

Thaddäus Klein, ihr Brötchengeber, Gründer und Herausgeber des *Magazins*. Mit anderen Worten: Das Blatt ergriff Partei im Duell um die Nachfolge der Kanzlerin. Mit aller Macht gegen Brög. Das hieß deshalb zugleich, mit aller Macht dessen Rivalen Felix Hellbrück zu unterstützen.

Luis bestritt das. »Wir sind nicht blind für Hellbrück. Aber gegen Brög. Weil er die Demokratie gefährdet.«

»Akut sehe ich eine andere Gefahr«, sagte sie und schob die Hand weg, die begonnen hatte, ihren Schenkel zu kneten. »Na dann, auf in den heiligen Krieg! Erst retten wir Deutschland, dann unser Medium. In dieser Reihenfolge. Oder doch andersherum?«

»Es ist deine große Chance«, raunte Luis. Er näherte sich ihrem rechten Ohr, und da sie fürchtete, dass er ihr ins Läppchen biss, wich sie mit dem Oberkörper zurück. Er war schwer zu stoppen.

»Wir bilden eine Taskforce unter meiner Leitung. Ich hätte dich gern dabei.«

»Was würde das für mich bedeuten?«

»Dass du Tag und Nacht an nichts anderes mehr denkst.«

»Als an dich?«

»Wenn es sein muss!«

»Verstanden.«

»Wir lassen nicht locker, bis Brög im Staub liegt.«

Ob auch Thaddäus Klein sie unbedingt im Team haben wollte? Oder sich Luis bloß vor ihr aufspielte? Constanze wusste nicht recht, was sie davon halten sollte. Jedenfalls klang es nach Action. Endlich. Sie verspürte zwar keine Lust auf einen Kreuzzug, gegen wen auch immer, aber vielleicht sprang dabei etwas für sie heraus.

Alles war streng geheim. Deshalb flüsterte Luis. Sie wirkten jetzt wie ein vertrautes Paar. Niemand bekam mit, dass er ihr nur erklärte, wie Deutschland vor Wilhelm August Brög zu retten war.

Erst auf der Straße versuchte er, sie auf den Mund zu küssen. Sie konnte es abwenden, drehte sich weg. Es blieb bei zwei Küssen auf die Wangen.

4

Wieder saß sie im Archiv. Im Grunde hatte sich nicht viel geändert. Sie sammelte Informationen, suchte nach Bildern. Es war so öde wie zuvor, ob sich das Taskforce nannte oder nicht. Ob es um Deutschland ging oder nur darum, allmählich anzukommen in dieser Redaktion. Man ließ ihr ohnehin keine Wahl.

Sie las alles über Brög, was sie in die Finger und auf den Bildschirm kriegen konnte. Sie machte sich vertraut mit seinen bereits bekannten Sünden. Ob die Berichte, die sie fand, übertrieben waren, an den Haaren herbeigezogen oder teilweise sogar erfunden, konnte sie nicht beurteilen. Die unbekannten Sünden hätten sie mehr interessiert. Die aber waren Sache gestandener Reporter.

Der vorerst letzte Fall, der es um ein Haar zu einem richtigen Skandal gebracht hätte, wenn auch nicht ganz, war die Sache mit den Flüchtlingsunterkünften gewesen. Der Immobilieninvestor Heinfried Schottenleger hatte sich im Überschwang der Willkommenskultur eine goldene Nase verdient und aus einer Handvoll schäbiger Hotels Garni nicht minder schäbige, doch wesentlich einträglichere Behausungen für Flüchtlinge gemacht.

Alle Zimmer bis zur letzten Matratze ausgebucht zum stolzen Preis von 30 Euro pro Person. Acht Personen auf knapp 30 Quadratmetern machten circa 250 Euro pro Nacht mal rund 100 Zimmer – also 25 000 Euro täglich auf Kosten der Steuerzahler.

Schottenleger war nichts vorzuwerfen, er hatte sich nur marktgerecht verhalten.

Kein Geringerer als Luis Brenner persönlich war aufgrund eines anonymen Hinweises dahintergekommen, dass Schottenleger zur Riedinger-Sippe gehörte. Dessen Tante Friede Riedinger war die Gattin von Bundesinnenminister Brög. Es hatte nach einem groben Fall von Begünstigung gestunken, nach Vetternwirtschaft. Handfest belegen aber ließ es sich bis heute nicht. Die Unterkünfte hatte ja nicht der Minister persönlich gebucht. Und für das Flüchtlingschaos, das die Kanzlerin angerichtet hatte, war Brög auch nicht verantwortlich. Er hatte dagegen opponiert, aber nichts ausrichten können. Zum Glück, wie sie fand.

Brögs wachsende Anhängerschaft aber hoffte, dass er endlich putschte gegen die starrsinnige Regierungschefin aus der eigenen Partei. Die Mehrheit im Lande teilte zwar noch immer die Meinung, dass sie den Friedensnobelpreis verdient hätte. Von Brög und seinen Leuten aber wurde sie für sämtliche Plagen verantwortlich gemacht. Sie nahm die Finger beim Zählen zu Hilfe: islamistischer Terror, wachsende Kriminalität, Asylmissbrauch, überhaupt Sozialbetrug, Bildungskatastrophe, Parallelgesellschaften, Überfremdung. Machte mindestens sieben Plagen. Warten auf Moses. Auf einen starken Mann. War Brög das?

Einer aus »kleinen Verhältnissen«, war zu lesen. Sie schüttelte sich innerlich, denn dieser Ausdruck war überholt und auch nicht mehr korrekt. *Kleine* Verhältnisse gab es nicht, allenfalls *einfache*, wenn es unbedingt sein musste.

Brög und Hellbrück: Beide wollten die Kanzlerin beerben. Doch Brög schien radikaler, ruchloser, rücksichtsloser, ungeduldiger zu sein als sein Rivale und Parteifreund. Hellbrück tat zumindest so, als ob er die Regierungschefin stützen würde, solange sie im Amt blieb. Brög kam ihr schlauer und verschlagener vor. Zitate, die sie sich kopierte: »Rohdiamant, aber schwer zu schleifen« (die Kanzlerin). »Bulldozer, der sich an keine Verkehrsregel hält (Hellbrück). »Demokrat, solange ihm die Demokratie nicht im Weg steht« (Thaddäus Klein). Brög galt als »Populist«. Auch noch als »Rechtspopulist«. Was das bedeutete, hatte sie inzwischen kapiert. Ein Rechtspopulist war ein Volksverderber und Faktenverdreher. Der Fraktionsvorsitzende Felix Hellbrück dagegen war die schönste Hoffnung.

Sie schloss den Archivordner mit einem Mausklick und wechselte zur Datei ihrer eigenen Fotos, für die sich noch immer niemand wirklich interessierte.

»Wer ist das?«

Sie fuhr zusammen.

Luis hatte sich lautlos genähert, berührte sie an der Schulter, streifte ihr Haar.

»Wahnsinn!« Er schwärmte.

»Siebter Januar Fünfzehn, der Anschlag auf Charlie Hebdo«, erklärte sie.

»Das hast du geknipst?«

»Klar.«

»Great.«

Luis packte sie mit beiden Händen herzhaft an den Schultern. Es gelang ihr nicht, ihn abzuschütteln.

»Die Frau da im Kopftuch. Wer ist das?«

»Freia.«

»Eine Islamistin mit einem germanischen Namen? Sehr komisch.«

»Sieh mal das Schussloch! Fällt dir etwas auf?«

Luis beugte sich über sie zum Bildschirm hin, während seine Finger über ihre Schlüsselbeine wanderten.

»Pfoten weg, verdammt!«

Er zuckte nicht einmal.

»Es ist gar kein Foto, sondern eine Zeichnung nach einem Foto vom Tatort. Siehst du das nicht! Die Zeichnung hängt hinter Glas. In ihm spiegelt sich diese Frau.«

Zu kompliziert für Luis, nahm sie an.

»Die Kopftuchtante da hast du inszeniert?«

»Kann man so nicht sagen.«

»Du willst mir doch nicht erzählen, dass sie zufällig genau da steht?«

»Von solchen Zufällen leben wir.«

»Darauf muss man erst mal kommen. Dein Bild ist eine Bombe, Sweetheart. Es gehört ins Blatt.«

»Unsinn.«

»Besser kann man die ganze Hysterie nicht darstellen.«

Das sagte der Richtige. So lange war es noch nicht her, da hatte Luis Titelgeschichten produziert, die unter so schreienden Schlagzeilen erschienen waren wie *Der heilige Hass – der Islam fordert die Macht.* Oder *Mekka Deutschland.* Das sollte jetzt alles nicht mehr wahr sein.

»Hast du noch andere Talente?«

»Klar«, sagte sie.

Sie hätte ihm gern weitere Fotos gezeigt.

»Dann los!«

Während sie ihre Ausbeute vorführte, atmete Luis in ihr Haar und walkte ihre Schultern.

Wenn es denn zu etwas gut war.

5

Con hat ihrn Knirps dabei. Süßer, kleiner Wirbler. Unersättlich nach Action und Torte. Quetscht mich mit vollem Mund aus.

»Wohnst du im Hotel?«

»Arbeite dort nur.«

»Musst du Koffer schleppen?«

»Seh ich aus, als müsste ich das?«

»Du bist groß und stark.«

Hüpft mir auf den Schoß und checkt meine Muckis.

»Zimmer aufräumen musst du auch?«

»Nur mein eignes.«

»Muss ich nicht.«

Er findets lustig, Con nicht so.

»Darf ich dich mal besuchen?«

»Nur, wenn du zuvor auch dein Zimmer aufräumst.«

»Was machst du, wenn du nicht aufräumst?«

»Leute begrüßen, einchecken, auschecken.«

»Einchecken?«

»Anmelden. Lass mir die Pässe zeigen.«

»Bist du Polizist?«

»Klar.« Nehm den Bengel zur Strafe in den Polizeigriff.

Alles dreht sich um ihn. Wir drehn uns um ihn.

»Ein Segen, der Kleine«, sagt Con.

Mag ihn.

In ner Atempause rückt sie damit raus: Das alberne Foto mit dem Einschussloch soll gedruckt werden, nicht ohne mein o.k. Bin zwar nicht zu erkennen, aber dagegen.

»Ist doch bloß symbolisch«, meint sie.

Egal, bei Fake mach ich nicht mit.

Dann kommt mir ne Idee: »Ich wär gern mal dabei, wenn du Politiker knipst.« (Knipsen kann Con nicht leiden, sie FOTOGRAFIERT.)

Das ist der Deal.

6

Sie saß in einem winzigen Kabuff mit Glaswand zum Flur. Obwohl der Platz der abwesenden Kollegin Mücke gegenüber gerade frei war, pflanzte Luis sein Gesäß auf ihre Schreibtischkante. Wohin sonst.

»Wir trauen es dir zu«, verkündete er.

»Wir?«

Also hatte er mit Klein gesprochen. Und erwartete auch noch, dass sie ihm vor Dankbarkeit um den Hals fiel. Sie konnte sich gerade noch zurückhalten. Obwohl sie innerlich jubelte. Endlich ein konkreter Auftrag, und was für einer! Sie durfte Brög fotografieren. Für die Geschichte, die ihm den Rest geben sollte.

»Du kriegst eine halbe Stunde mit ihm, nachmittags um fünf, im besten Büchsenlicht.«

Luis hatte das Shooting mit Brögs Büro bereits arrangiert. Shooting – ein Wort von doppelter Bedeutung. Er bimste ihr ein, worauf sie unbedingt zu achten hatte, wenn sie den Minister vor die Linse bekam. Am liebsten wäre Luis eine Diktatorenpose mit Napoleonhand im zugeknöpften Jackett oder so etwas.

»Lass dir was einfallen!«

»Ich zeige bloß, was ich sehe«, murrte sie.

So konnte sie ihm nicht kommen.

»Stell dich nicht so an!«

»Brög ist nicht blöd«, verteidigte sie sich.

»Aber eitel. Das ist unsere Chance.«

»Klar. Er hat nur auf mich gewartet.«

Noch einen Rat gab Luis ihr mit auf den Weg: »Zieh dir was Hübsches an.«

»Blödmann!«

»Was Nettes, Adrettes. Du weißt schon.«

Sie wusste.

7

Con sucht ne Assistentin und denkt an mich. Wow!

»Zu dumm. Der Dienstplan«, sag ich.

So ne Gelegenheit kommt nicht wieder. Das Problem ist aber nicht der Dienstplan. Sondern Francesco Schlageder, Spitzname Schlagobers. Zuletzt leider Magerkost. Wo bleib ich zwischen sei-

nen Sauteusen? Hat geschickte Hände – beim Filettieren von Makrelen. Aber könnt mein Küchenchef nicht auch mal überkochen! Sind an seim freien Tag zum Sport verabredet. Strampeln nur noch nebeneinanderher.

Lass mein schlechtes Gewissen kurz mal aufschäumen und sag dann ab. Ihm sag ich ab. Der Fototermin kommt grad recht. Kein Sport mit Franz, keine Sauna und auch nicht das weitere Programm. Stattdessen Brög. Gespannt auf die Show, die der abzieht.

Vielleicht verzeiht mir mein Diät-Schlutzkrapfen ja noch mal. Es geht nicht anders.

8

Als sie die Dachterrasse des Reichstags betraten, frischte der Wind auf.

»Wie bestellt«, jubelte Constanze.

Brög mit fliegenden Haaren vor wehenden Fahnen. Im Hintergrund das Kanzleramt. Dort wollte er rein. Musste nicht erst am Zaun rütteln, um es der Welt kundzutun. Die Welt hatte es längst kapiert.

Ihr war es egal. Sie wollte ein gutes Foto fabrizieren, nicht Brög denunzieren. Es fing an zu tröpfeln.

»Ihr lasst mich auch noch im Regen stehen!«, beschwerte sich Brög.

Ihr gefiel es.

»Sie trotzen den Elementen«, sagte sie, um ihn bei Laune zu halten.

»Ihr wollt mich nur nass machen!«, gab er zurück, wollte aber kein Weichei sein.

»Das Brausen der himmlischen Heerscharen!« Sie tat begeistert.

»Himmeln Sie mich ruhig an!«

Dabei sah er aber Freia an.

Die hatte keine leichte Aufgabe. Sie musste den Reflektor festhalten, eine metallisch schimmernde Stoffscheibe. Fast schlug der Wind sie ihr aus den Händen. Sie sollte damit das gleißende Sonnenlicht, das zwischen den Wolkentürmen hervorbrach, auf Brög lenken. Und wenn sie auch noch dazu beitragen könnte, die Atmosphäre ein wenig zu lockern, war Constanze happy.

Eine Besuchergruppe verfolgte das Schauspiel unter einem Dach aus zerzausten Taschenschirmen. Brög hob den Arm zum Gruß und erntete prompt Beifall.

»Zu mir herschauen, bitte!«, mahnte sie.

Auch die Wolken spielten mit.

»Tolle Stimmung. Zwischen Apokalypse und Endsieg.«

»Bloß zwischen nass und pudelnass«, gab er zurück.

Sie spürte, dass seine Geduld aufgebraucht war. Der Regen hatte zugenommen. Freia schlug sich geschickt, hielt den Reflektor als Schirm über Brög. Er hakte sich bei ihr ein. So huschten sie unters nächstbeste Dach.

»Wir müssen Sie jetzt aber ganz schnell trockenlegen«, sagte er.

Dass ihm seine Beschirmerin gefiel, war nicht zu übersehen. Constanze war fast ein wenig eifersüchtig. Um Brög sorgte sich jetzt auch einer seiner Mitarbeiter. Der hatte sogar ein Handtuch in der Aktentasche mitgebracht. Der Minister reichte es aber sofort weiter an Freia. Dann erst schälte er sich aus seiner nassen Jacke. Das Hemd klebte ihm am mächtigen Leib, als er sie nach ihrem Namen fragte.

»Freia.«

»Goldene Äpfel wachsen in ihrem Garten«, sagte er.

Constanze kannte den Spruch. Er stammte von Fafner, einem Riesen, der an Freia Interesse zeigt, immerhin eine Göttin. Wagner, »Rheingold«. Brög hatte einen Beweis seiner Bildung zum Besten gegeben.

Wenn er es nötig hatte.

Die Göttin strahlte. War es möglich, dass sie den sexistischen Unterton gar nicht mitbekommen hatte?

9

Besoffen sei Brög gewesen, behauptet Con. Von mir! Allenfalls besoffen von sich selbst, sag ich. Das außerdem, meint sie.

Er ist ganz anders als erwartet. Erscheint größer als im TV, massiger, körperlicher, lockerer. Ohne Bodyguards auf dem Dach. Wir beide patschnass. Er reicht mir sein Handtuch. Trocknet mir auch noch die Brille. Mag es. Nur die Nummer mit Freias goldenen Äppeln kann er sich schenken. Con kann bloß den machtgeilen Macho sehen. Kennt ihn gar nicht. Hat bloß alles Mögliche über ihn gelesen.

Zu 'nem Appelstrudel lädt er ein. Aber hallo!

Kriegt meine Nummer.

10

»Lass sehen!«

Luis beugte sich über ihre Schulter und starrte auf den Bildschirm. Wenigstens seine Wichsgriffel hielt er diesmal im Zaum, weil Mücke mit im Zimmer saß.

»Daraus lässt sich was machen«, stellte er fest.

Sie war sich nicht sicher, wie brauchbar ihre Bilder waren. Die Nässe, das fahle Licht, die Unruhe auf dem Dach: schwierige Bedingungen. Wenigstens scharf waren die Aufnahmen, die stürmischen Luftmassen glasklar. Die Haare standen Brög wie elektrisiert zu Berge. Es sollte aber nicht bloß komisch aussehen, sondern seinen energischen Machtanspruch zum Ausdruck bringen.

»Kann man ihn wirklich so zeigen?«

Ein wenig zweifelte sie noch immer.

»Daraus lässt sich was machen«, hatte Luis gesagt. Sollte wohl ein Kompliment sein. Sie war bisher nicht gerade damit verwöhnt worden.

»Brög sollte dir dankbar sein. Sehr dezent, seine Heldenpose.«

Das war auch kein richtiges Kompliment. Das Foto sprang die Leute nicht direkt an, wollte er sagen. Das wusste sie auch.

»Good Job!«, lobte er sie gönnerhaft.

»Klein gefällt es sicher nicht«, meinte sie.

»Deine Aufnahmen sind eben anders. Nicht das Übliche.«

Ein großes Lob war das nicht. Luis eierte herum.

»Dein Talent ist kaum zu übersehen.«

»Kaum.«

»Dein Blick auf's Wesentliche.«

»Schon gut.«

Sie hatte das Bedürfnis, ihm als Entschädigung für seine Enttäuschung ein nettes Wort zu schenken. Aber so richtig gelang es nicht.

»Möchtest du auch fotografiert werden von mir? Mit meinem Blick fürs Wesentliche?«

Das war eher Spott. Mücke hob aufmunternd den Daumen.

»Du meinst …?«

»… dass du mein Bild als Autogrammkarte verwenden könntest.«

Er zog wortlos ab. War er eingeschnappt? Constanze und Mücke bogen sich vor Lachen.

Der Kollegin hatte sie ihre Ausbeute zuvor schon gezeigt. Ihr gefielen sie, aber sie hatte auch eine skeptische Reaktion vorausgesagt.

»Mach dir nüscht draus«, sagte sie.

Ihre Standardfloskel. Eleonore Mücke-Sattler, die für gewöhnlich kratzbürstige Kabuffgenossin, stärkte ihr hin und wieder den Rücken, wenn sie mitbekam, wie Luis um sie herumschnurrte. Sie war ein filigranes, rastlos herumschwirrendes Wesen von feministischem Furor und unstillbarem Durst nach dem Blut der Mächtigen. Constanze kam mittlerweile einigermaßen mit ihr klar. Obwohl sie von ihr Conny genannt wurde. Vergeblich hatte sie es sich verbeten. Wenn es schon eine Kurzform sein musste, dann lieber Freias Con.

Keine halbe Stunde später erschien Luis schon wieder, diesmal mit Thaddäus Klein im Schlepptau. Ein schmächtiger Mann mit großem Kopf. Schütteres, nach hinten gekämmtes, mausgraues Haar. Anfang sechzig. Wie fast immer trug er anthrazitgraue Flanellhosen zum marineblauen Blazer mit goldenen Knöpfen, am linken Ärmel fehlte einer. Gab es denn niemanden, der sie ihm annähte? Wäre er nicht der große Klein, würde er kaum auffallen. Das hatten lebende Legenden ihren Zeitgenossen voraus: Man sah in ihnen immer mehr, als zu erkennen war.

Klein wollte ihre Fotos sehen und feststellen, ob sie dazu taugten, Brög zu beschädigen. Sie befand sich nicht auf dem Kriegspfad gegen den Politiker. Sollte Klein mit ihren Bildern machen, was er wollte, Hauptsache, er machte etwas. Sie klickte ein Foto nach dem anderen auf den Bildschirm.

Vom obersten Boss kam eine Weile kein Mucks. Gern hätte sie in seinem Gesicht gelesen, aber sie traute sich nicht, in anzuschauen. Fast war sie schon durch mit ihrer Ausbeute.

»Zeich noch amol!«

»Das da?«

»Des davor.«

»Doch nicht das!«

Das davor ist missraten, dachte sie. Brög winkte der Besuchergruppe zu. Man hatte ihn erkannt, das erfreut jeden Politiker. Die Gruppe selbst war auf dem Foto gar nicht zu sehen, nur

Brög, der den rechten Arm hob, mit offener Hand grüßte und dazu sein etwas großspuriges Seht-her-ich-bin's-Lächeln zeigte.

»Genau des«, sagte Klein.

Jetzt sah sie doch fragend auf zu ihm.

»Gugg dir den Brööch bloß an!«

Ihr war schon klar, was ihm gefiel. Deshalb hielt sie den Schnappschuss ja für unbrauchbar. Es sah aus wie … Ja, aber es war gar kein richtiger Nazigruß. Wenn man wusste, dass Brög der Besuchergruppe zuwinkte, war das abwegig. Brögs Geste bedeutete etwas ganz anderes als das, was Klein sichtlich entzückte.

Er sprach sein Zauberwort: »Fulminand!«

Fulminant gab es in unterschiedlichen Abstufungen. »Leider ned fulminand gnuuuch« oder »fast scho a weng fulminand«. Jetzt aber wiederholte er: »fei werglich fulminand«. Es war ein Orden, den Klein ihr verlieh.

Sie hätte eine andere Aufnahme vorgezogen, die mit den fliegenden Haaren vor der wehenden Fahne, die auch Luis am besten gefallen hatte. Aber wenn der Chefreporter seinem Arbeitgeber nicht widersprach, verzichtete sie besser auch darauf.

Klein tippte mit dem Finger auf Constanzes Bildschirm.

»Des do mach ma groß!«

»Great«, sagte Luis.

11

Er. Ist. Es.

»Brög. Wim Brög.«

Es läuft was heiß den Rücken runter.

»Wie gehts den goldenen Äpfelchen?« Er lacht. Kriegt sich nicht mehr ein.

Fang mich und sag: »Machen Sie das mit jeder Frau, die ein wenig Licht auf Sie lenkt?«

»Was mach ich denn?«

»Rufen einfach an.«

»Kommt nicht so oft vor.«

»So oft nicht.«

»Glauben Sie bitte nicht alles, was erzählt wird.«

Die Stimme tief, angenehm. Mag sie.

Schnurrt: »Es gibt ja nicht bloß den Politiker.«

Ne winzige Pause, ich halt die Luft an.

»Wovon ich Sie gern überzeugen möchte.«

Das ist dreist. Umwerfend dreist.

»Nö, danke.« Das wars dann wohl.

Kaum ne Stunde später kommt ne Flasche Appelschnaps per Kurier. Noch nie hat mirn Mann Schnaps verehrt. Auf der Karte mit der Hand: »Der Sinn des Lebens besteht nicht darin, immer nur Sinnvolles zu tun.« Aber hallo! Hat er sich das selbst ausgedacht?

12

So genau wollte es Constanze gar nicht wissen. Freia nötigte ihr fast auf, dass der große Brög es auf sie abgesehen hatte. In ihrer Stimme gespielte Empörung. In Wahrheit gab sie mit ihrer Eroberung an, nannte ihn bereits Wim.

»Was sagst du dazu!«

Was sollte sie schon sagen? Freia war eine erwachsene Frau. Sie musste wissen, was sie tat. Sie benötigte ihren Ratschlag nicht. Stell dir den Obstler als Trophäe ins Regal und vergiss den Rest, wäre passend gewesen.

Sie musste blind und taub gewesen sein auf dem Dach des Reichstags, allein mit ihrer Kamera beschäftigt, mit dem Wind, dem Regen, mit der schwindenden Laune der Herrn Ministers. Rein gar nichts war ihr aufgefallen. Freia hatte das Sonnenlicht auf Brög gelenkt. Gut gemacht! Und jetzt war der Herr die Sonne, um die sie kreiste.

Hatte sie sich etwas vorzuwerfen? Sie hatte Freia ja nicht verschwiegen, mit wem sie es zu tun hatten. Mit einer Gefahr für Deutschland. Mit einem, der seine Finger von nichts lassen konnte, was ihm gefiel. Zum Beispiel von der Macht. Mit so einem bändelte man nicht mir nichts, dir nichts an.

Freia aber war von sich selbst begeistert.

Constanze erlaubte sich am Telefon lediglich den zarten Hinweis: »Wenn du nicht aufpasst, gerätst du mit deinem Meister Wim in Teufels Küche.«

»Wir haben nur telefoniert. Ein einziges Mal. Und mein Meister ist er noch lang nicht.«

Dann sagte sie noch: »Wär ich nur halb so versaut wie du, würd ich mich von eurem Scheißblatt dafür bezahlen lassen.«

Es wäre tatsächlich ganz einfach. Freia müsste nur zum Schein einen klitzekleinen Schritt weiter gehen und es herumerzählen. Mit so einer Affäre könnte sie dem Kanzleraspiranten die schönste Schwulität aufhalsen.

Sollte sie Freia wirklich dazu raten? Stopp! Allein der Gedanke verriet, wie der Job beim *Magazin* ihr allmählich den Anstand raubte. So verdorben war sie also schon.

Auf etwas so Schändliches würde sich Freia sicher niemals einlassen.

»Hätte dir nix erzählen dürfen«, sagte sie.

»Das hättest du gar nicht ausgehalten, Süße. Aber mach dir keine Sorgen. Ich bin kein Paparazzo und sag auch zu niemandem ein Sterbenswörtchen.«

»Um ihn abzuschießen, ist euch alles recht.«

»Du hast mich nach meiner Meinung gefragt, und hier ist sie. Mach, was du für richtig hältst. Aber sei dir im Klaren darüber, auf was du dich einlässt.«

»Auf gar nichts hab ich mich eingelassen.«

»Brög hat dir bloß mächtig imponiert.«

»Sagen wir's so: Er ist mir nicht unsympathisch.«

Freia klang trotzig.

Da war mehr. Sie ließ sich nicht täuschen. Und was auch immer nun geschah, brachte Constanze in eine Zwickmühle, in einen blöden Loyalitätskonflikt. Wüsste Klein, was aus dem Fotoshooting zu werden versprach, hätte er ihr ein noch strahlenderes Fulminand geschenkt, ein Fulminandissimo. In seinen Augen musste es so wirken, als hätte sie dem Innenminister einen rotblonden Lockvogel serviert. Eine ganz Durchtriebene diese Constanze, wirklich ein Talent.

Zum Glück hatte sie Freia nicht offiziell als Assistentin engagiert, sondern einfach mit auf den Reichstag genommen. Ihr Name tauchte auf keinem Formular auf, es existierte kein Honorarvertrag. Zu sehen war sie allenfalls auf der einen oder anderen Facebook-Seite der Besuchergruppe.

Noch war ja nichts Nennenswertes passiert, nahm sie an. Wenngleich nicht damit zu rechnen war, dass es Brög mit einer Flasche Apfelbrand bewenden ließ. Er würde mit Freia den Sinn des Lebens durchbuchstabieren wollen.

Auf seine Art.

»Sag hinterher bitte nicht, ich hätte dich nicht gewarnt.«

13

Erst mal sehn, obs das Leben gut meint. Kann dann immer noch bereun. Bin ich so naiv, wie Con behauptet? Hab bisher immer nur Sachen bereut, die ich mich nicht trau.

Schon klar, dass sich ein Brög nicht mit ner unbekannten Lady überall blicken lassen kann. Treffen uns bei nem »Freund«, der die Grundsatzabteilung im Ministerium managt. Scheint keine super strengen Grundsätze zu haben.

Kleine »gemütliche Runde«, heißt es. Für das »leibliche Wohl«

sei gesorgt. Altmodisches Deutsch, mag es. Gegen Leibliches nichts einzuwenden, wenns mit Wohl verbunden.

Die Linienstraße: schmal, baumlos, renovierter Altbau. Stellmacher steht auf dem Schild. An der Tür: »Bodo«. Bin offenbar der erste Gast. Wenn die gemütliche Runde so überschaubar bleibt wie die Käseplatte … Rühr ohne Wim nix an, bloß den Rosé zum Anwärmen. Wo bleiben die anderen?

Plötzlich steht er im Raum, hat nen Schlüssel. Wangenküsse, geschäftsmäßig. Die Runde komplett. Erst 3 dann 2, weil Abteilungsleiter Bodo zu seinen Grundsätzen muss.

Also noch gemütlicher … Sollte die Notbremse ziehn.

Der Sinn des Lebens besteht nicht darin, immer nur Sinnvolles zu tun. Seine Worte. Und: »Ich bin nicht bloß Politiker.« Unnötigerweise wiederholt er es.

Ob er auch an die Politik denkt, wenn er mit einer in die Kiste steigt? Stell ihm die Frage so nicht, stell sie mir selbst. Erst mal Small Talk. Wofür er sich sonst noch interessiert?

»Hammerwerfen.«

»Hammerwerfen!?!?«

»Eine 7,2 Kilogramm schwere Stahlkugel an einem 1,2 Meter langen Stahldraht.«

Also gut, plaudern wir über Hämmer, die man aus der Drehung heraus schleudert. Weltrekord bei etwas mehr als 84 Metern, erklärt er.

Seine Bestmarke? Knapp 59 Meter. Wär 1936 noch Weltrekord und Olympiagold gewesen.

»Aber ganz so lang betreib ich den Spaß noch nicht.«

Haha. Will er mir mit so was imponiern?

Reine Kraftsache?

»Falsch. Eine Frage der Geschwindigkeit.«

Die Besten mit ner Abwurfgeschwindigkeit von 30 Metern pro Sekunde. Ein Meter mehr oder weniger macht fünf Meter Weite aus bei einem idealen Abwurfwinkel von 44 Grad. Hab ich gelernt.

Größe also von Vorteil? Wim misst wenigstens eins neunzig.

Er bestreitet es. Abflughöhe ohne Bedeutung. Doch Reichweite entscheidend. Sie bestimmt den Kreis, den die Kugel beim Drehen beschreibt, und damit ihre Geschwindigkeit. Das weiß ich jetzt.

Obwohl ichs so genau gar nicht wissen will.

Dann wieder son goldner Satz: »Die Kunst besteht darin, im richtigen Moment loszulassen. Kraft braucht man nur, um die Fliehkräfte auszuhalten.«

Wie im richtigen Leben.

Verzückt schaut er mich an. Großer Kindskopf oder noch größrer Angeber. Falls es stimmt, dass Politiker sich am liebsten selbst zuhören, wär er ne Ausnahme. Er hört zu. Mir hört er zu.

Seine Fragen – als säß ich auf ner Besetzungscouch. Was ich mach, wieso nix andres, weshalb im Hotel? Wieso, warum? Weil ich rauswill, raus in die Welt. Wohins mich zieht, will er auch hörn. Tut, als koste es ihn einen Anruf, mir jeden Wunsch zu erfüllen. Hab ihn um gar nix gebeten und auch nicht vor, es zu tun.

Also: »Bist du verheiratet?«

»Ja. Und?«

Er muss sich nicht dumm stellen.

»Was sagt Frau Brög zu deinem ...«

»Was denn?«

»... Lebensstil.«

Scheint dem Ausdruck nachzulauschen.

»Oder Lebensgier.«

Grinst mit geschlossnen Augen wien Buddha.

»Weiß sie Bescheid?«

»Sie ist eine sehr eigenständige Frau.«

»Was dir entgegenkommt.«

Entgeht ihm mein Sarkasmus?

»Würd sie gern kennenlernen.«

»Darauf würde ich es lieber nicht ankommen lassen.«

Dann dreht er den Spieß um. Ob ich »gebunden« bin oder nicht?

Was soll das denn sein? Keine Antwort. Keine Silbe über Schlagobers.

Nur um ihn zu testen, sag ich: »Angenommen, ich leb mit ner Frau zusammen.«

Er raschelt mit den Augen. Geht das? Er kanns. Und ich mags.

Das Rascheln nicht leicht zu entziffern. Heißt es: »Ich bin doch nicht von gestern« oder »Dann bring deine Freundin halt mit«? Isn Scherz. Er durchschaut ihn: »Ihr habt nur eine Wohngemeinschaft.«

»Das hast du geraten!«

»Gehofft.«

Sein angenehm rollendes Lachen ist mir schon aufm Dach aufgefallen. Klingt unbekümmert.

»Ein Zimmer ist in der WG gerade frei. Möchtest du dich bewerben?«

»Nette Vorstellung.«

»Du träumst!«

»Ja, ich träume. Von dir.«

Hält sich dann aber, was das Träumen betrifft, zurück. Auch beim Wein. Will die Kontrolle nicht verlieren. Kommt mir beinah gehemmt vor. Von seinem berühmten Brachialcharme nicht mehr viel zu spüren.

Mag auch, wie er redet.

Über den Sinn des Lebens. Ob er den schon gefunden hat?

»Wenn es so weit ist, hänge ich die Politik an den Nagel.«

Sagts und schaut mich seltsam an.

Nix passiert in dieser Nacht.

Nix von Belang.

14

Nicht wenige Berliner hatten ihre Stadt den Touristen überlassen und sich ins Havelland, in die Uckermark oder in den Spreewald verzogen. Constanze verspürte keine Lust, sich mit Abertausenden an den Wannsee oder eine der anderen Pfützen zu legen. Die Berliner Straßen waren am Sonntag nicht stark belebt, also auch nicht so gefährlich wie unter der Woche, und dazu war auch endlich noch das Wetter brauchbar genug, um mit David die versprochene Tour auf Rädern zu unternehmen.

Er ging inzwischen auf eine Ganztagsschule. Den Platz dort zu ergattern, hatte sie Nerven und Geld gekostet. Nun gab es Mütter von Schulfreunden und manchmal sogar dazugehörige Väter, die David abholten und sich um ihn kümmerten, wenn sie noch in der Redaktion saß. Auch wenn ihr das schlechte Gewissen blieb. Sie durfte das Bürschlein nicht auch noch am Wochenende allein lassen.

Luis hatte einen Ausflug nach Hamburg vorgeschlagen. Aber auf ihre Frage, was machen wir dort mit David, war ihm außer »Schiffe gucken« nichts eingefallen.

»Dann bleiben wir in Berlin«, hatte sie bestimmt.

Sie hatte sich vorgenommen, Luis zur Abschreckung einen Familiensonntagnachmittag zu verpassen. Vielleicht war dann Schluss mit seinen Avancen. So weit war es schon gekommen, dass sie sich hinter dem Kind verschanzte. Ihr Privatleben war zwar ein Trockental, Luis aber nicht der Regenmacher, nach dem sie sich unbedingt verzehrte. Er hatte ein großes Maul und manchmal seine Finger nicht im Griff, war aber kein übler Kerl. Und sie war ehrgeizig, doch nicht aus Pappe.

Als Luis an der Tür klingelte, wollte sie ihn gar nicht erst in die Wohnung lassen. Kreuzberg, Landwehrkanal, Paul-Linke-Ufer, nach Berliner Maßstäben fast schon eine mondäne Adresse. Sie kam mit David gleich runter.

»Fahren wir in den Zoo!«, schlug er vor.

»Ich weiß nicht.«

»In den Zoo, in den Zoo!« David hüpfte vor Freude.

»Luis macht dir den Affen. Dazu müssen wir nicht in den Zoo«, sagte sie in einem Ton, den der Sprössling nicht verstand.

»Warum denn nicht in den Zoo?«, widersprach Luis.

»Wenn es unbedingt sein muss.« Sie gab mal wieder nach.

Er beantwortete David hundert Fragen und tat, als gäbe es kein größeres Vergnügen für ihn, als Kamele, Löwen und Krokodile zu beobachten. Zu jeder Tierart fiel ihm eine seiner tollen Reisen ein, von denen er erzählen und mit denen er prahlen konnte. Große Augen schwatzte er dem Kind in den Kopf.

»Fahren wir auch mal in den Urwald?«

»Machen wir«, versprach Luis. »Wenn deine Mami nichts dagegen hat.«

Sie fand Zoos zum Gähnen und hatte sogar ihre Kamera zu Hause gelassen. Eigentlich wollte sie nur entspannen. Wenigstens kümmerte sich Luis um das Kind. Es ließ sich von ihm sogar an die Hand nehmen. Die beiden verstanden sich prächtig. Anschließend teilten sich die Männer im Biergarten am Neuen See eine Pizza, und der Knirps durfte vom Bier nippen. Von da an hatte sie endgültig die Macht über ihn verloren. Luis mietete ein Ruderboot. Jetzt ließ er auch noch den Naturburschen von der Leine, zog die Joppe aus und zeigte seine Muckis.

David wünschte sich schon länger ein Schlauchboot. Eines von diesen Dingern, die nachmittags auf dem Landwehrkanal schaukelten, mit jungen Leuten besetzt, die an Flaschen nuckelten, kifften oder dösten. Luis bestärkte ihn darin. Etwas anderes hätte sie auch gewundert. Das Christkind brachte womöglich so ein Boot, stellte Luis in Aussicht. Was sollte das denn!

Der Ausflug erwies sich somit als kontraproduktiv. Er schreckte Luis nicht ab. Bitte nicht schon wieder ein Mann, den sie sich von David aufschwatzen ließ! Auf diese Art war sie schon in den Armen des Ex-Terroristen gelandet.

Um ein Thema machte sie die ganze Zeit einen Bogen. Sie war nicht im Dienst. War sie verpflichtet gewesen, ihrem Chef davon zu berichten, was sich zwischen Brög und Freia anbahnte? Ihre Antwort war ein klares Nein. Selbst wenn Luis dahinterkommen sollte, würde sie abstreiten, davon gewusst zu haben. Sie würde selbstverständlich Freia schützen, so gut es ging.

»Und jetzt?«, fragte er, als sie endlich zurück waren.

Das hätte Constanze auch gern gewusst.

»Schon Pläne für den Abend?«

»David muss unbedingt zur Ruhe kommen.«

Sie schickte Luis weg. Unerbittlich. Fast war sie stolz auf sich.

15

Was mir auf den Zeiger geht: Cons Neugier.

»Hat er es probiert?«

»Was probiert?«

»Komm schon!«

»Geht dich nix an.«

»Wie kann man nur so blauäugig sein.«

»Herr Brög hat mir ein Taxi bestellt und mich sittsam zur Tür geleitet.«

»Oho! Geleitet hat er dich auch.«

Und so weiter und so fort.

Con eifersüchtig? Hört sich so an.

Sie gibt keine Ruhe. Ihre Ratschläge gehen mir am Arsch vorbei. Weiß schon, was ich tu. Was soll der Quatsch mit dem Altersunterschied? Spielt der noch irgendwo ne Rolle? Hab ich ne Macke, bloß weil ich mich nicht mit jungen Hüpfern langweilen will?

Hatte ihr blöderweise von meim »Schicksal« als Scheidungskind erzählt. Dafür kübelt sie mir ne Ladung Küchenpsychologie übern Kopf. Alles Bullshit. Wim ist kein Ersatz-Daddy, noch nicht maln Sugardaddy. Wenn jemand nen Knall hat in dieser Beziehung, dann ist Con es. Ihr Alter wurde von RAF-Leuten abgeknallt, als sie sechzehn war.

Totschlagargument 2: »Herr Brög ist verheiratet und hat zwei Kinder.«

16

»Ungenießbar!«

Angeekelt schob sie den Teller auf dem senffarbenen Plastiktablett zur Seite. Der vegane Biobratling knirschte zwischen den Zähnen, so trocken wie er war.

Mücke grinste: »Mach dir nüscht draus.« Sie saß vor einem panierten Schweineschnitzel und hatte die bessere Wahl getroffen.

Am Kantinentisch drehte sich die Debatte mal wieder um den großen Kampf. Der selbst ernannte Sturmtrupp der Demokratie hielt sich für unfehlbar, unbesiegbar und die eigene Meinung für unbestreitbar.

Sie nicht. Sie hielt das für einseitig. Hellbrück war auch kein Heilsbringer, und sie sah keinen Grund, ihn weniger kritisch zu betrachten als Brög. Aus ihrer Sicht war die Titelgeschichte noch lange nicht rund.

Sie widersprach aber auch nicht energisch. Alles, was sie zu sagen hatte, war: »Ich weiß nicht.«

»Wie bist du'n drauf!«, empörte sich Mücke.

»Nur weil ich finde, dass Brög manchmal sogar ein belebendes Element im verschnarchten Berlin ist?«

»Hitler is ooch'n belebendet Element jewesen.«

An der Brög-zur-Hölle-Titelgeschichte arbeiteten die findigsten Rechercheure, die spitzesten Federn. Sie gaben sich konspirativ, steckten ihre Nasen in jede Ritze, in der sie etwas vermuteten, was Brög schaden könnte, und führten sich auf, als wären sie Widerstandskämpfer. Für Überzeugungstäter hatte Constanze nichts übrig. Sie bekam das eine oder andere mit, wenngleich noch lange nicht alles.

Um die Bebilderung der Geschichte sollte sie sich kümmern. Ihr Reichstagsfoto wurde sogar für das Titelbild in Erwägung gezogen. Ihr Ansehen in der Redaktion war mittlerweile deutlich gestiegen, aber sie fühlte sich noch lange nicht ausgelastet.

Sie saß allein mit der Kollegin vor ihrem Tablett. Mücke glaubte auch, Brög sei ein Monster. Nicht einmal ihr konnte sie sich also ganz anvertrauen. Wem aber sonst in diesem Laden! Wenn gar nichts mehr half, dann doch wenigstens weibliche Solidarität. Also gab sie sich einen Ruck. Es waren zunächst nur Andeutungen über Brögs Liebesleben. Damit traf sie ins Schwarze.

Mücke nannte ihn »Gröfuck«.

»Immer noch besser als Gröfaz«, dachte sie.

Es war sinnlos. Auch mit der Bürogenossin war nicht ernsthaft zu reden.

17

Zupf ihm die Brauen. Wilde Gewächse, fast wie Tiere. Küssen kann er! Wer angefangen hat? Egal. Für mich ist es nicht der Innenminister. Sondern bloß Wim.

18

Selbst gebackene Blätterteigschnitten hatte Freia mitgebracht, auch noch mit der richtigen Marmelade, also Himbeer. David strahlte. Damit war er vorläufig abgemeldet. Ein paar Minuten Luft, um ungestört über Brög zu sprechen.

»Er ist so komplett anders«, schwärmte Freia.

»Anders als wer?«

»Anders als der, den deine Schmierfinken zeichnen.«

»Anders als erwartet?«

»Ich hatte gar nix erwartet.«

»Anders als deine anderen Männer davor?«

»Geh mir nicht auf den Nerv, Con, mit deiner Neugier!«

Sie gab nicht auf.

»Er ist nicht ganz von dieser Welt. Ist es das?«

»Im Gegenteil. Bei ihm ist alles … so … so geerdet, so kompakt, so … bissfest.«

»Bissfest?«

»Ich mag das.«

»Aha. Sprecht ihr auch über Politik?«

»Praktisch gar nicht.«

»Die ist ja auch nicht bissfest genug, eher verkocht.«

»Glaub bloß nicht, dass ich ihn anhimmle!«

Genau das glaubte sie. Freia war haltlos vernarrt.

Constanze wusste keinen Rat. Ihr fiel nichts mehr ein. Außer ein müdes, halbwegs sarkastisches: »Na, dann gratuliere.«

»Was soll das denn heißen?«

»Du hast mich schon verstanden.«

Freias Held machte sich leider rar. Klausuren, Konferenzen. Berlin, Brüssel. Koalitionskrise, Klimakrise, Flüchtlingskrise.

»Aber er ruft an. Beinahe täglich. Nicht lang, aber süß.«

»Immerhin.«

»Wer ruft dich denn an, Con?«

»Das willst du lieber nicht wissen. Pass mal auf! Wenn die Geschichte herauskommt, und das wird sie, wirst du dir nicht mehr aussuchen können, wer du sein möchtest. Das Flittchen, das einem Kanzlerkandidaten den Kopf verdreht, die Femme fatale oder das unreife Ding, das nicht weiß, worauf es sich einlässt. Jede Faser deines Privatlebens wird man durch den Wolf drehen und anschließend durch den Kakao ziehen.«

»Und?«

»Ist es dir auch egal, seine Karriere zu zerstören?«

War sie so abgebrüht oder blickte sie einfach nicht durch, weil sie sich in Brög verrannt hatte?

Sie bot an, Freia nach Hause zu bringen, es war kein großer Umweg, und sie musste ohnehin noch mal kurz ins Büro. Als sie aus dem Haus traten, wurden sie fotografiert. Sie dachte sich nichts dabei. Mülltonnen, Graffiti auf Backsteinwänden, daneben die coolen Schilder cooler Start-up-Companies. Das Durcheinander von schrägem Chic und schäbiger Boheme zog Touristen an. In ein paar Jahren würde hier alles nur noch schick sein und unbezahlbar.

19

Meinen Geburtstag will er feiern! Im Spezialappartement für Grundsatzfragen. Bodo ist schon weg. Wim drückt mir bereits im Flur die Luft aus dem Leib.

Gespannt, was es zum Auspacken gibt. Keine Blumen, nicht mal paar Kerzen zum Ausblasen.

»Wollen wir!«

Weshalb so eilig? Schon wieder Terminnot?

»Komm!«

Er schiebt mich nicht zur Tür, sondern ans Fenster.

»Schau!«

Unten funkelt ein Beetle Cabrio, dottergelb. Und schon klingelt ein Glöcklein an meinem Ohr, ein Schlüssel am silbernen Anhänger (Bundesadler).

Sprachlos.

»Geh du voraus«, sagt er, »ich kann mich mit dir auf der Straße nicht blicken lassen. Mach dich schon mal vertraut mit deinem neuen Spielzeug, ich steig gleich zu.«

Was für ne schicke Karre! B – F 2448! Unsere Alter kombiniert, Zahlensymmetrie, perfekte Harmonie. Auf mich ist die Kiste zugelassen. Gebraucht, aber in Topzustand. Hat an alles gedacht, sogar an die passende CD im Player. Dylan. »Times they're changing«. Eher seine Musik.

Keine fünf Minuten später zwängt sich mein Bär mit Panamahut und Picknickkorb auf den Beifahrersitz und platziert mir die Hammerwerferpratze aufs Knie wien übergriffiger Fahrlehrer. Ich mag das.

»Los gehts!«

»Wohin, wenn ich fragen darf?«

»Erst mal raus aus der Stadt.«

»Wie viel Zeit hast du diesmal mitgebracht?«

»Mehr, als in einen Tank passt.«

Keine Ahnung, wie lang man mit einer Füllung kommt.

Über den Prenzelberg nach Norden zum Autobahnring, dann auf die A 24. An der Ausfahrt Chorin lässt er abbiegen. Landstraße, das Dach endlich offen. Runter vom Gas. Der Wagen hinter uns ist auch abgefahren, schließt auf, überholt aber nicht. Endlose Allee – das Wägelchen schnurrt, die reinste Wonne.

»Das gotische Zisterzienserkloster Chorin in den Sümpfen der Schorfheide ist ein Juwel aus Backstein auf ursprünglich slawischem Land«, doziert der Herr Minister. »Aufgegeben schon vor fünfhundert Jahren während der Reformation. Danach Baustoffquelle, Viehstall, Verfall zur romantischen Ruine. Von den Preußen wiederentdeckt, von Schinkel saniert und teilweise rekonstruiert.«

Der aschgraue BMW hinter uns ist verschwunden. Ein dunkelgrüner Audi folgt, ebenfalls slow. Hier verleitet nix zum Rasen. Sonne flimmert durchs Dach aus Laub, der Himmel jauchzt.

»Gib Stoff!«, sagt Wim.

Ihm geht immer alles zu langsam.

»Hör doch mal die Vögel singen!«

»Ich will Power unterm Hintern spüren.«

Er guckt in den Rückspiegel, ich soll den Audi hinter uns abziehn. Großes Kind. Hat Spaß an seinem Geschenk.

Das Kloster Chorin echt ein Idyll. Auf dem Parkplatz nur ne Handvoll Autos, darunter der aschgraue BMW, Münchner Nummer. Wims Sicherheit vielleicht. Ausnahmsweise superdiskret. Er behauptet immer, sein Privatleben gehe niemanden was an. Schön wärs. Sag aber nix, um die Laune nicht zu verderben.

Die Ruine ist für Besucher schon zu. Er aber kennt sich aus. Über ne hüfthohe Mauer – schon sind wir drin. Mag die tollen Bäume. Dahinter die Kirche. Ruine, aber mit Dach. Abendlicht. Als ob die Backsteine glühn. Auf warmen Steinen hocken. Käse, Baguette, Champagner. Er scheint keine Angst zu haben vor irgendwelchen Wärtern.

Küsse. Mehr nicht. Nicht hier. Wär schon extrem romantisch, wenn er noch ein wenig über mich herfallen würde. Stattdessen feierlich. Sagt, er müsse ernsthaft mit mir redn, und guckt mir tiefer in die Augen, als es guttut.

»Willst du mich haben?«

»Haben wir uns nicht schon?«

»Für immer.«

»Du bist verrückt!«

»Nach dir. Und wie.«

»Und verheiratet bist du auch, Schatziputz.«

»Nicht mehr lang … wenn du Ja sagst.«

Langsam fällt der Groschen.

»Was hast du genommen?«

»Die Droge bist du.«

»Reiß dich zusammen! Du ruinierst dich.«

»Ja. Und.«

»Wolltest du nicht gerade noch Kanzler werden?«

Dann sein größter Satz. Von Jimi Hendrix: »Wenn die Macht der Liebe die Liebe zur Macht überwindet, erst dann wird es Frieden geben.«

»Deutschland braucht dich, Wim. Schon vergessen?«

»Ich brauch nur dich.«

Mir fällt nix mehr ein. Fall ihm um den Hals. Schon hat ers wieder eilig.

Wohin jetzt? In ein schickes Hotel, stell ich mir vor.

»Zum Schiffshebewerk nach Niederfinow!«, sagt er, als seis was Besonderes.

Kann mir drunter nix vorstellen, wozu auch. Mir jetzt alles egal. Weil selig. Er am Steuer. An das offene Dach bei seinem Tempo nicht zu denken. Hinter ner unübersichtlichen Kurve steigt er ins Eisen und biegt ab. Waldweg. Bild mir ein, der grüne Opel wischt vorbei. Doch Touris. Die besuchen meist Kloster und Schiffshebewerk im Doppelpack, sagt Wim.

Und schon besteht der Beetle seinen ersten Test im ruhenden Verkehr. Mit offnem Dach. Mir überlässt er die Initiative. Ist irgendwie nicht ganz bei der Sache. Obs an mir liegt?

Lässt mich dann wieder fahrn, gleich zurück nach Berlin. Hat doch noch was vor. Sagt er. Mit mir? Auf der Autobahn kanns ihm nicht schnell genug gehn. Die Einfallstraße ins Zentrum so gut wie leer, nur zu viele Ampeln. Wim beklagt Energieverschwendung durch ständiges Stoppen. Wir düsen durch die Stadt und geraten prompt in ne Kontrolle.

In der Dunkelheit erkennt der Cop meinen Beifahrer nicht. Wenigstens das. Zeig dem Jüngelchen mein Führerschein.

»Sie haben eine rote Ampel überfahren.«

»Ist mir nicht aufgefallen.«

Sie war Grün, drauf könnt ich schwörn.

Der Cop sagt: Rot.

Dann wars Rot.

»Haben Sie Alkohol zu sich genommen?«

Zählt der Champagner noch? Ist ein, zwei Stunden her.

»Nicht dass ich wüsste«, sag ich.

»Hätten Sie etwas gegen einen Alkoholtest einzuwenden?«

An dieser Stelle mischt sich Wim ein.

»Mein Name ist Brög. Falls er Ihnen nicht geläufig ist: Bundesminister des Inneren; mir untersteht die Bundespolizei.«

Ist der noch zu retten!

»Ich unterstehe dem Land Berlin«, sagt der Rotzlöffel. »Und wenn Sie der Kaiser von China persönlich sind, eine rote Ampel ist eine rote Ampel.«

»Passen Sie mal gut auf, Herr Wachtmeister! Wenn Sie glauben, mit mir Spielchen spielen zu können, weil Sie noch nicht ganz trocken hinter den Ohren sind, könnten Sie es zügig bereuen.«

»Steigen Sie bitte aus!«

Mach mir Vorwürfe, auch wenn ich nix dafür kann, dass Wim ausrastet. Ich sitz am Steuer, nicht er.

Er sei Mitglied der Bundesregierung, wiederholt er, unterwegs in »einer Angelegenheit von nationaler Bedeutung«. Hat keine Zeit zu verschwenden.

Zum Fremdschämen!

»Vor dem Gesetz sind alle gleich«, sagt tapfer der Jüngling in Uniform. Bleibt erstaunlich cool.

»Sie halten mich nicht auf!«

Die Kollegin des Cop tritt näher, entsichert ihre Dienstwaffe.

»Steigen Sie bitte aus, beide!«, wiederholt er.

»Gib einfach Gas«, befiehlt Wim.

Steig besser aus.

Er bleibt sitzen. Zieht seinen Diplomatenpass aus der Tasche und hält ihn aus dem Fenster.

Der Cop nimmt in Zeitlupe die Personalien auf, während Wim brüllt. Er ist nicht betrunken, kann sich bloß nicht zusammenreißen!

»Das werden Sie bereuen. Darauf können Sie sich verlassen!«

»Wim, bitte!«

Es nützt nix.

Das wars dann. Setz ihn in der Linienstraße ab, beim Grundsatz-Bodo. Trotzdem toller Tag.

20

»Eine kleine, verfickte Affäre, schön und gut, aber musst du gleich durchdrehen deshalb?« Constanze sagte es so ruhig wie möglich.

Freia nahm die Schwüre des Ministers doch nicht etwa ernst! Kein Wort glaubte sie. Zugleich dachte sie, freu dich doch mit ihr, sei nicht so verknöchert! Es wäre sinnlos gewesen, Freia Vorwürfe zu machen.

»Hast du dir das wirklich reiflich überlegt?«, sagte sie.

Was hieß schon reiflich? So redeten alte Leute, Eltern.

»Er schenkt mir ein Auto, und ich soll ihn abblitzen lassen? Würdest du das tun?«

»Du könntest wenigstens verlangen, dass er erst mal zu Hause die Lage klärt.«

»Er soll sich von seiner Frau trennen?«

»Wäre eine Möglichkeit.«

»Ist bereits alles in die Wege geleitet.«

»Behauptet er das?«

»Du nimmst es ihm nicht ab.«

Freias Gesicht leuchtete.

»Ich würde jedenfalls nichts überstürzen!«, sagte Constanze.

»Ja, ja, ja.«

»Nachdenken hat noch nie geschadet.«

Als sie das gesagt hatte, kam sie sich furchtbar alt vor.

21

Muss mit jemand reden. Jemand, der durchblickt. Der die ganze Geschichte kennt. Also mit Con. Mit wem spricht Wim?

»Mach keine Geschichten, sondern Geschichte!«, soll Grundsatz-Bodo gesagt haben. Sagt Wim. Angeblich will er geantwortet haben: »Wenn ich überhaupt noch etwas mache, dann ein Kind.«

Mir wird schwindlig.

Abgesehen von Grundsatz-Bodo ahnt angeblich in seiner Partei niemand was. Wim nicht zu bremsen: »Ich trete ab. Nirgends mehr an. Bin nur noch für dich da.«

Aber hallo!

»Du trittst deine Welt in die Tonne.«

»Aber ja!«

»Machst dich zum Gespött.«

»Die einen werden es mir danken, die anderen mich bewundern.«

»Oder auslachen.«

»Wenn das alles ist.«

»Was sagst du, wenn man dich fragt, weshalb?«

»Aus Liebe!«

Soll ich besinnungslos an seine Brust sinken? Marter ihn stattdessen mit Fragen.

»Weiß Friede schon?«

Überhört's.

»Was sagt sie dazu?«

»Was soll sie schon sagen. Es wäre auch ohne dich zu Ende gegangen.«

Ich trau ihm, ich trau ihm nicht, ich trau ihm …

»Du hast dir das alles reiflich überlegt?«

»Jetzt redest du wie meine Mutter. Sie lebt nicht mehr.«

Soll ihm das alles glauben?

»Sei nicht so verdammt vernünftig!«

Die Unvernünftige ist vierundzwanzig, exakt halb so alt wie der große Mann mit dem Hammer, der ihretwegen den Aufstieg kurz vor dem Gipfel abbricht. Wenn er's denn tut.

»Öffentlich hat er sich noch nicht erklärt«, warnt mich Con.

Besten Dank für das Salz im Kaffee.

22

Platz gab es genug an der Havel. Villen mit Seegrund waren nach der Wende günstig zu haben gewesen. Thaddäus Klein zählte zu den glücklichen Besitzern. Gelegentlich bat er Politiker in sein schönes Haus. Mit Leuten aus der zweiten Reihe gab er sich nicht ab. Seine Einladung war Auszeichnung und Herausforderung, niemand hatte sie bisher ausgeschlagen. Selbst Brög konnte sich das nicht leisten, obwohl er wusste, dass der Gastgeber ihn für ein Unglück hielt und ihn kein bloßes Vergnügen erwartete.

Seine Leute hatte der Herausgeber eine halbe Stunde früher bestellt, um sie einzuschwören und aufzuwärmen wie vor einem großen Spiel im Stadion. Sein Matchplan war, den Gegner in falscher Sicherheit zu wiegen, ihn kommen zu lassen, ihn in feuchtfröhliche Stimmung zu versetzen und auf diese Weise zu unbedachten Äußerungen zu verleiten. Zwar war ihm absolute Vertraulichkeit zugesichert worden, doch wurde jedes Wort mit versteckten Mikrofonen aufgezeichnet.

Sie kam mit Luis, obwohl Mücke sie gewarnt hatte. »Wenn de mit dem rausfährst, Conny, fährste mit dem auch wieder rein, dann hast de den Salat.«

»Mensch, Mücke! Ich bin doch kein hilfloses Reh.«

Mücke hasste es, Mücke genannt zu werden. Sie waren quitt.

Abgesehen davon verhielt sich Luis neuerdings überaus korrekt. Es war ihr nur nicht recht, dass er noch immer ständig etwas mit David unternehmen mochte. Sie wollte ihm keine Hoffnungen machen. Doch er war hilfsbereit und nützlich. In Kleins exklusiver Runde am See hatte sie eigentlich nichts verloren. Luis hatte vorgeschlagen, sie als Fotografin mitzunehmen.

Auf sanft abfallendem Rasen standen voluminöse Korbmöbel im Halbkreis unter einer majestätischen Linde. Ein langbeiniges Wesen aus Eritrea reichte asiatisches Fingerfood, das kein Geringerer als Starkoch Tim Raue kreiert hatte. Für die alkoholischen Getränke war Ali zuständig, ein muslimischer Flüchtling aus Syrien, dessen Barmixerkarriere in der überregionalen Presse bereits als musterhaft geglückte Integration gerühmt worden war. Ideal zum Lockermachen: Alis Peach-Champagne.

Brög kam nicht pünktlich, aber nicht zu spät, sondern zu früh, was nur zeigte, wie ernst er die Begegnung nahm. Klein geleitete ihn über den mustergültig geschorenen Rasen. Vier Männer erhoben sich, zwei Frauen blieben sitzen. Brög begrüßte Constanze zuerst, das hieß, er legte beide Pranken auf ihre Schultern. Wie Luis, nur väterlich. Wenn der wüsste!

»Was haben's denn mit dem Foto gemacht? Es war noch nirgends zu sehen. Ist's nix geworden?«

»Das garandierd schönsde Foddo, Herr Brööch.« Klein sprach dem Anlass entsprechend für seine Verhältnisse so gut wie Hochdeutsch. Und er spitzte die Lippen. Wie immer, ehe er etwas Bedeutendes sagte. Und danach tat er es wieder. Dann sahen die gespitzten Lippen aus, als schmeckten sie seinen Worten nach, weil er sie für derart gelungen hielt.

»Im Sturmwind der Zeit, lieber Brööch! Mir sparns uns auf für den Daach, an dem Sie Ihre Kanzlerkandidadur bekannd gem.«

»Da können's lang warten«, sagte Brög.

Sie sah in ihm Freias Geliebten. Was die Politik anging, hatte sie sich vorgenommen, ihr nichts über diesen Abend am See zu erzählen.

Mücke blieb auch sitzen. Brög beugte sich zu ihr hinab und

deutete einen Handkuss an. Es musste ihr vorkommen wie eine Giftgasattacke, dachte Constanze.

»Dass ich Sie als Intellektuelle haltlos bewundere, muss ich Ihnen nicht bestätigen«, schmalzte Brög und starrte ihr ungeniert auf den Busen.

»Ganz meinerseits«, charmierte sie zurück, »wenn auch nicht haltlos.«

Als Nächster war Helge Hornschuh an der Reihe, Kleins verlängerter Arm, offiziell der zweite Chefredakteur.

»Na, Sie Schlawiner!«, begrüßte ihn Brög, ehe er sich daranmachte, seine Hand zu zerquetschen. Nicht in böser Absicht. Er wusste nur nicht, wohin mit seiner Kraft. Hornschuhs Grinsen hielt der Attacke stand, nicht jedoch seine Gesichtsfarbe. Die Rötung, die über den runden, fast kahlen Schädel zog, konkurrierte mit dem Abendrot über der Havel.

Heribert Schnalz, Ressortchef Deutschland, verbeugte sich leicht in der Hoffnung, dadurch dem Händedruck zu entgehen, was ihm gelang. Dafür traf ihn Brögs kryptischer Satz: »Wir schaffen das schon.«

Sie rätselte, was das an dieser Stelle bedeuten sollte: Wir halten diesen Abend schon durch. Der Abend schafft uns. Sie schaffe ich sowieso, Sie werden es gleich zu spüren bekommen.

Leonid Hirngiebel war der Auslandschef des Blattes, der Einzige, der Krawatte trug. Sein Trick war, dass er Brög beide Hände zugleich entgegenstreckte, um sich dann mit beiden eine Pranke des Innenministers zu schnappen.

»Haben's die Welt heut schon gerettet? Es wird höchste Zeit!«, pflaumte Brög.

Fehlte noch Luis. Sie sah gespannt hin. Auch er entging dem Händedruck, besser gesagt, er verweigerte ihn. Brög legte allerdings auch keinen gesteigerten Wert darauf, Luis anzufassen. Für ihn hatte er nicht einmal eine launige Stichelei übrig.

Stattdessen wandte er sich an die gesamte Runde: »Einen vergnüglichen Abend allerseits. An mir soll's nicht liegen.«

Das Wetter glänzte.

»Springen's ruich erschd amol in den See«, empfahl Klein.

»Sie wollen, dass ich baden gehe. Das würde Ihnen so gefallen.«

»Des ham Sie gsachd«, sagte Klein.

»Wenn Sie sich amüsieren wollen, springen's halt mit«, sagte Brög.

Mücke klatschte in die Hände: »Ausziehen, ausziehen!«

»Nur wenn auch die Fotografin mitmacht. Zu meiner Sicherheit«, sagte Brög.

Den leitenden Herren lief das Wasser im Mund zusammen, ahnte sie.

»Dun Sie sich kan Zwang an, mir sind auf alles bräbarierd.«

Die Korona zog hinauf in die Villa. Eine Kollektion Bademäntel und Badehosen beziehungsweise Badeanzüge (einteilig) lag im Salon schon bereit. Man verteilte sich zum Umziehen auf die verschiedenen Räumlichkeiten. Constanze verschwand in die Küche. Allein Mücke weigerte sich abzulegen.

Kein Zweifel, Brög machte *bella figura*. Dagegen kamen die dünnen, verbogenen Haxen Kleins, die Wampen der Herren Hornschuh und Schnalz, Brenners Ganzkörperbeflockung und Hirngiebels imposante Bypassoperationsnarbe nicht an. In weißen Bademänteln zogen sie im Gänsemarsch zum Bootssteg hinab wie ein seltsamer Mönchsorden. An der Spitze der Prozession Brög. Er fackelte nicht lange und hechtete in den See.

Constanze hielt Abstand, als ob sie nicht ganz dazugehörte. Aber sie wartete nicht ab, bis sich die Mitglieder der Redaktion auf der Leiter ans kalte Wasser gewöhnt hatten, sondern sprang Brög hinterher. Er kraulte von dannen, gegen den Horizont zu. Fehlte nur noch die Einblendung »The End«.

Doch war das erst der Anfang. Sie hielt nicht mit und gab auf. Die Wassertemperatur zeichnete Missbehagen in die Gesichter der übrigen Herren. Klein hielt sich im Bruststil über Wasser, kein Haupthaar wurde nass. Hirngiebel mimte den toten Mann.

Luis schnaubte wie ein Walross und schaufelte eine Hand voll Wasser gegen Mücke, die auf dem Steg stand, sich aber davon nicht vertreiben ließ.

Lange hielten es die Männer im Nassen nicht aus. Auch Constanze kehrte um und schlüpfte in einen Bademantel.

Wo blieb Brög?

Er war abgetaucht.

Und nicht wieder auf.

Alle standen auf dem Steg und starrten in den See. Sie fing gerade an, sich Sorgen zu machen, als der Vermisste schnaubend aus dem Wasser schnellte.

»Dachte schon, Ihnen wäre die Luft ausgegangen«, spöttelte Hornschuh.

Wie eine Trophäe hielt Brög eine leere Weinflasche in die Höhe, die er vom Grund heraufgefischt hatte.

»Ned die anziche leere Flasch!«, rief Klein.

»Verlangens bloß kein Flaschenpfand«, donnerte Brög heraus.

Der gemischte Chor an Land bog sich vor Heiterkeit.

Und wieder schlurfte die Gesellschaft über den Rasen hinauf ins Haus, diesmal eine Prozession obskurer Kapuzenmänner. Kurz darauf versammelten sie sich getrocknet, gekleidet und gekämmt auf dem Rasen. Sie sprachen nun härteren Getränken zu, Mixturen auf Eis mit Wodka, Whiskey, Gin.

Constanze fotografierte. Dabei entging ihr nicht, dass Brög trotz des kühlen Bades erhitzt wirkte. Jedenfalls musste man ihn nicht erst lang bitten, auf die Kanzlerin loszugehen.

»Sie versündigt sich am Volk! Und wird nichts unterlassen, was mir schaden könnte.«

»Welche Anlässe dafür wollen Sie der Kanzlerin denn noch liefern, Herr Brög?«, stichelte Luis.

Der Minister tat, als habe er das überhört.

»Alle warten nur auf einen Staatsmann wie Sie«, höhnte Hornschuh.

»Saudummes Geschwätz!«

Hornschuh ließ nicht locker und gab Zunder: »Glauben Sie immer noch an den Endsieg?«

Brög ließ es sich nicht gefallen: »Das Unwort, das Sie mir da gerade in den Mund legen, rühre ich nicht an. Halten's mich nicht für vollkommen verblödet!«

»Aber einen Blitzkrieg führen Sie schon, wie man sieht!«, salzte Schnalz nach.

»Unsinn.«

Die Herren waren ganz Ohr.

»Die Dame ist mehr als ein Jahrzehnt im Amt und völlig zerschlissen.«

»Sie überdreim!«, fand Klein.

Brög war nicht zu bremsen.

»Das ist keine Partei mehr, das ist ein Trauerzug, ach was, ein Karnevalszug ...«

Alle waren ganz Ohr.

»... ein Komödiantenhaufen, den keiner mehr ernst nimmt. Wie will denn der den Untergang Deutschlands verhindern! Aber noch immer glaubt mir kein Mensch, wenn ich aus schierer Not ausbrechen will aus diesem Zwergenverein.«

Es lief wie geschmiert. Es fehlte nicht viel, und Brög würde auch noch ein paar verächtliche Bemerkungen über seinen Widersacher Hellbrück liefern.

Hornschuh brachte den Namen ins Spiel. Und Brög reagierte sofort: »Der sehr verehrte Kollege weiß genau, was er will, dazu braucht er nicht meine Ratschläge, und ich nicht seine.«

»Sie halten Hellbrück für unfähig?«, fragte Hirngiebel nach.

»Für fähig genug, erstens die Partei, zweitens das Land, drittens Europa an die Wand zu fahren. Was wollen's denn noch hören?«

»Die Kanzlerin traut das eher Ihnen zu«, sagte Schnalz.

»Ich will Ihnen mal was sagen: Sie verkaufen sich als Kanonenrohr der Demokratie, produzieren aber nicht einmal einen

Rohrkrepierer, wenn's um die Unfähigkeit dieser Dame geht.« Er war nicht mehr zu bremsen: »Ich stifte hiermit einen Journalistenpreis. Die Volle Hose in Gold geht an das *Magazin* für unverbesserliche Hofberichterstattung.« Brög war in voller Fahrt. »Ihnen wär's doch am liebsten, man würde aus Angst vor den sogenannten Rechtspopulisten Wahlen so lange aussetzen, bis die Kanzlerin eines natürlichen Todes stirbt.«

»Sie würden da doch gern ein wenig nachhelfen«, maulte Luis.

»Diese Frage, Herr ...«, er tat, als fiele ihm der Name nicht ein, »... folgt der Methode: Geben Sie zu, dass Sie Ihre Frau schlagen? Was wollen's denn da antworten? Ja, stimmt – oder nein, ich streit's ab?«

War es Brög gleichgültig, wie er hier, auf dem Territorium seines Feindes ankam?, fragte sich Constanze. Oder hatte er tatsächlich vor, auszusteigen? Machte ihn die Zukunft mit Freia so frei und rücksichtslos?

Brög war noch nicht fertig: »Die Dame ist bloß besessen von ihrem Amt. Lieber verliert sie ihr Gesicht als ihren Stuhl.«

Klein verteidigte sie. »Sie ist das letzte Bollwerch des Westens!«

»Verwechseln's doch bitte nicht Rechthaberei mit Standhaftigkeit. Die Dame verteidigt nicht den Humanismus, sondern nur das Desaster, das sie selbst angerichtet hat.«

»Sie würden an den Grenzen lieber schießen lassen!«, griff Mücke ein.

»Ich bin weder ein ahnungsloser Narr, der nicht weiß, was er tut, noch ein Verbrecher.«

»Sie sind ja besessen von der Macht, Herr Bröööch!«, fasste Klein die Sache zusammen.

»Und Sie sind besessen von mir.«

»Ich hields hald für a Risiko, wenn Sie Kanzler wern.«

»Jetzt eilen Sie den Ereignissen gehörig voraus!«

»Sie hält doch nichts auf«, rief Luis. »Nicht einmal eine rote Ampel.«

Einen Augenblick lang starrte Brög ihn an, als wollte er ihn mit bloßen Händen töten.

»Ginge es nach Ihnen, Herr Brög, würden Sie mit der Kalaschnikow ins Kanzleramt vorrücken«, ereiferte sich Schnalz.

»Es reichd«, stoppte ihn Klein, der nicht wollte, dass der Abend komplett aus dem Ruder lief. Aber er war nicht mehr zu retten.

»So können Sie mit einem Mafiaboss reden, aber nicht mit einem Mitglied der Bundesregierung«, schrie Brög.

Schnalz setzte noch einen darauf. »Sie sind die größte Bedrohung Deutschlands seit Hitler.« Damit erhob er sich und wankte von dannen.

»Mach kaa Gschrei«, rief Klein ihm hinterher.

»Meinetwegen müssen Sie ihn nicht wegschicken«, grollte Brög. »Ich bin auch schon weg.« Er wuchtete sich aus dem Sessel.

»Jetzt hat er die Hosen heruntergelassen«, murmelte Mücke. Sie meinte nicht den merklich betrunkenen Ressortchef, sondern den bemerkenswert beleidigten Minister. Grußlos stapfte er davon, Klein wuselte ihm mit doppelt so vielen Schritten hinterher. Aussichtslos sein Versuch, den Minister zu besänftigen.

Constanze hätte die Szene mit der Kamera festhalten sollen. Aber sie war einfach nur konsterniert. So ein Gemetzel hatte sie noch nie erlebt. Und sie musste an Freia denken. Ob Brög sich von ihr gleich noch seine Wunden lecken ließ? Oder seinen Frust an ihr ausließ?

Die Zusammenrottung war noch keineswegs zu Ende. Die Redakteure hatten noch nicht genug gelästert und getrunken. Aus ihrer Sicht war der Abend auch nicht misslungen. Aufgedreht schwadronierten sie über die fällige Titelstory.

Hirngiebel fasste ihr Vorhaben schließlich mit einem einzigen explosiven Begriff zusammen: »Unser Wannseekomplott.«

Beifall und Gejohle. Niemand, der jetzt nicht an die berühmte Wannseekonferenz in einem Haus nicht weit von hier dachte, auf der die Nazis die Vernichtung der Juden beschlossen hatten. Die Anspielung darauf war abwegig, doch beabsichtigt.

»Endlösung für Brög!«, röhrte Schnalz.

Klein hob verzweifelt die Hände, doch vergeblich. Seine Leute waren außer Rand und Band.

Und dann kam der große Moment des Chefreporters Luis Brenner, der wusste, was die anderen noch nicht wissen konnten. Bis zuletzt hatte er es sich aufgespart. Die Information war ihm zugespielt worden. Die rote Ampel. Amtsmissbrauch, Beamtenbeleidigung. Es war die Affäre, auf die alle gewartet hatten.

»Wann soll das denn passiert sein?«, fragte Hirngiebel, der der Sache grundsätzlich misstraute, weil sie von Luis kam.

»Vergangenen Mittwoch.«

Freias Geburtstag! Das hatte sie Constanze verschwiegen. Kein einziges Wort hatte sie dazu verloren.

»Und er saß selbst am Steuer«, behauptete Luis.

»Warum hams den Bröööch ned gleich damid konfrondierd?« Kleins vorwurfsvoller Ton war nicht zu überhören.

»Habt ihr nicht zugehört! Nicht mal eine rote Ampel hält Sie auf, habe ich zu ihm gesagt. Ich wollte sehen, wie er darauf reagiert.«

»Und wie hat er reagiert?«

»Habt ihr sein Gesicht nicht gesehen!«

Constanze ahnte, weshalb Brög geradezu geflüchtet war. An den Beleidigungen hatte es nicht gelegen.

»Leud!« Klein hob die Stimme und wartete, bis alle ihm zuhörten. »Bröööch addaggierd n klaan Beamdn. Luis, wissns scho, wer der Beamde is? Kriechn ses raus! Erzählns dessen Gschichd! Jetz haman am Wiggl.«

23

Wim hat seiner Friede alles erzählt. Sagt er. Alles?

Sie eilt sofort nach Berlin.

Um aufzuräumen.

Um uns die Hölle heißzumachen. Uns beiden.

Bestellt mich ins Adlon. Wohnt zum Glück nicht im Regent. Absurde Vorstellung: Ich check sie ein.

Auch so schlimm genug. Muss da jetzt durch. Bin vor Wim da. Dafür hat sie gesorgt.

»Sie sind also das Fräulein Kriegenburg! Wir haben was zu besprechen. Wir zwei. Und streiten's bitte nichts ab. Mein Privatdetektiv hat alles sauber dokumentiert. Ihre Spritztour nah Chorin. Ausgerechnet in ein Kloster! Ein frommer Wunsch, dass so etwas gut geht. Wissen's überhaupt, worauf Sie sich einlassen? Sie sind doch nicht seine Letzte. Sie werden seinen Hammerwerfercharme noch verfluchen, das garantier ich Ihnen. Und glauben's bloß nicht, er lässt Ihretwegen die Finger von der Politik. Sie stehen das nicht durch. Sie nicht! Ich sprech gar nicht von dem Skandal, den Sie verursachen. Sondern, dass Sie Ihr Leben verpfuschen. Kosten Sie es lieber aus, statt sich mit einem alten Esel einzulassen, der die besten Jahre hinter sich hat, aber immer noch glaubt, er könnt vor Kraft nicht laufen.«

Es klopft endlich an der Tür.

Wim schlurft herein, Zerknirschung auf zwei Beinen.

Sie: »Dass du dich nicht schämst, Wilhelm August!«

Wim: »Weshalb?«

Sie: »Hast du sie geschwängert?«

Sie hätte ja mich fragen können. Aber sie muss ihm ihre Befürchtung ins Gesicht fauchen.

Verdutzt und verwirrt schaut er mich an. Wär doch der Erste, ders erfährt.

Sie: »Soll ich dir eine Therapie besorgen?«

Wim: »Wir brauchen einen Scheidungsanwalt.«

Sie: »Reichen dir deine Flittchen nicht!«

Plural!!!

Wim: »Es ist diesmal was anderes. Ich steige auch aus der Politik aus.«

Sie: »Spätestens nach drei Wochen kommst du reumütig zurück. Zu deiner Partei und zu mir!«

Sie guckt ihn an, als hätt er den Verstand verlorn.

Er gibt noch nicht auf: »Ich will leben.«

Sie: »Ist das kein Leben mit mir und den Kindern?«

Halts nicht mehr aus und misch mich ein: »Wim hat sich vom Leben mehr erwartet.«

Sie, von oben herab: »Was wissen Sie schon!«

Er, zerknirscht: »Ist ja gut.«

Sie: »Er kriegt nie genug! Das werdens schnell merken.« Dann zu ihm: »Du hast das Zeug zum Kanzler.«

Hat wirklich nichts kapiert.

Wim: »Leben, einfach bloß noch leben!«

Sie: »Dann tu's! Aber auf dem Boden, nicht in den Wolken.«

Wim: »Auch wenn du mich für einen hormongestörten Lüstling hältst, für moralisch verlottert, zügellos, unbeherrscht … es ist mir egal. Wir haben Pläne, Freia und ich.«

Könnt schreien vor Glück!

Unbeschreiblich ernst sieht er mich an. Sie hat sich im Griff, denk ich. Aber das täuscht.

»Wenn er mich sitzen lässt wegen einer Vierundzwanzigjährigen, bring ich mich um.« Sagt sie zu mir!

Echt too much. Lass Wim allein mit ihr. Schlechtes Gewissen.

24

Zufällig stolzierte der Klaviervirtuose Lang Lang vor ihr durch die Drehtür des Regent am Gendarmenmarkt, ein halbes Dutzend Agentinnen und Assistentinnen im Schlepptau. Marmorboden, Stuckdecke, Kronleuchter, Alpenlandschaften in Öl, ein meterhohes Blumengesteck, goldgerahmte Spiegel, Edelholzvitrinen voller sündteurer Schuhe und Taschen. Links das Empfangsdesk, klassizistische Säulen, nicht minder klassizistisch wirkende Damen in dunkelblauen Kostümen mit rosa gemusterten Seidentüchern. Freia dezent geschminkt und mit Kontaktlinsen, in dieser Verkleidung kaum zu erkennen.

Die Sache war dringend und am Telefon nicht zu erledigen. Constanze wollte nicht mehr ausschließen, abgehört zu werden. Freia wirkte keineswegs überrascht. Doch konnte sie ihren Arbeitsplatz nicht sofort verlassen und schlug vor, in der nächsten Kaffeepause mit ihr über den Gendarmenmarkt zu gehen. So lange konnte Constanze nicht warten. Also verschwanden sie kurzerhand in den Waschraum.

Unfassbar, dass Freia ihr den Vorfall an der Ampel nicht gleich gebeichtet hatte. Hatte sie geglaubt, er käme nicht heraus? Als sie mit dem neuen Stand der Dinge konfrontiert worden war, reagierte sie mit einer simplen Frage: »Auf welcher Seite stehst du?«

»Was soll das heißen?«

Wenn ihr die Loyalität zum *Magazin* wichtiger gewesen wäre als ihre Freundschaft, hätte sie doch für sich behalten, was sie von Luis erfahren hatte: dass Brög eine rote Ampel überfahren und anschließend Polizeibeamte beschimpft, beleidigt und bedroht haben soll.

»Er ist vollkommen schuldlos, er saß gar nicht am Steuer«, behauptete Freia.

Es klang nach einem Geständnis.

In der Version von Luis hörte sich das Ereignis allerdings anders an. Danach hatte Brög selbst am Steuer gesessen. Entweder hatte seine Quelle bewusst gelogen, um die Sache aufzubauschen, oder wusste selbst nicht genau Bescheid. In diesem Fall konnte der Informant keiner der beteiligten Beamten gewesen sein.

Oder aber – Constanze kam ein verwegener Gedanke – Luis hatte Brög bereits mit der Angelegenheit konfrontiert. Und Brög selbst hatte behauptet, am Steuer die rote Ampel übersehen zu haben. Warum sollte er das auf sich genommen haben? Es gab dafür nur eine Erklärung: um Freia zu schützen.

Zu Ende gedacht: Wenn es ihm gelänge, Freia aus der Sache herauszuhalten, würde er sich selbst schützen. Weil das Missachten einer roten Ampel als die geringere Verfehlung erschien. Dass er ausfällig gegenüber einem Beamten geworden war, tat ihm leid. Die weitaus größere Sache war die Liebesaffäre des verheirateten konservativen Familienvaters mit einer Vierundzwanzigjährigen. Die konnte ihm nicht leidtun. Und wenn erst noch herauskam, dass Brög ihr zum Geburtstag ein Auto geschenkt hatte! Hilfreich war alles, was von Freia ablenkte.

Zu kurz gedacht. Luis würde nicht lockerlassen. Er musste ja nur den Beamten fragen. Natürlich konnte der eingeschüchtert oder bestochen worden sein. Oder beides. Egal. Am Ende würde Luis herausbekommen, wer Freia war. Und dann würde er Constanze den berechtigten Vorwurf machen, ihm nichts davon erzählt zu haben. Dann konnte sie einpacken.

Luis würde ganz genau wissen wollen, wie das gelaufen war. Es wäre nicht zu verheimlichen, dass ausgerechnet sie, die verehrte Kollegin, Freia mit Brög bekannt gemacht hatte. Das war dann ein Treppenwitz der Geschichte. Brögs neue Geliebte hatte für dessen Feinde gearbeitet. Es war so grotesk, dass nicht einmal Luis Brenner es hätte erfinden können. Musste er ja auch nicht.

Wie naiv sie bloß gewesen war, als sie eine Wildfremde mit auf dieses Dach genommen hatte! Es blieb ihr jetzt nichts anderes übrig, als Luis alles zu beichten. Er durfte nur nicht erfahren, wie eng sie mittlerweile mit Freia befreundet war.

Wie sie es auch drehte: Sie steckte in der Bredouille. Sollte sie den lieben Luis auf Knien anflehen, die Sache bitte, bitte, bitte zu vergessen? Selbst wenn er sich darauf einlassen würde – sie konnte sich ausmalen, welchen Preis sie dafür zu bezahlen hätte.

Für Freia würde dann alles nur noch schlimmer. Für Außenstehende musste es unweigerlich so aussehen, als ob die junge Frau vom *Magazin* auf Brög regelrecht angesetzt worden wäre. Als Lockvogel. Als Honigfalle. Das wäre dann ein zweiter, ganz eigener Skandal. Ein Presseskandal. Constanze und Luis und das ganze *Magazin* saßen im Glashaus.

Um genau das zu verhindern, habe sie bislang geschwiegen, könnte Constanze vorgeben. Niemand würde ihr das abkaufen. Man würde ihr die Schuld an dem Desaster zuschieben. Sie hatte Freia auf eigene Faust angeheuert. Aber doch ohne zu ahnen, was sie damit anrichtete. Für dieses Argument hätte sie bloß Gelächter geerntet. Kein Mensch hätte es ihr abgenommen. Klein und seine Truppe würden sie allein schon aus Selbstschutz zum schwarzen Schaf stempeln. Sie konnte ihren Job vergessen. Sie wäre in der ganzen Branche verbrannt.

Sie klatschte sich kaltes Wasser ins Gesicht. Glühend heiß war ihr geworden.

»Und jetzt?«, fragte Freia.

Das hätte sie auch gern gewusst.

25

Kann n Cop so grün sein hinter den Ohren, dass er sich so was entgehen lässt? Mal ehrlich? Con: Niemand wisse von unserer Freundschaft (die sie nun Bekanntschaft nennt), nicht mal ihr Chef. Was für ein »Zufall«, dass ausgerechnet der als Erster Wind bekommen hat.

Wim geht auf der privaten Nummer nicht ran. Probiers pausenlos. Nach zwei Stunden erst krieg ich ihn. Gibt sich ahnungslos und abgebrüht.

»Reg dich nicht auf, Süße.«

Hätte er sich mal an der Ampel nicht aufgeführt wie ein Idiot! Scheint nix zu kapiern. Ob er die Beziehung stoppt, wenn alles in der Zeitung steht?

»Ich liebe dich doch.«

Leg die Hand dafür nicht mehr ins Feuer. Und er sollts auch nicht tun. Will er sich damit herausreden, ne »Mitarbeiterin« hätte am Steuer gesessen. Nachts in nem quietschgelben Beetle! Grundsatz-Bodo rät ihm angeblich dazu. Die Leute sind doch nicht bescheuert?

26

Pest oder Cholera. Entweder verriet Constanze ihren Laden oder ihre Freundin. Oder beide. Ob es ein Fehler war, Luis nun doch ins Vertrauen zu ziehen, würde sich erst noch herausstellen. Sie wusste sich aber in ihrer Gewissensqual nicht anders zu helfen. Diesmal lud sie ihn in die Victoria Bar. Sie sagte nicht, warum. Falls er sich Illusionen machte, war ihm nicht zu helfen. Diesmal trank sie Gin, nicht Champagner.

Luis hatte mittlerweile eruiert, auf wen der gelbe Beetle zugelassen war. Wer die Halterin war, eine Freia Kriegenburg, hatte er noch nicht herausbekommen. Angeblich eine Mitarbeiterin Brögs. Doch war ihr Name weder im Ministerium noch in der Partei bekannt und auch im Internet nichts über sie zu finden.

Das Entscheidende fehlte ihm noch: ein handfester Beweis für ihr Verhältnis mit Brög. Ideal wäre ein Foto gewesen. Vor dem Haus, in dem Freia wohnte, lauerte ein Paparazzo. Als Luis es erwähnte, schickte sie ihr sofort eine SMS. »Vorsicht Fotograf!«

»Willst du sie Tag und Nacht beschatten lassen?«

»Wir checken nur, was Brög so treibt.«

»Was treibt er denn sonst so?«, fragte sie.

»Er war am Wochenende in Zürich.«

»Mit Freia Kriegenburg?«

»Das wär denn doch zu schön, um wahr zu sein. Er war allein, das haben wir auch gecheckt.«

»Gott sei Dank«, rutschte es ihr heraus.

»Was soll das denn heißen?«

»Luis, ich muss dir was gestehen.«

Sie legte erst eine Pause ein, in der sie die Zunge mit Gin Tonic kühlte.

»Ich dir auch!«, sagte Luis.

Sie verschluckte sich.

Wer da jetzt wen wie missverstand, war nicht ganz klar. Oder machte sich Luis bloß lustig über sie? Sie gab sich ja alle Mühe, ihn gnädig zu stimmen, rühmte ihn als den »Mann mit dem goldenen Schlapphut« und ertrug gerade wieder seine Hand auf ihrem Knie.

Sie musste husten. Hustete nochmals, und dann gab sie sich endlich einen Ruck. Mit enger Kehle presste sie heraus: »Ich kenne sie.«

Er verstand nicht gleich.

»Der zersplitterte Schusskanal mit der verschleierten Frau, erinnerst du dich?«

»Was hat der damit zu tun?«

»Sie ist das.«

»Wer?«

»Die Frau an der roten Ampel.«

Es klingelte bei Luis. Und wie!

»Eine Muslima!!! Mit so einer treibt es der islamophobe Herr Brög! Great! Absolutely great!« Luis kriegte sich nicht mehr ein. Es war eine ungeheure Sensation. Im Gesicht des Chefreporters leuchteten Staunen und Glück um die Wette.

»Ist nur ein Joke«, sagte sie.

»Du willst mich verarschen?«

»Mensch, es war ein Spaß. Sie hat sich das Tuch um den Kopf gewickelt, und ich hab sie dabei fotografiert.«

Und so war sie mit ihr ins Plaudern gekommen. Freia hatte sich für Fotografie interessiert, war ein paar Tage später mit aufs Reichstagsdach gekommen, um ihr zur Hand zu gehen. Sie hatte den Reflektor gehalten und Brög damit entzündet.

»Ein Schelm, wer Böses dabei denkt.«

Sie ließ die Details weg.

»Wie sitzen beide im Glashaus, Luis, das ist dir hoffentlich klar!«

Zu ihrer Überraschung reagierte er alles andere als angepisst.

»Wir bringen das Foto«, sagte er.

»Luis, sei bitte so nett und bleib auf dem Teppich.«

»Ist ein gefundenes Fressen.«

»Sie hat ein Recht aufs eigene Bild!«

»Nicht mehr. Jetzt ist sie eine Person der Zeitgeschichte. Wo arbeitet sie?«

»Ich glaube, in einem Hotel.«

»Du glaubst?«

»Weiß nicht«, log sie.

»Dann krieg es heraus! Ruf sie an!«

»Gern. Sie wird auch überhaupt nicht mal ein kleines bisschen misstrauisch sein, nachdem ihr Brög von seinem Superabend mit uns am Wannsee erzählt hat. Lass die Kleine in Frieden, Luis! Sie hat mit Politik nichts zu tun.«

»Ihr Sugardaddy will Kanzler werden.«

Es war sinnlos.

Sie klagte vorsichtshalber über Kopfweh. Und todmüde sei sie auch. Außerdem müsse sie ihre Babysitterin endlich ablösen. In Wahrheit war ihr kotzübel.

27

Wim kann mir sonst was schwörn. Unsre Geschichte – Liebe nennt er sie – ist ihm lästig. Schwört dennoch Stein und Bein, dass ICH ihm wichtiger bin als alles andere auf der Welt. Habs auch mal geglaubt.

Aber jetzt will er mich nicht mehr sehn.

Bis auf Weiteres.

»Man lässt uns nicht in Ruhe, Liebste!«

»Da müssen wir durch.«

»Wir haltens nicht durch.«

Er hält es nicht durch!

Bin ihm wohl inzwischen peinlich. Warum gibt ers nicht zu! Kanzler werden wolln und nebenbei lustig ehebrechen geht eben nicht.

»Bloß fürn paar Tage! Ist doch nicht zu viel verlangt.«

Er möcht erst mal so tun, als sein wir uns nie begegnet.

Er: »Es ist schwer, Liebes, aber es muss sein.«

Geschenkt. Kommt noch härter.

Er schickt mich weg.

Dauert ne Weile, bis mir aufgeht, dass er das ernst meint. Wim schiebt mich ab. Ins Exil. Soll das Land verlassen.

Wie er sich das vorstellt?

»Ist schon alles eingefädelt.«

Glaubt er, dass ich das so einfach mit mir machen lass?

»Musst dich nicht mal bewerben«, sagt er. »Es kann sofort losgehn, man wartet schon auf dich.«

Moment!

Das alles nur, um mit mir gelegentlich mal ohne irgendwelche Bodyguards oder Paparazzi vor der Tür zusammen zu sein? Also nicht in Berlin. Sondern möglichst weit weg. Im Ausland. Auch noch in der Schweiz. Homeland der Diskretion, sagt er. Soll ihm das abnehmen. Er ist doch schon hier so beschäftigt, dass er kaum Zeit für uns hat. Plus Familie, die er am Weekend bespaßen muss.

Mir ist schleierhaft, wie das klappen soll. So toll es klingt.

28

Freia nahm nicht ab. Constanze ärgerte sich. Immer wieder versuchte sie es, schickte ihr Nachrichten aufs Smartphone, wollte sie doch nur auf dem Laufenden halten. War sie denn daran nicht mehr interessiert? Brach sie den Kontakt ab? Sie würde doch jetzt nicht die Nerven verlieren!

Anruf im Regent.

»Eigentlich darf ich Ihnen keine Auskunft geben. Frau Kriegenburg arbeitet nicht mehr für uns.«

Constanze bekam den Mund nicht mehr zu.

Hatte sie gekündigt, oder war sie gefeuert worden? Die Kollegin schwieg.

»Und wo arbeitet Freia jetzt?«

»Selbst wenn ich es wüsste, dürfte ich Ihnen davon keine Mitteilung machen. Aber ich weiß es nicht. Sie ist von heute auf morgen verschwunden.«

Als sie Luis informierte, wusste der bereits, dass Freia mit einem fetten Koffer ihre Wohnung verlassen hatte. Seinem Paparazzo war es nicht entgangen.

»Also, noch mal von vorn. Die Frau, mit der Brög gegen Mitternacht an einer roten Ampel gestoppt worden ist, hat die Stadt verlassen.«

»Jemand hat sie aus dem Verkehr gezogen«, sagte er.

»Aus welchem Verkehr?«

Luis war nicht nach Ironie.

»Erstens: Straßenverkehr. Der Innenminister hat den Rechtsstaat behindert. Der kleine Bulle rückt blöderweise nicht heraus mit den Details, obwohl ich ihm mit ein paar Tausendern winke. Hat mir mit einer Anzeige wegen Beamtenbestechung gedroht. Wahrscheinlich mit Aussicht auf Beförderung ruhiggestellt. Zu allem Überfluss ist inzwischen auch die liebe Konkurrenz der Sache auf der Spur. Klein tobt.«

»Und?«

»Ist bloß ein Anschiss.«

Er tat, als sei er daran gewöhnt.

»Was hat Klein gesagt?«

»Kannst du dir selbst denken.«

Luis war nicht bereit, sich von ihr trösten zu lassen.

»Zweitens: die Affäre. Ruht die auch?« Luis verlangte eine Antwort.

»Ich stecke doch mit den beiden nicht unter einer Decke.«

»Weiß man's? Wie kann es sein, dass dir deine Freundin verschweigt, wo sie untergetaucht ist!«

»Ich tu alles, was in meiner Macht steht.« Sie legte zur Abwechslung ihre Hand tröstend auf sein Knie.

Ampelgate, die Titelgeschichte, die aller Welt berichten sollte, was für ein Charakterlump Brög war, der sich weder in seinem Bett noch an einer roten Ampel noch in der großen Politik anständig benahm – sie war noch nicht rund. Dem Sprengsatz fehlte die Zündschnur.

»Wir machen hier beide bald keine großen Sprünge mehr«, prophezeite Luis. »Nimm es bloß nicht auf die leichte Schulter!«

Das tat Constanze gewiss nicht.

29

Freia meldete sich und klang wie berauscht. Nahezu haltlos schwärmte sie von einem der besten Hotels der Welt, von der Superbezahlung verglichen mit Berlin.

»Zürich ist auch superteuer«, dämpfte Constanze ihre Euphorie.

Aber Einwände dieser Art zählten nicht. Freia malte sich ihre Zukunft in den blühendsten Farben.

»Wim hat dir also den Job vermittelt?«

»Er hat das alles hingezaubert!«

»Weil er dich in Berlin nicht mehr auf der Pelle haben will.«

»Ich arbeite im Grand Montagne, Con! Ein Traum!«

»Er hat dich sozialverträglich entsorgt und in der Schweiz versteckt. Schön, wenn dich das tröstet.«

»Sooft es geht, wird Wim in Zürich sein.«

»Hat er dir das versprochen?«

»Stell dir vor!«

»Und du nimmst es ihm auch noch ab.«

»In Zürich haben wir mehr voneinander als in Berlin, wo alles herauskommt.«

»Ist also wieder alles im Lot bei euch.«

Freia überhörte es.

Sie freute sich. Freute sich unbändig auf ihren Job in der Schweiz. Dagegen fielen offenbar ihre Trennungsängste kaum ins Gewicht.

»Deshalb war Brög also kürzlich in der Schweiz.«

»Woher weißt du das?«

»Ist doch egal.«

»Schon am kommenden Weekend besucht er mich.«

»Hat er nichts Besseres zu tun?«

»Fuck yourself!«

»Er zieht dich aus der Schusslinie, Freia.«

»Keine Ahnung, worauf du hinauswillst. Und bitte kein Neid! Wenn du willst, sehen wir uns mal in der Schweiz.«

»Sehr gern«, versprach sie.

Constanze ahnte, dass es schneller geschehen würde, als es Freia lieb war.

30

Gemeinsam mit Luis betrat sie das Büro des Herausgebers. Für sie war es das erste Mal. Ein überraschend kleiner Raum. Bücherstapel, wohin sie blickte. Las Klein doch nicht bloß Zeitung? Oder mimte er bloß den Intellektuellen? Sie war sich nicht ganz sicher.

»Freia Kriegenburg befindet sich bereits im Ausland«, berichtete sie. Mit dieser Neuigkeit hoffte sie zu punkten.

»Brög hat sie abserviert«, kommentierte Luis.

»Er möchd uns gnölln«, korrigierte Klein.

»Bitte?« Luis verstand nicht.

»Uns auschmiern hald.«

»Aber doch nicht Freia«, widersprach sie.

»Dann dun's was!«

»Die Spur führt in die Schweiz«, sagte sie.

»Wenn ich amol ins Exil muss, is des für mich erschde Wahl. Und wo genau?«

Sie behielt den Namen des Hotels für sich.

»Kriechn Ses raus!«, befahl Klein. »So schwer kann des ned sein.«

Er hätte damit Luis beauftragen können. Aber er entschied anders. Wusste Klein, dass sie einen besonderen Draht zu Freia hatte? Sie hatte Luis dringend gebeten, es für sich zu behalten.

Constanze ließ sich einen halben Tag Zeit, dann meldete sie

Klein das Ergebnis ihrer Bemühungen. Im Grand Montagne hoch über Zürich saß Brögs Geliebte.

Auf der Stelle bekam sie grünes Licht. Spesen spielten keine Rolle. Sie sollte herumspionieren und die Five-Star-Absteige ins beste Licht setzen. Der Gipfel ihrer Fotografenkarriere wäre es, die beiden miteinander zu erwischen.

Sie bekam den Reisebefehl, nicht Luis. Der konnte das kaum ertragen. Sie sah es ihm an.

»Zum Sterben schön!«, sagt Managing Director Harry Nilsen zu seinem Vorgesetzten, dem General Manager der Grand Montagne AG, Urs Tobler. Die Herren stehen in der Einfahrt und warten auf die Polizei. Auch von hier bietet sich ein prachtvoller Blick auf Berge und See. »Zum Sterben schön«, wiederholt Tobler.

»Denken Sie gerade an einen neuen Slogan?«, sagt Nilsen.

»Ich meine bloß die Aussicht«, antwortet Tobler.

Sie schweigen und denken eine Weile nebeneinanderher. Tobler hat keinen Sinn für die gesunde Luft und inhaliert seine Zigarette. »Wir sollten vielleicht die deutsche Botschaft verständigen«, sagt er.

»Wir tun besser gar nichts«, erwidert Nilsen. »Wozu haben wir unsere Justiz?«

Wieder schweigen sie.

»Normalerweise liegen sie nicht in der Wanne, sondern auf dem Bett und schlafen ein«, sagt Tobler. »Wenn sich einer hier oben das Leben nimmt, hat er meist monatelang gelitten und ist nicht mehr zu retten.«

Der letzte Vorfall dieser Art war schon ein paar Monate her.

»Unter solchen Umständen ist das Grand Montagne nicht der übelste Ort zum Abdampfen«, sagt der Managing Director.

»Ich komme mit Ihrer Art von Humor noch immer nicht ganz klar«, meint der General Manager.

»Was soll daran denn komisch sein? Humor hat man, wenn man hier arbeitet.«

»Das müssen Sie mir erklären«, sagt Tobler.

»Aber nicht jetzt. Wir haben andere Sorgen. Einen so prominenten Abgang hatten wir noch nie.«

»Die Journaille wird über uns herfallen«, sagt Tobler. Es ist sein Albtraum.

»Ich werde die Pressesprecherin gleich instruieren«, verspricht

sein oberster Mitarbeiter. »Keinerlei Auskünfte, die die Privatsphäre unserer Gäste betreffen. Das versteht sich von selbst.«

»Absolute Informationssperre, Nilsen!«

»Davon rate ich ab. Dann kriegen wir die Meute erst recht an den Hals. Warum nicht eine Pressekonferenz?«

»Sind Sie wahnsinnig, Nilsen!«

»Wir haben sie bereits im Haus. Eine Fotoreporterin des deutschen Magazin *treibt sich herum.«*

»Ich weiß. Beat Banz kümmert sich persönlich um sie«, sagt der General Manager.

Die größte Sorge des Managing Directors dagegen ist es, die Leiche so aus der Superior Junior Suite entfernen zu lassen, dass kein Gast sie zu Gesicht bekommt und der Vorfall zu keinerlei Beeinträchtigung des Hotelbetriebs führt. Es ist vorgesehen, den Toten über verschlungene Gänge im »Back of House« zum Personaleingang neben dem Parkhaus zu rollen. Ohnehin ist zu befürchten, dass in Kürze die Beamten der Kantonspolizei in weißen Overalls auf dem Balkon zu sehen sein werden.

Zunächst aber nähert sich ein Mittelklassefahrzeug, das zwischen all den Lamborghinis und Bentleys in der Vorfahrt seiner Gewöhnlichkeit wegen auffällt.

»Endlich!«, sagt Tobler. »Dann wünsche ich Ihnen viel Glück, Herr Nilsen.« Mit diesen Worten überlässt er die Betreuung der Staatsmacht seinem Managing Director und geht.

Die Einsatzabteilung der Kriminalpolizei hat Hauptmann Ernst Glaris und Feldweibel Yvette Zoppi entsandt. Harry Nilsen empfängt sie bereits am Wagen. Er stellt sich vor, schüttelt Hände und bittet die Beamten um äußerste Diskretion, ehe er sie in den dritten Stock des historischen Gebäudes geleitet. Diesbezüglich hegt er wenig Hoffnung.

Das Erste, was die beiden Polizisten tun, ist, die kleine Personalversammlung in der Superior Junior Suite aufzulösen. Sowohl die Zimmermädchen Pia und Shandy als auch Senior Floor Supervisor Gitta Lobinger, Exekutive Housekeeper Friedrich Lüthi sowie der Resident Manager und Direktor der Rooms Division Sebastian Häfeli haben die Suite zu verlassen. Das gilt selbst für den Sicherheitschef Ruedi Siebeneich. Nur der Hotelarzt Doktor Maximilian Odermatt darf vorläufig bleiben.

»Aber halten Sie sich bitte zur Verfügung!«, sagt der Polizist.

Im Bad ein Paar Stoffpantoffeln, ein Bademantel. Im Zahnputzglas eine Bürste, ein Kulturbeutel, ein Eau de Toilette für Männer, das Parfüm Allure von Chanel. Pillen, Aspirin und ein Blutfettsenker zur Dauermedikamentation, wie Odermatt anmerkt. Ein Abschiedsbrief ist nicht zu entdecken. Auch keine anderen Notizen, Briefe oder ein Terminkalender oder gar ein Tagebuch. Der Safe ist leer. Ein benutztes Weinglas befindet sich auf dem Tisch der Sitzgarnitur, ein anderes liegt zerbrochen auf dem dunklen Eichenparkett, die dazugehörige Flasche leer auf dem Boden vor dem Bett. Weitere Tablettenpackungen liegen neben einem Mobiltelefon auf dem Schreibtisch. An dessen Seite lehnt ein weißer Instrumentenkoffer aus Carbon.

Glaris verständigt die Ermittlungsabteilung Gewaltkriminalität, löst die üblichen Prozeduren der Spurensicherung und der Gerichtsmedizin aus. Was in der Schweiz ordnungsgemäß seinen Lauf nimmt, wird die deutsche Politik auf den Kopf stellen.

II.

GRAND HOTEL MONTAGNE

Jeder Engel ist schrecklich. Und dennoch, weh mir,
ansing ich euch, fast tödliche Vögel der Seele,
wissend um euch.

R. M. Rilke, »Die zweite Elegie«

1

In der Ecke neben dem Frontdesk stützte ein junger Mann seinen blonden Struwwelkopf mit dem rechten Arm. Er lümmelte in abgeschnittenen Jeans und mit offenem Hawaiihemd zwischen Seesack und Schlafsack auf dem Boden.

Constanze starrte ihn an. Durfte einer wie der überhaupt hier herein! Wo war die versteckte Kamera? Er bewegte sich nicht. Endlich klingelte es bei ihr. Der Globetrotter war hier nicht abgestiegen, sondern gehörte zur berühmten Kunstsammlung des Grand Montagne. Verblüffend lebensecht. Neben ihm an der Wand hingen in goldenen Rahmen Pappschilder: *PLEASE HELP* und *TRAVELIN' BROKE AND HUNGRY. ANYTHING HELPS.* Ein köstlicher Kontrast zu all dem Luxus!

Nein, nicht köstlich – dekadent fand sie.

Am Marmortresen die üblichen Formalitäten.

»Hatten Sie eine angenehme Anreise?«

Dazu das gepflegte Lächeln einer adretten jungen Frau in hellblauer Bluse zum dunkelgrauen Kostüm. Makellose Zähne, dezent geschminkte Lippen. Das Einzige, was sie vermissen ließ, war der sanfte schweizerische Singsang – eine Deutsche, wie die meisten Angestellten hier. Es ging ganz rasch. Datenabfrage, Kreditkartenfreigabe. Sie setzte ihren Namen großspurig aufs Meldeformular. Ein Checkpoint zur Abwehr von Hochstaplern war das nicht gerade. Man müsste schon wie ein Clochard aussehen, um abgewiesen zu werden. Dann wurde man womöglich ausgestopft und ausgestellt. Es sei denn, man wäre ein Popstar oder vom Film. Dann durfte man aussehen, wie man wollte.

Sie gab die routinierte Geschäftsfrau, fragte wie beiläufig: »Kennen Sie Freia Kriegenburg?«

»Verzeihung?«

Ein erster feiner Haarriss in der Wohlfühlfassade.

»Freia Kriegenburg, eine Ihrer Kolleginnen.«

»Tut mir leid.«

»Sie ist neu hier, eine gute Freundin aus Berlin.«

Das half auch nicht weiter. Einen Augenblick lang stiegen Zweifel in ihr auf. Wie grotesk wäre es, wenn sie ins teuerste Hotel einer der teuersten Städte der Welt einzog und die, derentwegen sie den ganzen Aufwand betrieb, wäre gar nicht dort zu finden!

Weil Freia ihr ein Märchen erzählt hatte, ausgeheckt von Wilhelm August Brög, dem liebestollen Spitzenpolitiker. Es könnte sein, dass sie in Wahrheit in einem anderen Hotel steckte, an einem anderen Ort, unauffindbar, womöglich gar nicht einmal in der Schweiz. Constanze wäre erledigt, wenn Klein erfuhr, dass sie hier nichts verursachte als Kosten.

»Alles erledigt«, lächelte die Empfangsdame. »Darf ich Sie aufs Zimmer begleiten?«

Sie schluckte ihren Kleinmut hinunter und nahm sich vor, erst einmal alle unverdienten Annehmlichkeiten gewissenlos zu genießen. Sie folgte der Frau durch die Halle des historischen alten Baus. Säulen, ein Kronleuchter im Art-déco-Stil, darunter eine bronzene Göttin, die mit ausgestrecktem Arm eine Fackel hielt wie die Freiheitsstatue. An der Fackel schwang hier ein goldenes Pendel, das wiederum den Mechanismus der Uhr im Sockel antrieb.

»Ein Ausstellungsstück der Pariser Weltausstellung von 1878 aus algerischem Onyx«, erklärte die Adrette. Rechts und links führten breite Treppen nach oben. Aber die nahmen sie nicht, verließen vielmehr die Halle durch eine automatische Glastür, die in den modernen Anbau führte.

»Vor uns der Ballroom, rechts der Golf-Wing, wir nehmen den Weg nach links in den Spa-Wing.«

Der sanft geschwungene gläserne Korridor gab den Blick ins Grüne frei. Eine merkwürdige Skulptur fesselte Constanzes Aufmerksamkeit. Auf einem Gewirr aus alten, verrosteten Maschinenteilen stand ein riesiges blaues Ei, um das sich eine Schlange kringelte und auf dem eine schwergewichtige Dame in goldener Toga auf einem Bein balancierte.

»Leider ist der Motor momentan außer Betrieb«, sagte die Führerin. Constanze war trotzdem beeindruckt. »Ein Werk des Schweizer Bildhauers Jean Tinguely und seiner Frau Niki de Saint Phalle.«

Links war der Altbau mit Türmchen, Dachreitern, spitzen Giebeln, Balkons und Erkern zu sehen. Fahnen flatternden auf dem massiven Turm im Zentrum des schlossartigen Gebäudes. Die modernen Flügel des Komplexes sahen wie Schwingen eines riesigen Flugzeugs aus, mit denen der Altbau in eine lukrative Zukunft abhob. Die Fassade der neuen Anbauten waren mit weißen Metallgittern verkleidet, die ein Gewirr aus Ästen und Zweigen darstellten.

Auch der Aufzug war ganz aus Glas. Staunend und stumm glitt sie nach oben. Im dritten Stock hielt der Lift.

»Bitte nach Ihnen.«

Vor der gläsernen Wand, die sich hier an den bewaldeten Hang schmiegte, stand eine riesige Scheibe aus dem Stamm eines Mammutbaums mit einem quadratischen Loch in der Mitte. Diesmal blieb die Erklärung aus, und Constanze fragte auch nicht. Noch ein paar Schritte, und schon erreichten sie das Zimmer mit der Nummer 3311, die Tür schwer und dick, als beträte man einen Tresor. Das Superior-Doppelzimmer zur Waldseite hin zu 632 Franken die Nacht war das preiswerteste Zimmer, leider mit einem nicht ganz so atemberaubenden Blick auf See und Berge, wie er im Internetportal des Grand Montagne zu sehen war. Doch war sie nicht der schönen Aussicht wegen hier.

Das Zimmer bot ebenfalls ausgesuchtes Schöner-Wohnen-Design. Dazu gehörten eine frei stehende Badewanne mit Duftkerze und Badesalz sowie eine zusätzliche Duschkabine mit Regenwaldfunktion. »Redefining Luxury«, versprach der

Online-Auftritt. Selbstredend stand auch eine Nespressomaschine zur Verfügung. Nichts musste groß erklärt werden. Erwartete die Hübsche Trinkgeld? Constanze hatte keinen Franken in der Tasche.

»Schönen Aufenthalt!« Schon war die Fee entschwebt.

Der Rollkoffer ließ nicht lange auf sich warten. Sie gab dem Hoteldiener einen Fünfeuroschein. Besser als gar nichts. Der Betrag reute sie. Dann dachte sie, dass sie eben einfach nicht hierherpasste. Komisch, dass ihr in diesem Moment James Bond einfiel. Der stieg auch immer nur in den großkotzigsten Suiten in den besten Hotels ab, die er nicht selbst zu bezahlen brauchte, fühlte sich aber immer sofort beobachtet, überwacht und bedroht. Als Erstes untersuchte er immer argwöhnisch Lampen, Spiegel, Bilder, sogar die Obstschale. In der Badewanne wartete meist schon ein erotisches Abenteuer. Luxus als Falle.

Wenn James Bond so etwas genießen konnte, sollte sie es wenigstens versuchen. Ihr gehörte gerade die Welt, wenn auch auf Kleins Kosten. Unangenehm war das nicht.

2

Erst einmal wollte sie es sich gut gehen lassen. Sie zog sich aus, betrachtete ihren eher zarten, doch straffen Körper mit einigem Wohlgefallen in der Spiegelwand des schneeweißen Marmorbades, nahm den Bademantel aus seinem beheizten Fach und schlüpfte hinein. Auch Badelatschen gab es. Sie steckte den Bikini in der Tasche und machte sich unverzüglich auf den Weg. Nackt zu sein unter dem edlen Flausch im gläsernen Lift, verlieh ihr ein gewisses Prickeln. Sie hätte nichts dagegen gehabt, wenn jemand zugestiegen wäre. So glitt sie hinab ins Spa.

Die Umrisse des opulent bemessenen Pools erinnerten an einen Konzertflügel, vielleicht weil er schwarz gekachelt war, was ihm etwas Unergründliches gab. Aus der Tiefe funkelten Lichter wie von einer nächtlichen Landebahn. Wände aus hellen, grob behauenen Felsquadern spiegelten sich in der stillen Wasserfläche. Denn das Becken war nahezu leer. Gemächlich paddelten zwei ältere Damen nebeneinanderher, und ein glatzköpfiger Mann planschte mit einem schönen Kind herum, das vermutlich nicht seine Tochter war.

Sie machte es sich auf einer Liege bequem, hielt es dort aber keine fünf Minuten lang aus, weil sie vor Tatendurst geradezu vibrierte. Ab in den Pool!

Sie kraulte. Die Bahnen waren lang genug, um sich richtig zu verausgaben. Dem Mann, der ihr auf dem Rücken entgegenschwamm, wich sie aus, nach jeder Wende wieder. Nach vier Bahnen hatte sie ihn eingeholt, beinahe gleichzeitig schlugen sie an. Einen Moment lang trafen sich ihre Blicke. Er wechselte nun ebenfalls in den Kraulstil. So zogen sie nebeneinanderher, wenn auch nicht lange, denn sie war noch immer schneller. Wollte sie es ihm zeigen oder ihm entkommen? Vermutlich traf beides zu.

Draußen schien noch die Sonne, weshalb sie es vorzog, den schnaubenden Mann allein zu lassen. Sie verließ das Becken und die Halle und stieg in den Whirlpool unter freiem Himmel. Ein verchromtes Gestänge unter Wasser diente als Liege. Die Wärme entspannte. Die Aussicht auf Stadt und Berge war schlicht phänomenal. Sie schloss trotzdem die Augen und genoss die Farbexplosionen, die die sinkende Sonne hinter ihren Lidern auslöste. Als sie die Augen wieder öffnete, lag der Mann neben ihr, keinen Meter entfernt. Jenseits der Stufen, die den halbkreisförmigen Pool teilten, hätte er die Hälfte für sich allein gehabt.

Er schwieg. Sie versuchte so zu tun, als würde sie ihn nicht zur Kenntnis nehmen, rechnete jedoch damit, dass er sie gleich anquatschte, vermutlich mit einer Bemerkung zur schönen Aussicht.

Damit lag sie jedoch falsch.

»Wir schwimmen im Licht«, sagte er.

»Sich einfach nur wässern ist schöner als schwimmen«, gab sie zu.

Es war bei Weitem kein so poetischer Satz wie der, der dem Mann gerade geglückt war. Sie musterte ihn. Trainierte Arme, nach hinten gestrichenes schwarzes Haar, markantes Gesicht, Ende vierzig vielleicht. Ein Filmschauspieler? Oder Bankmanager? Falls er vorhatte, sie anzubaggern, war der Versuch von eher diskretem Charme. Denn er schwieg wieder.

Sie fing wieder an. »Das Leben ist so ungerecht!«, sagte sie.

»Wohl wahr. Es meint es mit uns gerade wirklich nicht nett.«

»Ja, ja, die Last des Müßiggangs.«

»Eine Sünde, die Zeit so zu verplempern«, stöhnte er. Und nach einer kleinen Pause: »Man sollte auch zu seinen Sünden stehen.«

Sie hatte seinen Humor getestet. Das spornte sie an.

»Anstrengender Job?«

»Da sagen Sie etwas.« Und wieder nach einem Zögern: »Und was treibt Sie an den Rand der Erschöpfung?«

»Ich schreibe.«

»Schriftstellerin?«

»Möglich.«

»Was schreiben Sie denn gerade? Einen Roman?«

»So etwas Ähnliches wie einen Krimi.«

Es war nicht ganz gelogen, fand sie.

»Und wer ist der Böse?«

»Wenn ich Ihnen das verrate, nehme ich Ihnen die Spannung. Außerdem finde ich immer erst während der Arbeit heraus, wer der Böse ist.«

»Höhöhö«, machte der Mann. Er fand ihre Antwort offenbar komisch. Sein Blöken kam etwas zu grell und grob für das gedämpfte Ambiente der Grand-Montagne-Spa-Landschaft.

»Weshalb sollte ich Ihren Krimi lesen?«

»Finden Sie es heraus.«

Das war kühn. Und frech.

»Wenn Sie sich dieses Hotel leisten können, müssen Sie ziemlich erfolgreich sein. Sollte ich Sie kennen?«

»Meine Bücher erscheinen unter einem Pseudonym.«

»Verraten Sie es mir?«

»Lieber nicht«, sagte sie.

»Dann wenigstens Ihren richtigen Namen.«

»Damit kommen Sie meinen Büchern auch nicht näher. Das Pseudonym ist geschlossen. Ich fürchte, Sie werden auf die Lektüre meiner Romane verzichten müssen.«

»Soso. Sie sind hier also vollkommen inkognito. Darf ich fragen, weshalb? Jetzt, wo wir uns so angenehm kennenlernen.«

»Schießen Sie immer gleich übers Ziel hinaus?«

»Ich bin völlig unbewaffnet.«

Da war sie sich nicht so sicher. Sie könnte einfach ein Pseudonym erfinden, nur so zum Spaß. Um den Mann zu foppen.

»Lara McLaughlin – ›Den Ersten beißen die Hunde‹.«

»Ihr größter Erfolg?«

»Noch besser ging der Roman davor: ›Lügen haben lange Beine‹.«

»Höhöhö.«

»Kann es sein, dass Sie sich über mich lustig machen?«

»Und der Roman, an dem Sie gerade schreiben, wie heißt der?«

»›Ein Fremder mit Aussicht‹.«

»Soso! Gibt es für mich darin eine Rolle?«

An Selbstbewusstsein fehlte es ihm nicht gerade, fand sie.

»Kommt darauf an, ob Sie sich eher bei den Guten oder den Bösen sehen.«

»Das überlasse ich unbesorgt Ihnen.«

»Es wird sich ohnehin erst beim Schreiben herausstellen.«

»Sehen Sie. Jetzt bleibt Ihnen nichts anderes übrig, als es herauszufinden.«

Vorsicht! Das Ganze sah aus wie ein Flirt, auf den sie nicht besonders scharf war. Sie antwortete ihm nicht mehr.

»›Der Fremde mit den kurzen Beinen‹. Von Sarah McLaughlin. Werde ich mir merken«, sagte er.

»›Lügen haben lange Beine‹ von Lara McLaughlin.«

»Wie genau schreibt man das?«

Woher sollte sie das wissen? McLaughlin oder McLovelin, es klang so oder so irgendwie nach Porno. Sie sollte schleunigst die warme Brühe verlassen.

»Darf ich Lara sagen?«

»Schade, dass ich gehen muss«, sagte sie.

»An die Arbeit?«

»Sie sagen es.«

»Habe ich Sie gerade auf eine Idee gebracht, die Sie nun schnell zu Papier bringen?«

»Wir werden sehen, schönen Abend.«

Constanze spürte, wie ihr seine Blicke folgten. Erst im Zimmer fiel ihr auf, dass auch er ihr seinen Namen nicht verraten hatte.

3

Auf dem Display sah sie, dass Luis sich gemeldet hatte. Offenbar erwartete er, dass sie sich sofort nach ihrer Ankunft aus Zürich meldete. Sie rief nicht zurück. Ihre Gewissensbisse waren samt und sonders für David reserviert.

»Ein ganz, ganz dickes Gutenachtbussi, mein süßer Schatz.«

»Bin noch gar nicht im Bett.«

»Nein!? Dann wird es aber höchste Zeit. Was machst du gerade Schönes?«

»Nichts Schönes.«

»Jetzt flunkerst du, mein Schatz. Christa ist immer sooo lieb zu dir.«

»Gar nicht nett.«

»Kann ich mir nicht vorstellen. Was hat sie denn getan?«

»Nichts hat sie gemacht.«

»Dann beschwer dich bitte auch nicht. Sonst machst du es wie der undankbare Ziegenbock im Märchen. Ich sprang nur über Gräbelein und fand kein einziges Blättelein, mähmäh.«

»Mähmäh, mähmäh, mähmäh.«

»Na komm schon, deiner Mami kannst du ruhig alles erzählen.«

»Sie hat einfach ausgemacht.«

»Was hat Christa gemacht?«

»Einfach aus. Den Fernseher.«

»Es ist aber auch schon spät.«

»Gar nicht spät.«

»Was willst du denn unbedingt noch sehen?«

»Einen Krimi!«

»Das ist nichts für dich, mein Liebling.«

»Mami, warum?«

»Davon träumst du schlecht.«

»Hab doch schon sooo viele Krimis gesehen.«

»Da gibt es ganz gruselig böse Menschen, und die machen dir Angst.«

»Im Tischlein deck dich sind sie doch auch böse, und ich hab keine Angst.«

Der Kleine diskutierte sie jetzt schon unter den Tisch, dachte sie.

»Was denn für einen Krimi?«

»Ein starkes Team!«

»Ist wirklich nichts für dich, mein kleiner Held.«

»Doch!«

Sie wollte das nicht ausfechten. Dazu fühlte sie sich gerade nicht standhaft genug.

»Und am Nachmittag? Was hast du da Tolles gemacht?«

»War in der Schule!«

Wo sonst. Er ging gern, glaubte sie, wenigstens das.

»Und was hast du in der Schule Schönes gemacht?«

»Gerechnet, geschrieben, gerechnet, geschrieben, gerechnet, geschrieben.«

»Oje. Aber ihr habt heute doch auch noch Fußball gespielt.«

»Linus hat mich gefoult.«

»Hat er dir wehgetan, mein Süßer?«

»Hab ihn auch ganz schlimm gefoult.«

»Ihr habt euch geprügelt?«

»Nicht so wie im Krimi.«

David hatte es faustdick hinter den kleinen Ohren. Sie war richtig stolz auf ihn.

»Jetzt gehen wir aber ganz geschwind ins Heiabettchen.«

Sie schmatzte ihre Gutenachtbussis durch die Leitung, dass es eine Freude war.

»Träum schön, süßer Schatz.«

4

Con im Grand Montagne! Ist bei ihr der Wohlstand ausgebrochen, oder zahlt die Firma oder was? Herzlich willkommen! Hatten Sie eine angenehme Anreise? Hatte zum Glück keinen Dienst.

Sollte Wim warnen. Wollte gestern schon hier sein. Nem Innenminister kommt leicht mal was dazwischen. Die Hälfte der Wochenenden geht sowieso für Parteievents und Regierungskonferenzen drauf.

Wenn er erfährt, dass die Magazin-*Tante hier herumschnüffelt, kann ich die Hoffnung knicken, dass er sich blicken lässt. Also lass ichs.*

5

Eine Freitreppe führte hinab zur Bar. Es gab dort kaum etwas, das nicht schwarz war. Boden, Decke, Wände, Möbel - alles schwarz. Nur die Blumen auf der schwarzen Theke blühten rosa. Über allem ein Himmel voller Kerzen, die Flammen aus Kristallglas.

Am Fuß der Treppe stand Constanze und beobachtete einen korpulenten Mann in schwarzer Lederjacke und die dazu passende Frau. Lange schwarze Haare, schwarze Leggins. Wenn sie sich küssten, verschmolzen sie zu einem einzigen schwarzen Fleck. Der Pelzmantel über der Lehne war nur grau, ein sibirischer Fuchs vielleicht, da kannte sie sich nicht so aus. Neben den beiden lehnte eine Lady im Leopardenlook mit hochgesteckter Frisur in den Armen eines älteren Herrn. *Take a walk on the wild side*, sang der Mann an der akustischen Gitarre.

»Willkommen Lara McLaughlin.«

Sie fuhr herum. Der namenlose Mann hätte sie fast berührt, so nah stand er hinter ihr. Es kam ihr vor, als hätte er sie erwartet.

Sie wollte es jetzt wissen.

»Und wer sind Sie?«

»Der unsichtbare Irre. Das Gespenst vom Zürichberg. Johnny, der Depp.«

»Da muss ich mich ja fürchten.«

»Ich denke noch immer über meine Rolle in Ihrem nächsten Roman nach.«

Seine Augen schimmerten schwarz.

»Ich fürchte, ich muss Sie enttäuschen und habe keine Verwendung für Sie in dem Roman …«

Er bedeckte sein Gesicht mit der Hand und tat, als breche er in Tränen aus.

»… den ich nie schreiben werde.«

Als sei das ein Trost.

»Ich hatte so gehofft.«

»So sorry.«

»Sie sind also gar keine Schriftstellerin. Was dann?«

»Zuerst Sie! Sie sind auch ein komischer Vogel. Was machen Sie von Beruf?«

»Sie dürfen raten.«

»Also gut: Fußballfunktionär. Das Hauptquartier der FIFA liegt gleich um die Ecke.«

»Ein Ex-Profi, glauben Sie. Sie haben meine krummen Beine gesehen! Falsch.«

»Sie handeln mit etwas Wertvollem. Devisen, Rohstoffe, Kunst.«

»Auch nicht.«

»Plastische Chirurgie. Sie betreuen eine schwerreiche Oligarchengattin, haben sich ein exaktes Bild von ihrer Unvollkommenheit gemacht und arbeiten jetzt am Kostenvoranschlag.«

»Wird ja immer schöner! Noch immer kein Treffer. Jetzt bin ich dran, Lara McLaughlin. Ich finde keine Spur von Ihnen im Netz. Sie müssen Geheimagentin sein.«

»So eine Art. Zugegeben. Wollte sie nur nicht gleich verschrecken damit. Constanze Behrenberg. Ich bin Journalistin.«

Sie reichte ihm die Hand. Er behielt sie lange. Bis sie sie ihm wegzog, ein paar gefühlte Minuten zu spät.

»Rudolf Gandolfo.«

»Ich hätte auf Johnny getippt«, sagte sie. »Der Tag geht, Johnny Walker kommt.«

»Am besten einfach nur Rudi.«

»Mir ist es hier zu duster«, behauptete sie. Eine Vorsichtsmaßnahme.

»Kommen Sie mal mit«, sagte er und schob sie durch einen Vorhang aus dickem Filz ins Freie. Sie standen auf einer Terrasse, direkt vor einem silbern glitzernden Champagnerkelch, in dem sich in voller Lebensgröße eine nackte Schönheit räkelte, das linke Bein senkrecht gegen den besternten Himmel gestreckt.

»Poliertes Aluminium. Ein Werk von Mel Ramos.«

Auf den schimmernden Brüsten spiegelte sich der eckige Turm des alten Hotels.

»Auch noch Kunstkenner!«, lobte sie. Es klang eher besorgt als bewundernd. Sie blickte auf die Lichter der Stadt. Der See glitzerte um die Wette mit der Nackten, die im Champagner badete.

»Ein wenig kühl hier draußen, meinst du nicht, Rudi?«

»Wie könnte ich in deiner Gegenwart frösteln, Constanze?«

Der Flirt im warmen Pool war wohl ein Fehler gewesen, dachte sie.

Er schien ihre Reserviertheit zu spüren und schaltete einen Gang zurück. Das sprach für ihn. »Wie wärs mit einem Glas Champagner?« Es klang beinahe routiniert.

»Alles, bloß keinen Champagner. Vielleicht einen Gin Tonic.«

Der Mann an der Gitarre sang jetzt *Girl you can't hide your desire. 'cause when wie kiss' fire.*

Sie nahmen auf schwarzen Barhockern Platz. Der Mixer im schwarzen Anzug trug einen schwarzen Vollbart. Sie wählte Hendrick's mit Gurke – wegen der frischen Farbe. Er schloss sich ihr an.

»Welchem Geheimnis ist die Journalistin auf der Spur, wenn ich fragen darf?«

»Du darfst. Gar keinem Geheimnis. Ich arbeite an einer Fotoreportage über Schweizer Luxushotels.«

»Das Grand Montagne gehört unbedingt dazu«, bestätigte er. »Treffpunkt der besten Gesellschaft. Unter den Gästen Albert Einstein, Winston Churchill, Thomas Mann, der Schah von Persien, die Rolling Stones.«

Was er alles wusste!

»Erst vor fünf Jahren wiedereröffnet. Zuvor hatte man alles

abgerissen, was jünger war als 1898. Um das historische Zentralgebäude hat der Architekt Sir Norman Foster einen eleganten steinernen Schal gelegt.«

Es hörte sich an wie ein Zitat aus der Werbebroschüre.

»Ist ja ein Ding!«

»Für eine halbe Milliarde Franken.«

So genau wollte sie es gar nicht wissen. Aber Rudi war nicht zu bremsen. Fing an, ihr die Geschichte des Heinrich Hürlimann zu erzählen, dem Gastronomen und Grundstücksspekulanten, der am Zürichberg heimlich billige Grundstücke zusammengekauft und das ursprüngliche Kurhotel darauf gebaut hatte, einschließlich einer eigenen Seilbahn.

»Die Bahn gibt es noch, sie gehört zum Straßenbahnnetz von Zürich. Wenn du möchtest, mache ich dich mit dem General Manager bekannt.«

Sie interessierte sich weder für die Seilbahn noch für das Glück des Herrn Hürlimann. Schon eher für den General Manager. Der müsste von dem Deal mit Brög wissen. Allmählich machte sie der kundige Rudi neugierig. Sie hatte ihn auflaufen lassen, und jetzt wagte er sich nicht mehr in medias res, sonst würde er doch nicht langweilige Enden über die Geschichte des Hotels erzählen. Vielleicht auch besser so.

Sie kürzte das Spiel ab. Wie zufällig berührten sich ihre Knie. Dann behauptete sie, hundemüde zu sein. »Danke für den vielversprechenden Abend. Nur eine Frage noch, Rudi. Was treibst du neben der Betreuung weiblicher Gäste sonst noch so?«

Höhöhöhöhö.

Als es vorbei war, fragte er, ob sie schon einmal etwas von der Grünhalden-Stiftung gehört hätte.

Sie schüttelte den Kopf.

Er legte los, als hätte er auf das Signal dazu gewartet. »Dem Wahren, Schönen und Guten – unser Wahlspruch. Das Wahre: Wir fördern hochbegabte Wissenschaftler. Das Schöne: Wir unterstützen hochtalentierte junge Musiker. Das Gute: Politische

Bildung, denn die größte Gefahr für die Demokratie ist Gleichgültigkeit. Wir unternehmen dagegen etwas. Langweile ich dich?«

»Nein, nein. Wer spendiert das viele Geld?«

»Das Stiftungsvermögen stammt weitgehend von Beat Banz.«

Etwas klingelte in ihrem Hinterkopf, sie wusste nur gerade nicht, was.

»Beat Banz?«

»Der große Philanthrop.«

»Nie etwas von ihm gehört.«

Constanze besaß ein paar gesunde Vorurteile gegenüber professionellen Wohltätern, die nie genug Steuern bezahlten. Aber das wollte sie jetzt nicht ausdiskutieren.

»Für was bist du zuständig, Rudi, für das Wahre, Schöne oder Gute?«

»Im Augenblick vorwiegend für das Schöne!«

Er strahlte sie an, und das Strahlen hätte ihr schon gereicht. Doch musste er unbedingt noch eine kleine Klugscheißerei hinzufügen.

»Die Wahrheit ist das Gute, das sich nur im Schönen offenbart.«

Er drückte ihr sanft die Lippen auf die Stirn.

Der Typ hat einen leichten Schatten, dachte sie.

»Wir sind also beide der Wahrheit auf der Spur«, sagte er. »Da haben wir etwas gemeinsam. Oder?«

»Dann wäre das auch geklärt. Und was genau ist dabei dein Job?« So ganz genau wollte sie es gar nicht wissen.

»Ich helfe Beat Banz beim Geldverschenken, soweit er sich dabei helfen lässt.«

»Macht das Spaß?«

»Ich darf meinen eigenen Kopf benutzen, bin auf der Welt unterwegs, überall, wo es schön ist, und tue Gutes.«

»Wahrhaftig ein Glückskind! Findet deine Frau das auch schön oder nur gut?«

Es war keine ganz angemessene Frage in diesem Moment. Doch Rudi nahm sie gelassen.

»Es gibt keine Ehefrau.«

Sie ging darüber hinweg und hob ihr Glas: »Auf den großen Banz!«

Sie stießen an.

»Reiche Männer interessieren mich nur beruflich«, fügte sie hinzu.

»Wie kommst du darauf, ich könnte reich sein? Nur weil ich für Banz arbeite?« Rudi lächelte sie an. »Wäre es mit deiner sozialen Gesinnung vereinbar, wenn wir noch einen Schluck auf Kosten der Grünhalden-Stiftung nehmen?«

»Schon überredet.«

Ein paar Minuten später konnte sie sich kaum noch daran erinnern, was Rudi ihr noch alles an Wahrem, Schönem und Gutem zugemutet hatte.

»Muss jetzt wirklich ins Bett.«

Das hätte er auch anders verstehen können. Aber sie fand unbehelligt in ihr Zimmer. Einen Augenblick lang stand sie noch am Fenster und sah, wie die Sterne über dem Wald funkelten.

6

Luis rief an. Wie bestellt. Constanze konnte seinen Rat brauchen. Aber erst einmal wollte er von ihr »alles« wissen. Alles würde sie ihm ganz sicher nicht auf die Nase binden.

»Und Freia?«

»Ja.«

»Und!«

»Was und?«

»Hast du mit ihr gesprochen?«

»Was heißt gesprochen?«

»Muss ich dir jede Silbe ...!«

»Nur kurz am Telefon.«

»Und!«

»Äußerst kurz angebunden.«

»Logisch. Sie hat Besuch. Wochenend und Sonnenschein.«

»Es gibt keinen einzigen brauchbaren Hinweis auf Brög.«

»Auch weniger brauchbare Indizien sind willkommen?«

»Keine Spur.«

»Sicher?«

»Aber ja.«

»Das gibt's nicht.«

»Ich bin weder blind noch taub.«

»Was ist los mit dir?«

»Was soll schon los sein? Bin gerade erst angekommen. Lass mich bitte erst mal durchschnaufen.«

»Wie ist es so im Grand Montagne?«

»Schön. Echt schön. Alles gut. Wirklich.«

»Du könntest einen alten Hasen an deiner Seite brauchen. Ist mein Gefühl.«

Luis hätte gern gehört, dass er ihr fehlte, er, das Reporterass, der große Bruder.

»Weil ich ohne dich nicht klarkomme, oder was?«

»Sei nicht so empfindlich!«

Wo er recht hatte, hatte er recht. Sie änderte ihren Ton.

»Ich bräuchte tatsächlich deine Hilfe, Luis. Aber nicht hier. Könntest du so liebenswürdig sein und alles zusammenstellen, was du über Beat Banz finden kannst?«

»Beat ...?«

»Banz, der Schweizer Milliardär. Alles, was wir über ihn im Archiv haben.«

»Du schickst mich ins Archiv?«

Das war unter seiner Würde.

»Okay, ich will sehn, was ich tun kann. Nur, was hat Banz mit Brög zu tun?«

»Das Grand Montagne gehört Banz. Wenn Brög seine Liebste hier geräuschlos unterbringen kann, hat Banz ihm vermutlich geholfen.«

»Sprich mit Banz!«

»An den kommt man nicht so einfach heran. Aber zu seiner Stiftung baue ich gerade einen Kontakt auf.«

»Great.« Luis schnalzte mit der Zunge.

Brögs Geliebte in der Obhut eines Schweizer Milliardärs. Aus solchem Stroh ließ sich bestimmt einiges Gold spinnen. Was Luis nicht ahnen konnte, war nur, dass sie an Banz noch aus einem anderen Grund interessiert war. Banz war die Sonne, um die Rudi kreiste.

7

Aus dem Internet erfuhr sie nichts über Rudolf Gandolfo. Auch auf der Seite der Grünhalden-Stiftung war sein Name nicht zu finden. Wohl aber einiges über Beat Banz.

Er hatte sein Glück an der Devisenbörse gemacht. Großer Sammler. Rennställe (Galopper, Formel 1), Kunst (Zeitgenossen, Avantgarde), Hotels (überall, wo die Aussicht unbezahlbar war). Das Grand Montagne gehörte der Montagne AG. Die Montagne AG wiederum war zu rund achtzig Prozent im Besitz der Grünhalden-Stiftung. Banz war nie verheiratet gewesen. Eine namhafte Schauspielerin befand sich unter seinen prominenten Freundinnen, eine Bundesrätin, eine Olympiasiegerin im Riesenslalom. Banz, der Sammler und Jäger.

8

Auch der ins Archiv beorderte Chefreporter war nicht untätig geblieben.

»Land in Sicht, Sweetheart!«

Er bestätigte, was sie über Banz bereits wusste. Aber sie tat, als sei sie entzückt. Neu für sie war nur, dass Banz ein paarmal mit den Steuerbehörden aneinandergeraten war.

»Wenn du mehr über ihn erfahren willst, solltest du mit Charlotte zur Mühlen Kontakt aufnehmen«, empfahl Luis. »Die Zürcher Galeristin. Ist mit Banz eine Zeit lang zusammen gewesen. Schau sie dir mal an!«

»Sie bringt uns in Sachen Brög keinen Schritt weiter.«

»Und ob!«, widersprach Luis. »Ein schwerreicher Schweizer Steuersünder und der deutsche Innenminister – da klingeln bei mir sämtliche Glocken!«

9

Straßenbahnen schlängelten sich in rascher Folge über den Paradeplatz in die Bahnhofstrasse. Constanze überquerte sie. Doch stand ihr der Sinn nicht nach den Schaufenstern der mondänen Meile. Sie ging weiter über den Platz bis zum Talacker. So hieß die verkehrsreiche Straße, die zwischen den Hauptquartieren der Großbanken UBS und Credit Swiss einmündete. Schon an der übernächsten Ecke bog sie rechts in die enge St. Peterstrasse ein, die zur Glitzerwelt der Bahnhofstrasse zurückführte. Davor, an der Ecke zur unauffälligen Nüschelerstrasse, fand sie ihr Ziel.

Zur Mühlen Contemporary stand über der Galerie. Weiß lackiert die Front. Links von der Eingangstür ein großes, rechts ein kleines Schaufenster. Der schmale, helle Ausstellungsraum reichte jedoch weit in die Tiefe. Großformatige Schwarz-Weiß-Ansichten der Alpen hingen an den Wänden, gestochen scharfe Bergkämme, schroffe Abgründe, unberührte Schneeflächen vor scharfkantigen Felsen. Während sie die Tür aufstieß, beschloss sie, nicht als *Magazin*-Journalistin aufzutreten, sondern als freie Fotografin.

Die Landschaften hier waren nicht unter 10 000 Franken zu haben. So eine Ausstellung – und sie wäre saniert. Aus der Tiefe des Raums kam eine große Frau mittleren Alters auf sie zu. Ein tannengrünes, tief und spitz ausgeschnittenes Etuikleid betonte die Figur. Sie war nicht dünn, aber auch nicht korpulent, nur lang, trug kastanienrotes, nach hinten gestriegeltes kurzes Haar. Eine Kette aus rostroten, pflaumengroßen Kugeln umgab ihren Hals. Aber mehr noch fielen die Lippen ins Auge, auf die sie ein sehr selbstbewusstes Magenta aufgetragen hatte. Zurückhaltend war nichts an dieser Gestalt und in diesem Gesicht, schon gar nicht das mächtige schwarze Horngestell.

»Guten Tag. Frau zur Mühlen?«

Die Frau nickte und begann sofort ihren Künstler anzupreisen. »Die Berge sind uns vertraut – doch auf diesen Fotos wirken sie unbekannt. Sie haben etwas, das uns zuvor nicht aufgefallen ist. Finden Sie nicht? Etwas Verstörendes und zugleich Verzauberndes.«

Constanze las den Namen des Künstlers auf den kleinen Schildchen, auf denen rote Punkte klebten. Er hieß Peter Mathis, fast alle Fotos waren schon verkauft. Der Name war ihr bisher noch nicht aufgefallen.

»Ist wohl auch ein Bergsteiger?«

»Ein sehr erfahrener sogar. Aber Peter betont immer, dass er als Fotograf die Berge ganz anders sieht. Aus einer Distanz heraus. Meist wartet er tagelang auf den genau richtigen Moment.«

Sie wartete nie. Ihre Fotos waren immer nur dem Augenblick

geschuldet, dem Zufall. Sie war auf unberechenbare Menschen aus, nicht auf ewige Berge. Sie wollte nicht gleich mit der Tür ins Haus fallen, wusste nun aber nicht, wie sie die Kurve kriegen sollte. Sie starrte eine schwarze Felspyramide im Gegenlicht an und überlegte. Am besten, sie redete nicht groß herum. Dann entschied sie sich für einen Umweg.

»Interessiert Sie diese Arbeit?«, fragte die große Frau.

»Ich denke gerade: Das Bild sieht fast aus wie eine Zeichnung von Longo.«

»Longo. Wie kommen Sie auf den?« Es klang leicht ungehalten.

»Sie halten nicht viel von ihm?«

»Durchaus, aber ich vertrete nur Fotografen. Warum fragen Sie?«

»Ich würde Ihnen gern ein Foto von Longo zeigen, das Sie noch nicht gesehen haben.« Sie wusste sich nicht anders zu helfen.

»Ein Foto von Longo?«

»Sozusagen.« Mit einem Griff zog Constanze ihr MacBook aus der Umhängetasche und stellte es auf den weißen Schreibtisch gleich neben der Tür.

»Darf ich?«

Keine Antwort.

Sie ließ sich nicht irritieren, klappte den Laptop auf, schaltete ihn an und rief das Foto auf, das den Adlerkopf mit Trumpfrisur zeigte, davor der Mann, der kein einziges Haar auf dem Kopf trug. Der Witz der Aufnahme zündete nicht, jedenfalls ließ sich die Galeristin nichts anmerken. Als Nächstes klickte sie die zerstörte Scheibe in der Redaktion von *Charlie Hebdo* an. Genau im Einschussloch spiegelte sich Freia mit dem Tuch über dem Kopf.

»Haben Sie das fotografiert?«

Sie nickte.

»Haben Sie das schon irgendwo ausgestellt?«

»Noch nicht.« Sie unterschlug, dass das Foto im *Magazin* erscheinen sollte.

»Was meinen Sie, wie viele Fotokünstler mir ihre Arbeiten schicken oder damit vorbeischauen – sie melden sich sogar vorher an.«

»Ich überfalle Sie damit, tut mir leid. Aber meine Fotos sind gut.«

»Das will ich gar nicht bestreiten. Viele Künstler sind gut, sehr gut sogar, und ich kann sie trotzdem nicht ausstellen.«

»Ich zeige Ihnen noch mehr. Hier!«

Ein blutender Mann lehnte am Stamm einer Korkeiche und hielt abwehrend eine zerschundene Hand vors Gesicht. Das Fahrrad, mit dem er gerade gestürzt war, lag neben ihm.

»Kommt mir bekannt vor«, sagte die Galeristin.

»Es war in einigen Zeitungen zu sehen.«

»Wer ist das?«

»Ein Mörder.« Das Wort ging ihr leichter von den Lippen, als sie befürchtete. »Ein ehemaliger RAF-Terrorist. Er ist mir buchstäblich vors Auto gefallen.«

»Wenn man das weiß, kriegt das Bild natürlich eine ganz andere Bedeutung.«

Constanze fand das Bild auch ohne die Geschichte dahinter gelungen. Eine Galerie zu finden, die ihre Arbeiten zeigte, wäre ein Traum gewesen. Aber im Augenblick suchte sie gar keine Galerie, sondern bloß einen Draht zu dieser Frau.

»Ich bin Constanze Behrenberg aus Berlin und arbeite an einer Reportage über Zürich. Ich würde gern auch Sie fotografieren.«

»Was soll denn an mir interessant sein?«

»Das Ambiente hier passt wie gemalt. Die Schweizer Berge, davor Sie, eine namhafte Galeristin.«

»Übertreiben Sie nicht.«

Ihr Gesicht war fast faltenlos, und falls restauriert, so mit beträchtlicher Kunstfertigkeit.

»Waren Sie nicht mal mit dem berühmten Sammler Beat Banz zusammen?«

»Ich schlage vor, wir beenden das Gespräch.«

»Herrn Banz habe ich zufällig im Grand Montagne kennengelernt«, log sie. »Er hat mir Sie empfohlen.«

»Ich glaube Ihnen kein Wort.«

Constanze zückte ihre Visitenkarte. Frau zur Mühlen nahm sie entgegen, hielt sie in der ausgestreckten Hand, drehte sich wortlos um und verschwand in der Tiefe des Raums. Die Fotografin klappte das MacBook zu und folgte ihr bis zu der Tür, durch die sie gerade verschwunden war. Es hörte sich an, als ob sie dahinter telefonierte.

Endlich legte sie auf. Doch kam sie nicht zurück.

Dafür piepte Constanzes Smartphone. Eine SMS: *Verlassen Sie sofort meine Galerie.*

10

Männer durften nicht hinein in die Frauenbadi am Stadthausquai. Über Männer wurde dort nur geredet. Dort war sie mit Freia verabredet. Die hatte vorgeschlagen, an ihrem freien Tag mit Constanze ins Flussbad zu gehen.

Das Schwimmbecken war auf allen vier Seiten von einstöckigen hölzernen Gebäuden umgeben. Weiße Wände, grüne Balken, gusseiserne Säulen, an den vier Ecken Pavillons mit geschwungenen kupfernen Dächern, die an Pagoden erinnerten. In einer befand sich die Barfußbar, nur abends geöffnet, sogar für Männer.

»Das hast du schon ausprobiert?«

»Dann tanzt hier der Bär«, sagte Freia.

»Zauberhaft. So schräg und doch korrekt, so einladend und doch so unbezahlbar diese Stadt«, stichelte Constanze.

»Ja, verdammt. Verdammt schön hier. Was gibt's daran auszusetzen?«

Ein zweites Becken, ebenfalls von hölzernen Decks umgeben, befand sich außerhalb des Gebäudekarrees im Fluss. Dort breiteten sie ihr Badetuch auf den Planken unter einem Sonnenschirm aus.

Constanze genoss den Blick auf die Türme des Großmünsters, hinter denen der Zürichberg aufstieg.

»Mit den Eidgenossen kommst du also klar.«

Zweifel und leiser Spott schwangen in ihrer Stimme. Sie lag auf dem Bauch, Freia saß neben ihr.

»Wenigstens wissen sie sich zu benehmen.«

»Hört sich an, als hättest du schon einen Kurs zum Alphornblasen belegt!«

»Was willst du eigentlich? Cool down!«

Freia klatschte ihr mit der flachen Hand auf den Hintern. Constanze zog sie in den Schwitzkasten.

»Sag, was treibt denn dein Liebster so?«

»Was soll er schon treiben? Er treibt es mit mir«, keuchte sie und befreite sich aus der Umklammerung.

»Hat Wim dich schon besucht?«

»Mach dir um mich keine Sorgen.«

»Wie geht es jetzt weiter mit euch?«

»Sei nicht so neugierig!«

Sie lagen nun beide auf dem Rücken.

»Wie stellst du dir eure Zukunft vor?«

»Gut.«

»Habt ihr Pläne?«

»Wenn du es so nennen willst.«

»Erzähl schon!«

Freia blinzelte in die Sonne und schwieg.

»Ein Plan macht ja auch noch keinen Sommer«, sagte Constanze.

Die Melodie, die Freia summte, erkannte sie nicht.

»Heraus damit! Ich bin deine Freundin. Behalt garantiert alles für mich.«

Korrekt gesagt, war sie nach Zürich gereist, um Freia auszuquetschen. Die wusste das auch. Constanze dachte aber gerade gar nicht an ihre Story. Sie bewunderte Freia für die Konsequenz, mit der sie einfach tat, was sie nicht lassen wollte. So frei und zielstrebig wäre sie selbst gern gewesen. Doch sie wusste nicht einmal, was sie wirklich wollte.

»Was machst du mit ihm, wenn er da ist?«

»Du willst nicht wissen, ob Wim mit mir in die Kronenhalle geht oder zum Einkaufsbummel in die Bahnhofstrasse. Weder das eine noch das andere. Auch hier sind die Straßen voller Leute, die ihn aus der Glotze kennen.«

»Ihr flieht also in die Berge?«

»Wim hat immer was zu tun. Auch in Zürich. Er trifft Leute.«

»Was für Leute?«

»Frag ihn selbst.«

»Wenn ich dich richtig verstehe, ist er nicht mal ganz da, wenn er hier ist.«

»Themenwechsel!« Freia drehte sich zurück auf den Bauch.

»Was ist los mit dir?«

»Was soll sein? Es hat eben alles auch eine Kehrseite.«

»Das kann doch so nichts werden«, sagte Constanze.

»Bitte?«

»Ihr beide – was soll das denn sein?«

Mit einem Ruck setzte sich Freia auf.

»Hör zu! Wim steigt aus. Und scheiden lässt er sich auch!« Sie schrie ihr trotziges Glück hinaus.

Was ist das für ein romantischer Quatsch, dachte sie.

11

Con schnüffelt hier rum. Pass bloß auf!, sag ich mir. Kontrolle ist besser. Muss also was mit ihr tun. Zum Abkühlen in den Fluss – im Frauenbadi quasi unter uns. Sie bohrt, was ihr nix nützt. Dafür rückt sie mit nem Geständnis raus. Bin baff. Sie ist echt schnell. Rudi heißt ihr Typ. Aber hallo!

Was er so macht?

Wörtlich: »Er subventioniert das Wahre, Schöne und Gute.«

Ist das gut! Schluck 1 l Wasser vor Lachen.

12

Sie träumte gut im Kingsizebett. Träumte von einem Weekend im Kingsizebett. Mit ihm! David kam auch irgendwie vor, lag dem frischen Glück aber nicht im Weg. Sie wachte auf und rief sich sofort zur Ordnung. Mach jetzt bloß keine Sachen! Verlier nicht den Verstand! Sie kannte doch Rudi noch gar nicht richtig. Grundsätzlich standen sich Arbeit und ein kleines Abenteuer nicht im Weg. Trotzdem. Sie ließ sich die Regenwalddusche auf den Kopf trommeln. Das tat gut.

Sie schloss die Augen. Plötzlich war der Traum zurück. Sie träumte, wie sie unter der Regenwalddusche stand. Mit ihm …

13

»Private Angelegenheiten sollen nicht mit beruflichen vermischt werden.« So stehts da. Der übliche Text über das »professionelle Verhältnis« zu Gästen. Ausdrücklich verboten ist nix. Dazu steht nicht ein Satz im Mitarbeiterhandbuch. Man soll sich aber mit Gästen möglichst nicht blicken lassen. Alles, was zählt, ist Diskretion! Diskretion! Diskretion! Unser Mantra.

Wenn Wim mir den Job verschafft hat, muss hier jemand eingeweiht sein. Mindestens ahnen, was gespielt wird. Tobler, der General Manager, oder Nilsen, der Managing Direktor. Im Frontoffice weiß niemand was. Nicht mal Häfeli, der Häuptling der Rooms Division – behauptet Nicola, seine Assistentin. Die überall die Nase drin und mir gleich am ersten Tag den ganzen Laden erklärt hat. Aus Mitteilungsbedürfnis oder weil sie mich unter ihre Fittiche nehmen soll? Egal.

Weshalb Wim nicht in nem andren Hotel seiner Preisklasse absteigt, im Baur au Lac z.B., wo wir ungestört wärn? Hab ihn gefragt. Keine Antwort. Vermutung: Er kriegt im Grand Montagne Prozente. Hauptsache, er ist endlich da. Ohne Begleitschutz.

Nicola besorgt mir das Badge fürs Back of House. Speziell programmiert. Öffnet kaum erkennbare Türen in der Wand. Macht mich beinahe unsichtbar. Im Personalaufzug in Etage 3. Ne Junior Suite im historischen Mainbuilding. Die Tür nur angelehnt. Klopf, klopf.

Mein Herz klopft mit.

Echt das Geilste, was die Fünfsternehotellerie zu bieten hat. Wim zeigt mir die Aussicht. Nur küssen mag er aufm Balkon nicht.

»Nicht auf dem Präsentierteller!«

Würd lieber aufs Panorama verzichten.

»Wie wärs mit nem Schampus aus der Minibar?«, sag ich.

Champagnerküsse. Endlich.

Hat Schokolade ausm Duty free mitgebracht. Dunkel und scharf. Schmilzt auf der Haut. Dazu Wims Schwüre. Zu schön, um wahr zu sein.

14

Laue Luft strich seidenweich und fliederfarben über den See. Über die Goldküste senkte sich der Abend. Constanze entdeckte gerade ihre heimliche Neigung zu Luxus. Anders konnte sie das Hochgefühl nicht erklären, das sie im Grand Montagne erfasst hatte. Dass dabei Rudi eine gewisse Rolle spielte, schien nicht ausgeschlossen.

Sollte sie ihn anrufen?

Lieber nicht.

Wenn es aber einmal lief, dann lief es wie geschmiert. Rudi meldete sich ganz von selbst. Sein Vorschlag: spazieren gehen. Sie hätte es vorgezogen, mit ihm noch einmal in den Whirlpool zu steigen. Andererseits hatte sie bereits in der Frauenbadi ausgiebig geplanscht.

Also in den Wald.

Mit ihm.

Es waren nur ein paar Meter bis zum Sportzentrum hinauf und zum Golfklub, die beide zum Hotel gehörten, und von dort kaum ein halber Kilometer bis zur Dreiwiesenstrasse, an der die Weltfußballzentrale der FIFA lag.

Auf dem Weg dorthin erzählte Rudi das eine und andere aus seinem Leben. Er war nur ein halber Schweizer mit argentinischen Wurzeln. Gandolfo hieß auch nicht sein leiblicher Vater. Der war ein Benediktiner, der mittlerweile als Missionar in Papua-Neuguinea lebte.

Falls er noch lebte.

»Wohin die Liebe eben fällt.«

»In meinem Fall ist sie vermutlich gar nicht gefallen«, sagte Rudi. »Es war wohl eher ein Fall von Missbrauch.«

Seine Mutter, damals keine achtzehn, konnte er nicht mehr fragen.

»Sie hat zeitlebens geschwiegen.«

Sie legte ihm den Arm um die Hüfte. Er sollte ihr Mitgefühl spüren, schien die Geste jedoch als Aufforderung zu verstehen, sie wie wild zu küssen. Sein Drängen war ihr nicht recht, nicht nach dem, was er gerade erzählt hatte. Das musste sie erst einmal verdauen.

Es war nicht mehr weit zum Friedhof Fluntern auf der Kuppe des Zürichbergs. Rudi wollte ihr unbedingt die »idyllischen Gräber« von Elias Canetti und James Joyce zeigen. Sie fand Gräber grundsätzlich nicht idyllisch, da machten die großer Schriftsteller keine Ausnahme. Friedhöfe konnte sie nicht ausstehen. Auch hatte sie gerade keine Lust auf eine romantische Geisterstunde mit dem Mann, dessen Absichten sie nicht durchschaute. Sie durchschaute ja nicht einmal ihre eigenen.

»Lass uns umkehren«, bat sie.

Er schlug eine Abkürzung vor, kannte jede Ecke. Pilgerweg hieß der ungesäumte Pfad, der von der Krähbühlstrasse abzweigend an einer Kleingartenanlage vorbeiführte.

»Sind solche Hütten nicht schiere Verschwendung bei diesen Grundstückspreisen?«

»Die Kleingärtner sind am Zürichberg eben die wahren Snobs, oder?«

Schon tauchten sie wieder ein in den schmalen Streifen Hochwald. Die Lichter der Straße dahinter blitzten durch die Bäume. Sie ging auf dem schmalen, unbeleuchteten Pfad hinter ihm her. Er endete an der Tobelhofstrasse, die nach Zürich hinabführte. Gegenüber lagen wieder die Sportanlagen des Grand Montagne. Ein Paar kam ihnen entgegen, Hand in Hand.

Hätte sie so tun sollen, als ob sie es übersah? Oder hätte sie sich Rudi an den Hals werfen sollen, um ihrerseits nicht gleich erkannt zu werden? Zu spät. Freia hatte sich bei Brög eingehakt. Auf der anderen Straßenseite gingen sie vorbei. Würdigten Constanze keines Blickes, schienen nur mit sich selbst beschäftigt. Ihm war nichts anzusehen. Fall er sie erkannt hatte, musste ihm klar sein, dass ihn die *Magazin*-Fotografin mit seiner Geliebten erwischt hatte, gewissermaßen in flagranti.

Sie sah auch nicht hinüber. Ausgerechnet jetzt hatte sie ihre Kamera nicht mit. Des einen Fotos wegen, das ihr gerade entging, hatte Klein sie in die Schweiz geschickt. Wenigstens das Handy hätte sie zücken müssen, ob es Freia gefiel oder nicht. Sie brachte es nicht übers Herz.

Sie hakte sich ihrerseits bei Rudi unter, beschleunigte den Schritt und tat, als sei sie blind. Blind vor Verliebtheit.

»Kennst du die beiden?«

»Nein. Wer soll das sein?«

»Ein Hotelgast mit einer der Frauen von der Rezeption.«

»Was es nicht alles gibt.«

15

Das also ist er, der Wahre, Schöne und Gute, in den Con sich verguckt hat! Von mir kein Ton, doch Wim weiß sofort, was gespielt wird. Macht mir auf dem Zimmer haltlose Vorwürfe.

»Was hat die dumme Nuss hier verloren? Bezahlt das sündteure Hotel doch nicht selbst!«

Dann will er mir verbieten, auch nur ein Wort mit ihr zu wechseln. Lass mich nicht anbrüllen.

»Sie geht dich nix an.«

»Und ob sie das tut!«

»Meine Freundin, mein Ding. Nicht deins. Kapiert!«

»Du hast gar nichts kapiert!«

Recht hat er. Aber bitte nicht so!

Ich sag: »Mach dir nicht ins Hemd. Ich pass auf sie auf. Hab sie unter Kontrolle.«

»Was will sie hier?«

»Ganz ruhig! Sie macht ne Reportage über das Grand Montagne.«

»Hat sie dir das erzählt?«

»Ich weiß es.«

»Das glaubst du doch selbst nicht.«

»Ne Reportage über Reichtum in der Schweiz.«

»Zum Totlachen.«

»Über Dekadenz. Ihr neues Lieblingswort. Ist besessen davon.«

»Wie dekadent ist das denn!?«

»Von mir erfährt sie kein einziges Wort, Wim!«

»Du bist so was von naiv. Wie ein Kind. Wie konnte ich mich bloß mit einem Kind einlassen!«

»Ich hab sie nicht bestellt!«

»Von wem soll sie denn sonst wissen, dass wir hier sind? Du hast ihr alles erzählt.«

»Hab ich nicht.«

»Hast du doch!«

»Schrei mich nicht an!«

»Da muss man doch verrückt werden.«

»Was schert dich Con, wenn du sowieso aussteigst aus dem ganzen Wahnsinn!«

»Das ist meine Entscheidung. Ganz allein meine. Ich lass mich nicht nötigen. Nicht von diesen Verbrechern. Diesen Verrätern. Diesen Vaterlandsverrätern.«

Kriegt kaum noch Luft vor Wut. Halt das nicht lang aus.

»Klar, Friede macht dir die Hölle heiß«, sag ich.

»Deinetwegen!«

»Unseretwegen.«

»Ich zweifle an deinem Verstand.«

»Ich zweifle an deiner Liebe.«

»Hör auf zu heulen!«

»Hör auf, mich zu belügen.«

Abend am Arsch. Definitiv.

Er verstummt.

Bin kurz davor, ihn zu verlassen. Also erst mal seine Suite. Im Grand Montagne kann man nicht mal Türen schlagen, so schwer und gedämpft fallen sie ins Schloss. Soll ich in meiner Einzelzelle fürs Personal die Wand anstarren? Hier das Kingsizebett, dort ne Neunzig-Zentimeter-Matratze, davor ein Stuhl. Für Gäste streng verboten. Es tät sich sowieso niemand an.

»Soll ich gehen?«

»Bleib!«

Dafür muss ich hungern. Er könnt beim Zimmerservice was bestellen, tut's aber nicht. Chips aus der Minibar. 1 Bier für ihn. 1 Fläschchen Wein für mich. 1 Schampus schon aus. Fort schickt er mich nicht, weiß aber auch nicht, was er noch mit mir anstelln soll. Weiß es auch nicht.

16

Es war, als ob ein Schalter in ihr umgelegt worden wäre. Nach dem Spaziergang war es ihr nicht mehr nach einer Nacht mit Rudi. Obwohl er etwas vorschlug, dem sie kaum widerstehen konnte. Fine Dining in The Restaurant. Die Wände dort, hatte sie in der Hotel-Broschüre gesehen, waren nicht allein mit Stillleben sündteurer Expressionisten bestückt, sondern auch noch komplett mit Blattgold überzogen.

Migräne! Sie neigte nicht zu Migräne, aber als Notlüge konnte sie damit wie jede Frau etwas anfangen.

»Soll ich dir ein Mittel besorgen?«

Das Mittel gab's nicht, das sie brauchte.

»Du solltest etwas essen.«

»Geangelter Saint Pierre aus der Bretagne, Sauerkrautsaft, Kapern, Zitrone. Getauchte Jakobsmuschel aus dem Nordmeer, in Lemongras-Kokosmilch mariniert. Gebratener Kaisergranat von den Färöer-Inseln, Krustentierschaum«, las er vor.

»Hör auf!«

»Du magst heute keinen Fisch. Dir ist gerade eher vegetarisch zumute. Auch gut. Weißer Trüffel aus Alba, Bergkartoffel, Spinat, Ei. Wie aus Großmutters Küche, abgesehen von der Trüffel.«

»Mir ist schon schlecht.«

»Sag's doch gleich, wenn du etwas Reelles im Magen brauchst. Gekochte Ochsenbrust aus Ennetbürgen, Schneckenkruste, Meerrettich. Gebratener Hirsch, Steinpilze, Holunder, gelbe Rüben.«

Sie gab auf. »Meinetwegen eine Kleinigkeit. Aber bitte nichts mit siebzehn Michelin-Sternen. Nur einen Teller mit Luftgetrocknetem aus Graubünden und ein kühles Bier.«

Beides war in der Lobby zu bekommen. Acht quadratische Säulen trennten sie vom Frontdesk, über dem ein meterlanges Gemälde von Andy Warhol hing. Zur Terrasse hin raumhohe Glastüren, darüber Bogenfenster. Ein gigantisches Blumengesteck in einer goldenen Schale prunkte in der Mitte des Saals. Sitzgruppen aus Leder und Samt, teils sandfarben, teils schokoladebraun, teils kardinalrot.

Sie nahmen die roten Sessel vor dem Kamin. Sie wollte noch mehr über Banz wissen. Dessen bewundernswerter Aufstieg hatte zwar nicht bei null begonnen, aber doch nicht sehr weit davon entfernt. Das adoptierte Waisenkind erbt einen Schrotthandel, macht daraus einen Schrottgroßhandel, tauscht Alteisen gegen Optionen an der Devisenbörse. Das war so weit bekannt.

Rudi wusste noch Beeindruckenderes beizusteuern. Banz hatte jeder Frau seines Lebens ein historisches Schlösschen geschenkt, eines, das bereits von seinem jeweiligen Erbauer einer Mätresse vermacht worden war.

»Ein tolles Sammelgebiet«, gab sie zu. »Ist das eine exklusive Information?«

»Nur die Beschenkten selbst wissen Bescheid.«

Es war nicht zu überhören, wie stolz Rudi auf seinen Chef war. Und darauf, was er alles über ihn wusste.

Sie fand es nicht so schön.

Das Bündner Fleisch und das Bier kamen. Sie gabelte lustlos ein wenig darin herum. Nach ein paar vergeudeten Minuten sagte sie: »Ich lasse dich jetzt allein.«

»Kein Problem. Auf meinem Zimmer liegt genug Arbeit.«

»Ora et labora! Der Wahlspruch der Benediktiner.« Es tat ihr schon leid, während sie es aussprach. Aber er schien ihr die Anspielung auf seine Zeugung nicht übel zu nehmen.

Er sagte bloß: »Gemeinsam beten könnten wir natürlich auch, wenn es dir danach ist.«

»Ich bete nie. Schon gar nicht jemanden an.«

17

Der Mann in Seitenlage. Was fürn Gebirge! Der Rücken ne Steilwand. Lass ihn schlafen. Muss sich vom Mörderjob in Berlin erholen. Bei mir, seiner entmilitarisierten Zone.

Juckt mich dann doch in den Fingern. Sie kraxln über seine Hüfte. Schöner kann man(n) nicht aufwachen. Vielleicht schläft er gar nicht mehr, sondern sinniert. Möcht seine Sorgen nicht geschenkt. Ob er auch bei seiner Friede nackt pennt?

Leider kein Frühstück aufm Zimmer. Er hätt nur ne Bestellung an die Klinke hängen müssen. Hat er aber nicht. Dann schwingen die Beine ausm Bett. Kein Kuss, kein »Guten Morgen, mein Schatz«. Nur: »Verschlafen.« Er verduftet im Bad.

Gar kein Frühstück. Reich ihm nen Appel. Er nagt dran rum. Könnt ja auch mal Gefühl investiern: Der Appel leuchtet golden im Morgenlicht. In der Ferne Gipfel, in einen Hauch Rosé getaucht. Oder so.

»Danke, Göttin«, könnt er sagen. Tut's aber nicht.

»Weiß Friede, wo du steckst?«

Sein Blick könnte töten.

»Was machen wir heute?«

Termin! Habs mir fast gedacht. Der Herr Minister hat am Sonntagvormittag in Zürich nen Termin! Also good bye. Nicht mal auf den Mund. Was ist in ihn gefahren?

»Ich melde mich, sobald ich Land seh«, ruft er, schon in der Tür.

Junge, komm bald wieder! Taug nur nicht zur Seemannsbraut.

18

Haben Sie Lust, mit mir zu frühstücken? Eine SMS im Morgengrauen. Nur ein kurzer Piepton, aber der hatte genügt, um Constanze hellwach zu machen. Raus aus den Federn, hinunter zum See. Im Kaffeehaus Bellevue wartete Charlotte zur Mühlen.

Sie beeilte sich. Als sie annähernd pünktlich durch die Tür hetzte, schaute die groß gewachsene Frau demonstrativ auf die Uhr. Gütiger Himmel, es war Sonntagmorgen.

»Hier vermutet uns keiner«, sagte sie statt einer Begrüßung. »Zumindest nicht um diese Zeit.«

Sie nahmen beide nur einen Schümlikaffee und ein Croissant.

»Ich habe über Ihre Arbeiten nachgedacht. Sie haben etwas, das mich reizt. Eventuell kommen sie für meine Berliner Dependence in Betracht. Aber ich will Ihnen nicht zu viel versprechen. Sie sollten mir erst mehr von sich zeigen.«

Constanze griff nach ihrem MacBook.

»Nein, nein, nicht jetzt. Wir sollten uns noch ein wenig unterhalten. Sie sind ja nicht bloß Fotografin.«

»Was wollen Sie damit sagen?«

»Sie arbeiten für Thaddäus Klein.«

Es hatte sich also herumgesprochen. Sie nickte.

»Ich kenne Thaddäus. Weiß er, dass Sie hier mit mir sitzen?«

»Sie meinen, es wäre besser, er wüsste es nicht?«

»Das müssen Sie selbst entscheiden.«

»Klingt nach schlechten Erfahrungen.«

»Ganz im Gegenteil, er hat eine schöne Arbeit erworben.«

»Ein Bild.«

»Jedenfalls nicht mein Vertrauen.«

»Mir vertrauen Sie?«

»Das weiß ich noch nicht.«

»Was stört sie an Herrn Klein?«

»Ach, wissen Sie, ich verfolge selbstverständlich die deutsche Politik, das Duell Brög gegen Hellbrück. Wie ich Thaddäus kenne, will er ein Wörtchen mitreden, wenn es um den nächsten Kanzler geht. Hat er Sie nicht auf Linie gebracht?«

»Er bezahlt mich für meine Arbeit, nicht für meine Meinung.«

»Aber Sie haben Brög kennengelernt?«

»Ich habe ihn sogar porträtiert.«

»Zeigen Sie her!«

Sie zog jetzt doch ihr MacBook heraus, klickte die Datei an und ließ Brög sturmzerzaust auf dem Dach des Reichstags posieren. Die Aufnahme mit der anrüchigen Armhaltung übersprang sie.

»Gefällt mir!«

»Übrigens ist er gerade in Zürich, im Grand Montagne.« Sie wusste selbst nicht, warum sie es verriet.

»Haben Sie mit ihm gesprochen?«

»Er hat sicher Wichtigeres zu tun.«

»An was denken Sie?«

Es kam ihr vor, als werde sie ausgehorcht.

»An nichts. Vielleicht besucht er Freunde, trifft Politiker, Geschäftsleute.«

»Hier in der Schweiz, am Wochenende?«

»Ist nur so eine Annahme.«

Bloß kein Wort über Freia!

Frau zur Mühlen biss in ein Butterhörnchen und sagte mit vollem Mund: »Hellbrück sollten Sie sich auch nicht entgehen lassen.«

»Als Fotomotiv?«

»Er ist nun mal der Popstar der deutschen Politik, telegen und eloquent. Ein vielversprechender Mann. An Kunst nicht weniger interessiert als an Geld.«

»Den kennen Sie auch?«

»Ich will nur sagen, Hellbrück ist ein kluger, gebildeter und außerdem ein höchst unabhängiger Kopf. Kein plumper Parteifunktionär.«

»Im Unterschied zu Brög, wollen Sie sagen?«

»Wie geht das Rennen aus, was meinen Sie?«

Constanze fragte sich, weshalb sie zum Frühstück gebeten worden war. Doch wohl nicht, um mit Frau zur Mühlen über deutsche Politik zu quatschen.

»Hat Hellbrück auch ein Bild bei Ihnen gekauft?«

»Ich bin mit seiner Lebensgefährtin befreundet. Eine hochbegabte Malerin.«

Daher wehte der Wind. Sie war auf Hellbrücks Seite. Eine Gegnerin Brögs. Sie wollte von ihr wissen, was er im Grand Montagne zu suchen hatte. Dummerweise hatte Constanze ihr seine Anwesenheit gerade bestätigt. Sie musste davon bereits gewusst haben, aber noch nicht, was Brög dort trieb.

»Ich bin an Beat Banz interessiert. Was ist er für ein Mensch?«, lenkte sie ab.

»Sie wittern da eine Geschichte, ja? Damit kann ich Ihnen nicht dienen. Nur so viel: Beat ist alles, was die Schweiz ausmacht. Und er ist zugleich auch noch das Zerrbild davon.«

»An Ihrem Bild von ihm bin ich interessiert, wie verzerrt es auch immer sein mag.«

»Ich hasse ihn.«

Drei kurze Wörter, fast tonlos gesprochen, gefolgt von vielsagendem Schweigen.

»Lassen wir es dabei bewenden.«

»Es gibt offenbar nichts von Bedeutung, was Banz nicht sammelt«, versuchte Constanze das Gespräch in Gang zu halten.

»Man sagt es.«

»Hat er Ihnen auch ein Schlösschen vermacht?«

»Ich war nicht seine Mätresse, wenn es das ist, was Sie meinen. Ich sage Ihnen: Vor allem sammelt er Einfluss.«

»Wie ist das zu verstehen?«

Frau zur Mühlen zeigte ein feines Lächeln. »Beat ist ein Engel.«

»Das hat gerade noch ganz anders geklungen.«

»Schutzengel. Racheengel. Erzengel. Gefallener Erzengel. Alles, was Sie wollen.«

Noch immer verstand Constanze nicht, was ihr diese Frau eigentlich mitteilen wollte. Sie würde es noch herausfinden. Liebend gern würde sie Banz kennenlernen. Ob Rudi das arrangieren konnte?

Charlotte zur Mühlen sagte: »Nehmen Sie sich in Acht, Frau Behrenberg. Das ist es, was ich Ihnen mitgeben will.«

»Vor Beat Banz? Ich habe ihm nichts getan?«

»Sie interessieren sich für ihn. Das genügt. Die Feinde seiner Freunde sind auch seine Feinde.«

Sie verstand noch immer nicht.

»Wir sehen uns demnächst in Berlin, hoffe ich«, sagte die Galeristin.

Das viel zu frühe Frühstück endete auch viel zu früh.

Constanze war bereits aufgestanden und dabei, sich zu verabschieden, als ihre Gastgeberin hinzufügte: »Glauben Sie an Zufall?«

Spielte es eine Rolle?

»Ich gebe Ihnen noch einen weiteren Rat: Lassen Sie die Finger von Gandolfo!«

19

»Hast du gut geschlafen, mein süßer Schatz?«

»Hab geträumt, Mami.«

»Geträumt hast du! Was hast du denn Schönes geträumt?«

»Wir waren am Meer.«

»Wir zwei am Strand. Wie schön!«

»Du nicht. Papa.«

Ging das wieder los! Sie hatte auch so schon genug schlechtes Gewissen. Kaum war sie ein paar Tage verreist, erschien Herr Behrenberg seinem Sohn im Traum, der sich sonst um nichts kümmerte und selten genug vorbeischaute. Constanzes Albtraum.

»Aha. Und was habt ihr gemacht?«

»Gespielt. Federball.«

»Federball? Du hast du doch noch nie mit ihm Federball gespielt.«

»Haben wir aber. Ist doch nur ein Traum.«

»Was machst du heute?«

»Weiß noch nicht.«

»Was würdest du denn gern tun?«

»Kann Luis nicht mit mir in den Zoo fahren?«

»Ruf ihn an und frag ihn, wenn du es unbedingt möchtest!«

»Kannst du ihn nicht fragen?«

»Nein, mein Schatz, das kann ich nicht.«

»Warum nicht?«

Weil ich es nicht möchte. Weil ich nicht will, dass daraus eine Gewohnheit wird. Das wäre die ehrliche Antwort gewesen. Stattdessen sagte sie: »Kann nicht Christa mit dir in den Zoo gehen?«

»Will sie nicht, weil es regnet.«

»Dann geht doch zusammen ein schönes Stück Kuchen essen.«

»Wann kommst du zurück, Mami?«
»Vielleicht schon übermorgen, mein Schatz.«
»Wann übermorgen?«
»Wenn es klappt, hol ich dich von der Schule ab.«
»Versprochen?«
»Wenn es klappt, hab ich gesagt.«
Es war schon jetzt gelogen. Sie war eine schlechte Mutter, das stand leider fest.

20

Es war noch immer reichlich früh. Etwas Bewegung hätte ihr gut getan. Sie überquerte den Sechseläutenplatz und wunderte sich, dass er wie ein Wohnzimmer mit Parkett ausgestattet war, nur dass die Brettchen aus dem Quarzit der Zentralalpen gesägt waren. Das Opernhaus, der See, der helle Himmel begeisterten sie. In die gläserne Luft schnitten die schleifenden Geräusche der Straßenbahnen.

Sie verharrte und hielt ein paar Minuten lang ihr Gesicht in die Sonne, ehe sie über die Quaibrücke spazierte. Links der leicht bewegte See vor einem Panorama aus grünen Hügeln und blauen Bergen. Rechts das Bauschänzli mit dem Zelt des Circus Conelli, dahinter der Frauenbadi. Und dahinter ragten die grünen Spitzen der Türme auf, Fraumünster, Sankt Peter, die beide riesige Uhren trugen. Uhrenland Schweiz, selbst an den Kirchen. Sie bog nach rechts in die Bahnhofstrasse, am Sonntag nicht belebt, sondern wie ausgestorben, weil die Geschäfte geschlossen waren. Am Bürkliplatz stieg sie mit einer Handvoll anderer Leute in die nächstbeste Straßenbahn ein, aber am Paradeplatz gleich wieder aus. Und nur ein paar Schritte später stand sie vor dem Fraumünster. Sie wollte sich die Chagallfenster anschauen, das hatte sie sich vorgenommen, aber nun ging das nicht, weil der Gottesdienst gleich begann. Gläubige eilten über den weiten Platz davor. Von jenseits der Limmat läuteten die Glocken des Grossmünsters. Die zwei Turmhauben sahen aus wie Sturmhauben mittelalterlicher Landsknechte. Oder wie erigierte Phalli, die in den blassblauen Himmel ragten.

Sie überquerte die Münsterbrücke, genoss die Aussicht auf die steil ansteigende Altstadt. Biedermann und die Brandstifter waren hier bekanntlich zu Hause. Aber nicht bloß die. An einem der massiven mittelalterlichen Häuser, dem Haus zur Sichel, an dem sie vorbeispazierte, erinnerte eine Tafel an Gottfried Keller, den Stadtschreiber, dessen Roman »Kleider machen Leute« sie in der Schule hatte lesen müssen. Ziemlich langweilig. In der Spiegelgasse war Georg Büchner an Typhus gestorben; sie liebte seine Stücke. Und im Nachbarhaus hatte ein Jahr lang Wladimir Uljanow gelebt, ehe er Lenin geheißen und nach Russland die Fackel der Revolution getragen hatte.

Am Kunsthaus stieg sie wieder in eine Tram. War es Zufall, dass ihr dasselbe Pärchen folgte, das ihr auch schon in der Bahnhofstrasse aufgefallen war? Der Mann trug eine rote Strickmütze, so eine wie Kapitän Cousteau, die Frau eine Umhängetasche aus Sackleinen, *Kunsthaus Zürich* stand darauf. Touristen vermutlich. Am Römerhof stieg sie aus, und noch immer trotteten die beiden hinter ihr her. Bergseits lag der Durchgang zur Montagne-Bahn. Sie sah noch einmal kurz zurück auf den Platz. Der Mann mit der roten Mütze sprach gerade in ein Handy. Man wusste also oben im Hotel schon Bescheid.

21

Wim checkt nicht mal aus. Muss er wohl auch nicht. Rechnung geht an die Grünhalden-Stiftung inklusive Nebenkosten.

Er haut einfach ab. Mit Rollkoffer. Sehs selbst und kann ihn nicht halten.

Wim, was ist los?

Wim, wann sehen wir uns wieder?

Sehen wir uns wieder?

Schau ins System – Suite 3311 – und kanns nicht glauben: Dr. Brög ist unter falschem Namen gemeldet! Als Dr. Franz Heubl. Google den Namen. Ein längst verblichener CSU-Politiker. Aber hallo!

Nicht mal ne SMS von ihm. Irgendwas wie: keine Angst, alles gut, bin untröstlich, mein Schatz, Folgendes ist passiert, blablabla.

Aber nichts.

Selbst wenn seine Friede den Alarmknopf gedrückt und ihn zurückbeordert hat: Er ist mir was schuldig. Doch der Herr reist ab und reißt mir das Herz raus.

Fühlt sich grad so an.

22

Am liebsten hätte Constanze ihre Kamera gezückt. Es ging nicht, selbst wenn sie so getan hätte, als sei sie allein an der atemberaubenden, alten, hölzernen, bunt bemalten Kassettendecke interessiert. Alles, was in dieser Halle zählte, war Diskretion. Sie hätte sofort das Sicherheitspersonal am Hals gehabt.

Diesmal saß sie in einem braunen Ledersessel und beobachtete Leute. Das tat sie gern und dachte sich Geschichten zu ihnen aus. Die nicht mehr ganz taufrische Barbiepuppe dort hatte ihre Oberlippe übermalt und damit der blässlichen Feinheit ihres Gesichts einen Stich ins Ordinäre versetzt. Tief lagen die großen Augen in den Höhlen, übernächtigte Raubtiere, die ein älteres Sackgesicht mit schütterem Haar ansprangen, das mit der Hand ihr Knie knetete und hin und wieder ungeniert unter den Saum des staubgrauen Minikleids geriet. Er könnte Staatsanwalt sein oder Professor für Immunologie oder Blechbläser in der Tonhalle. Verheiratet waren die beiden garantiert nicht. Oder der das Greisenalter schon streifende, aufgedunsene Freiherr in gelber Cordhose und grünem Lodenrock, der neben seiner damastenen Gattin plus Schoßhündchen herschwieg. Was sie sich nicht mehr zu sagen hatten, reichte für die Ewigkeit im Doppelgrab.

Sei nicht so böse, rief sie sich zur Ordnung.

Der vollschlanke Herr, der sich vor dem Kamin stehend geschäftig hinabbeugte zu einem zweiten Herrn im Sessel, war General Manager Urs Tobler. Sie hatte sein Bild in der Hochglanzbroschüre gesehen. Der andere musste Banz sein. So hatte Rudi ihn geschildert. Acht Jahrzehnte waren ihm kaum anzusehen. Der Kopf zu rund und prall, um Falten zu werfen. Geschwärzt, gegelt und glatt nach hinten gestriegelt wippte sein Haar mit keckem Schwung über den hellblauen Hemdkragen. Neben ihm ein ganz anderer Rudi als der, den sie kannte. Seine Haltung nicht unterwürfig, doch unübersehbar dienend.

Er hatte sie entdeckt, hob die Hand. Es war mehr als ein verstohlener Gruß, es war ein deutlicher Wink. Bloß keine Scheu! Die Aufforderung auszuschlagen, wäre dumm gewesen. Sie erhob sich, durchquerte die Halle. So gut wie alle Blicke folgten ihr.

»Das ist Frau Behrenberg«, stellte Rudi sie Banz vor, statt ihr zuerst ihn, wie es sich gehört hätte.

»Freut mich«, sagte der Hotelier, nachdem er sich erstaunlich flink aus dem Sessel gestemmt hatte. Er sah zwanzig Jahre jünger aus, als er war.

»Die schönste Spürnase von Thaddäus Klein«, sagte Rudi. Falls das ein Kompliment gewesen sein sollte, war es gründlich misslungen. Erstens kam es bei Spürnasen nicht auf Schönheit an, zweitens klang es lächerlich, solange sie nicht mehr plante als eine Fotoreportage über das Grand Montagne. Und drittens … na ja.

»Wie gefällt es Ihnen bei uns?«, erkundigte sich Banz.

»Es ist alles unglaublich geschmackvoll.«

Was sollte sie mit strahlendem Lächeln auch anderes sagen.

»Und was spürt Ihre hübsche Nase auf?«

»Das Wahre, Schöne und Gute.«

Das war frech, aber wenigstens nicht ganz gelogen und eine Retourkutsche für die »hübsche Nase« noch dazu.

»Bravo«, sagte Banz. »Und haben Sie es schon gefunden?«

»Ich bräuchte dazu weit mehr Zeit.«

»Unbedingt«, bestätigte Rudi und machte sein Höhöhö. Ganz kurz nur. In dieser Halle wirkte auch das schon leicht obszön, und der pikierte Blick von Banz ließ ihn sofort verstummen.

»Sollten Sie Hilfe benötigen, zögern Sie bitte nicht! Es hat mich sehr gefreut.« Banz beendete abrupt die spontane Audienz.

Sie ärgerte sich über sich selbst. Die Gelegenheit hätte sie beim Schopf packen und ihn kurzerhand darum bitten sollen, ihn fotografieren und am besten auch noch interviewen zu dürfen. Das hatte sie verpasst, was ihr wieder einmal klarmachte, dass sie noch immer keine ausgefuchste Reporterin war, noch immer nicht unverfroren genug.

Sie war schon wieder zurück zu ihrem Platz, als Banz ihr etwas nachrief.

»Kommen Sie doch auch mit!«

Sie blieb stehen.

»Natürlich nur, wenn Sie möchten.«

23

Vom Frontdesk die Halle im Blick. Tobler scharwenzelt herum. Gandolfo auch. Manche sehn in ihm den heimlichen Direktor, Nicola nennt ihn Schlossgespenst. Es geht das Gerücht, er wildere unter den Schönen des Personals. Nicola sagt, es gehe ihm weniger um Schönheit als um Information.

Er winkt Con zu sich. Stellt sie Banz vor. Thront, wo er immer thront, wenn er thront. Sie soll sich bloß nix einbilden. Banz gibt aus Prinzip kein Interview – sagt Nicola. Con auch nicht, und wenn sie sich für ihn auf den Kopf stellt.

24

Sie machte sich schleunigst die Haare. Viel zu machen war nicht. Waschen und föhnen. Männern, vor denen sie sich hüten sollte, war sie selten aus dem Weg gegangen. Und sie wäre ihr Geld nicht wert gewesen, hätte sie die Einladung dankend abgelehnt.

Eine Exklusivgeschichte über den geheimnisvollen Beat Banz! Mann, wär das ein Ding! Was anderes als die kleine Fickgeschichte, deretwegen sie im Grand Montagne saß. Gute Lust hätte sie gehabt, Klein auf der Stelle anzurufen, um ihm den Scoop zu melden. Talent kam ohne Glück nicht aus. Das hier war schieres Glück.

Dumm war nur, dass sie nichts Passendes zum Anziehen dabeihatte, wenn sie zur Hautevolee der Eidgenossenschaft stieß. Sonntags hatten die Läden geschlossen. Ob Freia ihr etwas Passendes leihen konnte? Irgendeinen seidenen Fummel, den sie über einigermaßen enge Jeans fallen lassen konnte. Es würde nicht groß auffallen, dass er zwei Nummern zu groß war. Schon um sechs sollte es losgehen. Damit alle zeitig ins Bett kamen und am Montagmorgen wieder zeitig aus dem Bett heraus.

»Wir sind ganz unkompliziert, stell dich nicht an«, sagte Rudi am Telefon.

Aber sie wollte kompliziert sein und sich anstellen.

»Ist dir die Einladung nicht recht?«

»Warum soll sie mir denn nicht recht sein?«

»Höhö. Fühl dich zu nichts gezwungen. Du warst Beat Banz auf Anhieb sympathisch. Aber es liegt ganz an dir.«

Rudi tat, als müsse sie sich weiß Gott wie geehrt fühlen. Sie hatte Witterung aufgenommen, das war alles.

Nehmen Sie sich in Acht!

Sie würde höllisch aufpassen, sich nichts entgehen lassen und vielleicht den Mund vor Staunen nicht zukriegen. Sich nicht blenden zu lassen, hatte sie sich vorgenommen, schon gar nicht vom Goldküstenestablishment. Sie würde auch die Kamera mitnehmen, durfte aber ihren eigentlichen Auftrag nicht aus den Augen verlieren. Sie war wegen Brög hier, hatte ihn mit Freia Arm in Arm beim Spaziergang ertappt, aber keinen belastbaren Beweis für eine Affäre. Sie hegte die vage Hoffnung, dass überraschend auch Brög bei Banz aufkreuzen würde. Natürlich ohne Freia. Dann konnte sie ihn anquatschen und ihm vielleicht sogar ein paar Fragen stellen.

Ganz erfolglos war sie bisher nicht gewesen. Sie hatte sich am Frontdesk nach Brög erkundigt und behauptet, mit ihm verabredet zu sein. Die Antwort hatte sie überrascht: Ein Herr Brög sei nicht gemeldet. Was war das für ein Versteckspiel?

An ihren kurzen Haaren war nicht viel zu machen.

In diesem Moment rief Luis an.

»Ich habe gerade überhaupt keine Zeit für dich«, behauptete sie, aber das interessierte ihn nicht.

»Sehnsucht?«

»Aber ja doch. Nach David.«

»Mich vermisst du überhaupt nicht?«

»Was willst du, Luis?«

»Grüße von Klein bestellen. Er hebt unsere Titelgeschichte ins nächste Heft.«

Das hieß Deadline am Mittwoch.

»Weshalb so plötzlich?«

»Um auszuschließen, dass uns die Konkurrenz zuvorkommt. Die rote Ampel leuchtet schon über halb Berlin.«

»Ich fliege morgen zurück«, sagte sie. Sie dachte mehr an ihren Sohn als an die verfluchte Geschichte.

»Langsam, langsam«, bremste Luis. »Wir sind noch nicht am Ziel. Hast du das Foto?«

Das Foto hatte sie nicht. Aber sie hatte Brög mit eigenen Augen gesehen. »Und jetzt halt dich fest: Er logiert unter falschem Namen.«

»Great«, lobte Luis. »Ist genau die Butter, in der wir den Fisch braten.«

»Das Beste kommt erst«, sagte sie und legte eine Kunstpause ein. »Wenn nicht alles täuscht, ist es mit der Lovestory schon wieder vorbei.«

»Dann weißt du, was zu tun ist.«

Sie wusste es nicht.

Er erklärte es ihr. »Du musst jetzt unbedingt mit Brög sprechen.«

»Ich kann ihn dazu nicht zwingen.«

»Lauere ihm auf, klopf an seiner Tür, wirf dich ihm in den Weg. Mach, was du willst, aber mach!«

»Wie stellst du dir das vor? Vermutlich ist er gar nicht mehr in der Stadt. Er hat heute Morgen das Hotel verlassen ohne das leiseste Servus zu seiner Braut.«

»Great.«

»Und was jetzt?«

»Denk nach!«

»Keine Zeit. Es pressiert wirklich. Das Fest beginnt.«

»Was für ein Fest?«

»Ob du es glaubst oder nicht: Beat Banz persönlich hat mich eingeladen. Zu einem Konzert am See.« Es tat gut, den Neid von Luis anzustacheln.

»Was hat das mit Brög zu tun?«

»Nichts, ist eine andere Story.«

»Komm mir bloß nicht mit leeren Händen nach Berlin zurück. Du benötigst wirklich keine Hilfe?«

Sie wusste selbst nicht mehr, was sie benötigte.

»Ich steige in den nächsten Flieger«, sagte er.

Das aber konnte sie nur als Drohung auffassen.

25

Unmittelbar nachdem Luis aufgelegt hatte, rief sie zu Hause an. So viel Zeit musste sein.

»Was machst du gerade?«, wollte David wissen.

»Ich besuche Freia.«

»Du hast doch gesagt, du musst arbeiten.«

»Muss ich auch, mein Schatz.«

»Warum ist Freia nicht in Berlin?«

»Ach, weißt du, ihr gefällt es hier.«

»Besser als in Berlin?«

»Nehme ich an.«

»Will auch in die Schweiz. Warum hast du mich nicht mitgenommen?«

»Weil du nicht einfach die Schule schwänzen kannst.«

»Wohnst du bei Freia?«

»Es geht nicht, weil ihr Freund zu Besuch ist.«

»Und was hast du sonst noch gemacht?«

»Ich war mit Freia schwimmen im Fluss.«

»Will auch schwimmen, Mami!«

»Sei nicht traurig, mein Süßer, sobald ich zurück bin, schwimmen wir.«

Auf eine Lüge mehr oder weniger kam es nicht an.

26

Wim hat sich nicht mehr gerührt. Den Frust würd ich heut gern mit Con ertränken. Aber sie geht groß aus. Leih ihr auch noch mein Hemd. Fuck.

27

Genügsam, wie sie nun einmal war, fuhr Constanze mit der Bahn hinunter zum Römerhof, weiter mit der Linie 8 zum Bahnhof Stadelhofen, wo sie in die S 18 umstieg, die die Orte der Goldküste bediente, und den Zug schließlich in Erlenbach verließ. Das hörte sich komplizierter an, als es war. Es klappte wie am Schnürchen, ein Taxi wäre nicht schneller gewesen mit all den Ampeln. Abgesehen davon, dass es vom Bahnhof in Erlenbach bis zur Stiftung noch einige Hundert Meter auf der Seestrasse waren. Ein weißer Kubus leuchtete ihr entgegen.

Obwohl sie nicht standesgemäß vorfuhr, öffnete sich das Tor wie von Zauberhand. Flackernde Fackeln säumten die Vorfahrt. Muskelpakete in Flanellgrau flankierten die doppelflügelige Haustür, ein freundliches »Guete Abig« auf den Lippen. Constanze musste sich nicht ausweisen, vermutlich erkannten intelligente Kameras ihr Gesicht.

Zwei Gemälde von Mark Rothko dominierten die Halle, das eine bestand aus rostroten und kobaltgrünen Farbfeldern, das andere kombinierte Kadmiumorange und Mauve. Die Halle öffnete sich mit einer gläsernen Wand zum Seeufer hin. Die Sonne war schon abgetaucht, doch ihr Abglanz leuchtete noch immer am Firmament. Glatt wie frisch polierter Stahl lag der See und spiegelte die Reste des Abendrots, kadmiumorange und mauve.

Sie hob die Kamera.

»Tut mir leid!« Eine Hand schob sich vors Objektiv.

Sie kapierte nicht sofort.

»Mit der Bitte um Verständnis, Frau Behrenberg, die Kamera müssen Sie leider abgeben.«

Ein Sicherheitsmann nahm sie ihr behutsam aus der Hand.

»Das Mobiltelefon auch.«

Sinnlos, sich zu widersetzen. Sie trat hinaus auf die großzügige Terrasse. Das Grundstück wurde zum Dorf hin abgeschirmt von hohen Hecken und einem beeindruckenden Redwood, der die Villa bei Weitem überragte. Vor den Stufen, die zur leicht abschüssigen Wiese hinabführten, stand Banz. Jedem Mann schüttelte er die Hand, jede Frau wurde von ihm geküsst. Er trug ein elfenbeinfarbenes Dinnerjackett, darunter ein Hemd aus bordeauxroter Seide.

»Schön, dass Sie es möglich machen konnten«, begrüßte er Constanze lächelnd. Sie erhielt drei Wangenküsse, wie es üblich war in der Schweiz, und er roch stark parfümiert. Orange Vert von Hermès, glaubte sie zu erkennen.

»Fühlen Sie sich so wohl wie möglich.«

Eine seltsame Formulierung. Wahrscheinlich spielte er auf das Fotografierverbot an.

»Es fällt Ihnen gewiss nicht schwer, mit vielen Gästen ins Gespräch zu kommen. Journalisten sind übrigens nicht zugelassen. Sie stehen als Künstlerin auf der Liste, was Sie hoffentlich zu schätzen wissen.«

»Warum haben Sie mich eingeladen?«

»Weil Sie mir gefallen, Constanze. Genießen Sie den Abend! Sie werden nicht mehr dieselbe sein, wenn Sie gehen.« Weil sie so erschrocken schaute, fügte er hinzu: »Das ist keine Drohung, sondern ein Versprechen.«

Sie sah sich nach Rudi um, entdeckte ihn auf dem kleinen Podium direkt am Ufer. Er rückte gerade Notenpulte zurecht. Doch wollte sie nicht den Eindruck erwecken, als sei sie mit ihm hier, und widerstand dem Drang, gleich zu ihm hinzugehen. Sie kam durchaus ohne ihn zurecht.

Auf der Rasenfläche standen kleinere und größere Gästegruppen herum. Sie schätzte die Menge auf allenfalls zweihundert Personen, die ein lebhaftes Stimmengewirr produzierten. Als sie zwischen den Leuten herumging, flogen Fetzen etlicher Sprachen an ihr Ohr. Chinesisch und Russisch, Hebräisch und Arabisch, Spanisch, Französisch und Englisch ohnehin, und natürlich vernahm sie auch gutturale alpenländische Töne in dem Gesumm. Hostessen in grauen Kostümen, vermutlich die gleichen, die auch das Personal im Grand Montagne trug, reichten Champagner in hohen Flöten. Sie nahm sich eine vom Tablett. Es prickelte eiskalt auf der Zunge, schmeckte aber ungewohnt. Zu süß und nicht sehr fein.

»Typisch Banz«, sagte ein Mann, der in einem chinesischen Gehrock steckte und ihr zuprostete. »Das Zeug ist alkoholfrei. Manchmal übertreibt er es mit seiner CC.«

»CC?«

»Culturel Correctness«, sagte der glatzköpfige älterer Mann in schwarzer Seide. Er war in Begleitung einer Dame im Kimono, Kirschblüten auf lila Seide. *»Bon soir«,* sagte sie und warf ihre wilde, graue Mähne zurück. Neben den beiden stand ein jungenhafter Riese mit langen, kupferblonden Rastazöpfen in einem nachtblauen Anzug von tadellosem Schnitt.

Sie sprach ihn an und fragte, ob das, was ihn mit der Grünhalden-Stiftung verbinde, eher mit dem Wahren, Schönen oder Guten zu tun hätte. Es sollte witzig klingen.

Aber er fand es nicht komisch. »Wissen Sie«, sagte er, »wir legen großen Wert auf Diskretion.«

Das Wort konnte sie allmählich nicht mehr hören.

»Dann bin ich hier richtig«, antwortete sie. »Ich krame nämlich gern in Geheimnissen.«

In Wahrheit fühlte sie sich wie ein Fremdkörper. Doch vielleicht lag das nur daran, dass sie sich in ihren schwarzen Jeans zum weißen Herrenhemd allzu alltäglich vorkam, nicht edel genug. Sie war offenbar in eine Gesellschaft durchweg geglückter Existenzen geraten und fürchtete, nicht mithalten zu können. Aber warum sollte nicht auch dieser dekadente Haufen im Dienst des Guten stehen? Sie waren ja nicht primitiv.

Banz hatte mittlerweile das kleine Podium am Ufer betreten, sich ein Mikrofon geschnappt und seine Rede mit einer ausladenden, beinahe majestätischen Geste über den See eingeleitet.

»Manchmal ist es fast des Schönen zu viel, aber wir geben uns alle Mühe, wie Sie sehen.«

Der Beifall fiel an dieser Stelle noch etwas verhalten aus, fand sie.

»Gleich wird er wieder philosophisch«, kündigte der Mann im chinesischen Gehrock an.

Banz bestätigte ihn prompt. »Das Schöne kann nicht lügen. Das Schöne ist die Wahrheit. Wenn wir das auch nicht immer zu schätzen wissen, so gibt es uns doch die Gewissheit: Das Schöne ist immer das Gute. Es ist die einzige Gewissheit, die es gibt. Wir nennen es Glück. Und gäbe es kein Glück, wäre unser Leben ohne Sinn.«

Was für ein ausgemachter Bullshit, dachte sie. Rudi hatte auch schon so ein Zeug verzapft. Aber das Publikum klatschte jetzt eifrig und nickte. Nun gut, irgendwie musste Banz die Maxime seiner Stiftung ja unterbringen.

»Das Schöne, das Sie gleich zu sehen und vor allem zu hören bekommen, wird uns allen unvergesslich bleiben.«

Wieder folgte Banz' ausladende Geste, diesmal, um eine schlanke Schönheit auf das Podium zu bitten, angetan mit einem bodenlangen, ärmellosen weißen Kleid, das unterhalb des goldenen Gürtels reiche Falten warf, und mit einer Geige in der Hand.

»Die erste Geige ist die Lady Hunt. Ursprünglich im Besitz von Lord Byron. Antonius Stradivarius Cremonensis faciebat anno 1721. Heute Abend meisterhaft für uns gespielt von der herrlichen Maria Antonia Salander.«

Die Herrliche hob ihre Geige gegen den Himmel wie eine Trophäe, bis der heftige Beifall verebbte und Banz fortfuhr.

»Die zweite Geige trägt den klangvollen Namen Malatesta. Wir haben sie kürzlich erst aus der Einzelhaft im Tresor eines taiwanischen Anlagefonds befreit. Wie eine schöne Frau geliebt werden muss, so müssen auch diese wunderbaren Schöpfungen gespielt werden. Antonius Stradivarius Cremonensis faciebat anno 1702, nun in den Armen der unvergleichlichen Annegret Leuthauser.«

Es war ein müder Chauvinistengag, wie sie fand, alles andere als CC. Die Geigerin, ein Engelsgesicht, nicht minder schön als die erste und ebenso angetan, präsentierte ihr Wunderinstrument mit einer leichten Verbeugung. Ihr wallendes Haar glänzte exakt in der Farbe des Lacks ihrer Malatesta. Er fiel etwas dunkler aus als der der Lady. Und ja, auch das Haar der ersten Geigerin passte genau zum Farbton ihrer Geige, erheblich heller, schon ins Gelbliche spielend.

»Das Violoncello. Die Devil's Bay. Vor siebzig Jahren gerettet aus einem Wrack vor den British Virgin Islands. Endlich restauriert aus Mitteln der Grünhalden-Stiftung, Antonius Stradivarius Cremonensis faciebat anno 1711. Begrüßen Sie bitte mit mir die zauberhafte Lisa Sawesi.«

Eine karibische Schönheit bestieg das Podium, begleitet von prasselndem Beifall. Dunkel ihr Teint, dunkel ihr Haar, dunkel wie das kostbare Instrument, das sie sich gleich zwischen die Beine betten würde.

Wäre nicht die Bratsche zuerst an die Reihe gekommen? So

war es doch üblich bei einem Streichquartett. Warum hatte Banz sie ausgelassen? Als hätte er ihren Gedanken gehört, flüsterte der Glatzkopf im Gehrock: »Die Damen sind nach dem Preis ihrer Geräte sortiert. Fünfzehn Komma neun Millionen allein die Bratsche.« Offenbar wusste er Bescheid.

Banz stellte sie endlich vor. »Die Viola da braccio ist die einzige noch erhaltene Bratsche aus der Werkstatt des Genies. Wir haben sie La Vera genannt. Die Wahre. Antonius Stradivarius Cremonensis faciebat anno 1731. Herzlich willkommen, meine liebe Isabelle zur Mühlen!«

Ein Raunen stieg auf zum jetzt leicht funkelnden Sternenzelt, und der Beifall steigerte sich nochmals. Die junge Frau, die das Quartett komplettierte, war noch ein wenig schöner als die anderen, wirkte noch kostbarer und göttlicher. Haar von glühendem Kastanienrot ergoss sich über das weiße Gewand, passend zum Lack der Viola da braccio.

Constanze mochte den Klang von Bratschen, ein immer etwas heißerer, mürber Ton. Der Kenner neben ihr rechnete schon laut die Gesamtsumme aus. »Die beiden Geigen sind nicht unter fünf Millionen pro Exemplar zu haben, das Cello nicht unter zehn. Macht einschließlich Bratsche mindestens sechsunddreißig Millionen, vielleicht auch fünfzig.«

Als der Beifall abgeschwollen war und die vier Musikerinnen hinter ihren Pulten Platz genommen hatten, erhob Banz noch einmal seine feierliche Stimme.

»Meine Freundinnen und Freunde! Hören wir nun aus Franz Schuberts ›Streichquartett Nummer 14 in d-Moll‹ den zweiten und dritten Satz. Lebenskünstler wie wir wissen, dass es nach dem wunderbaren Gedicht benannt ist, das Matthias Claudius geschrieben hat. Schubert hat es ohne Worte vertont: ›Der Tod und das Mädchen‹.

Vorüber! Ach vorüber!
Geh wilder Knochenmann!
Ich bin noch jung, geh, Lieber!

Und rühre mich nicht an.

Auf das Wahre, Schöne und Gute!«

Der Beifall brandete nun so heftig an wie die Erwartungen des Publikums. Das Lied ohne Worte erklang zart und schwebend und tief melancholisch. Das Thema war so liedhaft schlicht, dass Constanze am liebsten mitgesummt hätte. Was für ein Stück! Sie bekam feuchte Augen. Danach erklangen die Variationen. Und dann das munter bewegte Scherzo, an manchen Stellen verblüffend heftig, schroff, beinahe dissonant, das aber ebenfalls zu Herzen ging.

Jubel. Dennoch war keine Zugabe vorgesehen. Banz bedankte sich bei den Musikantinnen mit Sträußen aus Wiesenblumen, diesmal nicht in der Reihenfolge der Kostbarkeit ihrer Instrumente, sondern von Hell nach Dunkel gereiht. Dazu viermal drei Küsse, Banz kostete jeden einzelnen aus.

»Warum nicht das ganze Stück?«, maulte jemand hinter ihr. Es war wieder der, der schon mit dem Preis der Bratsche angegeben hatte.

Es wurde jetzt überhaupt gern gelästert.

Jemand kommentierte: »Solche Musik hat es nicht nötig, dass man von ihr derartig ablenken müsste.«

Ein anderer: »Aber schön musiziert haben sie doch.«

Der Erste widersprach: »Die Mädels sind bedeutend schöner, als sie spielen.«

Worauf sich eine weibliche Stimme einmischte: »Schönheit ist auch eine Begabung.«

Constanze drehte sich nach ihr um. Die schlanke, ältere Dame trug ein schlichtes vitriolgrünes Kleid, über das ein Netz geworfen war, in dem Kristalle funkelten, ob Glas oder echte Brillanten war nicht auf Anhieb zu erkennen.

»Was meinen Sie?«, sprach sie die Frau an. Denn sie selbst war nicht in der Lage, die musikalische Qualität des Quartetts zu beurteilen.

»Alles schön, alles gut«, kam ihr ein Mann zuvor.

Constanze sagte »Wie wahr!« und erntete damit ein Schmunzeln.

Auf dem Podium war Banz noch nicht fertig. »Ich bedanke mich noch einmal bei den vier von der Grünhalden-Stiftung geförderten Meisterschülerinnen. Ihnen gehört die Zukunft der klassischen Musik. Und nun, meine lieben Freundinnen und Freunde, ist es Zeit für das Flying Buffet. Es steht heute ebenfalls im Dienste des Wahren und Guten. Nichts Geringeres als die Zukunft der Menschheit steht auf dem Spiel. Wie sollen zehn, elf oder zwölf Milliarden Menschen ernährt werden? Hier ist unsere Antwort. Bitte genießen Sie mit mir Mehlwurmnuggets, Ameisentacos, frittierte Heuschrecken sowie Kakerlaken in Schweizer Schoki getaucht. *Bon appetit!*«

Die Heiterkeit war diesmal stärker als der Beifall.

»Und damit Ihnen die Zukunft nicht im Halse stecken bleibt, ist der Champagner von jetzt an nicht mehr halal, sondern echt.«

»Ich nehme ohnehin gerade meinen Fasttag«, hörte Constanze jemanden sagen.

»Da kann man ja gleich Pillen schlucken«, sagte ein anderer.

»Geschmack ist sowieso nur eine Frage der Einbildung«, meinte ein Dritter.

Und der Mann, der schon am musikalischen Vortrag herumgemäkelt hatte, fand, »wenn man nicht gesagt bekäme, dass es Mehlwürmer sind, würde man es gar nicht schmecken. Wir wüssten ja auch nicht, dass die Instrumente von Stradivari sind, wenn man sie uns nicht als solche angepriesen hätte.«

Constanze hielt sich mit einem Kommentar ebenso zurück wie mit dem Verkosten der Insekten-Kanapees. Sie sprach lediglich dem wahren und guten Champagner zu. Leider konnte sie unter den Freunden der italienischen Geigenbaukunst Brög nicht entdecken. Dafür jemand anderen. Sie traute ihren Augen kaum. Felix Hellbrück plauderte sehr angeregt mit der rothaarigen Bratschistin, mit Isabelle. Sie schienen sich gut zu kennen.

Sie wollte sich den beiden gerade nähern, als sie von einem sanften Säuseln an ihrem Ohr daran gehindert wurde:

»Gib deine Hand, du schön und zart Gebild!
Bin Freund, und komme nicht, zu strafen:
Sei guten Muts! Ich bin nicht wild,
Sollst sanft in meinen Armen schlafen.«

Rudi sang die Strophe nach Schuberts Melodie.

»Mann, hast du mich erschreckt!«

Er setzte ihr einen verstohlenen Kuss auf die Stirn.

»So schön flirtet der Tod«, flötete sie. Sie wäre gerne richtig geküsst worden, ihr war gerade danach.

»Die Bratschistin, Isabelle zur Mühlen – ist es die Tochter der Galeristin?«

Er nickte.

»Ist sie auch da?«

»Dort drüben steht sie. Weshalb denn nicht?«

»Weil sie Banz nicht ausstehen kann.«

»Herr Banz pflegt Freundschaft mit allen seinen ehemaligen Geliebten – solange der Tod nicht dazwischenkommt.«

»Das hört sich bedrohlich an.«

Die stolze Mutter stand in der Nähe des Redwood und redete erkennbar energisch auf ihre begabte Tochter ein. Hellbrück war nicht mehr zu sehen. Der Eventmanager gab Constanze einen verstohlenen Klaps auf den Po, ehe er sich wieder an seine Arbeit machte.

Sie schlenderte hinüber.

»Welch traumhafter Abend!«, sagte sie zu Charlotte zur Mühlen, die tat, als würden sie sich nicht kennen. »Störe ich?«

»Nein, nein«, sagte die Mutter. Es klang nach dem Gegenteil. Und sie machte auch keine Anstalten, ihre Tochter mit Constanze bekannt zu machen. Dann musste sie es eben selbst tun. Sie nannte ihren Namen und sagte: »Ich bin Fotografin. Gratulation zu diesem herrlichen Instrument. Und zu diesem fantastischen Quartett.«

Ein wortloser Blick dankte ihr.

»Seit wann spielen Sie schon zusammen?«

»Wir sind noch am Anfang. Es würde Jahre dauern, bis wir perfekt aufeinander eingestellt sind.«

»Wie haben Sie zueinandergefunden?«

»Es war ein Wettbewerb. Zugegeben, ich war gesetzt. Die anderen drei wurden an Musikhochschulen gecastet. Basel, München, Wien.«

Sagte man in der Musik auch »casten«? Vielleicht, wenn das Quartett so filmreif aussehen und auch optisch zueinanderpassen sollte.

»Sie müssen sehr stolz sein auf Ihre Tochter, Frau zur Mühlen!«

»Das bin ich weiß Gott.«

»Von wem hat sie das Talent?«

»Das wüsste ich auch gern«, gab Isabelle zurück. Es klang schnippisch.

»Spielen Sie auch ein Instrument?«, fragte Constanze die Mutter.

»Ich singe.«

»Aber nur in der Badewanne«, verriet die Tochter.

»Immerhin. Und Beat Banz?«

»Spielt mit allen«, giftete die Galeristin.

»Und findet wenigstens den richtigen Ton«, korrigierte Isabelle. »Sie haben es ja gerade erlebt.«

»Nur dass bei ihm nicht der Ton die Musik macht, sondern das Geld.«

Der offene Streit war Constanze peinlich, und sie wollte schon gehen, da kam ihr die Tochter zuvor. »Ich verschwinde dann mal besser«, sagte sie und ging.

»Tut mir leid, ich kam wohl gerade im falschen Augenblick?«

»Machen Sie sich nichts draus. Beat macht meine Tochter mit Geld gefügig. So wie er es mit allen macht. Es hat noch immer funktioniert. Dagegen komme ich nicht an.«

Gegen eine Stradivari war die Mutter machtlos.

»Wie haben Sie es geschafft, hier hereinzukommen? Hat dieser Gandolfo seine Griffel im Spiel?«

»Herr Banz hat mich persönlich eingeladen.«

»Mit Ihnen spielt er auch!«

Täuschte es, oder klang da eine Spur von Eifersucht mit? Sie wollte sich der schlecht gelaunten Frau nicht länger ausliefern, wünschte einen schönen Abend und überlegte, wie sie mit Hellbrück ins Gespräch kommen könnte. Ehe sie sichs versah, nahm ihr Banz die Mühe ab. Mit dem deutschen Politiker im Schlepptau kam er auf sie zu.

Wie aus dem Wahlplakat gesprungen sah Hellbrück aus. Wie die leibhaftige Versöhnung der Vernunft mit der Moral. Dynamisch, empathisch, sympathisch. Jedenfalls auf den ersten Blick.

»Darf ich Ihnen einen Freund des Hauses vorstellen, Deutschlands kommenden Mann.«

»Wer kennt Sie nicht!«, sagte sie und streckte ihm eine Hand entgegen. Hellbrück übersah sie.

»Constanze Behrenberg vom *Magazin*«, sagte Banz.

»Sehr erfreut.« Es klang geschäftsmäßig kühl.

Er sah sie noch immer nicht richtig an. Seine Augen waren fahrig, das Lächeln wirkte gequält.

»Ich beiße nicht«, sagte sie, »bin bloß eine Fotografin.«

»Stellen Sie Ihr Licht nicht unter den Scheffel«, widersprach Banz. »Sie ist eine Fotokünstlerin, sonst wäre sie gar nicht hier.«

Woher wollte er das wissen? Hatte seine Ex-Gefährtin ihm etwas erzählt? Und falls es so war, wozu? War Charlotte zur Mühlen am Ende daran schuld, dass Banz sie eingeladen hatte? Dann hatte sie sich soeben verstellt. Nur weshalb? Und weshalb gab sie es nicht zu? Auf was wollte sie die Aufmerksamkeit der Journalistin lenken?

»Ein Jammer, dass Sie nicht auch die wunderbare Frau Hellbrück kennenlernen«, sagte Banz. »Eine Künstlerin, die ich sehr verehre. Leider, leider unabkömmlich.«

Hellbrück war das sichtbar peinlich.

Banz ließ sie mit ihm allein. Ein paar Sekunden lang stand er ihr schüchtern, beinahe betreten gegenüber.

»Großartiger Abend, finden Sie nicht!« Ihr fiel gerade nichts Besseres ein.

»Da haben Sie recht.«

Hellbrück war alles andere als redselig, sein Misstrauen nicht zu übersehen. »Und was führt Sie hierher?«, fragte er endlich.

»Ich versuche zu verstehen, weshalb Berliner Politiker gern ihre Wochenenden in der Schweiz verbringen.«

Was ein Kichern sein sollte, hörte sich eher wie ein Hüsteln an.

»Und haben Sie's verstanden?«

»Es wird wohl daran liegen, dass Zürich das vollkommene Gegenteil von Berlin ist.«

»Sie wollen wohl sagen, dass Zürich so angenehm provinziell ist.«

Sie nahm das auf. »Beschaulich, sauber, ordentlich. Berlin dagegen chaotisch, großkotzig, verwahrlost. Wie reibungslos in der Schweiz alles funktioniert, daraus könnten Sie doch einiges lernen.«

»Wollen Sie mit mir ernsthaft über die Pünktlichkeit der Schweizer Züge und Straßenbahnen diskutieren?«

»Danach steht mir wirklich nicht der Sinn«, sagte sie. Sie verstand selbst nicht, weshalb sie abschätzig über Berlin herzog. Dazu gab es keinen Grund. Außer den, Hellbrück aus der Reserve zu locken.

»Was begeistert Sie hier denn so?«, wollte der Deutsche wissen.

»Dass hier alles so diskret ist. Was Sie in Zürich treiben, bekommt zu Hause niemand mit.« Ihre Bemerkung war eigentlich eine Frechheit. Und eine Anspielung auf Brög. Sie wollte abklopfen, ob Hellbrück davon wusste.

»Vor Ihresgleichen ist man nirgends in Sicherheit«, sagte der Politiker.

»Dann will ich Sie nicht weiter belästigen. Nur noch eine einzige Frage: Was haben Sie mit der Grünhalden-Stiftung am Hut?«

»Weshalb fragen Sie? Ich kenne Beat Banz. Warum denn nicht. Und wie kommen Sie hierher? Soviel ich weiß, meidet er Journalisten wie der Teufel das Weihwasser.«

»Ich lernte ihn zufällig im Grand Montagne kennen.«

»Ist beim *Magazin* der Wohlstand ausgebrochen?«

Sie blieb bei ihrer Version: »Ich arbeite an einer Reportage über Dekadenz.«

»Reichtum an sich ist nicht dekadent«, meinte Hellbrück, »es kommt ganz darauf an, was Sie aus ihm machen.«

Sie versuchte es direkt: »Was halten Sie von Beat Banz?«

Seine Antwort bestand aus einem einzigen Satz: »Er ist der großzügigste Mensch, den ich kenne.«

Er sei an Kunst nicht weniger interessiert als an Geld, hatte Charlotte zur Mühlen gesagt. Daran erinnerte sie sich jetzt. Das Gespräch war ihm spürbar unangenehm. In Berlin kam er an keinem Journalisten vorbei, ohne auf ihn einzureden. Warum drehte er nicht einfach um, wenn ihm die Begegnung zuwider war?

Sie versuchte es noch einmal anders, fragte Hellbrück, welches wohltätige Projekt ihn mit der Grünhalden-Stiftung verbinde?

Die Antwort kam diesmal ohne Zögern. »›Der Tod und das Mädchen‹. Genügt Ihnen das nicht! Schön und gut, nennen wir es das Stradivariprojekt. Ich will mich nicht auch noch dafür rechtfertigen, dass Musik meine große Leidenschaft ist.«

»Ist ja schon gut«, sagte sie, weil Hellbrück so aufgebracht wirkte. Das wunderte sie. Ausgerechnet er, der kuschlige Liebling, der streichzarte Posterboy des hellen Deutschland, machte hier einen auf mürrisch. Er hatte doch von Kleins *Magazin* nichts zu befürchten. Im Gegenteil, es war seine tatkräftige Hilfstruppe. Warum benahm er sich so sonderbar?

Auch wenn es Hellbrück unangenehm war, sagte sie: »Sie sind doch sicher nicht nur aus privater Leidenschaft für alte Geigen hier?«

»Hören Sie, Frau Behrenberg! Wir können über alles sprechen. Aber nicht jetzt und nicht hier.«

Peng! Da war sie unversehens auf eine verdammt empfindliche Stelle gestoßen. Über alles sprechen? Hellbrück nahm offenbar an, dass sie etwas wusste. Etwas wusste, von dem sie selbst nicht ahnte, was es war. Der Politiker konnte sich nicht anders helfen, als ihr ein Hintergrundgespräch anzubieten. Dann musste ja was dran sein. Woran auch immer.

»Machen Sie mir einfach einen Vorschlag«, bat sie ihn.

»Viel Zeit bleibt mir nicht. Ich frühstücke im Grand Montagne. Morgen pünktlich um acht.«

»Abgemacht.«

Er schien froh zu sein, dass er sie erst einmal los war. Hellbrück wohnte also auch im Grand Hotel Montagne. Die Lichtgestalt im Palast der Dekadenz! Gleichzeitig mit Brög! Zufall? Nein, Zufall konnte das nicht sein. Was aber dann? Und wo steckte Brög, wo doch alle hier versammelt waren, die Banz in seinen Bann zog?

Ein Jammer, dass sie ihre Kamera nicht benutzen durfte. Was würde Klein dazu sagen, dass sein Favorit Hellbrück ebenfalls in Zürich weilte, auch er vermutlich auf Kosten des Milliardärs? Sie musste den wahren Grund dafür allerdings noch herausfinden. Die Aura aus Macht, Geld und Kultur schien ihm nicht weniger zu behagen als seinem Widersacher Brög. War das keine Story? Sie musste nur noch fotografiert und geschrieben werden.

Noch immer reichten Hostessen Tabletts mit den Delikatessen aus Insekten herum. Ob sie doch probieren sollte? Wenn sie über Dekadenz berichten wollte, durfte sie die Kostprobe nicht verweigern. Sie kippte stattdessen ein weiteres Glas Champagner hinunter. Danach folgte sie ihrem dringenden Bedürfnis und verschwand im Haus.

»Zu den Toiletten bitte rechtsherum«, sagte ungefragt ein Sicherheitsmann mit raspelkurz geschorenen Haaren.

Aber sie wollte sich nicht frisch machen. Vielmehr knurrte ihr entsetzlich der Magen. Sie konnte sich nicht vorstellen, dass sich das Streichquartett mit Insekten abspeisen ließ. Wo die Hübschen waren, musste es auch etwas Richtiges geben. Überhaupt sah sie sich gern ein wenig um.

Die erste Tür, die sie öffnete, führte in eine Bibliothek. Kunstkataloge so weit das Auge reichte, aber kein Streichquartett. Die teuren Instrumente standen sicher nicht einfach nur herum. Jemand passte immer darauf auf. Es gab Wachpersonal, aber auch die Musikerinnen selbst hatten bestimmt ein Auge auf ihre Kostbarkeiten. Wohin war Isabelle gegangen? Ins Haus, wenn sie das richtig beobachtet hatte.

Noch immer wurden Käfer und Ameisen durch eine Schwingtür aus der Küche getragen.

»Suchen Sie etwas?« Es war ein anderer Kurzgeschorener als der, der ihr gerade den Weg zur Toilette gewiesen hatte.

»Offen gestanden suche ich etwas Vernünftiges zu essen. Und wenn es nur ein Stück Brot ist.«

Der Mann grinste und schien Verständnis für ihr Bedürfnis zu haben. »Es wäre ja gelacht, wenn wir in der Schweiz nicht wenigstens ein Stückchen Schokolade für Sie fänden«, sagte er und verschwand, um sich darum zu kümmern.

Sie nutzte die Gelegenheit und huschte rasch die Treppe hinauf. An den Wänden im Obergeschoss hingen Warhols, berühmte Grafiken berühmter Köpfe: Johann Wolfgang Goethe, Marilyn Monroe, Mao Tse-tung in poppigen Farben. Sie öffnete die erstbeste Tür. Es war der Raum, der genau über der Veranda lag, in einem matten Orangeton gehalten und mit tabakbraunen Ledersesseln möbliert. Sie trat hinter die Gardinen und spähte hinunter auf die Terrasse. Der Sicherheitsmann, der ihr Schokolade versprochen hatte, flüsterte Banz etwas ins Ohr. Der schaute sich nach Rudi um, der nicht weit von ihm entfernt einer Stewardess Anweisungen gab, und winkte ihn zu sich.

Sie verließ den Raum, öffnete die Tür zum nächsten und trat ein. Die Wände grasgrün, weiße Sofas standen herum wie Skulpturen. Es sah nicht aus, als ob hier jemand arbeitete oder wohnte. Die abstrakten Gemälde ließen keinerlei Zweifel an ihrer Qualität zu. Waren sie nicht von Klee? Paul Klee! Sie erinnerte sich an einen aufsehenerregenden Fälschungsskandal. Der größte aller Klee-Experten hatte sich geirrt.

Draußen auf dem Flur waren Schritte zu hören. Sie hielt den Atem an. Erst als sich die Schritte wieder entfernten, setzte sie ihre Erkundigungen fort. Es folgte ein nachtblauer Salon. Notenpulte standen herum, die weißen Konzertkleider waren schon in Säcke gehüllt. Lisa Sawesi verpackte gerade behutsam ihr Violoncello, das Devil's Bay. Von ihren Mitspielerinnen war nichts zu sehen.

»Darf ich es mir einmal aus der Nähe ansehen?«

Sie durfte. Magisch schimmerte der dunkle, nahezu schwarze Lack. Sie beugte sich über das gemaserte Holz und bestaunte ehrfürchtig die Spuren der Jahrhunderte.

»So ein Instrument altert zwar, verliert dabei aber nichts von seiner Schönheit«, sagte sie.

»Sie wären wohl auch lieber ein Cello«, antwortete Lisa.

»Was hast du hier zu suchen!«

Constanze fuhr herum.

Es war Rudi.

»Ja, was wohl? Ich sehe mir dieses Wunder an. Ist denn hier alles verboten!«

»Komm!«

Er fasste sie am Arm und führte sie hinaus. Am Fuß der Treppe stand Banz, als wartete er bereits auf sie.

»Folgen Sie mir!«, befahl er.

Rudi und er nahmen sie in die Mitte und brachten sie in einen weiteren Raum, der kleiner war als die anderen und nicht so gestylt, auch mit keinerlei Kunst aufwartete. Ein gewöhnlicher Schreibtisch, zwei Stühle. Banz setzte sich, bot ihr aber keinen Platz an.

»Wir können offen sprechen«, sagte er. »Sie interessieren sich nicht nur für meine Dekadenz. Darf ich Ihnen einen Rat geben? Lassen Sie sich nicht blenden!«

»Wovon?«

»Glauben Sie wirklich, Brög gefährdet wegen einer Sexgeschichte seine Ambitionen? Seien Sie bitte nicht so naiv! Lassen Sie ihn in Ruhe. Und Hellbrück auch. Es soll ihr Schaden nicht sein.«

»Wie soll ich das verstehen?«

»Finden Sie es heraus! Es war mir ein Vergnügen, Sie hiergehabt zu haben, Frau Behrenberg.«

»Wollen Sie mich zum Schweigen überreden? Ich bin nicht käuflich.«

»Weil ich das weiß, appelliere ich an Ihre Vernunft und vertraue Ihrer Barmherzigkeit.«

»Verraten Sie mir bitte endlich, weshalb Sie mich wirklich eingeladen haben, Herr Banz!«

»Es liegt doch auf der Hand. Um Ihnen Gelegenheit zu geben, dieses fabelhafte Quartett kennenzulernen. Noch ist es ein Geheimtipp. Ich wünsche Ihnen einen schönen Abend.«

Banz erhob sich und ließ sie stehen.

Sie hielt hier auch nichts mehr. Abgesehen davon hatte sie inzwischen rasenden Hunger auf etwas Normales. Rudi tat nun wieder so, als sei nichts geschehen. Er hätte hier zwar noch etwas zu erledigen, sagte er, würde aber stark auf einen Absacker mit ihr hoffen, später im Hotel. Da sie noch viele Fragen hatte, stimmte sie zu. Erst einmal gab es von Rudi drei Küsse auf die Wangen.

In der Halle gab ihr der Security-Mann, der bereits mit ihrem leiblichen Wohl beschäftigt gewesen war, ihre Kamera zurück.

»Ich hätte Appetit auf eine Sankt Gallener Kalbsbratwurst«, sagte sie. Aber der Mann hatte mittlerweile seinen Humor verloren.

Ein zweiter Aufpasser händigte ihr das Mobiltelefon aus. Sie hatte das sichere Gefühl, es könnte in der Zwischenzeit angezapft und ausgelesen worden sein. Vorsichtshalber sollte sie sich ein neues besorgen. Sie ärgerte sich über ihre Fahrlässigkeit. Etwas mehr Misstrauen wäre von Anfang an angebracht gewesen. Ihre Arglosigkeit gehörte verboten. Andererseits wollte sie sich nicht ständig von Misstrauen bedrängen lassen. Sie war hier doch nicht bei der Russenmafia, sondern bei den Gutmenschen von der Grünhalden-Stiftung.

Auch Hellbrück verließ gerade das Haus. Sie beobachtete, wie er ins Freie trat, in der Hand einen schneeweißen Instrumentenkoffer, groß genug für eine Bratsche. Er durfte der kastanienroten Isabelle die Stradivari tragen.

Sie bekam vor Staunen den Mund nicht mehr zu. Die große Hoffnung der deutschen Politik bestieg eine bereitstehende Limousine. Jemand hielt ihm die Tür auf. Saß Isabelle schon im Wagen? Es war in der Dunkelheit nicht zu erkennen.

28

Im Sternengrill gab es endlich die ersehnte Wurst, eine Sankt Gallener Kalbsbratwurst zu 13 Franken 20 plus Zwiebelsauce zu 2 Franken, das unnachahmlich knusprige Gold-Bürli inklusive, ein Brötchen, wie es nirgendwo in Deutschland zu kriegen war. Das Bier vom Fass zu 7 Franken 20 für 0,4 Liter war ebenfalls kein Schnäppchen. Aber es zischte. Constanze bestellte ein zweites. Oben im Grand Montagne hätte sie mehr als das Doppelte hinlegen müssen, um satt zu werden. Sie genoss es, endlich wieder unter normalen Leuten zu sein. Außerdem konnte sie in Ruhe Freia anrufen. Das war sie ihr schuldig.

29

Con blau. Brabbelt Bullshit über ne Bratsche. War wohln extrem netter Abend an der Goldküste.

Ob Wim wieder da ist, will sie wissen. Hallo! Nicht mal angerufen hat er.

30

Sie steuerte zielstrebig auf Rudi zu, der in der Halle bereits auf sie wartete. Nein, an die Bar wollte sie nicht mehr mit ihm, das wäre ihm nicht zuzumuten gewesen.

»Wir müssen auch gar nichts«, sagte er.

»Eingeschnappt?«

Auf eine Sankt Gallener Bratwurst musste er nicht eifersüchtig sein. Sie nahm ihn mit auf ihr Zimmer. Dann schlief sie in seinen Armen ein, nicht ohne vorher den Wecker gestellt zu haben. So viel Disziplin musste sein.

Als er klingelte, streckte sie den Arm nach ihm aus, fasste jedoch ins Leere. Zwischen halb geschlossenen Lidern stellte sie fest, dass der Platz neben ihr leer war. Er hatte sich verkrümelt. Sie verstand das.

31

Ne fette Pille, runtergespült mit ner Pulle Bier. Schlaf süß. Und fall dann fast ausm Bett, als die Uhr schrillt. Von Wim no news, no mail, no sms, kein gar nix. Falls er die Nacht in ner Superior Junior Suite verbracht hat, wüsst ich gern, mit wem.

9 Stunden Dienst, 9 Stunden immer nur Lächeln. Unser Hauptleitsatz: »Persönlichkeit erleben – wir handeln stets integer und zuvorkommend.«

Garantiert.

32

Sie war mit Hellbrück im Frühstücksrestaurant verabredet. Es hieß *Saltz.* Von der Lichtgestalt war noch nichts zu sehen. Sie bediente sich schon mal am Büfett, schnitt sich eine Scheibe vom Appenzeller ab, nahm vom Bündner Fleisch und vom Bircher Müsli. Damit setzte sie sich auf die lange Bank vor der weißen Wand aus Steinsalz. Auch das war Kunst wie alles hier, selbst der Hauptalpenkamm, ein rotes Gezacke aus Leuchtstoffröhren an einer roten Wand, so rot wie die Schweizer Fahne. An der Decke war ein rotes Bergseil kreuz und quer verspannt, an dessen Ende ein Felsbrocken von der Decke baumelte.

Sie gab Hellbrück noch zehn Minuten. Hatte sie sich in der Zeit geirrt? Oder war sie von ihm an einen anderen Ort bestellt worden und hatte es nur vergessen? In ein weniger dekadentes Hotel vielleicht? In ihrem schweren Schädel kratzte jemand auf einer Bratsche herum. Sie besaß nicht einmal eine Mailadresse von ihm, geschweige denn eine Mobilnummer. Als er nicht kam, ließ sie das Frühstück stehen, verließ das Saltz und nahm die Treppe hinauf in die Halle. Am Frontdesk hatte Freia Dienst.

»Tu mir einen Gefallen, Süße. Ich brauche die Zimmernummer von Felix Hellbrück.«

»Hellbrück?«

»Mach schon!«

Freia schien auch noch nicht richtig wach zu sein.

»Spinnst du, das ist streng verboten.«

»Es geht um Leben und Tod«, zischte sie. »Ich mache Leberwurst aus dir und Wim, wenn du mir nicht sofort …«

»Schon gut.«

2214. Zweiter Stock, Golf-Wing. Es war acht Uhr zwanzig, eine Zeit, zu der sie den Mann schon behelligen durfte, er hatte sich schließlich mit ihr verabredet. Im Grand Montagne hingen keine üblichen Bitte-nicht-stören-Schilder an den Klinken, vielmehr signalisierten LED-Lämpchen dem Personal, ob der Gast anwesend war und gestört werden durfte oder nicht. An der Tür von 2214 leuchtete nichts. Eine Schachtel stand davor. Sie lüpfte den Deckel: frisch geputzte glänzende schwarze Halbschuhe.

Die Tür war nur angelehnt.

Sie zögerte.

Waren die Zimmermädchen schon am Werk? Oder war Hellbrück bereits ausgeflogen und hatte nur die Tür hinter sich nicht richtig zugezogen? Oder ihm wurde gerade das Frühstück serviert, das er sich aufs Zimmer bestellt hatte, weil er fürchtete, im Restaurant Saltz erkannt zu werden, und außerdem, um der Reporterin aus dem Weg zu gehen. Er bereute die Verabredung also und wollte sie nicht sehen. Oder er hatte sie vergessen. Oder verdrängt. Oder Isabelle fiedelte ihm schon wieder etwas. Zu hören war nichts.

Sollte sie anklopfen? Einfach eintreten? Das tat man nicht. Doch was tat man nicht alles, um der Wahrheit auf die Spur zu kommen? Die Neugier siegte. Vorsichtig stieß sie die Tür auf. Noch immer war nichts zu hören.

Sie wählte einen verhaltenen, doch durchaus munteren Ton. »Guten Morgen!«

Keine Antwort.

»Guten Morgen«, wiederholte sie etwas mutiger und fester.

Nichts.

»Hallo! Guten Morgen, Herr Dr. Hellbrück!«

Nichts.

»Constanze Behrenberg. Wir waren verabredet!«

Das war nicht ganz korrekt. Wie aber hätte sie sonst ihr dreistes Verhalten begründen sollen? Starr und stumm stand sie im Vorraum. Im Halbdunkel waren links Ankleide, Regal, Schrank, Kofferablage zu erkennen. Es lag, hing und stand allerhand herum. Vielleicht befand sich Hellbrück noch im Reich der Träume, und die angelehnte Tür war nur ein Versehen.

Sie tastete sich weiter voran in die Suite. Ihre Augen gewöhnten sich allmählich an das Dunkel. Der von der Decke bis zum Boden reichende, lichtdichte Vorhang vor der Glasfront war zugezogen. Rechts ein Couchtisch, die Sitzgruppe, das TV-Standgerät. Noch ein paar Schritte, und sie stand neben dem Bett. Es war nicht gleich zu erkennen, ob nur die Decke sich wölbte oder ob darunter jemand lag.

Wohl niemand. Sie tappte ums Bett herum. Ein Rest Helligkeit drang am Rand der Vorhänge ins Zimmer. Auch die geschlossene Tür zum Badezimmer ließ einen Spalt Licht aufs dunkle Parkett scheinen.

»Hallo, Herr Dr. Hellbrück!«

Aus dem Bad war nichts zu vernehmen, kein fließendes Wasser, kein Zahnputzgeräusch. Saß er auf dem Thron? Dann müsste er dort wieder eingeschlafen sein, so still wie es war. Sicherheitshalber klopfte sie an die Badezimmertür.

Kein Laut.

Sie berührte die Klinke, stieß die Tür auf, trat einen Schritt weit ins gedämpft beleuchtete Bad. Rechts zwei Waschbecken, geradeaus die Dusche, links die Badewanne, auf dessen Rand eine Duftkerze brannte.

Der Mann in der Wanne blickte sie an.

Sie hätte zu Tode erschrecken können, eine Hand vor den Mund pressen, einen erstickten Schrei ausstoßen. Oder Alarm schlagen. So einfach aber war das nicht, nicht in ihrer Lage. Sie war unbefugt eingedrungen. Ihr Herz schlug im Hals, und die Knie zitterten.

Dann hob sie die Kamera vors Gesicht. Das half. Der Apparat war wie ein Schutzschild. Und er wollte bedient werden, forderte ihr Konzentration ab. Sie machte nicht groß herum, suchte nicht die beste Perspektive und ging auch nicht in die Knie, um auf Augenhöhe mit dem Toten zu sein. Sie konnte und wollte ihm nicht in die gebrochenen Augen schauen. Es grauste sie. Mehr noch: Sie schämte sich vor dem Mann. War sie doch eingebrochen in den intimsten Bereich seines Lebens – in sein Sterben.

Wenigstens war er nicht nackt. Als hätte er damit gerechnet, noch einmal in der Öffentlichkeit aufzutreten, trug Hellbrück die dunkelblaue Anzughose und das weiße Hemd. Ein bekleideter Mann in einer gefüllten Wanne – das schloss einen natürlichen Tod wie Herzinfarkt, Schlaganfall aus.

Sie achtete nicht auf den Ausdruck in seinem Gesicht. Blende, Verschlusszeit, Schärfe waren alles, was sie in diesem Augenblick interessierte. Simples, solides Handwerk. Wenn nicht alles scharf war, war alles nichts. Ein Dokument sollte das Foto sein, kein Kunstwerk. Und viel Zeit hatte sie dafür nicht, jeden Moment konnte jemand hereinplatzen.

Noch immer war die Tür bloß angelehnt. Als ihr das bewusst wurde, verließ sie das Bad, durchquerte die Suite, schloss die Tür und schaltete das Bitte-nicht-stören-Lämpchen an. Zurück im Bad aber brachte sie es nicht mehr fertig, den Toten erneut aufzunehmen. Sie fotografierte nur noch das Bad in der Totalen, die beiden Waschbecken, den Spiegel, in dem der Hinterkopf Hellbrücks zu sehen war. Sie registrierte Zahnbürste, Zahncreme, Rasierer (nass) – für Klingen hatte Hellbrück keine Verwendung gefunden –, Blut war keines zu sehen.

Sie berührte nichts. Außer den Vorhang. Ohne ein wenig Licht ging es nicht. Aber sie erlaubte sich nur noch wenige Aufnahmen vom Zimmer. Der weiße Bratschenkasten lehnte am Schreibtisch. Es wäre eine Gelegenheit gewesen, sich die Stradivari aus der Nähe anzusehen. La Vera. Doch hatte sie anderes im Kopf.

33

Als der Schockzustand abgeflaut war, dämmerte ihr, dass sie kein Heldenstück vollbracht hatte. Man würde es ihr als schamlose Kaltblütigkeit auslegen. Spätestens wenn das Foto veröffentlicht wurde, hatte man sie am Haken. Was sie getan hatte, tat man nicht. Sie konnte es sich selbst nicht erklären.

Genau deshalb kam es nun darauf an, dass ihr Bild des toten Politikers um die Welt ging. Auf der Titelseite würde es prangen, tausendfach nachgedruckt werden, am Ende sogar im Haus der Geschichte hängen. Und vielleicht würde es sogar der geniale Robert Longo mit dem Kohlestift auf sechs mal vier Meter vergrößern. Wenn sie also nicht zu Ende gebracht hätte, was sie besser gar nicht erst hätte wagen dürfen, wäre alles umsonst gewesen. Das Foto musste sie schnellstens an die Redaktion senden – ehe man ihr die Kamera wegnahm.

Sie verschwand in ihr Zimmer, es roch noch nach Rudi. Sie riss das Fenster auf, setzte sich an den Schreibtisch und übertrug die Fotos von der Kamera in den Laptop. Dann kopierte sie die Ausbeute zusätzlich auf einen Stick, den sie in die Tasche ihrer Jeans steckte. Sie überlegte, ob sie auf der Stelle auschecken sollte oder einfach nur verschwinden. Unsinn! Es gab nichts mehr zu vertuschen.

Am besten wäre es gewesen, sich sofort am Empfang zu melden und zu gestehen. Sie war in Hellbrücks Zimmer eingedrungen und hatte die Leiche entdeckt. Sie hätte nun jemanden benötigt, der sie halbwegs sicher durch den Schlamassel bugsierte, den sie angerichtet hatte.

Freia. Die gehörte zum Hotel. Es war unvermeidlich.

34

Con noch blau – oder hysterisch. Hört sich nach nem Granatenabsturz an. Versteh nicht die Hälfte. Irgendwas ist nicht ok mit ihrer Badewanne.

35

Es gab gute Gründe, nicht gleich auch Rudi zu verständigen. Aber nachdem Freia am Telefon so reagiert hatte, als sei Constanze nicht ganz bei Sinnen, blieb ihr nichts anderes übrig. Sie wusste nicht, wann er sich aus dem Staub gemacht hatte. Die Tatsache, dass sie in der vergangenen Nacht mit ihm in einem Bett geschlafen hatte – was auch immer das bedeutete –, rechtfertigte noch nicht ihr bedingungsloses Vertrauen ihm gegenüber. Aber irgendwie gehörte er ja auch zum Hotelpersonal. Rudi würde sie verfluchen.

Er nahm so schnell ab, als hätte er auf ihren Anruf bereits gewartet.

Seine erste Frage nach ihrem knappen Geständnis bewies, dass er ein praktisch denkender Mensch war. »Hat dich jemand gesehen? Auf der Etage, im Lift, in der Halle, irgendwo im Hotel?«

»Nein. Ja, doch. Im Saltz beim Frühstück. War ja dort mit Hellbrück verabredet.«

»Da hattest du die Kamera schon dabei?«

»Natürlich.«

»Du gehst mit Kamera zum Frühstück?«

Es war schwer zu erklären. Sie sagte nichts.

»Wie praktisch, dass du sie gleich zur Hand hattest. Hast du wirklich damit gerechnet, dass er sich auch noch fotografieren lässt? Wo er sich doch schwertat, überhaupt mit dir zu sprechen? Verlangst du, dass ich dir das abnehme?«

»Was soll ich tun, Rudi?«

»Die Tür war nur angelehnt, sagst du.«

»Sagte ich.«

Er glaubte ihr kein Wort. Nicht zu ändern.

»Muss ich die Polizei verständigen?«

»Du musst nur jemanden vom Hotel informieren.«

»Habe ich schon.«

»Gut.«

Sie sagte nicht, dass es Freia war und in welchem Zustand sie sie erwischt hatte.

»Und jetzt?«

»Sie beißt nicht, unsere Polizei.«

»Kannst du nicht mit ihr sprechen?«

»Zieh mich bloß nicht mit in die Sache hinein.«

»Davon kann doch keine Rede sein, nur weil du zuvor in meinem Bett …«

»Genau das meine ich. Willst du, dass es überall herumerzählt wird?«

»Tut mir leid.« Sie klang enttäuscht.

Rudi machte keine Anstalten, ihr zur Seite zu stehen. Sie verstand schon. Trotzdem machte sie noch einen Anlauf: »Es wäre dir unangenehm, wenn Banz davon erfährt, dass …« Sie sprach den Satz nicht zu Ende.

»Lass mich einfach aus dem Spiel«, sagte er. »Du bringst die Polizei nur auf dumme Gedanken.«

»Welche Gedanken denn?«

»Banz könnte etwas mit der Angelegenheit zu tun haben.«

»Du meinst, weil Hellbrück Gast der Stiftung gewesen ist. Es wird sich nicht verheimlichen lassen.«

»Tu mir den Gefallen! Wegen der Diskretion, oder!«

»Hat Hellbrück auch unter falschem Namen eingecheckt? So wie Brög.«

»Davon ist mir nichts bekannt.«

»Diskretion, oder!«, äffte sie seinen Zungenschlag nach.

»Davon versteht eine Journalistin nichts.«

»Brög und Hellbrück – unter einem Dach. Ich bitte dich!«

»Zufall. Sie hatten nichts miteinander zu tun. Da bist du auf dem Holzweg.«

»Ich zähle nur eins und eins zusammen.«

»Und kommst auf zwölf. Weil du völlig durcheinander bist. Ist ja auch normal. Aber du solltest jetzt nur an dich selbst denken. Was du dir geleistet hast, ist kein Kavaliersdelikt. In solchen Angelegenheiten verstehen wir keinen Spaß.«

»Es war vielleicht nicht ganz korrekt. Aber doch kein Verbrechen.«

»Es war unverschämt und dreist.«

»Und indiskret. Hierzulande wohl ein Verbrechen.«

»Hast du in Hellbrücks Zimmer etwas angerührt? Oder mitgehen lassen?«

»Du denkst an ein kleines Souvenir. Hältst du mich nur für bescheuert oder auch noch für pervers?«

»So würde ich es nicht ausdrücken. Ist dir in der Suite irgendetwas aufgefallen?«

Was sollte ihr denn aufgefallen sein? Unterstellte er ihr auch noch, den Tatort untersucht zu haben? Wie absurd wäre das erst gewesen. Nur eines behielt Constanze jetzt nicht für sich: »Die Bratsche, auf der Isabelle gespielt hat …« Sie stockte.

»Ja?«

»Sie steht in Hellbrücks Zimmer. Ich habe sie gesehen.«

Sie hatte sie sogar fotografiert.

»Jetzt reimst du dir etwas zusammen.«

»Ich bin doch nicht blind.«

»Woher willst du wissen, dass es Isabelles Bratsche ist. Oder auch nur ihr Bratschenkoffer? Gibt es dafür irgendeinen Beweis?«

Es gab sogar eine Zeugin. Sie selbst hatte Hellbrück mit eben jenem Koffer die Villa am See verlassen gesehen. Doch musste Rudi nicht alles wissen, solange er sich weigerte, ihr zu helfen.

»Vielleicht spielt Hellbrück ja selbst Bratsche«, sagte er.

»Höhöhö«, machte sie, parodierte ihn hämisch. »Ist seine Leidenschaft. Einer Lichtgestalt wie ihm ist alles zuzutrauen.« Der Sarkasmus in ihrer Stimme war nicht zu überhören.

»Hast du ihn angefasst?«

»Den toten Hellbrück?«

»Unsinn. Den Koffer.«

Auf diese Idee war sie wirklich nicht gekommen.

»Rudi! Sag mir eins! Was hat Isabelle zur Mühlen mit Hellbrück zu tun?«

»Du siehst Gespenster.«

36

Nur für den Notfall! Wann, wenn nicht jetzt, sollte sie Kleins Nummer wählen.

»So früh!«, maulte er.

»Gleich sind Sie munter«, versprach sie ihm.

»Spannens mich ned auf die Folder.«

»Es sind sensationelle Aufnahmen …«

»Vom Bröóch mit seiner Schnall?«

»Ohne Schnall.«

»Dafür wird mei Kaffee kald.«

»In der Badewanne.«

»Naggich?«
»Nein.«
»Ned amol des. A angezochna Brööch in der Wann.«
»Nicht Brög!«
Enttäuschung dimmte Kleins Stimme: »Weshalb ned Brööch?«
»Weil es Hellbrück ist.«
»Was ham Sie in Hellbrüchs Bad zu suchn!«
»Wir waren verabredet.«
»Hams was drungn, Frau Behrenberch?«
»Ernüchterter als ich kann man nicht sein.«
»Also amol langsam. Ich schick Sie nach Zürich in des sündhaft deure Hodel …«
»… man kann sich die Geschichte nicht immer aussuchen, in die man hineingerät.«
»… und rauschen gradwechs in den Hellbrüch nei?«
»Er liegt tot in der Wanne.«
Schweigen füllte die Leitung.
»Wir haben ihn exklusiv!«
»Des is die Haubdsach.«
Klein kapierte schnell.
»Sind Sie die Erschde am Dadord?« Er meinte, die Erste von der Presse.
»Ich habe die Leiche entdeckt.«
»In seim Bad?«
»Ich war mit Hellbrück verabredet. In seinem Zimmer.« Eine Lüge. Alles andere aber wäre jetzt zu kompliziert gewesen. »Die Tür war nur angelehnt.«
»Sie ham soford die Bolizei verständichd!«
»Fotografiert habe ich.«
»Guud! Ned gud! Sie bringa mich in Deufels Küch.«
Sie hatte eine andere Reaktion erwartet.
»Schauen Sie sich doch bitte erst mal die Bilder an. Ich maile sie Ihnen gerade.«
»Wann genau is es bassierd?«

»Die Aufnahmen sind noch keine Stunde alt. Wann Hellbrück gestorben ist, kann ich nicht sagen.«

Klein überlegte länger, als sie es von ihm gewohnt war. Endlich sagte er: »Ich bezahl Ihnen an Subberanwald.«

»Aber ich habe ihn doch nicht umgebracht!«

»Egal.«

»Haben Sie das Foto schon?«

»Bin grad dabei.«

Klein atmete hörbar ein und aus, ein und aus. Sonst kein Ton.

»Frau Behrenberch!«

»Chef?«

»Fulminand!«

Jetzt blieb ihr die Spucke weg.

»Aber Ihrn Verstand hams verlorn. Ich möchd, dass Sie mir erklärn, was Hellbrüch in Zürich zu suchn had, zur selm Zeit wie Brööch und gleich a noch im selm Hodel.«

»Ich werde es herausfinden«, versprach sie.

»Und was sachd der Brööch?«

Das hätte sie auch gern gewusst. »Er ist verschwunden, soviel ich weiß.«

»Auf der Fluchd?«

»Abgereist. Er hat das Grand Montagne verlassen.«

»Is mir worschd!«

»Erst mal muss ich selbst hier weg.«

»Sie bleim! Nodfalls griechns von mir die Bräsidendnswied bezahld.«

Mit einem Gitter vor dem Fenster, fürchtete sie.

37

Der nächste Anruf galt David. Sie war die schlechteste aller Mütter.

»Mami, kommst du heute?«

»Ich komme so schnell wie möglich. Ich bringe dir auch was ganz, ganz Tolles mit.«

»Was denn?«

»Ist eine Überraschung.«

»Einen Dolch?«

»Was willst du denn mit einem Dolch?«

»Luis hat auch einen Dolch. Wo bist du?«

»Das weißt du doch, mein süßer Schatz. In der Schweiz.«

»Und gerade?«

»Auf meinem Zimmer, ein ganz, ganz schönes. Mit einem Riesenbett, einem Riesenfernseher und einer gebogenen Wand.«

»Eine verbogene Wand?« David lachte. »Kannst du mir die zeigen? Mit WhatsApp. Ja, bitte zeig sie mir.«

Zum Glück hatte sie nicht gelogen. Sie war tatsächlich in ihrem Zimmer, saß auf dem Bett und schwenkte es mit dem Smartphone ab.

»Gefällt es dir?«

»Wo sind die Berge?«

»Dazu müsste ich auf den Balkon gehen. Und dann sind sie immer noch zu weit weg für das Handy.«

Vor ihrem Zimmer war nur der ansteigende Wald, keine Aussicht. Aber das war nicht die schlimmste Lüge.

»Du hast gestern Abend sicher was ganz, ganz Schönes gemacht.«

»Gaaanz lange ferngeschaut.«

Das hatte sie befürchtet.

»James Bond.«

»Das geht aber gar nicht.«

»James Bond hat auch ein Hotelzimmer mit Balkon gehabt, und dort war seine Freundin mit Gold angemalt.«

»Was du nicht sagst.«

»Deshalb ist sie tot. Wohnt in deinem Hotel auch ein Goldfinger?«

»Ich glaube nicht, mein süßer Schatz, aber so genau weiß man das nie.«

»Machst du ein Foto von ihm, wenn du ihn siehst. Bitte mach mir ein Foto.«

»Wenn ich ihn sehe. Ich versprech's dir.«

»Du hast aber auch versprochen, dass du heute nach Hause kommst.«

»Heute schaffe ich es leider nicht, mein Süßer. Es ist etwas dazwischengekommen.«

»Du hast gelogen!«

»Habe ich nicht. Ich hab nur gesagt, ich komme heute nach Hause, wenn alles gut geht. Es ist aber leider nicht alles gut gegangen. Ganz und gar nicht.«

»Warum nicht?«

»Das erzähle ich dir, wenn ich wieder zu Hause bin. Es ist ein richtiger Krimi.«

38

Kaum hatte sie ihrem Schatz einen Kuss durchs Telefon geschickt und sich schweren Herzens verabschiedet, klingelte es erneut. Sie zuckte zusammen.

Es war Luis. Klein musste ihn auf der Stelle alarmiert haben.

»Schöne Scheiße, gratuliere!«

»Du mich auch.«

»Pass auf! Du tust jetzt genau, was ich dir sage! Du notierst dir sofort jedes Detail, Zimmernummer, Farbe der Wand, Blumenarrangement, Obstteller. Einfach alles. Was liegt herum? Wo genau? Gerüche, Geräusche. Alles. Es macht unsere Story griffig und glaubwürdig.«

»Unsere Story?«

»Ich schreibe. Du fotografierst und dokumentierst. Ich muss mich auf dich verlassen. Und erzähl nicht alles der Polizei, hörst du!«

»Was soll ich ihr denn nicht …?«

»… die Brög-Story geht nur uns etwas an. Sag der Polizei nur das, was du über Hellbrück weißt.«

»Ich sage der Polizei, dass ich Hellbrück auf dem Fest der Grünhalden-Stiftung gesehen und mich dort mit ihm unterhalten habe. Besser gesagt, ich habe es versucht.«

»Das sagst du nicht!«

»Das auch nicht?«

»Keine Details. Du hast mit ihm ein paar nichtssagende Worte gewechselt, hörst du, mehr nicht.«

»Ich soll mich grundlos mit ihm zum Frühstück verabredet haben?«

»Als er nicht erschienen ist, bist du in seine Suite marschiert.«

»Einfach so?«

»Einfach so. Du hast die Leiche nicht angerührt, hörst du!«

»Was glaubst du denn!«

»Oder hast du ihr auch noch den Puls gefühlt?«

»Luis, er war mausetot! Um das zu kapieren, musste ich ihm nicht den Puls fühlen.«

»Du hast auch sonst nichts angefasst.«

»Nicht mal die Bratsche.«

»Was für eine Bratsche?«

»Eine Bratsche von Stradivari im Wert von fünfzehn Millionen.«

»Euro?«

»Franken. Oder doch Euro.«

»Ja, was? Du bist völlig durcheinander.«

»Ist doch scheißegal.«

»Ist es nicht. Franken oder Euro? Oder vielleicht Dollar? Die Story lebt von Präzision.«

»Aber der Preis der Fidel spielt doch überhaupt keine Rolle. Ist sowieso bloß eine grobe Schätzung.«

»Wer hat sie geschätzt?«

»Was weiß denn ich, Luis. Jemand hat es behauptet.«

»Wer hat was behauptet?«

»Hör auf, mich zu nerven!«

»So geht das nicht, Constanze!«

»Es geht aber auch nicht um den Wert der Bratsche. Sondern darum, dass die Bratsche, mit der zuvor Isabelle gespielt hat, in seinem Zimmer stand.«

»Isabelle?«

»Isabelle zur Mühlen. Die Tochter der Galeristin, zu der du mich geschickt hast.«

»Wie sieht sie aus?«

»Gut. Spielt das denn auch eine Rolle?«

»Eine große.«

»Okay. Das Stück hieß ›Der Tod und das Mädchen‹.«

»Was sagst du?«

»Das haben sie gespielt.«

»Wer?«

»Die Mädchen.«

»Sind sie auch tot?«

»Das Stück heißt so.«

»Was für ein totes Mädchen?«

»Du bist so was von durch den Wind, Luis! Vier Mädchen, ein Streichquartett. Kannst du folgen? Ein Stück von Schubert haben sie gespielt. Das ist der Komponist. ›Der Tod und das Mädchen‹ ist das Stück?«

»Great! Aus solchem Stoff sind die großen Storys.«

»Mich interessiert aber viel mehr, was Isabelles Bratsche im Zimmer des Toten zu suchen hat.«

»Was glaubst du?«

»Er hat mit ihr das Haus am See verlassen.«

»Mit der kleinen zur Mühlen?«

»Sie ist nicht klein, Luis.«

»Ist doch scheißegal.«

»Ist es nicht. Du verlangst doch jedes Detail.«

»Du hast sie also mit Hellbrück gesehen.«

»Ich hab ihn mit der Bratsche gesehen. Nur mit der Bratsche.«

»Dann kann die Bratschistin nicht weit weg gewesen sein. Sehe ich das richtig?«

»Wir reimen uns gerade eine haltlose Geschichte zusammen.«

»Das mit der Bratsche, Constanze, sagst du der Polizei auch nicht! Unter keinen Umständen.«

»Warum nicht?«

»Du behältst für dich, dass du gesehen hast, wie Hellbrück mit der Stradivari das Fest verlassen hat. Verstanden!«

»Sie werden mich ausquetschen.«

»Du bist kein Schwamm. War Hellbrück wirklich allein?«

»Woher soll ich das denn wissen?«

»Hast du jemanden gesehen oder nicht?«

»Ich saß nicht auf seinem Schoß.«

»Vielleicht hat er die Bratsche geklaut?«

»Bullshit!«

»Vielleicht war sein Mörder hinter der Bratsche her«, spekulierte Luis.

»Wieso Mörder? Wahrscheinlich hat er sich selbst …«

»Überlass das Rätselraten der Polizei. Wir halten uns an die Fakten. Aber die kriegen sie nicht von uns, verstanden!«

»Warum denn nicht? Sie sehen den Koffer sowieso.«

»Weil es unsere gottverdammte Geschichte ist, hörst du, unsere Geschichte. Die irrste Geschichte, die wir jemals gedruckt haben!«

Das war ihr jetzt alles egal. »Wird man mich verhaften, Luis?«, seufzte sie.

Er antwortete mit einer Gegenfrage. »Sind die Fotos in Sicherheit?«

»Pfeif auf die Fotos, ich brauch einen Anwalt.«

»Erst die Fotos!«

»Sind längst gemailt.«

»Ich hab sie nicht.«

»Aber Klein. Der hat sie.«

Sie spürte seine Enttäuschung. Nicht ihn hatte sie zuerst verständigt, sondern den Herausgeber. Sie hatte ihn übergangen.

»Ich verstehe immer noch nicht, was das alles mit Brög zu tun haben soll«, sagte er in vorwurfsvollem Ton.

»Gar nichts, Luis. Hörst du mir nicht richtig zu?«

»Dass du nicht ganz klar bist im Kopf, Constanze, kann dir in so einer Situation niemand verdenken.«

39

Eine knappe halbe Stunde nachdem die Zimmermädchen Pia und Shandy die Leiche Hellbrücks entdeckt hatten, machte sich die Polizei im Grand Montagne an die Arbeit. Ein Gast hatte sich gemeldet, eine Constanze Behrenberg aus Berlin, die angab, in der Suite 2214 den Toten in der Wanne entdeckt zu haben. Sie behauptete, mit Felix Hellbrück verabredet gewesen zu sein.

»Und dann?«

»Was dann?«

»Dann haben Sie keineswegs auf der Stelle das Hotelpersonal informiert, geschweige denn die Polizei!«, sagte Hauptmann Glaris.

»Die Zimmermädchen sind mir zuvorgekommen«, sagte Constanze.

Im Gesicht des Polizisten wetteiferten Zweifel mit Spott. Er war ein stämmiger Mann Ende vierzig mit Dreitagebart, doch akkurat geschnittenen Haaren. Einer, dem sie zutraute, sich weder von einem General Manager noch von einer Junior Suite im Grand Montagne einschüchtern zu lassen und schon gar nicht von einer deutschen *Magazin*-Fotografin.

»Was hatten Sie in der Suite zu suchen?«

»Nichts. Ich meine, Herrn Hellbrück. Es brannte Licht.«

»Sie waren nicht überrascht.«

»Ich rief seinen Namen, bekam keine Antwort. Dann stieß ich die Tür auf.« So wie sie gezögert hatte einzutreten, zögerte sie weiterzusprechen.

»Und dann?«

»Ich stand unter Schock.«

»So sehr, dass Sie sich in aller Ruhe umsahen?«

»Das ist nicht wahr.«

»Halten Sie es für normal, einfach in ein fremdes Hotelzimmer einzudringen?«

»Davon kann keine Rede sein.«

»Sie sind Reporterin.« Er sagte das so, als täten das bei Gelegenheit alle Journalisten.

»Fotoreporterin«, verbesserte sie. Aber das machte es nur schlimmer.

»Sie führten eine Kamera mit sich.«

Das war nicht abzustreiten. »Noch einmal: Ich war mit Hellbrück verabredet.«

»Um ihn zu fotografieren?«

»Ich hoffte es.«

»Sie richteten Ihre Kamera ungeniert auf den Toten.«

»Hätten Sie es an meiner Stelle nicht getan?«

»Ich hätte nicht unbefugt die Suite betreten.«

Dazu fiel ihr nichts mehr ein.

»Womit hatten Sie denn gerechnet, als Sie die Suite betraten?«

Sie war auf Spuren aller möglichen Exzesse gefasst gewesen, Sex, Alkohol, Drogen, nur nicht auf seine Leiche. Ja, klar, jeder halbwegs normale Mensch wäre sofort davongestürzt. Sie war aber nicht mehr normal, sondern charakterlich deformiert von ihrem Job. Sie sagte: »Ich hatte mit gar nichts gerechnet.«

»Sieht nach Verschleierung einer Straftat aus, Frau Behrenberg.«

»Was habe ich denn verschleiert?«

»Sie haben Spuren verwischt und stehen automatisch selbst unter Verdacht.«

»Was denn für einen Verdacht?«

»Unterlassene Hilfeleistung. Vertuschung einer schweren Straftat. Behinderung der Polizei. Was weiß ich nicht alles.«

»Das ist grotesk. Was denn für eine Straftat?«

»Ein Tötungsdelikt.«

»Aber ich habe ihn nicht umgebracht!«

»Woher wissen Sie, dass es Mord gewesen ist?«

»Hat er sich etwa selbst …?«

»Und Sie könnten ihm dabei geholfen haben.«

»Ich arbeite nicht für die Schweizer Sterbehilfe.«

»Es ist ungewöhnlich, einen Politiker um diese Zeit in seinem Hotelzimmer zu interviewen. Finden Sie nicht?«

Es war ungewöhnlich, aber leicht zu erklären. Doch sie erklärte es lieber nicht. »Worauf wollen Sie hinaus?«

»Helfen Sie uns bitte, die Situation zu begreifen, Frau Behrenberg!«

»Ich begreife sie doch selbst nicht.«

»Haben Sie die Tür hinter sich zugezogen?«

»Ist das wichtig?«

»Wissen Sie das auch nicht mehr?«

»Ich bin ziemlich durcheinander.«

»Aber es war Ihnen sofort klar, dass der Mann in der Wanne tot ist?«

»So tot, wie man nur tot sein kann.«

»Wie haben Sie sich davon überzeugt?«

»Was glauben Sie?«

»Ich stelle die Fragen, Sie antworten.«

»Den Toten habe ich nicht berührt.«

»Es hat Sie jedenfalls nicht sonderlich berührt. Sonst hätten Sie ihn nicht gleich noch fotografiert.«

»Ja, einige wenige Bilder.«

»Was genau haben Sie getan, nachdem Sie die Leiche entdeckt und fotografiert hatten? Schritt für Schritt. Lassen Sie bitte den Film für mich noch einmal ablaufen!«

»Ich habe Ihnen doch bereits alles ausführlich erzählt.«

»Bitte noch einmal!«

»Ich sah mich um.«

»Der Reihe nach!«

»Ich verließ das Bad und die Suite. Nichts wie weg.«

»Und dann, als Sie das Zimmer wieder verlassen hatten? Was haben Sie unmittelbar danach unternommen?«

»Was soll ich denn unternommen haben?«

»Mit wem haben Sie gesprochen, telefoniert? Mit wem zuerst? In welcher Reihenfolge?«

»Mit meinem Sohn.«

»Wir prüfen das nach. Ihr Mobiltelefon ist beschlagnahmt!«

»Ich habe auch das Personal verständigt.«

»Wen genau?«

»Freia Kriegenburg, eine Rezeptionistin.«

»Warum sie?«

»Ich kenne sie privat. Sie hatte aber gerade keinen Dienst.«

»Dennoch haben Sie mit ihr gesprochen und sie informiert.«

»Ja.«

»Was genau haben Sie ihr mitgeteilt!«

»Fragen Sie sie selbst!«

»Das werden wir. Offenbar hat sie Ihre Information nicht weitergeleitet. Seltsam. Finden Sie nicht?«

»Ich fragte sie, wie ich mich verhalten soll.«

»Und wie haben sie sich verhalten? Höchst verdächtig, oder! Lassen Sie sich bitte nicht alles aus der Nase ziehen!«

»Ich hätte mich an der Rezeption melden sollen.«

»Eine Empfehlung, der Sie nicht nachgekommen sind. Weshalb?«

»Nicht unmittelbar.«

»Weshalb nicht?«

»Das sagte ich doch schon. Ich telefonierte mit einer Mitarbeiterin der Rezeption. Dann mit meinem Chef in Berlin. Meinen beiden Chefs. Erst mit dem einen, dann mit dem anderen.«

Der Polizist stöhnte.

»Wie gut kannten Sie Herrn Hellbrück?«

»Was Sie jetzt vermutlich denken, ist absurd.«

»Sind Sie seinetwegen in Zürich?«

Sie schüttelte stumm den Kopf.

Hauptmann Glaris glaubte ihr nicht. »Sie wussten aber, dass sich Hellbrück in Zürich aufhält.«

»Nein, das wusste ich nicht. Woher hätte ich es denn wissen sollen? Ich traf ihn zufällig bei der Veranstaltung am See.«

»Was für eine Veranstaltung?«

»Ein Art Konzert.«

»Ein Konzert? Sie tun sich keinen Gefallen, wenn sie nicht reden.«

»Bei Beat Banz in der Grünhalden-Stiftung. Das neue Stradivari-Quartett. Ich arbeite an einer Reportage über Dekadenz.«

»Dekadenz in der Schweiz. Dazu benötigen Sie einen deutschen Politiker?«

»Seine Einschätzung hätte mich interessiert.«

»Warum haben Sie mit ihm nicht einfach in Berlin gesprochen.«

»Noch einmal: Es war eine zufällige Begegnung. Er war ebenfalls Gast von Banz. Zu meiner Überraschung. Denn es passte nicht zu Hellbrück, wie wir ihn in Deutschland kennen. Insofern war er für meine Geschichte über die Superreichen plötzlich interessant.«

Mehr gab sie nicht preis.

Glaris aber gab sich noch immer nicht zufrieden. »Weiter!«

»Ich vermutete, dass er Gast von Banz und dessen Stiftung gewesen ist, und wollte von ihm wissen, weshalb.«

Glaris machte ein ausgesprochen unglückliches Gesicht.

»Wie wirkte der noch lebende Hellbrück auf Sie?«

»Ungehalten. Kurz angebunden.«

Der Polizist glaubte ihr noch immer nicht, das sah sie ihm an. Und er hatte nicht vor, sich mit ihrer Aussage zufriedenzugeben.

»Worüber wollten Sie beim Frühstück mit ihm sprechen?«

»Wie ich Ihnen gerade sagte: Ich wollte ihn fragen, was er von Beat Banz und der Grünhalden-Stiftung hält. Und was er mit ihr zu tun hat.«

»Dazu haben Sie sich mit ihm verabredet?«

»Er hat es selbst vorgeschlagen.«

»In seinem Zimmer?«

»Zum Frühstück.«

»Zu dem er nicht erschien. Weshalb?«

Sie zuckte mit den Schultern.

»Wahrscheinlich wollte er mit Ihnen gar nicht sprechen.«

»Das verstehen Sie nicht. Sie sind kein Journalist.«

»Eines habe ich verstanden, für Journalisten gelten nicht die üblichen Umgangsformen.«

»Sie lassen sich nur nicht gleich abwimmeln.«

»Hat es Sie nicht irritiert, dass die Zimmertür offen stand?«

»Das habe ich Ihnen doch auch schon dreimal erklärt.«

»Sie werden es uns so oft erklären, bis wir es verstanden haben. Hausfriedensbruch – schon mal gehört?«

»Noch einmal: Die Tür stand offen.«

»Und dann?«

»Das Zimmer war dunkel. Nichts zu hören. Im Bad brannte Licht. Vielleicht brauchte er Hilfe.«

»An wen möchten Sie Ihre Fotos verkaufen?«

»Ist das auch eine Straftat?«

»Das muss der Ermittlungsrichter prüfen.«

»Sie sind nicht verkäuflich. Ich arbeite nur für das *Magazin*.«

»Ich bekomme sie auf der Stelle umsonst.«

Damit hatte sie gerechnet.

»Sie müssen alle Fotos herausgeben, damit wir sehen, ob er tatsächlich schon tot war«, sagte Glaris.

»Was glauben Sie denn!«

»Vielleicht hat er noch gelebt. Sie haben ihm beim Sterben zugeschaut und dabei auch noch fotografiert. Eine Möglichkeit.«

Sie drehten sich im Kreis. Glaris wollte sie quälen und weichkochen. So lange, bis sie alles zugab.

»Wir müssen Ihnen Fingerabdrücke abnehmen und eine Speichelprobe.«

Dafür hatte sie Verständnis.

»Noch einmal, was für eine Story recherchieren Sie hier?«

»Eine Fotoreportage über Reichtum und Luxus. Verhaften Sie mich wegen Verunglimpfung der Eidgenossenschaft?«

Glaris entfleuchte der Hauch eines Lächelns. »So schlimm sind wir nicht«, sagte er. »Sie sind jedenfalls im richtigen Hotel abgestiegen. Ein Selbstversuch, oder?«

40

Wim! Ruft! An! Sagt: »Tut mir leid.«

Was tut ihm leid?

»Das alles.«

Es ist auch schon alles von ihm. Mehr gibts nicht. Ist ohne ne einzige Silbe abgereist. Tut mir auch leid.

Sagt, ihm ist was dazwischengekommen.

Und nun?

»In 2 Wochen sehn wir uns wieder. Dann richtig.«

2 Wochen!

Deshalb ruft er nicht an.

»Hellbrück tot? In einer Badewanne? Im Grand Montagne?«

Der Herr Innenminister weiß es längst, jede Wette. Will von mir hörn, was man sich so erzählt. Dass Con Hellbrück entdeckt und geknipst hat, erfährt er offenbar erst von mir. Dass die Cops da warn, soll er ruhig erfahrn, denk ich. Ist abern Fehler.

Was sie von mir wollten?

Wissen, wann und was Con zu mir gesagt hat.

Jetzt weiß er, dass sie mich informiert hat. Brüllt er gleich wieder los? Denkste. Fragt bloß panisch: »Ist mein Name gefallen?« Das ist auch schon alles, was ihn interessiert.

Sollt er das? Dass unser Ding rauskommt, ist seine ganze Sorge. Spür seine Angst, ich könnt ihn in was reinziehn. Keine Rede mehr davon, dass er aus der Politik aussteigt. Hab mir gedacht, er sucht beruflich nen Neuanfang. Und zwar hier. Bei Banz! So was hats schon gegeben. Ein früherer Bundesminister arbeitet für das World Economic Forum in Genf. Ex-Kanzler Schröder ließ sich von einem Zürcher Medienkonzern bezahlen. Als Berater! Kein Witz. Warum sollte nicht auch Wim für ne weltweit aktive Schweizer Stiftung was tun? Habs mir so schön ausgemalt.

41

Dass Brög im Grand Montagne seine Geliebte untergebracht hatte, gab Constanze selbstverständlich nicht preis. Glaris musste schon selbst darauf kommen. Auch die Bratsche erwähnte sie nicht. Ziemlich tough kam sie sich vor. Klein und Luis hätten ihre Freude an ihr gehabt.

»Im Grand Montagne wohnte zur Tatzeit noch ein anderer deutscher Politiker, Wilhelm August Brög – Hellbrücks schärfster Konkurrent. Haben Sie dafür eine Erklärung, Frau Behrenberg?«

»Ich dachte, er hätte das Hotel bereits verlassen. Sie haben das doch sicher längst gecheckt?«

»Wir sind gerade dabei.«

Ein derartiger Arbeitseifer machte sie sprachlos.

Dazu passte ein hübsches Detail, das sie auf der Website der Polizei gefunden hatte: »Ein Job bei der Kantonspolizei Zürich ist vielleicht nicht immer ein Zuckerschlecken – aber ganz sicher etwas vom Interessantesten und Vielseitigsten, das Sie mit sich und Ihrer Zukunft anfangen können.«

Luis würde es gefallen.

42

Sie stand am Frontdesk, als unversehens Rudi auftauchte.

»Du checkst aus?«, wunderte er sich.

»Ich werde ausgecheckt«, sagte sie, »bin diesem Haus nicht länger zuzumuten.«

»Oder!«

Er hätte ja etwas für sie tun können. Aber es kam ihm gar nicht erst in den Sinn.

»Und jetzt?«

»Suche ich mir etwas anderes.«

Das Hotel zu wechseln, war keine Zumutung, sie hatte mit anderen, gravierenderen Problem zu kämpfen. Ihre Kamera und ihr Laptop waren beschlagnahmt. Und sie durfte Zürich nicht verlassen.

»Du brauchst einen Anwalt. Wenn du einverstanden bist, rufe ich Schwendi an.«

»Darum kümmert sich schon meine Firma«, sagte sie. Aber es war ihr anzusehen, wie hilflos sie sich fühlte.

»Es ist nicht irgendein Anwalt«, sagte er.

»Steht es so schlimm?«

»Schwendi ist der beste. Er arbeitet für Banz, kennt jeden in der Schweiz, der etwas zu melden hat. Und was das nächste Hotel angeht, biete ich dir mein Gästezimmer an.«

Sie hatte im Stillen schon auf diese Möglichkeit gehofft.

»Das ist lieb.«

Hundertmal lieber wäre ihr gewesen, dieser Schwendi könnte dafür sorgen, dass sie schnellstmöglich nach Hause durfte. Sie hielt es nicht mehr aus ohne David. Wenn die Polizei gut beraten wäre, würde sie ohnehin mit der deutschen Justiz kooperieren, dann wäre es egal, ob sie in Zürich blieb oder in Berlin zu finden war.

»Ich rede mit Schwendi«, versprach Rudi.

43

Manuel von Schwendi war der Sohn des legendären Nationalrats Oberst von Schwendi, seinerzeit einer der führenden Köpfe der konservativen liberalsozialistischen Sammlung der Unabhängigen. »Ein Muster bester Schweizer Gesinnung«, rühmte ihn Rudi.

»Sein Vater?«

»Auch der Sohn.«

»Dann war er bestimmt auch beim Stradivari-Quartett am See.«

»Er wäre dir nicht entgangen.«

Schwendis Kanzlei lag zwischen Bahnhofstrasse und Münsterhof. Die Empfangsdame mittleren Alters sah wie eine Handarbeitslehrerin aus. Dafür konnte sie nichts und auch nicht dafür, dass ihr strenger Blick die neue Klientin an die Schulzeit erinnerte. Constanze hatte Handarbeit gehasst.

Frau Bürgli führte sie und Rudi unverzüglich in Schwendis Büro. Zirbelholz, wohin man blickte. In der Schweiz roch selbst Holz nach Geld, fand sie. Und umgekehrt Geld nach Holz. Über dem Sofa ein Ferdinand Hodler, zweifellos echt. Berge, gespiegelt in einem Bergsee. Die Möbel klassisch modern.

Ein mächtiger, runder Schädel samt grasgrüner Fliege um den feisten Hals schob sich ins Bild. Und Schwendis Pranke. Sie fühlte sich feucht an.

»Im Wesentlichen bin ich informiert«, begann er.

Das geht aber rasch, dachte sie.

»Sie haben sich da in eine unangenehme Situation gebracht«, sagte der Anwalt und wiegte den mächtigen Schädel hin und her. »Weshalb haben Sie den Leichenfund nicht sofort gemeldet? Dafür brauchen wir eine schlüssige Begründung. Pressefreiheit gilt auch der Eidgenossenschaft als hohes Gut, aber ich weiß nicht, ob wir Ihr Vergehen damit rechtfertigen können.«

»Welches Vergehen?«

Sie gewann den Eindruck, dass auch der Anwalt ihr nicht glaubte.

»Ich nehme doch an, dass Sie mehr zu bieten haben, als Sie gegenüber den Strafverfolgern ausgesagt haben.«

»Wozu sollte ich etwas verschweigen?«

»Um die Exklusivität Ihrer Recherchen nicht zu gefährden, es liegt auf der Hand.«

Sie konnte es sich sparen, den Quatsch von der Dekadenz-Reportage zu wiederholen. Schwendi war schließlich ihr Anwalt. Sie gab zu, dass sie nach Zürich gekommen war, um Brög zu jagen. Aber wenigstens Freia wollte sie noch immer heraushalten. Einfach war das nicht.

Sie sah Rudi an. Der nickte ihr aufmunternd zu.

»Brög hat eine Geliebte«, sagte sie. »Es wäre mir angenehm, es bliebe unter uns. Mit Hellbrück hat es nichts zu tun.«

»Freia Kriegenburg heißt die junge Frau, nicht wahr«, brummte Schwendi und blätterte in seinen Unterlagen. »Wie es der Zufall will, arbeitet sie im Grand Montagne.«

Sie erschrak. »Weiß das die Polizei auch schon?«

»Wenn ich Sie erfolgreich vertreten soll, dürfen wir diese Tatsache nicht für uns behalten.«

Constanze war ihre Verzweiflung anzusehen.

»Ich kann mir lebhaft vorstellen, wie es in der deutschen Öffentlichkeit ankommt, dass Hellbrück und Brög zur selben Zeit im besten Zürcher Hotel abgestiegen sind. Was freilich nur einer überlebt hat. Der eine hat heimlich seine Geliebte besucht, der andere Gift genommen.«

»Davon gehen Sie aus?«

»Ich halte es zum gegenwärtigen Zeitpunkt für das Wahrscheinlichste. Es wird selbstverständlich nach allen Seiten ermittelt. Hat man Ihnen schon die Frage gestellt, wo Sie gestern kurz nach Mitternacht gewesen sind?«

Wieder schaute sie Hilfe suchend Rudi an. Der betrachtete seine Fingernägel.

»In Erlenbach bei der Stiftung.« Das stimmte nicht. Sie hatte schon im Sternengrill gesessen. Auch falsch. Sie musste zu diesem Zeitpunkt bereits wieder im Hotel gewesen sein. »Die Sache am See löste sich allmählich auf«, behauptete sie.

»Um Mitternacht war sie längst zu Ende«, stellte Schwendi fest.

Ob er das von der Polizei erfahren hatte? Es wäre ihr peinlich gewesen, zuzugeben, dass sie sich mit Rudi vergnügt hatte. »Hellbrück ist also kurz nach Mitternacht gestorben?«, sagte sie.

»Das Problem ist, dass wir nicht genau wissen, wann Sie tatsächlich in Hellbrücks Zimmer eingedrungen sind.«

»Aber ich habe doch alles haarklein erzählt. Nach dem Frühstück gegen acht Uhr zwanzig.«

»Wofür es keinen Beweis gibt.«

»Eine Überwachungskamera muss mich aufgenommen haben.«

»Nicht mal die. Wir schätzen in der Schweiz Diskretion über alles.«

Das Wort konnte sie nicht mehr hören. Sie hatte doch sofort Rudi informiert. Warum machte der keine Anstalten, es zu bestätigen.

»Ich bin Ihr Anwalt und muss Sie auf das weitere Verfahren einstellen.«

»Was für ein Verfahren?«

»Man wird Sie erst ausreisen lassen, wenn alle offenen Fragen schlüssig beantwortet sind.«

»Aber das habe ich doch getan!«

»Es ergeben sich ständig neue Fragen und alte Fragen neu. Aber beruhigen Sie sich, bei der nächsten Vernehmung stehe ich Ihnen zur Seite.«

»Ich will nach Hause zu meinem Sohn.«

Constanze weinte.

44

Direkt an der Limmat residierte die Kantonspolizei in einem nicht sehr großen Gebäude mit klassizistischen Säulen vor dem Eingang. Die Zentrale der Kriminalpolizei befand sich weit davon entfernt, doch Hauptmann Glaris verhörte Constanze ausnahmsweise hier. Er kam damit Schwendi entgegen, dessen Kanzlei am Münsterhof jenseits der Brücke lag.

»Meine Mandantin ist nach Zürich gereist, um Recherchen über den deutschen Bundesinnenminister Wilhelm August Brög anzustellen. Felix Hellbrück hat sie zunächst gar nicht interessiert. Sie wusste auch nichts von dessen Anwesenheit im Grand Montagne«, erklärte der Anwalt. »Erst am Nachmittag des fraglichen Tages wurde sie im Rahmen einer Veranstaltung der Grünhalden-Stiftung in Erlenbach mit Hellbrück bekannt gemacht, übrigens von Herrn Banz persönlich. Sie bat Hellbrück um ein Interview und wurde zu diesem Zweck von ihm zum Frühstück bestellt.«

Es sah nicht danach aus, als lasse sich Glaris davon beeindrucken.

»Weshalb waren Sie nun plötzlich auch an einem Gespräch mit Hellbrück interessiert? Ersparen Sie mir bitte diesmal die

Version, Sie hätten sich brennend für die Schweizer Dekadenz interessiert. Es ging Ihnen vielmehr um den Konkurrenzkampf zwischen Brög und Hellbrück. Geben Sie es ruhig zu! Was hatten die beiden gleichzeitig in Zürich zu tun? Das ist es, was Sie herausfinden wollten. Es kam Ihnen merkwürdig vor. Sie glaubten nicht an einen Zufall. Oder wussten Sie es schon vorher? Dann lassen Sie uns bitte an Ihren Recherchen partizipieren.«

Das konnte Schwendi nicht zulassen: »Das ist eine Unterstellung. Es hat keine derartigen Recherchen gegeben.«

»Und wenn doch?«

»Dann beanspruche ich für meine Mandantin das Recht, ihre Recherchen zu schützen. Was spielt es überhaupt für eine Rolle?«

»Womöglich eine große.«

»Ich schlage vor, Sie mischen sich als schweizerischer Beamter nicht in die deutsche Politik ein. Schuster bleib bei deinem Leisten.«

Der Nachsatz war unnötig, fand sie. Es gab keinen Grund, den Polizisten zu demütigen.

Doch Glaris war nicht empfindlich.

»Was haben Sie sich denn gedacht, als Sie überraschend feststellten, dass sich beide Politiker im Grand Montagne aufhielten? Was ging Ihnen da durch den Kopf?«

»Eine Frage, die nichts zur Sache beiträgt!«, schmetterte Schwendi.

Es wäre eine Katastrophe gewesen, wenn Hellbrück Brög mit Freia ertappt hätte. Das hatte sie beschäftigt. Er hätte es sofort an die große Glocke gehängt. Dann wäre ihre Story nichts mehr wert gewesen. Sie hatte großes Interesse daran gehabt, dass Hellbrück nichts von Brögs Liebestollheit mitbekam. Aber auch diese Überlegungen behielt sie besser für sich. Sonst unterstellte ihr Glaris noch ein Mordmotiv. Dafür brachte man doch niemanden um.

Sie sagte nur: »Was für ein Zufall – das ist alles, was mir durch den Kopf gegangen ist.«

»Seit wann glaubt eine Reporterin vom *Magazin* an Zufall?«

Auch diese Frage gefiel Schwendi nicht. Er runzelte die Stirn, und es war, als falte sich der Hauptalpenkamm auf.

»Noch einmal«, sagte der Polizist, »weshalb sind Sie nach Zürich gereist?«

»Der schönen Aussicht wegen.«

Sie fühlte sich allmählich sicher unter Schwendis Obhut.

»Schöne Aussicht, worauf? Sie haben sicherlich einen besseren Blick auf die deutschen Verhältnisse als ich. Weshalb war Hellbrück in Zürich? Was vermuten Sie?«

»Vielleicht, um zu sterben. Ist ja in Mode.«

»Bleiben Sie bitte sachlich!«, knurrte Schwendi die Journalistin an.

»Ich war gerade dabei, es herauszufinden«, sagte sie.

»Wirkte er lebensmüde auf Sie?«

Die Frage des Polizisten hielt Constanze für eine Falle.

»Woran sollte ich das bemerkt haben?«

Schwendi funkte erneut dazwischen. »Haben Sie noch eine Frage zur Sache? Wenn nicht, beenden wir die Vernehmung.«

Hauptmann Glaris ließ sich nicht beirren. »Sie haben sich bis in sein Badezimmer vorgewagt.«

»Soll das ein Vorwurf sein?«, grollte der Anwalt.

»Der Tote in der Wanne. Ein ziemlicher Schreck, selbst für eine hartgesottene Journalistin.«

»Na hören Sie!«, röhrte Schwendi.

Glaris unbeeindruckt: »Der Schreck war so groß, dass Sie ihn sofort fotografieren mussten.«

»Ersparen Sie uns Ihren Zynismus, Hauptmann!«, tadelte Schwendi.

»Beantworten Sie bitte meine Frage, Frau Behrenberg.«

Sie zögerte. »Das haben Sie mich schon ein Dutzend Mal gefragt. Und meine Antwort ist noch immer dieselbe.«

Glaris gab sich nicht zufrieden. »Warum haben Sie nicht sofort jemanden vom Hotel verständigt?«

Hundertmal dieselbe Frage.

»Ich musste zuerst telefonieren.«

»Mit wem?«

»Mit David, meinem sechsjährigen Sohn. Es war mir einfach ein Bedürfnis. Ist das so schwer zu verstehen?«

»Wollen Sie das einer Mutter verübeln?«, dröhnte Schwendi.

Dem Polizisten wurde es zu dumm. »Wir haben unsere deutschen Kollegen um Amtshilfe gebeten. Sie dürfen nach Berlin reisen, Frau Behrenberg. Aber die Angelegenheit ist damit für Sie noch keineswegs ausgestanden. Sie haben mit einer Anzeige zu rechnen. Haben wir uns verstanden?«

Schwendi erhob sich als Erster.

»Ach ja, noch etwas«, sagte der Polizist. »Ist Ihnen im Zimmer des Herrn Hellbrück ein Bratschenkoffer aufgefallen?«

»Ein Bratschenkoffer? Was ist damit?«

»Die Bratsche ist verschwunden, der Koffer leer.«

»Was, zum Henker, ist das für eine Geschichte!«, erregte sich Schwendi.

»Wer die Bratsche hat, ist der Mörder? Darauf wollen Sie also hinaus«, sagte Constanze.

»Sie gehen von einem Raubmord aus«, stellte Schwendi fest.

»Wir können es nicht ausschließen.«

Ja, sie hatte den Bratschenkoffer gesehen. In ihrer Panik war sie nur nicht darauf gekommen, ihn zu öffnen.

»Stiehlt man ein solches Instrument nicht praktischerweise mitsamt dem Koffer?«, fragte sie.

Der Polizist sah sie streng an, sehr streng. Dann setzte er sorgfältig seine Worte. Sie klangen beinahe feierlich. »Es handelt sich um eine Antonio Stradivari. Schätzwert fünfzehn Millionen Franken.«

Schwendi: »Was wollen Sie damit sagen?«

»Frau Behrenberg steht unter dem Verdacht, das Instrument gestohlen zu haben.«

Beat Banz trauert. Er sitzt an seinem Steinway Grand Concert im Turm und lässt seine Hände behutsam über die Tasten flanieren. Wenn Banz trauert, muss es Schubert sein. Denn hier oben über dem Grand Montagne, das ihm gehört, regiert das Schöne. Hier kümmert er sich nicht ums Geschäft, sondern um seine Kunstsammlung. Für die Wahrheit sind andere zuständig. Tobler, der General Manager, führt das Hotel. Banz sammelt nur. Die Kunstsammlung allein wäre profitabel genug. Doch verkauft er nie. Er erwirbt nur. Jetzt aber trauert er.

Die ›Bagatelle‹ perlt. Bis es klopft. Banz weiß, dass es zu diesem Zeitpunkt nur einer sein kann.

»Herein mit Ihnen, Schwendi!«

Ein wenig zaghaft tritt der Anwalt ein. Er möchte keinesfalls stören.

»Wie stehen die Aktien?«

Für die Kurse der Montagne AG ist auch Schwendi nicht zuständig. Allenfalls im übertragenen Sinn. »Die deutsche Fotografin ist noch ein gewisser Unsicherheitsfaktor«, sagt er. »Aber ich vertrete sie.«

»Sie kann Ihnen dankbar sein«, sagt Banz.

»Aber sie ist keine Bagatelle«, sagt der Anwalt.

»Sie haben keine Ahnung«, sagt Banz. »Natürlich ist es eine, und zwar in As-Dur.«

Es ist die, die auch im Manual für seine eigene Trauerfeier steht. Ein Streichquartett ist dann nicht vorgesehen. Doch daran denkt er jetzt nicht. Er denkt an sein Leben, das gut ist.

»Verzeihung.«

»Diese Constanze …«

»… Behrenberg. Sie lässt sich nicht so leicht einschüchtern, ich weiß«, sagt Schwendi.

»Das gefällt mir an ihr«, sagt Banz. »Sie gefällt mir generell.

Aber man kann nicht alles haben.« Jetzt lacht er. Allerdings lautlos. Wenn Libellen wiehern könnten, wieherten sie wie er.

Doch schon ist die Trauer zurück. »Hellbrück hatte eine große Zukunft vor sich, während ich an Brög zuweilen zweifle.«

»Man kann es sich nicht aussuchen«, meint Schwendi.

Eine Phrase, für die ihn Banz mit einem dissonanten Akkord auf dem Flügel bestraft. »Wo bleibt Tobler?«

»Ist schon auf dem Weg«, verspricht Schwendi.

Banz setzt die Bagatelle fort.

Tobler tritt in diesem Moment ein.

»Ich wollte Sie nicht beim Präludieren stören.«

»Ich präludiere nicht, ich trauere. War es wirklich nicht zu vermeiden, dass er sich im Grand Montagne das Leben nehmen musste? Alles dient hier doch dem Leben.« Banz scheint wirklich untröstlich. »Schwendi, ich nehme an, die Polizei verständigt sich auf Suizid.«

»Ich habe mit dem Chef des Schweizer Justiz- und Polizeidepartements gesprochen und auch mit dem Untersuchungsrichter.«

»Ich brächte so etwas nicht übers Herz«, sagt Banz und schließt vorsichtig den Deckel. »Tobler!«

»Herr Präsident!«

»Fand die Beseitigung der Leiche aus der Suite diskret genug statt?«

»Tadellos.«

»Zeugen?«

»Keine.«

»Wo ist die Fotografin jetzt?«

»Wieder in Berlin.«

»Die Trauerfeier dort, Schwendi! Ist meine Anwesenheit wirklich unvermeidlich?«

»Im Gegenteil. Ich rate Ihnen ab.«

»Dann geben Sie mir die Witwe. Ich will ihr persönlich kondolieren.«

III.

DER STRADIVARI-DEAL

... da du vorüberkamst am geöffneten Fenster,
gab eine Geige sich hin. Das alles war Auftrag.

R. M. Rilke, »Die erste Elegie«

1

Der Redaktionskonferenz lagen drei Titelentwürfe zur Auswahl vor. Der erste ergreifend schlicht. *FELIX HELLBRÜCK 1968–2015* stand über dem schwarz-weißen Porträtfoto mit dickem Trauerrand. Hellbrück als Heiligenbild. Zynisch die Zeile des zweiten Entwurfs: *DER TOD KAM DELUXE.* Zu sehen war ein selbstbewusst lächelnder Hellbrück als Hoffnungsträger der Nation, im Hintergrund das Grand Hotel Montagne in seiner ganzen Pracht. Der dritte Entwurf kam reißerisch daher: *TOD IN DER SCHWEIZ.* Der Arm baumelte aus der Wanne, die Augen suchten Halt im Nichts. Constanzes Foto in Farbe.

Eigentlich gab es nichts mehr zu diskutieren. Die versammelten Redakteure sahen auf sie, manche voller Bewunderung, andere mit unverhohlenem Neid, wiederum andere in stiller Verachtung. Wie auch immer: Ihr gehörte das Titelbild des Jahres.

Obwohl Thaddäus Klein erst einmal alle drei Entwürfe ablehnte. Er bevorzugte eine Kombination ihres Fotos und dem schlichten Namenszug Hellbrücks mit den Lebensdaten. Der Schrecken des Todes kombiniert mit der Wucht der Trauer ohne jeden Schnickschnack. Die leeren Augen des Unglücklichen sollten von allen Zeitungsständern starren.

Sie fand diese Kombination geschmacklos und infam, wie da ein ganzes Leben auf sein tragisches Ende verkürzt wurde. Kaum mehr würde von Hellbrück im kollektiven Gedächtnis übrig bleiben als dieses eine Foto.

Es war ihr Werk.

Sie war auch noch stolz darauf.

Obwohl sie sich durchaus ein wenig schämte. Sie schämte sich dafür, dass sie auch noch stolz war auf das, was sie gewagt und erjagt hatte. Sie genoss zwar den Beifall der Kollegen, und zugleich war er ihr peinlich.

Als sie vorhin ihr Büro betreten hatte, war Mücke aufgesprungen und hatte sie an ihre Brust gedrückt: »Und denn auch noch n'toter Mann!«

War das »dufte«? Also wirklich.

Nun der Beifall der großen Runde. Sie hatte damit gerechnet, sich rechtfertigen zu müssen. Sollte sie ihre Dreistigkeit mit dem Druck entschuldigen, den Klein ihr machte? Es wäre nicht glaubwürdig gewesen. Hellbrück war ja nur der Beifang der Jagd auf Brög.

Klein fasste die Debatte zusammen, ehe sie überhaupt begonnen hatte. »Ma werd uns hassn für den Scoob. Mit na Rüch vom Bresserad stopf ma uns die Schuh aus, die im Madsch a weng feuchd gworn sind.«

»Höchsten Respekt für die junge Kollegin!«, schloss Luis sich an und rühmte Constanzes Geistesgegenwart und Kaltblütigkeit so anschaulich, als sei er selbst dabei gewesen.

Hornschuh, der stellvertretende Chefredakteur spendete vergiftetes Lob. »Dass die junge Kollegin überfordert gewesen ist, sollten wir ihr hier nicht zum Vorwurf machen.« Das machte auch niemand. Der Satz zielte eher auf den Kollegen Chefreporter.

Hirngiebel, Ressortchef Ausland, war anzusehen, dass er ihre Tat im Grunde missbilligte. Doch hütete er sich, es auszusprechen. Eine Debatte über die Ethik des Nachrichtengewerbes war ganz und gar unerwünscht. Die Redaktion war mit Dringenderem beschäftigt. Bereits morgen war Redaktionsschluss. Wenigstens vier Geschichten zum Titelthema mussten gestemmt werden.

Die Kriminalstory über den Mord im Grand Montagne verfasste Luis mithilfe der Notizen Constanzes. Die Reportage sollte gravierende Vorwürfe an die Adresse der heillos überforderten und reichlich unbedarften Schweizer Behörden enthalten.

Kleins Leitartikel würde in alarmierendem Tonfall darstellen, dass mit Hellbrück die größte Hoffnung der deutschen Demokratie verloschen war und das Feld frei für Brög. Falls ihn nicht noch jemand aufhielt. Kleins *Magazin*, wer sonst! Als Überschrift des Kommentars war angedacht: *Die Hoffnung stirbt zuletzt*. Eine ausgelutschte Floskel gewiss, doch in diesem speziellen Fall von einem gewissen Realismus.

Schnalz, Ressortchef Inland, stöhnte über den kaum zu bewältigenden Zeitdruck. Er bastelte an einem klassischen Nachruf mit Lebenslauf und allem Pipapo. Eigentlich schrieb er lieber lebende Politiker hinunter als tote hinauf.

Dazu kam dann noch ein sogenannter Spekulatius. Wer wurde Hellbrücks Nachfolger in der Fraktion und damit Brögs neuer Rivale? Mücke sah sich überfordert, aber das half ihr nicht. Natürlich würde sie für eine Frau plädieren, es verstand sich von selbst.

War das alles? Kleins Blick schweifte gebieterisch über die Runde.

»Was had Hellbrüch in Zürich zu suchn?«

»Da fährste zum Sterben hin«, sagte Mücke.

Der Politiker war, so viel hatten sie herausgefunden, ohne Begleitschutz nach Zürich geflogen. Doch niemand in diesem begnadeten Kreis gnadenloser Journalisten hatte auch nur den Funken einer Erklärung dafür, weshalb die beiden Kontrahenten um die Kanzlerschaft gleichzeitig in Zürich gewesen waren. Die Vermutung, sie könnten sich getroffen haben, lag allzu nahe. Sie zu bestätigen war bisher nur nicht gelungen.

»Ein Schelm, wer Böses dabei denkt«, raunte Hirngiebel.

Im Bewusstsein, auf der Seite der Wahrheit zu stehen, gab Klein die Parole aus: »Mir bleim dran. Wär doch glachd.«

»Hat Brög den Hellbrück gekillt?«, rätselte Luis.

»Wer globt'n det«, sagte Mücke.

»Jetzt aber mal piano!«, mahnte Hirngiebel.

»Es gibt nicht den geringsten Hinweis«, sagte Constanze.

Luis aber ballte kampfeslustig die Hand zur Faust.

»Wir wissen zwar nicht, weshalb Hellbrück in Zürich war, umso klarer ist Brögs Motiv zu sehen«, erklärte Schnalz.

»Und wenn schon« , meinte Hirngiebel, »gemessen an Hellbrücks Tod ist Brögs Affäre nur noch eine Randerscheinung.«

»Allet für die Katz«, stellte Mücke fest.

»Da Brööch had Dregg am Steggn, drauf würd ich weddn.«

Damit war das Motto der nächsten Tage gesetzt. Als die Redakteure auseinandergingen, zog Luis Constanze zur Seite. »Es wird jetzt einiges über dich hereinbrechen.«

»Machst du mir Angst?«

»Ich pass schon auf dich auf, versprochen!«

2

Wim mailt, sagt ab, will mich nicht sehn, kann mich nicht sehn. Nicht jetzt. Ob nie mehr, wer weiß das schon. Schreibt: »Wenn das vorbei ist, nur noch DU, DU, nur DU allein.« Wers glaubt, wird selig. Man setzt ihm zu, na klar. Täts auch, wenn ich wüsst, wie. Ein Rest von mir glaubt noch. Nur an was?

3

»Ich will Sie ned noch amol in die Schweiz schiggn«, sagte Klein. »Sans froh, dass ma Sie rausghold hamm.«

Wenn jemand sie herausgeholt hatte, dann war es Schwendi gewesen. Und Rudi. Ohne den wäre sie gar nicht erst in den Vorzug von Schwendis Diensten gekommen.

Luis war keine Hilfe. Der folgte seinen eigenen Ambitionen. Sie wollte selbst fliegen, auch wenn es David nicht schon wieder zuzumuten war. Es war nun mal ihre Geschichte, und deshalb durfte sie nicht nachlassen oder sie kampflos Luis überlassen.

»Ich bleibe dran«, versprach sie.

»Solln's ja«, sagte Klein. »Aber da in Berlin!«

Luis durfte diesmal nach Zürich fliegen.

Dann war das eben so. Gut für David. Sie hatte ihn vernachlässigt.

4

»Mami?«

»Ja, mein Süßer?«

»Der tote Mann in der Badewanne!«

»Was ist mit ihm, mein Schatz?«

»Hat er dich sehr gegruselt?«

David fragte sie das schon zum fünften Mal.

»Ja, hat er.«

»Warum hast du dann nicht die Kerze ausgepustet? Dann hättest du ihn nicht mehr so genau gesehen.«

5

Seit Con im Wald war, hab ich den Mist. Jetzt auch noch Gandolfo am Hals. Ist nicht mein Chef, auch nicht der Chef meines Chefs, hat aber was zu sagen. Läd mich zu ner Tasse Schümli ein. Bloß blöd, dass es 2 Kolleginnen mitkriegen. Ihm ists egal. Das Gerede krieg ich ab. In der Hall sitzen wir.

Smart schmalzt er mich an: »Sie brauchen jetzt starke Nerven.«

Will er mit mir über meine Nerven talken?

Will er nicht. Ist nur an Con interessiert, brennend.

»Ihre dicke Freundin.«

Korrigiere: »Gute Bekannte.«

»Eine sehr, sehr gute Bekannte. Sie sind mit ihr in der Frauenbadi gewesen.«

Schnüffelt er hinter mir her, oder hat Con es ihm brühwarm erzählt?

»Bloß mal kurz abtauchen.«

Er blökt dazu, dass es wehtut. Würde mich verrückt machen, Con anscheinend nicht. Hat ihr echt den Kopf verdreht. Sie ist mit ihm auch baden gewesen. Nach Strich und Faden macht er sie nass. Und sie merkts nicht.

»Wie kann Brögs Geliebte mit ner Schnüfflerin vom Magazin befreundet sein?«

Gute Frage. Antwort: Die Geliebte trennt zwischen Mann und Amt.

Nimmt es mir natürlich nicht ab, und sagt: »Ihnen ist hoffentlich klar, dass Sie den Job im Grand Montagne nur bekommen haben, um dem Herrn Minister einen Gefallen zu tun.«

Nehm an, einen großen!

»Beat Banz hat sich persönlich bemüht.«

»Hat man sich über meine Arbeit beschwert?«

»Man ist zufrieden. Sie könnten dennoch ein wenig Dankbarkeit zeigen.«

»So. Und wie?«

»Indem Sie mit uns kooperieren.«

Hallo!?

Er erklärt es mir. »Sie halten weiter engen Kontakt mit Ihrer Freundin und mich darüber auf dem Laufenden.«

Der Groschen fällt.

»Ihrem Liebhaber möchten Sie doch auch helfen!«

Dann soll er mir erst mal erklärn, wieso der »Liebhaber« ohne ein Wort verduftet ist.

Gandolfo: »Ihre Beziehungsprobleme interessieren uns nicht.«

Meine nächste Frage: »Was geschah an dem Tag, an dem Hellbrück starb? Hat Wim ihn in Zürich getroffen?«

»Wenn er es Ihnen nicht selbst anvertraut hat, kann ich leider *nicht helfen. Diskretion ist unser höchstes Gut, das wissen Sie ja.«*

»Abgesehen von unserer kleinen Kooperation, wie Sie es nennen.«

Davon lässt sich Gandolfo nicht irritieren.

»Was hat Constanze über das Konzert erzählt? Hat es ihr gefallen?«

»Sie ist beinahe gestorben.«

Er erschrickt. Ich mag das.

»Vor Hunger«, sag ich.

Schon blökt er. Ganz kurz nur.

»Hat sie die Bratsche erwähnt?«

Stell mich ganz dumm. »Was für ne Bratsche?«

»Die Bratsche in Hellbrücks Zimmer.«

»Was fragen Sie mich?«

»Die Polizei verdächtigt Ihre Freundin, das Instrument gestohlen zu haben.«

Das war absurd. »Als sie anrief, war sie grad auf nen toten Mann gestoßen. Glauben Sie, wir haben uns da über ne Fidel unterhalten!«

»Eine Bratsche. Mich würde interessieren, ob Herr Brög das Instrument jemals erwähnt hat.«

Das versteht er also unter kooperieren.

»Die verschwundene Bratsche gehört der Stiftung«, sag ich.

»Bedauerlicherweise.«

»Was hatte sie im Room zu suchen?«

»Das würden wir gern mit Ihrer Hilfe klären.«

»Wie denn das?«

»Sie werden es nicht bereuen.«

Hätt ihm eine knalln solln.

6

Kein Nachruf wird einem ganzen Leben gerecht. Diesem schon gar nicht. Ein gutes Dutzend Nachrufe auf Felix Hellbrück las Constanze. Sein Stern war vor wenigen Jahren erst über Deutschland aufgegangen und hatte ein silbernes Licht der Hoffnung verströmt. Über das Wasser gegangen war er zwar noch nicht, aber zugetraut hatte man es ihm schon. Ein Redner ohnegleichen schien er gewesen zu sein, folgte man den Nachrufen. Ein Vertrauensmann. Und ein Liebling der Frauen noch dazu. Im deutschen Äther, auf den Mattscheiben, im Blätterwald und im Netz hatte er rauschhaften Jubel ausgelöst, geradezu ein Hosianna-Singen. Jauchzet, frohlocket! Sein legendärer Auftritt auf dem Bundesparteitag versetzte die Nachrufer noch immer in schiere Verzückung. »Wie eine Zeitenwende ist er begrüßt worden«, erinnerte nun ein angesehenes Blatt. »Er kam einfach locker daher und schrieb auch noch ein Buch, das davon erzählte, wie sehr Politik eine fröhliche Sache sei«, stand in einem anderen Erzeugnis der Qualitätspresse. Gerühmt wurde Hellbrücks Weitblick. Die bürgerliche *Frankfurter Allgemeine Sonntagszeitung* hatte nicht nur seine »Starqualitäten« gerühmt, sondern ihn mit der Fanfare begrüßt: »Was für ein Anfang! Wie spannend. Und vielleicht: Wie erleichternd.«

Umso unerträglicher sein Tod. Hinter all den Weihrauchschwaden war er kaum noch zu erkennen. Auch Klein rühmte im *Magazin* die nie erlöschende Frische des Verblichenen und belehrte seine Leser: »Verantwortung kann auch Spaß machen: Das war seine Botschaft.«

7

»Pass auf, Freia! Der Kollege Brenner wird sich bei dir melden. Nach eigener Einschätzung Deutschlands schärfster Reporter. Unsere edelste Feder, Leitbild einer ganzen Journalistengeneration.«

Sie übertrieb, hatte auch schon im Frauenbadi ausgiebig über ihn gespottet. Jetzt warnte sie die Freundin, mit Luis sei nicht zu spaßen. »Er sucht nach jedem Krümel, der Brög belasten könnte.«

»Du doch auch.«

»Mir traut man die Sache aber nicht zu, weil ich zu grün hinter den Ohren bin. Und weil von mir das umstrittene Foto vom toten Hellbrück stammt, zieht man mich aus der Schusslinie.« Um Freia zu beruhigen, fügte sie hinzu: »Luis ist mein Chef, aber du glaubst doch hoffentlich nicht, dass ich ihm alles erzähle, was wir beide miteinander besprechen. Lass dich nicht aushorchen von ihm und ruf mich dann an.«

Wenn sie Luis ausstechen wollte, musste sie mit Freia paktieren, auch auf die Gefahr hin, dass alles bei Brög landete. Sie erzählte von der verschwundenen Bratsche, als hätte sie ihr ein Geheimnis offenbart.

»Falls du mich damit beeindrucken willst: Dein Rudi hat mich bereits informiert.«

Schon war sie wieder sprachlos.

8

Noch eh er den Ausweis zückt, kenn ich ihn. Fragt beim Einchecken, obs 2214 sein kann? Ist ne Superior Junior Suite. Für ihn nur ein Standardroom gebucht.

»Aber doch wenigstens mit Seeblick!«

Was der sich einbildet! Selbst wenn er Graf Cox ist, kriegt er kein Upgrade. Schiebt seine Visitenkarte so nassforsch über den Tresen wie ein Versicherungsvertreter. Dann will Luis Brenner mit mir auch noch »privat« sprechen. Privates gibts erst recht nicht.

»Meine Kollegin Constanze Behrenberg hat mir viel über Sie erzählt.«

»Hat sie das?«

»Nur das Beste. Wann machen Sie hier Schluss? In der Bar der Kronenhalle sind wir ganz unter uns. Ich werde kein Wort zitieren, das Sie nicht ausdrücklich autorisieren.«

9

»Lieber wär ich bei dir in Berlin«, säuselte Rudi. Der Herr war aber in Zürich unabkömmlich im Dienste des Wahren, Schönen und Guten. Jeden Tag erkundigte er sich telefonisch nach ihrem Wohlergehen und nach dem Fortschritt ihrer Arbeit.

Sie warnte ihn. Luis Brenner schnüffelte inzwischen im Grand Montagne herum. Es war für Rudi keine Neuigkeit, er hatte sogar bereits mit ihm gesprochen.

»Und? Sag schon was!«

Aus ihm war nichts herauszukriegen. Sie aber verlangte endlich Antworten auf all ihre Fragen.

»Die gestohlene Bratsche gehört der Grünhalden-Stiftung?«

»Korrekt.«

»Scheint dich nicht sonderlich zu belasten?«

»Es ist eine Tragödie.«

»Gut versichert ist das Instrument sicherlich.«

»Glaubst du wirklich, es kommt Versicherungsbetrug infrage?« Entrüstung bewegte Rudis Stimme: »Das ist doch völlig abwegig. Ein derart stolzer Vater nimmt seiner eigenen Tochter nicht das Instrument weg, mit dem sie gerade Karriere macht.«

Ganz auszuschließen war es dennoch nicht.

»Es kann schon deshalb kein Versicherungsbetrug sein, weil ich die Bratsche gestohlen habe«, sagte sie. »Erst erschieße ich eiskalt Hellbrück, um im Gehen schnell noch eine Stradivari mitgehen zu lassen.«

Rudi besaß Sinn für Humor. »Höhöhö«, blökte er.

»Du machst dich lustig über mich.«

»Über etwas so Lustiges muss man eben lachen.«

»Meint Schwendi das auch?«

»Mach dir keine Sorgen!«

»Also lassen wir den Quatsch! Es gibt meines Erachtens nur eine plausible Erklärung. Isabelle hat Hellbrück gebeten, die Bratsche mit ins Hotel zu nehmen, weil sie nachkommen wollte. Bleibt die Frage: Weshalb hat sie das gute Stück nicht selbst getragen? Lässt man so seinen Schatz aus den Augen?«

»Ich ahne, worauf du hinauswillst.«

»Isabelle war in Hellbrücks Zimmer.«

»Also kommt sie als Mörderin infrage. Das willst du doch sagen.«

»Kannst du es ausschließen?«

»Es fehlt jedes Motiv«, sagte er.

»Nehmen wir nur mal an, Isabelle steckt hinter dem Versicherungsbetrug.«

»Wäre dir nicht Raubmord lieber?«

»Ernsthaft, Rudi! Raubmord nur, um vom Versicherungsbetrug abzulenken.«

»Mit dir geht die Fantasie durch. Meinetwegen. Nur mal angenommen. Weshalb steht dann aber der weiße Koffer noch da? Ohne Bratsche? Warum sollte ein Raubmörder den leeren Koffer stehen lassen?«

Sie überlegte.

Dann sagte sie: »Um die Polizei zu täuschen, vielleicht. Um Zeit zu gewinnen. Solange niemand den Koffer öffnet und den Verlust bemerkt, denkt auch niemand an Raub.«

»So etwas traust du Isabelle zu! Bist du noch ganz gescheit?«

»Ich halte es zumindest theoretisch für möglich. Noch einmal: Warum hat Isabelle ihre Bratsche Hellbrück überlassen?«

»Frag mich was Leichteres.«

»Es gibt dafür nur eine Erklärung. Sie war mit ihm nach dem Konzert noch zusammen.«

»Deshalb muss sie ihn nicht auch noch ermordet haben.«

»Wenn es Isabelle nicht gewesen ist, wer dann?«

»Es könnten zwei verschiedene Täter gewesen sein«, sagte Rudi. »Überleg mal! Zwei Verbrechen – zwei Täter.«

»Das musst du mir erklären.«

»Der eine nimmt die Bratsche. Der andere bringt Hellbrück um.«

»In dieser Reihenfolge?«

»Oder andersherum. Beides ist denkbar.« Rudi schien beeindruckt von seiner eigenen Vorstellungskraft.

Constanze wiederholte und vertiefte seinen Gedanken: »Also langsam zum Mitschreiben: Erst ist die Bratsche weg. Dann merkt Hellbrück es und bringt sich aus Verzweiflung um. Isabelle hat sie ihm anvertraut. Der Verlust macht ihn wahnsinnig, stürzt ihn in Verzweiflung. Er verkraftet sein Versagen nicht.«

»Auch keine schlechte Theorie«, sagte er. »Es wäre aber auch denkbar, dass der Koffer schon leer gewesen ist, als Isabelle ihn Hellbrück überlassen hat. Vorgetäuschter Diebstahl. Motiv wäre wiederum Versicherungsbetrug.«

»Raffiniert, Rudi! Kannst du dir vorstellen, dass sie genau das beabsichtigt hat?«

»Was denn?«

»Hellbrück sollte als Idiot dastehen«, sagte sie.

»Sie trieb ihn in den Selbstmord? Wie infam. Weshalb sollte sie das tun?«

»Denk dir was aus. Deine Fantasie macht ohnehin Bocksprünge.«

»Also gut. Ich fantasiere«, sagte er. »Isabelle ist in Wahrheit nicht mit Hellbrück befreundet, sondern mit Brög. Wenn sie dafür sorgt, dass Hellbrück vor aller Welt als der Idiot dasteht, der nicht mal ein paar Minuten auf eine Bratsche aufpassen kann, wie soll so einer das Zeug zum Kanzler haben.«

»Bravo!«, rief sie. »Oder …« Sie war in Hochform.

»Oder was?«

»Oder ich war gar nicht die Erste, die den toten Mann in der Wanne entdeckt hat. In Wahrheit ist es Isabelle gewesen. Sie ist in Panik getürmt. Natürlich mit Bratsche.«

»Aber ohne Koffer. Was für ein ausgemachter Blödsinn!«

Sie fanden keine annähernd sinnvolle Lösung. Aber welches Verbrechen hatte schon Sinn?

»Was behauptet denn Isabelle selbst?«, sagte sie. »Ihr habt sie doch sicher schon in die Mangel genommen. Ihr oder die Polizei.«

»Damit habe ich nichts zu tun. Wenn du mit ihr sprechen willst – sie hält sich gerade in Berlin auf.«

»Noch was, Rudi!« Sie legte eine bedeutungsvolle Pause ein. »Wie soll das jetzt weitergehen mit uns? Hast du dafür auch eine steile Hypothese?«

»Keine Hypothesen mehr! Bitte!«

»Lass dir keine grauen Haare wachsen«, sagte sie leichthin, nur so zur Aufmunterung.

10

Wenigstens Davids Fragen konnte sie beantworten. Er hatte zugehört, während sie mit Rudi telefonierte.

»Mami, was ist eine Bratsche?«

»Eine dicke Geige.«

»Warum ist sie so dick?«

»Eine dicke Geige macht tiefere Töne als eine normale Geige.«

»Will auch auf einer dicken Geige spielen.«

»Dazu bist du noch zu klein. Für kleine Männer wie dich gibt es besonders kleine Geigen. Man nennt sie halbe Geigen.«

»Ich bin doch keine halbe Portion!«

»Das hab ich auch nicht behauptet, mein kleiner Schatz.«

»Aber Christa hat es getan!«

»So etwas! Willst wirklich Geige lernen, mein Liebling?«

Sie wäre glücklich gewesen, wenn er damit beginnen würde. Aber sie wollte es nicht mit Zwang erreichen. Bei ihr zu Hause hatten sie alle ein Instrument gespielt, ihre Brüder, Papa und Mama und sie selbst. Sie hatte es sogar eine Zeit lang auf der Geige versucht. Aber spätestens, als sie bei Schwarz-Weiß Bonn im Hockeytor gestanden hatte, war Schluss gewesen mit Hausmusik. Das bedauerte sie jetzt.

»Mami!«

»Was denn, mein süßer Schatz?«

»Wenn Luis zurück ist, radeln wir dann wieder alle zusammen in den Zoo?«

»Wenn es unbedingt sein muss.«

»Mami, was macht Luis in der Schweiz?«

»Das Gleiche, was ich auch gemacht habe.«

»Einen toten Mann in der Wanne finden?«

»Das würde ihm so gefallen. Aber der Mann, den er sucht, ist noch nicht tot.«

David fand das lustig. »Aber Luis ist doch kein Killer!«

So etwas Ähnliches schon, dachte sie. Aber das konnte sie ihrem Kind wirklich nicht erklären.

11

Es gelang ihr nicht, Kontakt mit Brög aufzunehmen, nicht über sein Ministerbüro, nicht über seine Partei. Er hätte doch kapieren müssen, dass es nur zu seinem Vorteil wäre. Solange er nicht öffentlich dementierte, in Zürich Hellbrück getroffen zu haben, mussten Gerüchte und Spekulationen wuchern. Es hieß, die beiden wären aneinandergeraten. Es wurde behauptet, dass Brög wenigstens die Mitschuld am Tod seines Rivalen träfe, ohne dass es dafür einen einzigen Anhaltspunkt gab.

Sie versuchte auch noch einmal über Freia an Brög heranzukommen. »Es ist nur zu eurem Besten«, sagte sie.

»Du meinst zu seinem«, erwiderte Freia.

Auf ihrer Seele lag ein Schatten. Ihre matte Stimme kam aus einem tiefen Loch. »Du hast es gut, du bist aus dem Schneider«, krächzte sie. »Wenn es dir taugt, wanderst du einfach aus.«

»Bist du noch ganz bei Trost, Freia!«

»Mit fünfzehn Millionen kommst du bequem bis ans Ende der Welt.«

»Du glaubst doch nicht, ich hätte …«

»… die Stradivari mitgehen lassen. Hast du etwa nicht?«

»Du musst den Verstand verloren haben.«

»Wenn das alles ist, ist es ja nicht so viel.«

»Freia!«

»Dein obskurer Liebhaber, dieser Gandolfo …«

»Was will er von dir?«

Freia zögerte. »… er will, dass ich mit ihm ko-o-pe-riere.«

»Wie?«

»Weil ich doch überhaupt nur hier bin, weil Big Brother Banz Wim und mir einen Gefallen getan hat.«

»Du brauchst ein paar Tage Ruhe«, riet sie ihr. »Das alles ist zu viel für dich. Lass dich krankschreiben! Und zur Beruhigung: Für deine Affäre mit Wim interessiert sich in meinem Laden gerade kaum noch jemand. Alles dreht sich nur noch um Hellbrücks Tod.«

Das war nicht ganz die Wahrheit. Alle suchten fieberhaft nach einem Zusammenhang. Wer mit wem was wann und warum getrieben hatte. Stoff genug für drei Titelgeschichten.

»Hat Brenner mit dir schon gesprochen?«

»Das Arschloch wollte doch tatsächlich wissen, ob der Hammerwerfer vielleicht Bratsche spielt.«

Das war schon fast wieder komisch. Doch hatte Freia ihren Humor verloren, es war nicht zu überhören.

12

Falls Hellbrück und Brög einander in Zürich begegnet waren, musste sich das doch irgendwie beweisen lassen. Davon war Luis überzeugt. Er wusste bloß nicht, wie er es anstellen sollte. Constanze tat ihr Bestes, ihn zu ermutigen, zu bewundern und auch ein wenig zu bemitleiden.

»Ich stell mir vor, Luis, wie du auf deiner Zinne im Grand Montagne stehst und Zürich dir zu Füßen liegt. Wir sind alle gespannt auf deine Geschichte. Sobald dir Brög ins Netz gegangen ist, knallen bitte die Korken so laut, dass man es bis Berlin hört. Anschließend verleiht dir Thaddäus Klein den Hausorden mit Fulminanten, Brillanten, Stern und Schulterband.«

»Mach dich nur lustig! Ich quäle mich. Trete auf der Stelle. Viele Schritte, nur keinen Schritt weiter.«

»Das hast du schön formuliert, Luis. Ach, es ist einfach ein Elend ohne dich in Berlin.«

Er schien es ihr nicht abzunehmen.

»Ehrlich, Luis.«

»Brög ist noch lange nicht erledigt. Wenn wir es nicht bald schaffen, war alles umsonst. Er sammelt Anhänger, setzt sie in Bewegung.«

Das war auch Constanze nicht entgangen. »Seine Partei ist gespalten«, sagte sie.

»Bald das ganze Land, wenn wir es nicht verhindern. Ich kann den Braten riechen, komm aber nicht an den Ofen. Ich glaube noch immer daran: Brög hat es übertrieben. An Hellbrück wird er ersticken.«

Luis wollte Brög zum Mörder stempeln. Wenn ihm das gelang, wusste Constanze, war auch Freia geliefert. Und mit Freia sie selbst.

»Luis!«

»Was noch?«

»Lass Freia bitte aus dem Spiel!«

13

Immer wieder versucht, Wim zu erwischen. Hat Handy gewechselt. Meide Mail, weil ich nicht weiß, wer das liest. Grundsatz-Bodo? Dann sein Brief. Echtes Papier. Bin baff.

»Es ist kein Leben ohne Dich, und falls es eines ist, keines, das ich mir wünsche.«

Geschenkt, Herr Minister.

»Hellbrücks Tod kommt mir wie inszeniert vor. Man will mich vernichten. Er stirbt und reißt mich mit in den Abgrund. Ich könnte verstehe, wenn sich das in Deinen Ohren wie eine Verschwörungstheorie anhört.«

Aber hallo!

Pass auf, Liebes! Es wird so kommen, wie ich es Dir hier schreibe: Man wird behaupten, ich hätte meine Liebe zu Dir nur vorgetäuscht. Dein Job im Grand Montagne – alles nur ein Trick, ein Vorwand, um meine Reisen nach Zürich zu rechtfertigen. Man wird Dich mit dieser infamen Verleugnung konfrontieren. Bitte, glaube sie nicht! Bei allem, was mir heilig ist: Meine Liebe zu Dir ist wahr, gut, schön und hammerhart. Das sollst Du wissen.«

Mir kommen die Tränen. Echt.

»Hellbrück hat Selbstmord begangen. Davon bin nicht nur ich überzeugt. Nicht nur jeder Mord, auch jeder Suizid kennt ein Motiv. Was könnte sein Motiv gewesen sein? Es ist doch nicht zu übersehen, wie besessen er davon gewesen ist, Kanzler zu werden. Von sich selbst berauscht, hat er sich schon in die Geschichtsbücher hineinfantasiert. Sollte er plötzlich den Glauben an seine Mission verloren haben? Ja. Das ist es. Das muss es sein. Warum hat er resigniert? Die Gründe dafür sind nicht schwer zu erraten. Weil er in Machenschaften verwickelt war und mit einem Riesenskandal rechnen musste. Hellbrück hat sich das Leben aus Angst vor der Schande genommen, aus Furcht vor dem jähen Sturz aus dem Himmel seiner Illusionen.«

Was Wim sich da alles zusammenreimt! Er ist doch selbst nicht ganz sauber. Aber nix ist unmöglich.

Muss wissen, was Con davon hält. Ihr Magazin *soll schaun, ob da was dran ist. Wim saugt sich so was nicht bloß aus den Fingern.*

»Ich schreibe Dir meine Gedanken so unverblümt, wie ich sie niemals öffentlich äußern könnte.«

Entweder steht er total neben der Kapp oder ist aus eigner Schuld in Not. Oder er hat recht.

»Geliebte Freia, ich denke immer an Deinen schönen Mund.«

Fuck yourself!

14

Ein Meeting jagte das nächste. »Wir müssen jeden Stein umdrehen«, forderte Hornschuh. Die Faktenlage war dünn. Es gab nicht einmal einen obskuren Informanten, geschweige denn einen seriösen. Den Leuten vom *Magazin* blieb nichts anderes übrig, als wild daraufloszuspekulieren. Die begabtesten Autoren versuchten, ihre Theorien in abenteuerliche Geschichten zu verpacken.

Eine sollte davon handeln, was Innenminister Brög in der fraglichen Nacht getan haben könnte. Bestätigt war bisher nur, dass er im Grand Montagne nicht unter seinem eigenen Namen, sondern als Franz Heubl registriert gewesen war. Er hatte mittags mit seinem Rollkoffer das Hotel verlassen. »Ohne vorher auszuchecken«, wie Luis noch einmal bestätigte. Also war er zurückgekehrt, Koffer hin oder her.

Er war den Redakteuren in Berlin jetzt telefonisch zugeschaltet. »Wir wissen noch nicht, was er am Nachmittag und Abend getan hat«, sagte er.

»Kann doch ned so schwer sein«, drängte Klein.

An Brög selbst war noch immer kein Herankommen. Er hatte sich lediglich am Tag nach der Tat mit einer Presseerklärung zu Wort gemeldet: *In tiefer Trauer trifft mich der tragische Tod meines Freundes Felix Hellbrück*. Das übliche Blablabla. Die schriftliche Erklärung in wackeligem Deutsch war von seinem Berliner Büro abgegeben worden. Das bedeutete nichts. Er hätte in Zürich geblieben sein können. Oder auch nicht.

»Lässd sich doch mid aam Anruf klärn, ob er im Fliecher gsessn is.«

»Nichts spricht dagegen, dass Brög im Grand Montagne geblieben ist?«, wollte Schnalz wissen.

»Bei seiner Freia«, höhnte Hirngiebel.

»Det wär'n klassisches Alibi«, meinte Mücke, »ob et uns jefällt oder nich.«

»Das Alibi kann falsch sein«, sagte Luis. Er hatte bisher kein Wort aus ihr herausbekommen.

»Warum sollte sie Brög ein falsches Alibi geben«, wandte Constanze ein, »soweit ich mitbekomme, ist sie sauer auf den Minister. Sie brächte sich damit nur selbst in die Bredouille.« Sie hätte auch noch Brögs Brief erwähnen können, den ihr Freia in Auszügen vorgelesen hatte – was sie natürlich nicht tat. Sie empfahl den Kollegen dringend, Freia vorläufig noch zu schonen. »Es kann für uns nur von Vorteil sein, wenn wir mit ihr kooperieren, statt sie zu quälen. Wir haben mit ihr quasi eine freie Mitarbeiterin im Hotel. Das hat nicht einmal die Polizei.«

Klein nickte.

»Sie will doch nur Brög decken«, widersprach Hirngiebel.

»Vielleicht will sie auch nur sich selbst schonen. Egal: Sie ist bisher unsere einzige Quelle. Ich telefoniere täglich mit ihr«, sagte Constanze. Rudi erwähnte sie nicht.

Das musste Luis treffen.

Mücke grinste.

»Warum haben die Schweizer Behörden Brög nicht längst im Visier?«, ärgerte sich Hornschuh.

»Vielleicht ist das längst der Fall. Sie binden es uns nur nicht auf die Nase«, vermutete Constanze.

»Luis! Was is'n los?« Klein wechselte fast schon ins Hochdeutsch. Das klang gefährlich.

»Meines Erachtens trauen sich die Schweizer nicht an einen Bundesminister heran«, meinte Luis. Mehr hatte er nicht zu bieten.

»Was wiss ma über die Dodesursach?«

»Auf jeden Fall Gift«, bestätigte Luis.

»Was'n für a Gift? Wie viel? Wie verabreicht? Wann genau? Was sin'n des für elende Dilledanden!« Er steigerte sich gerade in einen seiner gefürchteten Tobsuchtsanfälle hinein.

»Ich kenne die Fakten auch«, sagte sie, »zumindest was die Erkenntnisse der Schweizer Behörden angeht.« Sie hatte mit

Rudi telefoniert. Und der mit Schwendi. Und Schwendi mit Gott und der Welt, vermutlich auch mit Hauptmann Glaris und dem Polizeipräsidenten. Es war durchaus ihre Absicht, Klein den Eindruck zu vermitteln, näher am Ball zu sein als sein Chefreporter vor Ort.

»Nach allem, was zu hören ist, gehen die Ermittlungsbehörden davon aus, dass Hellbrück an einer Überdosis verschiedener Beruhigungsmittel und anderer Medikamente verstorben ist«, sagte sie. »Bislang deutet nichts darauf hin, dass ihm die Substanzen über äußeren Zwang beigebracht worden sind. Entweder hat er sie willentlich genommen, oder jemand hat sie ihm unbemerkt in den Wein gemischt. Im Zimmer befanden sich zwei benutzte Gläser, eines davon lag zerbrochen auf dem Boden.« Ihr selbst waren die Gläser entgangen.

Einen Augenblick lang herrschte Stille im Konferenzraum.

Klein brach sie als Erster. »Luis! Ich erward Sie morgen früh zurück.«

Eine solche Schmach!

Sie spürte keine Schadenfreude. Luis tat ihr leid, auch wenn sie ihn gerade absichtlich blamiert hatte. Schon bereute sie es. Sie versuchte, dem Armen noch halbwegs zur Seite zu springen: »Aber das hilft uns doch auch nicht weiter.«

Vor allem half es Luis nicht.

Sie hatte noch vorgehabt, über die Bratsche ein paar Worte zu verlieren. Das ersparte sie nun Luis. Die Bratsche war der Schlüssel. Nur wer das Geheimnis der Bratsche löste, löste den ganzen Fall. Davon war sie überzeugt.

15

»Deutschland trauert« titelte *Bild.* Der Bundespräsident hatte Trauerbeflaggung auf allen öffentlichen Gebäuden angeordnet. Allerdings fand kein Staatsakt statt. Familie und Partei hatten sich gegen eine offizielle Feier im Berliner Dom oder im Plenarsaal des Bundestags entschieden. Stattdessen wurde von Hellbrück im Theater am Schiffbauerdamm Abschied genommen, einem heiligen Ort der Bühnenkunst. Hauptmanns nobelpreisgekröntes Sozialdrama »Die Weber«, Zuckmayers Kassenschlager »Der fröhliche Weinberg« und Brechts Welterfolg »Dreigroschenoper« waren in der neobarocken Plüschkiste uraufgeführt worden. Das Drama um den Tod der größten politischen Hoffnung Deutschlands konnte nirgendwo angemessener gewürdigt werden.

Hellbrücks überlebensgroßes Konterfei auf der Bühne war nicht wie üblich ein Schwarz-Weiß-Foto, sondern leuchtete in grellen Farben wie von Andy Warhol bearbeitet. Wert gelegt wurde dagegen auf den zurückhaltenden Gebrauch der Nationalfarben. Diese Feier folgte keinem staatstragenden Protokoll und demonstrierte damit auf eigene Weise gegen Traditionalisten vom Schlage Brögs.

Wenn überhaupt eine Farbe dominierte, dann war es Grün. Ein halber Wald war aufgestellt. Hellbrück hatte Wälder geliebt, war der gesunde deutsche Mischwald doch das Urbild von Gesellschaft, wie sie ihm vorschwebte. Aus dem Bühnenwald kam Hörnerklang, gleich zu Beginn, wenn auch kein pompöses Halali, sondern der schräge Multikulti-Sound einer baiuwarisch-balkanesischen Brassband. Danach betraten drei namhafte Mimen des Berliner Ensembles die Bühne und rezitierten abwechselnd unsterbliche Worte des Gegangenen.

Erster Mime: *Ich wusste lange mit Vaterlandsliebe nichts anzufangen.*

Zweiter Mime: *Aber ich liebe dieses Land. Ich weiß bis heute nicht, weshalb.*

Dritter Mime: *Ich kann Patriotismus zwar nicht fühlen, aber darauf kommt es nicht an. Vielmehr kommt es darauf an, Patriotismus mit einer gemeinsamen Idee zu füllen.*

Erster Mime: *Ich bin ein Patriot der Mitte.*

Zweiter Mime: *Die Mitte ist nicht zwischen Links und Rechts zu finden, sondern zwischen Utopie und Pragmatismus.*

Dritter Mime: *Demokratie bedeutet Vertrauen in den Wandel.*

Erster Mime: *Dieses Land wird sich dramatisch wandeln.*

Zweiter Mime: *Und ich freue mich darauf, diesen Wandel zu gestalten.*

Dritter Mime: *Man muss daran nur glauben, dann schafft man es, dann wird man auch gewählt.*

Mit Sprüchen dieser Art wusste sie nichts anzufangen. Sie schepperten leer und hohl in ihren Ohren. Doch der Tod verlieh selbst leerem Geschwätz ein gewisses Pathos. Ihr fiel auf, dass keiner der Trauerredner die Umstände des Todes erwähnte, als seien sie tabu. Die Behörden in der Schweiz favorisierten die Selbstmordthese, doch kursierten verschiedene gegenteilige Auffassungen. Die Einschätzung konnte sich mit dem Fortgang der Ermittlungen durchaus noch ändern.

Mit freiem Blick auf Publikum und Bühne saß Constanze in einer seitlichen Loge im ersten Rang. Direkt hinter ihr hockte Luis, der Eindrücke für seine Reportage sammelte.

Alles war tragbar, bloß kein Schwarz. Das hatte die Lebensgefährtin Hellbrück's so verfügt. Die Kanzlerin trug ein limonengrünes Jackett und las vom Blatt. Das hatte Constanze nicht anders erwartet. Das hölzerne Gestammel würden ihre Bewunderer wie immer mit Gelassenheit verwechseln. Hellbrück und Brög waren selten einer Meinung gewesen, nicht aber darin, dass die Regierungschefin als Rednerin eine Zumutung war.

Auch sie ging auf den Patriotismus des Verstorbenen ein. Niemand hätte dieses Land mehr geliebt als er, der von seinen

Gegnern als Vaterlandsverächter geschmäht worden sei. Es kam ihr vor, als dienten die Worte weniger der Würdigung des Verstorbenen als der Attacke gegen Brög. Sie hätte jetzt gern in dessen Gesicht gelesen. Doch er war nicht im Saal. »Felix ist nicht zu ersetzen.« Herauszuhören war: schon gar nicht durch Brög. Man musste die Heuchelei für den Verstorbenen ja nicht übertreiben, doch wenigstens eine persönliche Bemerkung sollte der Rednerin gelingen. Über ihre Lippen kam nur so viel: »Wim hat mich stets inspiriert und bereichert.« Unterm Strich, fand Constanze, geriet diese Trauerrede kaum verhüllt zur Ankündigung der Kanzlerin, ihr Amt behalten zu wollen.

Es folgte der Auftritt jener Rockband, in der Felix Hellbrück an der Bassgitarre mitgewirkt, ja, die er einst selbst mit gegründet hatte. *Hell and Fire*. Zum Besten gegeben wurden zwei seiner Lieblingstitel, Bob Dylans »Blowing in the Wind« und Billy Joels »Honesty«. Kein Auge blieb trocken.

Danach der Auftritt einer Dichterin, die zu Hellbrücks beeindruckendem Freundeskreis zählte, der Erfolgsautorin Juno Kopp. »Felix, hör mal, das geht gar nicht! Wie kannst du dich verdünnisieren, wo es immer dicker kommt.« Bewegt von heiterster Verzweiflung nahm sie den Begriff Nachruf ernst. Die beiden hatten sich beim Tauchen kennengelernt. Die Kopp wies darauf hin, dass man sich dabei ganz und gar aufeinander verlassen müsse, und zwar ohne Worte, nur mit Zeichen. Diesen Gedanken überhöhte nun die Dichterin: »Felix musste kein Zeichen geben. Er war selbst eines. Er war ein Zeichen der Hoffnung und ein Warnsignal, beides zugleich.«

Da war die Rede der Kanzlerin noch erträglicher gewesen als dieses Geschwurbel. Tränen rannen, beherrscht wie man die Kopp kannte, über ihre schmalen Wangen, ohne dass die Stimme versagte. Ihr letzter Satz: »Ich weiß, Felix, du bist nicht einfach abgehauen. Man hat dich uns genommen!« Auch das ging gegen Brög. Es entging keinem im Saal.

Den Querschnitt durch Hellbrücks musikalische Vorlieben

rundeten die vier Streicherinnen ab, denen sie wenige Tage zuvor noch an Zürichs Goldküste gelauscht hatte. Maria Antonia Salander an der Lady Blunt. Annegret Leutheuser an der Malatesta, Lisa Sawesi mit dem Cello Devil's Bay und Isabelle zur Mühlen auf der La Vera. Vier Engel und ein Satz von vier Instrumenten aus der Werkstatt eines Genies, Antonius Stradivarius Cremonensis faciebat. Zusammen sechsunddreißig Millionen wert, vielleicht auch fünfzig. Der Lack der vier Hohlkörper jeweils passend zur Haarpracht der Schönen – oder doch wohl eher umgekehrt. Fast schwarz das Cello, gülden die Geigen, rötlich die Bratsche. Die Grünhalden-Stiftung sandte ihr letztes Lebewohl.

Sie bekam den Mund nicht mehr zu. Dieser Auftritt stand nicht auf dem Programmzettel. Wie war das möglich? Wenn dies die Originalinstrumente waren, und wer wollte daran zweifeln, dann konnte die teuerste Viola da braccio der Welt nicht aus Hellbrücks Suite geraubt worden sein. Dieser Auftritt war also eine atemberaubende Provokation. Ein Signal – an wen auch immer. Constanze wandte sich um zu Luis. Der schien nichts zu kapieren.

Die vier Musikantinnen spielten, wie konnte es anders sein, Franz Schuberts ›Streichquartett Nummer 14 in d-Moll‹. Den dritten Satz, das Lied ohne Worte nach dem herzzerreißenden Gedicht, das Matthias Claudius verfasst hatte. ›Der Tod und das Mädchen‹.

Vorüber! Ach vorüber!
Geh wilder Knochenmann!
Ich bin noch jung, geh, Lieber!
Und rühre mich nicht an.

16

Hinter der Bühne des Berliner Ensembles herrschte qualvolle Enge. Aber Constanze war nicht aufzuhalten. »Isabelle! Nur eine Sekunde!«

Die Bratschistin blickte sich im Gehen um.

»Bitte, Isabelle!«

Sie machte ein ungnädiges Gesicht, blieb aber stehen.

»Nur eine einzige Frage. Auf was für einem Instrument haben Sie gerade gespielt?«

»Was soll die Frage? Sie waren doch in Zürich dabei.«

»Schön, Sie zu sehen, Sie und Ihre La Vera – die Wahre.«

»Danke. Einen schönen Tag noch.«

Der Bratschenkoffer, den sie auf dem Rücken trug, war weiß und vermutlich aus Carbon.

»Ihr Koffer muss ein anderer sein als der in Zürich!«

»Was wollen Sie? Ich habe keine Zeit für solchen Unsinn.«

»Anders kann ich mir die Sache nicht erklären.«

»Welche Sache?«

»Ich würde sie nicht auf die leichte Schulter nehmen. Hellbrück hat mit Ihrer Bratsche die Villa am See verlassen. Das habe ich selbst gesehen.«

»Sie haben sich getäuscht.«

»Der Koffer, der in seinem Zimmer stand, war jedoch leer. Das hat die Polizei festgestellt.«

»Meine Bratsche ist tatsächlich vorhanden. Ich habe gerade auf ihr gespielt. Sie haben es gehört und gesehen. Sie befindet sich in diesem Koffer auf meinem Rücken.«

»Warum sollte Hellbrück mit einem leeren Bratschenkoffer ins Hotel gegangen sein?«

»Soviel ich weiß, hat er nicht Bratsche gespielt, also brauchte er das Instrument auch nicht.«

»Isabelle, das ist kein Spaß!«

»Hört sich aber ganz so an.«

»Hellbrück kam mit einem leeren Koffer in sein Zimmer und schluckte danach eine tödliche Dosis verschiedener Pillen. Irgendeine Erklärung dafür?«

»Was hätte der Koffer mit den Pillen zu tun?«

»Das fragen wir uns auch!«

»Wir?«

»Wir Journalisten und die Polizei. Sie würden mir eine gewaltige Last abnehmen, Isabelle, wenn Sie mir bestätigen könnten, dass sich die echte Stradivari noch in Ihrem Besitz befindet.«

»Haben Sie keine Augen und Ohren im Kopf?«

»Die Zürcher Polizei verdächtigt mich, Ihre Bratsche gestohlen zu haben.«

»Das ist lachhaft!«

»Ich bin die Fotografin, die Hellbrück in der Badewanne entdeckt hat.«

»Schämen Sie sich!«

»Ich habe auch ein Foto von dem Bratschenkoffer in Hellbrücks Zimmer gemacht.«

»Eine Schande!«

So kam sie nicht weiter.

»Vielleicht können Sie mir auch gleich noch bestätigen, dass Sie in der fraglichen Nacht bei Hellbrück im Zimmer waren. Er ist Ihr Liebhaber gewesen? Mein aufrichtiges Beileid. Vermutlich sind Sie der letzte Mensch gewesen, der ihn noch lebend gesehen hat.«

»Es reicht!«

»Waren Sie zugegen, als er die Pillen geschluckt hat, freiwillig oder auch nicht? War es ein Akt der Nächstenliebe?«

Isabelle stürzte zornig durch die Tür.

17

Ihre Arbeit war noch nicht getan. Sie musste zurück in den Spiegelsaal, um Fotos vom Empfang zu schießen. Klein kam auf sie zu. Auch er war unter den Trauergästen.

»Bröch gneifd!«

»Was sagt uns das?«

Er musterte Constanze, als gebe sie ihm Anlass zur Sorge. Dann erklärte er ihr nicht im geglücktesten Hochdeutsch: »Bröch fehld, fälld aber ned wenicher auf, als wenn er da wär. Er zolld seim Feind kaan Respekt. Scho wieder a dödlicher Fehler. Er müssd wissn, dass es mid a baar Grogodilsdräna gedan wär. Aber er gneifd.«

»Er macht das Spiel nur nicht mit.«

»Sie wolln ihn immer noch endschuldichn.«

»Und Sie ihn noch immer vernichten.«

»Ich wedd mit Ihnen, dass er in den Mordfall vawiggld is.«

»Ich wette nicht. Nicht mit Ihnen. Wie kommen Sie darauf?«

»Ich bin a Realisd. Bröch und Hellbrüch gleichzeidich im selm Hodel, und nur aaner überlebd's.«

»Zufall.«

»A Komblodd.«

»Es spricht mehr für Selbstmord als dagegen«, fand sie.

»Die Ermiddlungsbannen schrein zum Himmel.«

»Wollen Sie behaupten, die Schweizer Polizei ist Teil dieses sogenannten Komplotts?«

»Bidde! Alle Foddos vom Dadord sind unscharf. Ned aans zu gebrauchn.«

»Meine Fotos sind scharf.«

»Was a Glügg!«

Den Zyniker Klein mochte sie eigentlich am liebsten. Der war ganz bei sich und manchmal beinahe geistreich.

»Had er lebensmüd ausgschaud nachmiddags beim Konzerd?«

»Das hat mich die Polizei auch mehrmals gefragt.«

Ihr war nichts aufgefallen, nichts, was sich nachträglich so deuten ließe.

»Er hat sich für Isabelle interessiert.«

»Na sehn's!«

Doch hatte sie nicht die Absicht, nachträglich etwas in den Fall hineinzuinterpretieren, nur weil es in Kleins Theorie passte. Sie war schon froh, wenn die Polizei sie in Ruhe ließ.

Klein wirkte noch ganz gefangen vom Pathos der Trauerfeier.

»Der Dood und des Mädla warn eindeudich der Höhebungd.«

»Wenn Sie es so ausdrücken möchten.«

»Fei werglich.«

»Es hat Ihnen also gefallen?«

»Gleich vier Stradivaris. Wie solln die ei'm ned gfalln. Und vier Engel für a Halleluja. Obwohl …«

Er stockte.

»Obwohl was?«

»… obwohl ich offen gsdandn a Stradivari-Gwarded von am gwöhnlichen Streichgwarded ned mit Sicherheid underscheiden könnd.«

»Ja, ja, das Auge hört mit.«

Klein ging auf ihre Spitze nicht ein.

»Wenn Sie a Fläschla Château Margaux für dausnd Euro köbfn, schmeckds allemol annersch, als wenn's a genauso guuds Fläschla für wenicher Geld schnabuliern.«

»Wollen Sie damit sagen, es klang nicht gerade … fulminant?«

»Na, na, scho wunderschön.«

»Bloß eben nicht fulminant genug.«

»Wenn Sie des sang!«

»Obwohl noch die Trauer dazukam.«

»A Stradivari is a bloß a klaans Holzkisdla.«

»Wir reden beide wie die Blinden von der Farbe.«

»Des ist a wieder wahr.«

Sie sah zu, dass sie wegkam. Durfte sie den Verleger und Chefredakteur einfach so stehen lassen? Luis rettete sie. Er benötigte für seine Reportage auch ihre Eindrücke. Sie wies ihn darauf hin, dass das Stradivari-Quartett am Vorabend von Hellbrücks Tod dasselbe Stück gespielt hatte: ›Der Tod und das Mädchen‹.

Seine Hand flitzte über den Notizblock. »Und wo steckt Brög?«

»Auch diesmal nicht dort, wo die Musik spielt.«

»Super, Sweetheart.«

»Lass das!«

Sie spürte ein unbestimmtes Ziehen im Schädel. Darauf hatte sie gewartet. Die Situation überforderte sie.

»Wie hat es dir denn gefallen?«, wollte er von ihr wissen.

»Mir gefallen Trauerfeiern nie. Entweder sind sie zum Heulen oder zum Kotzen.«

»Da kommt dir die Sache mit deinem Vater hoch. Kann's verstehen.«

Was wusste Luis schon.

Tröstend legte er ihr den Arm um die Schultern. Am liebsten hätte sie ihn weggestoßen. Es stimmte. Die Bilder von der Trauerfeier ihres Vaters waren tatsächlich wieder aufgeploppt. Die sechzehnjährige Constanze in der ersten Reihe neben dem Parteivorsitzenden und dem Bundeskanzler. Dessen mit verlogenen Gefühlen aufgepumpten Sätze dröhnten noch immer in ihr nach! Ihr Zorn war zurück, und ihre Verlorenheit.

18

Sie sah sich um. Die Trauerfeier war ein Prominentenauflauf sondergleichen. Nicht nur die politische Klasse gab sich ein Stelldichein. Neben Juno Kopp standen zwei weitere Schriftsteller, Oskar Siebler und Marvin Heinfried, ferner der Theaterintendant Ottokar Pramm, Oskargewinner Magnus Schlofeld, auch Damian Bräuninger war da, der Pianist und Dirigent. Die Kulturleute gluckten zusammen und hielten sich an ihren Weingläsern fest. So war das immer. Sie blieben am liebsten ebenso unter sich wie Politiker oder Manager oder Journalisten.

Sie pirschte sich an die Runde heran und spitzte die Ohren.

»... wunderschöne Instrumente«, fand der alte Siebler.

»Keine ganz schlechten«, gab Bräuninger zu. »Aber bitte! Man überlässt Stradivaris doch keinen Studentinnen, die nicht mal alle Töne treffen.«

»Solange sie so blendend aussehen!«, frohlockte Pramm.

»Das ist ja widerlich!«, empörte sich Juno Kopp.

»Die rothaarige Bratsche bringt manche Saite zum Klingen«, schwitzte Heinfried.

»Ich nehme das schwarze Cello«, säftelte Siebler.

Juno Kopp floh.

Auch Constanze verzog das Gesicht. Es lag nicht nur am Kopfschmerz. Wer nicht ganz abgestumpft war als Journalist, den kostete es einige Überwindung, bei einer Trauerfeier Angehörige des Verstorbenen mit Fragen zu behelligen. Für sie war es doppelt schwer. Sie war schließlich ins Badezimmer des Toten eingedrungen. Auf Hellbrücks Gefährtin fiel nun ihr Blick, auf Lynelle Vandam, die Malerin. Der Name ihres Mannes hatte die Preise ihrer Aquarelle bereits verdoppelt, der Tod verdreifachte sie. Sei nicht so zynisch, rief sich Constanze zur Ordnung. Aber es half nichts. »Tränen brauchen keinen Trauschein«: So lautete der Satz, der ihr gerade einfiel. Sätze von dieser Qualität hatte bisher nur Luis zustande gebracht. War sie auch schon so versaut? Sie hätte sich unter dem Vorwand an sie heranmachen können, sich für das Foto entschuldigen zu wollen. Wahrscheinlich würde sie nur stumme Verachtung ernten. Die kleine, durchtrainiert wirkende Frau mit langen blonden Fäden auf dem Kopf war mit Hellbrück nicht verheiratet gewesen, hatte aber die drei gemeinsamen Kinder zur Welt gebracht.

»Verzeihung, wenn ich Sie einfach so anspreche, Frau Vandam. Ich habe mit Ihrem Mann noch an seinem Todestag gesprochen.«

Das war natürlich ein Türöffner. Die Frau an Hellbrücks Seite wollte Genaueres hören und wandte sich ihr zu. Mit knappen Worten berichtete sie vom Nachmittag am See, von Hellbrücks lebhaftem Interesse für das Quartett. Sein besonderes Interesse an der Bratschistin erwähnte sie nicht.

»Heute spielten dieselben Musikerinnen dasselbe Stück.«

»Was wollen Sie damit andeuten?«

Nichts wollte sie andeuten. Sie hatte bloß nach einem Anlass für die nächste Frage gesucht und auch schon gefunden. »Stand Schubert als Wunsch in seinem Abschiedsbrief?«

»Was für ein Abschiedsbrief?«

»Man kann sich so einen Tod nicht ohne eine letzte Botschaft vorstellen.«

»Was soll das heißen: so ein Tod? Wie wär's, wenn Sie sich das ausnahmsweise einmal nicht vorstellen würden!«

Wie verdammt recht sie hatte. Sie hätte die arme Frau in Ruhe lassen sollen. Das aber ließ ihr Job nicht zu.

»War Ihr Mann in Schwierigkeiten? Unter Druck? Mörderischem Druck?«

»Mörderischer Druck ist gut, die Formulierung sollten Sie sich für Ihre Story merken.«

»Was hat Ihren Mann mit der Grünhalden-Stiftung verbunden?«

»Geht Sie das etwas an?«

»Kennen Sie Beat Banz?«

»Er hat das Quartett beigesteuert.«

Das war keine Antwort. Oder vielleicht doch.

»Eine Leidenschaft für alte Instrumente ist doch recht ungewöhnlich für einen Politiker.«

»Was wollen Sie von mir?«

»Es ist eine harmlose Frage.«

»Ist sie das?«

»Spielte Ihr Mann Bratsche?«

»Früher, zu Weihnachten, ›Macht hoch die Tür‹. Bis die Söhne Reißaus nahmen vor dem Gesäge.«

»Er trug einen Bratschenkoffer, als er das Haus am See in Zürich verließ. Der Koffer stand in seinem Zimmer, als man ihn fand. Wie erklären Sie sich das?«

»Als Sie ihn gefunden hatten?«

»Wir waren zu einem Interview verabredet.«

»Ist nicht das Einzige, was ich mir nicht erklären kann.«

»Der Koffer war leer. Wie erklären Sie sich das?«

»Haben Sie eine Antwort?«

Sie ließ sich nicht beirren. »Hat Ihr Mann jemals eine Stradivari erwähnt?«

»Meinen Sie speziell diese?«

»Ihretwegen war er doch wohl in der Schweiz.« Es war eine reine Behauptung. Und im »Ihretwegen« schwang der Name Isabelle mit. Sie hatte nur auf den Busch geklopft.

Und die Antwort? Sie bestand nur aus zwei Silben, hatte es aber in sich. Lynelle Vandam zögerte einen Moment, ehe sie sagte: »Ich weiß.«

»Schämen sollten Sie sich«, fuhr eine Stimme dazwischen. Constanze kannte den Mann nicht, der so aufgebracht das Gespräch unterbrach.

»Lassen Sie nur«, sagte Hellbrücks freischaffende Witwe zu ihm, fasste sie am Ellbogen und zog sie einen Schritt zur Seite. »Sprechen Sie mit Banz!«, flüsterte sie.

Damit drehte ihr Lynelle Vandam den Rücken zu.

Doch der Mann, der sie gerade angefahren hatte, war noch nicht fertig. »Frank Meinrad«, stellte er sich vor, »Büroleiter von Felix Hellbrück.«

»Beileid«, flüsterte sie. Es konnte nicht schaden.

»Sie müssen Frau Vandam verstehen, das alles ist für sie völlig unbegreiflich. Vergessen Sie bitte, was sie gerade über Herrn Banz gesagt hat.«

»Was hat sie denn gesagt?«

»Ich habe nicht jedes Wort verstanden, aber sie hat angedeutet, dass Banz etwas zur Aufklärung beitragen könnte. Machen Sie sich bitte keine falschen Hoffnungen!«

Sie ließ nicht locker. »Aber vielleicht könnte Wim Brög etwas zur Aufklärung beitragen. Was meinen Sie?«

Aber auch darauf erhielt sie keine Antwort.

19

Richtige Migräne kannte sie nicht. War das Pochen, das ihren Schädel malträtierte, so etwas wie Migräne? Oder einfach nur ein harmloses Symptom der seelischen Überforderung? War es ihrem schlechten Gewissen des Fotos wegen geschuldet? Ein paar aufmunternde Worte hätten ihr gut getan.

In der Hoffnung, sie aus der Schweiz zu bekommen, rief sie Rudi an. Er ging nicht ran, rief aber fast eine Stunde später zurück.

»Hallo, Rudi!«

Es rutschte sehnsuchtsvoller heraus als beabsichtigt. Von der Trauerfeier wollte sie ihm berichten, falls er sich dafür überhaupt interessierte. Eigentlich wollte sie getröstet werden, bitte schön, warum nicht von ihm. Aber er dachte nicht daran, es zu tun.

»Ich kann mir die bösen Blicke vorstellen, schließlich hast du dem Toten seine Würde abfotografiert.«

»Wie gewählt du dich ausdrückst.«

»Du hast mein Mitgefühl.«

Von seinen Gefühlen war nicht viel zu spüren. Sie nahm es gelassen.

»Also, heraus mit der Sprache! Was hat deine Stiftung mit Hellbrück am Hut? Es wird gemunkelt.«

»Im Dunkeln ist gut munkeln.«

»Du sagst es.« Sie versuchte es einfach mal: »Wenn in dem Bratschenkoffer schon keine Bratsche war, dann vielleicht einige Bündel Banknoten.«

Sie rechnete mit Rudis Blöken. Aber da kam kein Blöken.

»Wie kommst du darauf?«

»Ich frage mich nur, weshalb deine Stiftung zu diesem Verbrechen noch immer keine Stellung abgegeben hat.«

»Weshalb sollte sie etwas kommentieren, was mit ihr absolut nichts zu tun hat? Und sag nicht immer *meine* Stiftung! Ich bin bloß ein Mitarbeiter.«

»Im Weinberg des Herrn.«

»Banz ist nicht der liebe Gott, und ich bin nicht sein Papst.«

»Man hat mir gerade geraten: Sprechen Sie mit Banz.«

»Wer hat es dir geraten?«

»Seine Witwe.«

»Sie setzt Unsinn in die Welt. Darf ich dir auch etwas raten?«

»Ich bräuchte mehr als einen guten Rat, liebster Rudi!« Sie würde jetzt gern mit ihm im Whirlpool sitzen und alles haarklein durchgehen.

»Hellbrück ist nicht fürs Vaterland gestorben«, sagte Rudi. »Und auch nicht für das Schöne und Gute.«

»Das Wahre hast du vergessen.«

Höhöhöhö.

Mit dem Blöken verlor sich ihre Sehnsucht nach dem Whirlpool sofort.

20

Luis hatte ihr seine Story vorab gezeigt und erwartete nun nicht weniger als Begeisterung für seinen grandiosen Text. Was sollte sie dazu sagen? Schon der erste Satz hatte es in sich. Er roch geradezu nach dem nächsten Reporterpreis für Luis Brenner. Ein furioser Satz. Klein würde ihn fulminant finden, schon deshalb, weil er versprach, Wilhelm August Brög moralisch restlos zu erledigen.

Die Liebe hat Felix Hellbrück getötet – die Liebe seines größten Rivalen zu einer jungen Frau.

Ein Satz, der jeden Leser unwiderstehlich zum Weiterlesen zwang.

Die Musik hat er fast so sehr geliebt wie die Menschen.

Auch in diesem Satz steckte die komplette Tragödie, der ganze helle Wahnsinn von Hellbrücks Schicksal – aber auch die ganze Kunst der Reportage.

Wenige Stunden vor seinem Tod lauscht Hellbrück vier hinreißenden Musikantinnen, die auf vier einmaligen Instrumenten sein Lieblingsstück spielen. Im Abendglanz der Goldküste geht ihm Schuberts Streichquartett Der Tod und das Mädchen *noch tiefer zu Herzen als sonst. Die Ermittler können nicht ausschließen, dass es diese Musik gewesen ist, die Hellbrück einen letzten Gefühlskick versetzt hat.*

Doch manches spricht dagegen. Hellbrück ist die hellste Hoffnung gewesen. Millionen Deutsche haben ihm zugetraut, die kühnste Brücke ins Morgen zu schlagen. Dieser Mann, der so brennt für sein politisches Werk, fährt nicht in die Schweiz, um zu sterben. Er ist gesund, wie seine Ärzte bestätigen.

Hellbrück fürchtet weder Tod noch Teufel, sagen die, die ihm am nächsten stehen. Allein die Furcht, Deutschland könnte zurückfallen in längst überwundene Zeiten, bewegt und fordert ihn aufs Äußerste. Die Angst, sein Land könne in die Hände autoritä-

rer Führer fallen. Deshalb kämpft er gegen Wilhelm August Brög um die Kanzlerkandidatur. Es ist mehr als ein Machtkampf, es geht um die Richtung, die dieses Land nehmen wird. Der Hammerwerfer gegen den Feingeist, der Bierzelttribun gegen den Missionar. Ja, das Missionarische ist Hellbrück nicht fremd gewesen.

Wer sich umhört in seiner Partei und in seinem persönlichen Umfeld kann zu keinem anderen Schluss kommen als dem, dass Hellbrück und Brög einander in Zürich begegnet sind. Nur Stunden vor dem rätselhaften Ende in der Badewanne – falls er denn wirklich in der Wanne gestorben ist.

Schauplatz ist ein Hotel, das seinesgleichen sucht. Auf Einladung eines der reichsten Männer der Eidgenossenschaft, des milliardenschweren Philanthropen Beat Banz, steigen die deutschen Spitzenpolitiker im Grand Hotel Montagne ab, in zwei Superior Junior Suiten zum Preis von jeweils 1420 Franken pro Nacht.

Banz hat sie eingeladen zur Premiere des Stradivari-Quartetts. Die annähernd vierzig Millionen Euro teuren, mehr als ein Vierteljahrtausend alten Instrumente erklingen an diesem milden Abend im Garten der Grünhalden-Stiftung zu Erlenbach erstmals gemeinsam. Niemand ahnt, dass sie nur wenige Tage später erneut gespielt werden, in derselben Besetzung, mit demselben Stück, in Berlin bei Hellbrücks Trauerfeier. Der Tod und das Mädchen.

Das Mädchen ist die dritte Figur in diesem Trio mortale. Was niemand bisher ahnt, Brög hat eine Geliebte in der Schweiz: Katja K. (Name geändert). Sie arbeitet im Grand Montagne an der Rezeption, was kein Zufall ist, wie wir inzwischen wissen. Brög hat ihr den Job verschafft. Wenn die Affäre herauskommt, ist Brögs politischer Aufstieg zu Ende. Es ist ihm bewusst.

Und es kommt heraus. Einen Tag vor Hellbrücks Tod wird das Paar gesehen, um nicht zu sagen: ertappt. Im Hochwald oberhalb des Hotels. Von einem Spaziergänger. Sein Name: Felix Hellbrück.

Was nun geschieht, liegt noch weitgehend im Dunkel. Gewiss ist nur, dass der Zeuge und zugleich Rivale zum Schweigen gebracht wird. Mit einem tödlichen Cocktail aus Cyclobarbital, Tavor und anderen Medikamenten und Beruhigungsmitteln. Eine versehentliche Überdosierung kann angesichts der Mengen ausgeschlossen werden. Wer Hellbrück die Mixtur in seinem Zimmer mit der Nummer 2214 verabreicht hat, bleibt Gegenstand der Ermittlungen.

Zu klären bleibt, wen er offenbar arglos in seine Suite gelassen hat. Zwei Gläser wurden benutzt, eine Flasche Merlot aus dem Tessin – ein 2012er von Luigi Zanieri, der im Handel für 130 Franken zu haben ist. Hellbrück muss seinen letzten Gast gekannt, muss ihn eingeladen haben zu seinem letzten Schluck.

Als ihn die beiden Zimmermädchen Shandy Matuba, 28, und Pia Reibacher, 47, um neun Uhr fünfundzwanzig leblos in der Wanne finden, brennt noch die in allen Bädern des Grand Montagne obligatorische Duftkerze am marmornen Wannenrand. Es riecht leicht nach Zitrus, Blumen, Vanille – und nach Tod. Wenige Minuten später verlöscht die Kerze, die Brenndauer beträgt bis zu sechs Stunden. Folglich muss der Tod spätestens gegen halb drei eingetreten sein.

Unter der Reportage stand zum Glück nicht auch noch Constanzes Namen. Sie hatte Luis wie erbeten manches Details zur Verfügung gestellt, und ihr verdammtes Badewannenfoto stand erneut im Blatt.

Zwar hatte Luis die Fakten durchweg nicht frei erfunden – das hatte er gar nicht nötig gehabt –, doch er hatte sie wie Knetmasse benutzt. Es war ein Machwerk, hingeschmiert, hingeraunt, hingerüchtet, hingerichtet. Dazu ein paar gemein hingedrehte Verfälschungen. Nicht Hellbrück, sondern Constanze und Rudi Gandolfo hatten Brög mit Freia im Wald gesehen. Wahrscheinlich hatte der Getötete von der Affäre seines Rivalen keinen Schimmer gehabt. Es ließ sich jedenfalls nicht beweisen. Wer bis zur letzten Zeile las, konnte jedoch zu kaum einem anderen Schluss kommen als dem: Brög war ein eiskaltes Monster.

Konnte Luis ihn überführen?

Er versuchte es erst gar nicht. Es ging nicht darum, ihn zu

überführen, sondern zu vernichten. Das war etwas anderes. Das ging viel einfacher. Luis musste nur Fragen stellen. Hinterhältige Fragen bewirkten mehr als schlechte, unvollkommene Antworten. Wer hatte den Medikamentencocktail unbemerkt in Hellbrücks Weinglas gemischt? War es wirklich entscheidend? Oder ging es vor allem darum, den Lesern den Verdacht ins Hirn zu träufeln, Brög oder jemand in seinem Auftrag hätten einen Grund gehabt, es zu tun?

Freia war Katja K. Geschenkt. So viel Rücksicht wäre gar nicht nötig gewesen. Ihr Name würde sowieso schnell herauskommen. Kein Wort stand in dem Artikel über den leeren Bratschenkoffer. Es war aus Constanzes Sicht das einzig Positive. Denn das war ihre Story. Zu kompliziert für Luis. Zu undurchsichtig. Die Bratsche lenkte nur ab von Brög. Also fand er für sie in seinem Machwerk keine Verwendung.

Die Wahrheit war komplex. Eine wirksame Story dagegen musste die Komplexität der Wahrheit reduzieren. Es war einer der Hauptgründe, weshalb die Wahrheit und eine schöne Geschichte nur selten auf dasselbe Blatt Papier passten. Klein hatte Luis aus Zürich zurückgepfiffen. Mit diesem Schundartikel hatte er versucht, sich zu rehabilitieren.

Constanze dagegen wollte der Wahrheit auf die Schliche kommen, nichts anderem als der Wahrheit, und das ging nur, wenn sie sich nicht systematisch an der Kampagne gegen Brög beteiligte. Sie war nicht bereit, die Fakten so lange zu kneten, bis sie passten. Nicht alle Kollegen in der Redaktion hießen die zweifelhaften Methoden von Luis gut. Aber letztlich akzeptierten alle seinen Artikel, weil er gegen Brög ging.

Und schon gar nicht wollte sie sich auf Kosten von David krumm schuften. Sie fuhr früher nach Hause als sonst.

21

»Mami, wann fliegst du wieder in die Schweiz?«

»Keine Angst, mein Engel.«

Sie wusste, dass es schneller passieren würde, als ihr lieb war.

22

Das Scheißblatt gibts hier auch. Und schon hab ich die Cops am Hals. Nicolas Rat: kein Wort ohne Anwalt. Soll ich mir den herbeizaubern, oder was?

Ob ich mit Hellbrück Kontakt hatte, will der Alpencolumbo wissen?

»Wie kommen Sie drauf?«

»Die Fragen stelle ich.«

Okay, ich bin Katja K. Und ja, ich hab den Shit gelesen.

Nein, in Hellbrücks Zimmer bin ich nicht gewesen.

Nein, ich hab ihm auch nichts ins Glas getan.

Wie er in die Wanne gekommen ist?

Nein, ich wars nicht.

Ja, Brög schafft das notfalls allein, wenns sein muss. Ist Hammerwerfer. Macht ihn das verdächtig?

Nein, ich habe dem Herrn Bundesinnenminister keinen Zugang zu was auch immer verschafft, außer zu mir selbst.

Ja, für mich fatal.

»Wir werden Ihre Angaben überprüfen.«

Gut, ich gebs zu: Die Nacht vor der Tat hab ich mit Brög in Room 3110 … wie sagt man?

Ja, vertan.

»Geht es etwas genauer!«

Hab in seiner Suite gehungert.

»Der ist gut«, findet Columbo.

Aber nicht komisch. Brögs Laune war total am Arsch.

»Warum sind Sie nicht einfach gegangen?«

Manchmal weiß man, warum man was nicht macht. Da hab ichs nicht gewusst.

»Wie ging der Abend los?«

Mit nem Walk im Wald gings los.

Ja, man hat uns gesehn.

Nein, nicht Hellbrück! Das ist ganz falsch, auch wenns da so steht.

Da steht aber nur Mist. Gesehn hat uns ne Journalistin.

Genau. Die, die dann im Bad die Leiche geknipst hat.

Nein, von der kann das nicht sein. Sie war selbst nicht solo. Hab keinen Grund, es zu verschweigen.

Ja, Gandolfo.

Was am nächsten Morgen geschehen ist? Ich hatte frei und er nen Termin.

Ja, am Sonntagvormittag nen Termin. Was für nen Termin, hat er mir nicht verraten.

Meine Vermutung? Hab mirs Vermuten abgewöhnt.

Columbo weiß schon, dass Wim unter falschem Namen gemeldet gewesen ist und das Hotel mittags verlassen hat.

»Sie waren am Sonntagabend also allein. Wo?«

Was glaubt der denn? Auf meiner Bettkante. Wo sonst. In Gesellschaft von ner Pulle Wein.

Es muss jetzt aber ganz genau sein. Ne Pulle Merlot aus dem Tessin halt. Jahrgang auch?

Wär gut.

Es war mir aber nicht gut!

Columbo notiert und sagt: »Sie sind den ganzen Abend auf Ihrem Zimmer geblieben?«

Stell dir vor, ganz allein mit nem Merlot und ner verfickten Schlaftablette.

»Kann das jemand bezeugen?«

Der Sandmann. Und Frau Behrenberg. Sie rief gegen Mitternacht an. Noch betrunkener als ich.

»Was wollte sie?«

Wirres Zeug absondern.

»Was für ein wirres Zeug? Bitte exakt.«

Wirres Zeug ist nie exakt. Von der Party bei Banz kam sie.

»Auch das wissen wir.«

Was fragt er dann?

Ob sich Wim am Tag darauf noch mal gemeldet hat, will er auch wissen.

Soll er ihn doch selbst löchern!

Er will meine Version hören.

Wim isn Arsch. Das ist meine Version.

Ne Speichelprobe und Fingerabdrücke gibts gratis dazu.

23

Endlich hatte Brög eingesehen, dass ihm nichts anderes übrig blieb, als sich öffentlich zu erklären. Er hatte im Ministerium eine Pressekonferenz anberaumt. Constanze ging mit Mücke hin, wollte fotografieren.

Er wirkte übermüdet, und zu sagen hatte er wenig. Wenn ihm auch das wenige beeindruckend gelang.

»Ich gebe Ihnen mein Ehrenwort – ich wiederhole: mein Ehrenwort. Mit dem Tod meines Freundes Felix Hellbrück habe ich nichts zu tun. Die in dem Bericht des *Magazins* aufgestellten Behauptungen, Mutmaßungen und Unterstellungen entbehren jeder Grundlage. Ich weise sie mit Entschiedenheit zurück und vertraue voll und ganz der Schweizer Justiz.«

Die erste Lüge lag in der Verwendung des Wortes Freund, dachte sie. Brög wartete die Fragen nicht ab, sondern beantwortete sie, noch bevor sie gestellt wurden.

»Dass sich Felix Hellbrück zur selben Zeit im Grand Montagne aufgehalten hat, war mir nicht bekannt. Ich habe ihn nicht zufällig getroffen, äh, vielmehr … habe ihn nicht gesehen, weder im Grand Montagne noch an irgendeinem anderen Ort in der Schweiz. Infolgedessen kann er mich auch nicht mit Katja K. beobachtet haben. Es handelt sich hier um eine freie Erfindung des *Magazins*. Unzutreffend ist ferner, dass Herr Beat Banz mich zu dem erwähnten Konzert im Haus der Grünhalden-Stiftung eingeladen hat. Folglich kann ich Felix Hellbrück auch dort nicht begegnet sein. Eine weitere Lüge ist die Behauptung, ich hätte im Grand Montagne auf Kosten von Beat Banz übernachtet. Ausweislich der Rechnung, deren Kopie Ihnen vorliegt, habe ich die Unterkunft aus eigener Tasche bezahlt.«

Unterkunft klingt gut, dachte sie.

»Ich war ausschließlich aus privaten Gründen in Zürich. Diese privaten Gründe gehen niemanden etwas an. Aber da nun einmal die Jagd auf mich eröffnet ist, teile ich mit: Ja, in Zürich lebt eine Frau, der mein Herz gehört hat. Sie ist in die Schweiz gezogen, weil unter den in Berlin herrschenden Bedingungen unsere Beziehung unmöglich geworden war.«

Großes Raunen. Brög wartete, bis es sich gelegt hatte.

»Ich füge hinzu: Meine Frau weiß davon seit geraumer Zeit. Wir haben uns ausgesprochen. Es ist ihre Entscheidung, ob und wie es weitergeht mit unserer Ehe. Ich bitte sie hiermit noch einmal in aller Form um Verzeihung. Auch Katja K., wie ich sie nennen will, bitte ich darum. Ich habe mich von ihr inzwischen getrennt. Sie wird, was mir außerordentlich leidtut, die negativen Folgen des öffentlichen Interesses zu spüren bekommen.«

Warum verschwieg der Mistkerl, dass er Freia versprochen hatte, ihretwegen aus der Politik auszusteigen? Constanze war entsetzt. Sie hatte keine Lust mehr, diesen Typ noch länger zu fotografieren.

»Lassen Sie mich auch noch ein Wort an die Familie und an die Freunde Felix Hellbrücks richten. Wir haben fair um den alsbald neu zu besetzenden Vorsitz unserer Partei gerungen. Für uns beide galt und für mich gilt noch immer: Die Sache ist wichtiger als die Person. Wichtiger als jede Person. Es geht um die Zukunft unseres Landes.«

Ende der Durchsage. Fragen ließ Brög nicht zu.

24

Erfahr es von Con. Er kriegts nicht hin, mir in die Augen zu schaun. Schluss machen über ne Pressekonferenz – wie schick ist das denn?

Wie's mir jetzt geht? Danke, bescheiden.

Und nun? Mir ist nicht nach Karriere, sondern nach Revanche.

Lüg mich für ihn um Kopf und Kragen. Und dann das. Wenn er auspackt, kann ichs auch.

Wahr ist: In der Nacht von Sonntag auf Montag, der Tatnacht, hat Wim mich in meiner Bude überrascht, unverhofft und unerwartet. Isn't it romantic? Abschiedsfick auf dem Fußboden. Parkett, immerhin. Hart, aber herzlich. Ne Pulle Merlot inklusive. Geblieben ist er nicht. Den Hammerwerfer auf der Neunzig-Zentimeter-Pritsche auf mir hätt ich nicht überlebt.

Was er dann getan hat? Will's gar nicht wissen. Oder doch. Jetzt erst recht. Yes, I will.

Die Behauptung, dass er seine Junior Suite selbst bezahlt, ist auch gelogen. Da hat ihm doch glatt jemand ne falsche Rechnung ausgestellt. In jeder Beziehung.

25

Luis hatte überzogen. Zwar hatte Klein sein aufgeblasenes Märchen gedruckt. Aber das Geschoss konnte sich leicht als Rohrkrepierer im Sturmgeschütz erweisen. Brög war nur seriös zu erledigen. Es war allen klar. Selbst Luis schien es zu spüren. »Die lieben Kollegen gehen auf Distanz«, klagte er.

Er hatte es sich selbst zuzuschreiben. Constanze sah zu Mitleid keinen Anlass.

»Hornschuh hat mich eine Fake-Maschine genannt.«

»So würde ich das nicht formulieren.«

»In der Sache stimmst du ihm also zu.«

»Er platzt vor Neid.«

»Hirngiebel hat mir blühende Fantasie unterstellt.«

»Ist ja fast ein Kompliment, Luis, wenn du so willst.«

Luis wollte aber nicht.

»Und unsere Kampflesbe spottet, ich würde auf den Literaturnobelpreis spekulieren.«

Zerknirschung klang anders.

»Eher kriegst du den Nobelpreis für Literatur als Frau Dr. Mücke-Sattler den Friedensnobelpreis für ihren feministischen Furor!«

»Du tust mir so gut!«

»Zieh dir nicht jeden Schuh an, den man dir hinstellt.«

Sie fand ihre eigene Heuchelei unerträglich. In Wahrheit fand sie, dass Luis eine Tracht Prügel verdient hatte.

26

In der Berliner Dependence ihrer Galerie in der Fasanenstraße empfing Charlotte zur Mühlen sie auf schweizerische Art mit drei Küssen. Der Ton war weniger herzlich.

»Wollen Sie mir schon wieder Ihre Fotos andrehen?«

»Es sind die Fotos von der Trauerfeier«, sagte Constanze und zog den Rechner aus der Tasche. Sie klappte ihn auf und klickte eine Aufnahme des Stradivari-Quartetts auf der Bühne des Berliner Ensembles an. Sie vergrößerte das Bild, so weit es die Schärfe zuließ. Die rötlich schimmernde Bratsche füllte den Bildschirm fast vollständig.

»Ist es wirklich das Instrument, das Ihre Tochter auch in Zürich gespielt hat?«

»Warum sollte es ein anderes sein?«

»Mir kam es fast so vor, als sei auch ein anderes Stück gespielt worden. Es war natürlich dasselbe, Schubert, ›Der Tod und das Mädchen‹, hörte sich aber irgendwie anders an.«

»Wegen der Bratsche?«

»Am See klang es wie Träumerei, diesmal wie Trauer – man hört immer nur das, was man fühlt.«

»Gegen den Tod kommt keine Musik an.«

»Ich habe Sie nicht gesehen. Gab's einen Grund dafür?«

»Ich kann Trauerfeiern nicht ausstehen.«

»Da haben wir etwas gemeinsam. Ich zeige Ihnen noch eine Aufnahme. Die hab ich in Hellbrücks Zimmer gemacht. Sehen Sie hier: neben dem Schreibtisch. Der weiße Bratschenkoffer.«

»Ja. Und?«

»Er ist leer. Wo ist die Bratsche?«

»Wieso fragen Sie das mich?«

»Isabelle habe ich bereits gefragt. Hellbrück hat sich sehr für sie interessiert.«

»Für die Bratsche oder für Isabelle?«

»Vielleicht für beide.«

»Mit Ihnen geht die Fantasie durch. Wenn Sie es genau wissen wollen, Isabelle war mit mir anschließend noch in der Kronenhalle.«

»Obwohl Sie sich in meinem Beisein noch gestritten hatten?«

»Streit nennen Sie das? Dann kennen Sie uns schlecht. Isabelle und ich bevorzugen beide klare Worte.«

»Klare Worte nennen Sie das. Ging das beim Essen so weiter? Banz macht Ihnen Ihre Tochter mit Geld abspenstig – das ist doch der Vorwurf.«

»Isabelle ist erwachsen und sehr eigensinnig. Wenn sie eines nicht ist, dann käuflich. Aber natürlich sprachen wir auch über Beat Banz. Es ist kaum zu vermeiden.«

»Wollen Sie auch noch behaupten, Isabelle hätte die Bratsche beim Essen dabeigehabt?«

»Was denn sonst!«

»In dem weißen Koffer?«

»Wie immer in einem weißen Koffer. Worauf wollen Sie hinaus?«

»Hat sie ihn an der Garderobe abgegeben?«

»Das würde sie niemals tun. Sie lässt ihn nicht aus den Augen.«

»Sie könnte ihn doch auch mal einem guten Freund überlassen.«

»Kaum vorstellbar. Sagen Sie, worauf wollen Sie hinaus?«

Hellbrück hatte mit einem weißen Bratschenkoffer die Villa verlassen – das hatte sie mit eigenen Augen gesehen. Wenn aber Isabelles Mutter recht hatte, musste dieser Koffer ein anderer gewesen sein. Nicht der Koffer der La Vera, sondern ein Koffer, der genauso aussah. Oder es war zwar der richtige Koffer, doch ohne die dazugehörige Bratsche. Das hieß, die Stradivari wäre gar nicht in seinem Zimmer gewesen, war folglich dort auch nicht gestohlen worden. Dann konnte es kein Raubmord gewesen sein. Und auch kein Versicherungsbetrug. Andernfalls hätte es Isabelle nicht gewagt, mit La Vera bei der Trauerfeier aufzutreten.

Es sei denn, sie hätte in Berlin auf einer anderen Bratsche gespielt. Die Farbe des Instruments passte in Berlin genauso gut zu ihrem Haar wie die Bratsche in Zürich. Gab es ein zweites Instrument in haargenau demselben Farbton? Oder hatte sich Isabelle die Haare zu einer anderen Bratsche passend getönt? Um damit nicht aufzufallen? Oder weil es zum Styling dieses aufstrebenden Ensembles gehörte, sich jeweils den Instrumenten anzupassen.

Eine kuriose Hypothese.

Der ganze Fall war kurios.

»Die alten Fideln machen mich allmählich verrückt«, sagte Constanze. »Ich meine, sie faszinieren mich derartig, dass ich gern eine Fotoserie machen würde. Die Körper alter Stradivaris, ihr Glanz, ihre Wärme, all die Spuren, die die Zeit und die Musik in sie eingeschrieben haben, die sanften, beinahe erotischen Rundungen.«

»Wenn Sie sich dafür ernsthaft interessieren, sollten Sie sich an einen Fachmann wenden.«

Ernsthaft interessierte sie sich nur für Hellbrücks Interesse an Stradivaris.

27

Am Telefon verspottete Rudi das *Magazin* und Luis. »Von Hirngespinsten zu leben ist auch eine Kunst. Man nennt sie Journalismus. Da spielt sich jemand als Retter des Vaterlands auf und als moralische Instanz noch dazu. Als Ankläger, Richter und Henker zugleich, nur weil ihm die Richtung nicht passt. Von Demokratie haben Genossen wie Klein und Brenner keine Ahnung. Aber die Bürger sind nicht so dumm, wie man das in der Redaktion des *Magazins* glaubt.«

So angriffslustig kannte sie ihn noch nicht.

»Was ist los, Rudi?«

»Schon gut. Es bricht nur gerade aus mir heraus. Mich geht es ja nichts an, wie ihr euer schönes Land zerstört. Es ist trotzdem ein Jammer, wenn ich das als Schweizer Nachbar anmerken darf. Jetzt halt ich mich besser zurück.«

»Ich kann nichts für den Mist, den Luis verzapft hat. Ist dir nichts aufgefallen an seinem Artikel?«

»Das sage ich doch. Mir ist aufgefallen, dass er von vorn bis hinten voller Fehler steckt. Was soll mir noch alles auffallen?«

»Die Bratsche, Rudi.«

»Was ist mit dem Ding?«

»Sie kommt in dem Text gar nicht vor.«

»Das Lügenfass war wohl schon voll.«

»Oder Luis weiß nichts.«

»Er weiß überhaupt gar nichts, oder.«

»Oder …« Sie legte eine kleine Pause ein. »… oder die Bratsche ist gar nicht verschwunden.«

»Wer behauptet das?«

»Isabelle und ihre Mutter. Und du hast es gewusst. Mir wird klar, weshalb du so gelassen auf den Verlust des millionenschweren Instruments reagiert hast, das der Grünhalden-Stiftung gehört.«

»Beim nächsten Mal glaubst du mir besser gleich.«

»So weit würde ich nicht unbedingt gehen.«

Höhöhöhöhö.

»Komm bald wieder nach Zürich!«, bat er sie. »Du ahnst nicht, wie sehr ich dich vermisse!«

So genau wollte sie das gar nicht wissen.

28

Herr Brög hat mich nicht in die Schweiz getan, weil er rauswill aus der Politik. Oder auch bloß um unerkannt und ungestört bei mir zu sein. Wie konnt ich ihm so auf den Leim gehn! Er hat nen Vorwand für seine Trips gesucht. Unsere Liebe – Liebe? – sollte gar nicht geheim sein. Es war alles von Anfang an auf Entdeckung angelegt, die ganze Nummer. Ich bin die kleine Affäre, die er braucht, um von ner viel größeren abzulenken. Mir ist bloß noch nicht ganz klar, um was fürn Stück es geht.

Bild mir das doch nicht bloß ein!

Noch mal: Herr Brög taucht auf mit zwei Pullen Merlot, öffnet die erste. Verlangt, dass ich ihm mein Badge geb, mit der er sich praktisch unsichtbar im Hotel bewegt. Ich tus auch noch! Die zweite Pulle bleibt zu. Er nimmt sie wieder mit!

Wohin? Der Fall scheint klar. Er trabt mit dem Wein zum Room des Feinds, klingelt. Der andere staunt und stutzt und lässt ihn rein. Brög kommt ihm nicht ganz klar vor im Kopf. Drängt ihm nen Schluck auf. Ne vertrauensbildende Maßnahme. Time for peace. Vielleicht quatscht Brög sogar über seine kleine Fickmaus. So viel Spaß muss sein. Männer unter sich.

Brög mischt ihm was in den Wein. Lang dauerts nicht. Dann lässt er Wasser ein, lüpft ihn in die Wanne. Haut ab. Trau ihm das zu. Genau so. Ich sags Con.

Sie: »Dreh jetzt bitte nicht durch!«

29

In der Bratsche brummt es. Als würden Wespen darin nisten. Immer lauter und wilder das Gesumm. Es knackt. In der Decke entsteht ein Sprung. Dann platzte sie auf, die Bratsche ist geborsten.

Davon schreckte Constanze aus dem Schlaf. Doch war es nur der Wecker. Höchste Zeit! Sie war verabredet.

Tilman Gröning wirkte jungenhafter als im Internet. Auf seiner Seite spielte er auch ein paar Töne, verstand es, mit seltenen Geigen nicht bloß zu handeln. Er bat sie in sein geräumiges, kühles Büro in Wilmersdorf. An den weißen Wänden Konzertplakate. Sie nahm auf einem schlichten Zweiersofa Platz, schwarzes Leder, Chrom.

»Woran hören Sie, ob eine Stradivari echt ist?«, begann sie.

»Ich kann es nicht mit Sicherheit hören. Niemand kann es.«

»Wollen Sie damit sagen, es ist mit menschlichen Ohren nicht zu entscheiden, ob ein Instrument zehn Million Euro wert ist oder nur zehntausend?«

»Enttäuscht Sie das?«

»Warum stehen Stradivaris dennoch so hoch im Kurs?«

»Da müsste ich weit ausholen, so viel Zeit haben wir nicht. Zunächst ist eine Stradivari eine Stradivari, so wie ein Picasso ein Picasso ist. Wer will, kann gern über die Qualität streiten, aber nicht über den Preis. Schauen Sie, Stradivari hat rund tausendzweihundert Instrumente gebaut. Erstaunlicherweise ist etwa die Hälfte noch vorhanden, und die meisten sind spielbar, wenn auch fast alle im Lauf der Jahrhunderte restauriert und damit verändert wurden, voluminöser gemacht für den Konzertbetrieb in großen Sälen zum Beispiel. Aber nicht alle Stradivaris klingen gleich oder gar gleich gut. Manche taugen nur noch für die Vitrine – oder für den Panzerschrank. Es kommt entscheidend darauf an, wer sie spielt. Nicht einmal jeder Weltklassegeiger kommt mit jeder Stradivari zurecht. Der Ausdruckswille des Musikers und der Ton der Geige müssen zueinanderpassen. Stradivaris sind Primadonnen, und zwei Primadonnen haben es miteinander nicht immer leicht. Es ist so ähnlich wie mit Reiter und Pferd. Die besten Pferde sind nicht selten schwierig. Stradivaris gelten als schwer zu bändigen, als nervös und mimosenhaft. Ihr Ton flackert. Sie machen zu, wenn man nicht haargenau den Bogen und die Finger aufsetzt, den richtigen Druck, das passende Vibrato findet.«

Der Sachverständige hob eine imaginäre Geige unter sein Doppelkinn, schloss versonnen die Augen, ehe er fortfuhr.

»Der Geiger muss den Körper seines Instruments genau kennen. Es ist wie in der Liebe zwischen Menschen. Wenn alles passt, entströmt der Stradivari ein unvergleichlich makelloser, überwältigender Klang. Der Ton vieler Geigen klingt wie ööööh oder üüüüh, eng und näselnd. Stradivaris dagegen singen ein klares, reines eeeee oder iiiii. Verstehen Sie?«

Sie verstand fast nichts von den Geheimnissen einer Geige, auch wenn Gröning sich alle Mühe gab. Und ob sie von der Liebe zwischen Menschen genug verstand, bezweifelte sie auch. Doch begriff sie zumindest, was er ihr zu erklären versuchte.

»Ist ein ganzes Quartett ausschließlich mit Instrumenten von Stradivari einzigartig?«

»Einzigartig nicht, wenn auch höchst selten. Das Quartetto di Cremona zum Beispiel spielt derzeit auf den vier sogenannten Paganini-Stradivaris, die der Nippon Music Foundation gehören. Von einem Zürcher Stradivari-Quartett habe ich noch nie etwas gehört.«

»Wie kann das sein?«

»Dass ich davon noch nichts gehört habe? Gute Frage. Eigentlich sollte es mir bekannt sein. So unübersichtlich ist dieser Markt ja nicht. Hin und wieder taucht eine Stradivari auf einer Versteigerung auf, die meisten allerdings wechseln über Händler den Besitzer.«

»Warum ist das so?«

»Wenn Sie eine Stradivari nur als Wertanlage suchen, gehen Sie besser zu einer Auktion. Danach ist die Geige am besten in einem Safe aufgehoben. Große Instrumente aber haben einen großen Interpreten verdient. Ein solcher will nicht nur ein paar Minuten zur Probe darauf spielen, wie es vor Auktionen möglich ist, sondern sich mit dem Instrument befassen, auseinandersetzen, sich mit ihm anfreunden. Dazu benötigt er ein vertrauensvolles Verhältnis zum Händler, der ihm das Instrument probeweise überlässt.«

»Was sagt Ihnen die Grünhalden-Stiftung?«

»Nichts.«

»Beat Banz?«

»Nie gehört.«

»Er und seine Stiftung haben einen ganzen Satz gekauft, vier Stradivaris, und sie vier begabten jungen Musikerinnen zur Verfügung gestellt. Woher kommen diese Instrumente?«

»Sie sehen mich höchst erstaunt.«

Sie zog ihr MacBook aus der Umhängetasche, klappte es auf und wählte aus der Phönix-Mediathek die Aufzeichnung der Trauerfeier. ›Der Tod und das Mädchen‹.

Gröning lauschte konzentriert.

Nach ein, zwei Minuten meinte er, »solche Instrumente überlässt man nicht irgendwelchen Studentinnen«.

»Wenn sie hochbegabt sind?«

»Die vier hier sind es nicht. Da lege ich mich fest.«

»Sie sind den Instrumenten nicht gewachsen, meinen Sie?«

»Weder den Instrumenten noch den Noten. Nein, nein. Sie können schon etwas. Es sind ja auch ordentliche Instrumente, keine Frage, einige Zehntausend Euro kosten die bestimmt, aber es sind keine Stradivaris.«

»Wie können Sie das feststellen, wenn sie es angeblich nicht hören?«

»Ich widerspreche mir selbst, da haben Sie recht. Aber in diesem Fall schließe ich einen Irrtum aus.«

»Wie finden wir zweifelsfrei heraus, ob sie echt sind oder nicht?«

»Die Herkunft sollte dokumentiert sein.«

»Ich habe das Cello selbst in der Hand gehabt und durch die Schalllöcher im Corpus einen Zettel gesehen. Antonius Stradivarius faciebat.«

»Das hat nichts zu bedeuten. Sie finden solche Zettel auch in jeder billigen Geige aus der Fabrik.«

»In Fälschungen?«

»In Nachbauten. Der Name Stradivarius auf dem Geigenzettel ist keine Fälschung wie die falsche Signatur auf einem Gemälde, sondern nur eine Angabe zur Bauart. Man müsste schon das Papier der Zettel untersuchen.«

»Die Nachbauten kommen nicht im Entferntesten an das Original heran. Warum eigentlich nicht?«

»Darüber wird endlos diskutiert. Am Holz kann es liegen, aber nicht allein daran. Die Bäume wuchsen während der kleinen Eiszeit viel langsamer als heute. Auch die Lagerung und Konservierung des Holzes mit bestimmten Chemikalien spielt eine Rolle, dazu kommt der Lack. Vor allem aber das handwerkliche Geschick der alten Meister. Alles zusammen macht die Qualität aus.«

Constanze zeigte Gröning nun Fotos, die sie selbst vom Quartett gemacht hatte.

»Der rotgoldene Lack der Bratsche mit dem typischen schwarzen Rand könnte echt sein. Aber das schwarzbraune Cello? Ich kenne kein Cello von Stradivari mit so einem Lack. Fragwürdig. Aber nicht auszuschließen.«

»Weshalb sollte die Grünhalden-Stiftung mit falschen Stradivaris hochstapeln? Banz ist Milliardär. Er könnte sich echte durchaus leisten.«

»Da bin ich wirklich überfragt. Renommiersucht vielleicht.«

»Ich hatte gehofft, Sie könnten Klarheit schaffen«, sagte sie und klang enttäuscht.

»Tut mir leid.«

»Nein. Ich danke Ihnen. Sie haben mir sehr geholfen. Eine Bitte noch. Könnten Sie sich für mich umhören? Gab es in den letzten Monaten Verkäufe?«

»Mal sehen, ob ich etwas in Erfahrung bringen kann. Es interessiert mich selbst brennend. Aber Sie wollen doch nicht nur mit mir plaudern! Kommen Sie, ich zeige Ihnen etwas.«

Gröning stand auf, ging hinüber zum Schreibtisch, auf dem ein Geigenkasten lag. Beinahe ehrfürchtig öffnete er ihn und entnahm ihm ein honigfarbenes Instrument.

»Mein neuer Schatz! Eine Giovanni Battista Guadagnini, gebaut 1773 in Turin. Ich sage Ihnen nicht, was ich dafür bezahlt habe, aber die besten Guadagninis sind unter anderthalb Millionen kaum noch zu bekommen. Es gibt nicht nur Stradivaris im Himmel voller Geigen.«

Er hob das Instrument, zupfte zärtlich mit dem Daumen die Saiten an und schmiegte seine Wange an das schimmernde Holz.

30

Die Pulle! Brögs Fingerprints müssten drauf sein. Bloß steht genau der Wein auch auf dem Menü vom Roomservice. Der Merlot. Kann gut sein, dass Hellbrück ihn selbst bestellt hat. Dann taugt die Theorie nix. Muss man checken.

Kein Schlaf. Con ruft nicht an.

31

Bereits am nächsten Tag meldete sich wieder Gröning. Er hatte sich bei einschlägigen Kollegen erkundigt und war auf ungläubiges Staunen gestoßen. Sie hatten nichts gehört und hielten ein komplettes Quartett echter Stradivaris auf dem Markt für ein Märchen. Er hatte es nicht anders erwartet.

Constanze hakte nach. »Und wenn es sich um Instrumente handelt, von denen niemand zuvor etwas gewusst hat, zufällig gefunden auf einem verstaubten Speicher, vergessen in einem aufgegebenen Gewölbe, in irgendeinem Winkel dieser Welt, in dem sie niemand vermutet hätte?«

»Solche Funde sind höchst selten. So gut wie nie ist eine echte Stradivari dabei. Vier Instrumente auf einmal – ausgeschlossen.«

»Vielleicht nur eines, die Bratsche«, sagte sie. »Die drei anderen könnten anderer Herkunft sein. Ist doch denkbar?«

Vielleicht hatte Banz auch maßlos übertrieben. Nur Isabelle, seine Tochter, spielte auf einer echten Stradivari. Ihre Herkunft war ein Rätsel. Obwohl Banz am See selbst einige Angaben gemacht hatte. Die Instrumente trugen Namen – also waren sie bekannt. Die Lady Hunt, ursprünglich im Besitz von Lord Byron. Die Malatesta aus dem Besitz eines taiwanischen Anlagefonds, das Cello namens Devil's Bay. Vor siebzig Jahren gerettet aus einem Wrack vor den British Virgin Islands und restauriert aus Mitteln der Grünhalden-Stiftung. Und schließlich die Bratsche. Das einzige der vier Instrumente, zu denen Banz keine weiteren Angaben gemacht hatte. Das allein war merkwürdig. Dann hieß sie auch noch La Vera – die Wahre. Banz hatte sich einen Scherz erlaubt. Einen Scherz nach seiner Art.

Gröning sah auf einer Liste aller bekannten Stradivaris nach. Darauf stand weder eine Malatesta noch eine Devil's Bay, wohl aber eine Lady Hunt. Nein, falsch: Eine Lady Blunt war registriert, benannt nach Anne Blunt, der ersten bekannten Besitzerin, Tochter von Ada Lovelace und Lord Byron.

»Dann hat also Banz das Blaue vom Himmel erfunden«, schloss Constanze.

»An Spekulationen dieser Art beteilige ich mich nicht«, antwortete Gröning.

»Anders ausgedrückt: Die teuren Kisten sind nicht echt«, fasste sie zusammen.

»Das haben Sie gesagt.«

»Außer vielleicht La Vera. Ein Rätsel.«

»Oder einfach nur eine dreiste Lüge.«

32

Sie hielt sich nicht mit Nettigkeiten auf.

»Rudi, sitzt du gut?«

»Ich bin momentan etwas in Eile, was gibt's?«

»Die Instrumente eures unfassbar schönen Streichquartetts sind mutmaßlich nicht ganz so unfassbar wertvoll, wie Banz behauptet.«

»Ich habe kein Wort verstanden. Was ist unfassbar? Ich bitte um Rücksicht, mein Schweizer Gehirn funktioniert nicht so flott.«

»Was ist so schwer zu verstehen? Die Stradivaris sind höchstwahrscheinlich keine Stradivaris. Folglich sind sie zusammen auch keine dreißig oder vierzig Millionen wert.«

»Interessant.« Rudi räusperte sich belustigt. Wenigstens blökte er nicht. »Wie kann ich deinen Schmerz lindern, Constanze?«

»Der Sachverständige, mit dem ich sprach, dem ich Fotos der Instrumente zeigte und eine Tonaufnahme vorspielte, hält die Sache für faul.«

»Welcher Sachverständige? Glaubst du, die Grünhalden-Stiftung lässt sich so leicht hereinlegen?«

Das glaubte sie nicht. Wer wen hereingelegt hatte, stand noch nicht fest. Erst einmal wollte sie Rudi zu einer Äußerung provozieren, die sie vielleicht weiterbrachte. »Auch der berühmte Dirigent Damian Bräuninger ist nicht von der Echtheit überzeugt. Er hat auf der Trauerfeier lautstark Zweifel gestreut an der Qualität der Instrumente wie der Instrumentalistinnen.«

»Nicht einmal die haben ihm gefallen? Ein Wichtigtuer«, fand Rudi.

»Nicht alles, was einem gefällt, ist das Geld wert, das es kostet«, sagte sie. »Es gilt für Geigen wie für Geigerinnen.«

»So gefällst du mir! Die Philosophin ist der rasenden Reporterin turmhoch überlegen.«

»Auch nicht alle Männer sind ihr Geld wert.«

»Hauptsache, du bist unbezahlbar. Wann sehen wir uns endlich wieder?«

»Vielleicht beginnen wir mit einer vertrauensbildenden Maßnahme. Du bringst mir den Beweis für die Echtheit eurer Stradivaris.«

»Wie stellst du dir das vor?«

»Dir fällt schon was ein, Rudi!«

33

Am nächsten Tag kam sie mit einem Pizzakarton aus dem Büro nach Hause, um den Inhalt mit David zu teilen. Das Kind hatte Hunger. Es dämmerte bereits. Zunächst warf der Mann nur einen Schatten in die Einfahrt. Sie erschrak.

»Rudi!«

Es kam ihr vor wie ein Überfall. Wenigstens ein willkommener Überfall. Hätte er sein Erscheinen nicht ankündigen können! Dann wollte er sie auch noch küssen. Dreimal, wie es sich in der Schweiz gehörte, plus ein viertes Mal auf den Mund. Sie hielt ihn eisern verschlossen.

»Das ist vielleicht eine Überraschung!« Es hörte sich an wie: »Du bist unmöglich!«

Sollte sie David schon wieder einen anderen Mann zumuten? Erst Luis, nun Rudi. Sie hatte niemanden, der auf den Kleinen aufpasste, hatte versprochen, heute für ihn da zu sein.

»Seit wann bist du hier? Und wie lange noch?«

»Kommt ganz darauf an, wie es mit uns klappt.«

Sie nahm ihm nicht ab, dass er nur ihretwegen nach Berlin geflogen war.

»Es ist gerade ganz schlecht, Rudi! Ich bin eine alleinerziehende Mutter.«

»Und eine nicht zu stoppende Journalistin.«

Zu verstehen war: ein Flintenweib vom *Magazin*.

Erst einmal schickte sie Rudi fort. »Es dauert nicht lange, versprochen.«

Sie teilte die Pizza mit David, brachte ihn zu Bett, sang ihm noch zwei oder drei Liedchen vor, bis er eingeschlafen war. Dann gab sie Rudi Bescheid, der in einem nahen Café darauf wartete. Jetzt erst war er willkommen, und sie ließ ihn herein.

»Bitte leise, ganz leise!«

Dabei wäre ihr nach kuscheliger Musik gewesen. Filmmusik von Ennio Morricone hätte gepasst. Das ging nicht. So blieb es bei der Flasche Roten, einem umbrischen Sagrantino, eine Vierzig-Euro-Flasche, zur Feier des Tages. Schon vor einer halben Stunde hatte sie ihn in freudiger Erwartung entkorkt.

Rudi fand ihre unaufgeräumte Wohnung »apart«. Die hohen Decken, der Stuck, die breiten Doppeltüren gefielen ihm. Sie genierte sich wegen der zusammengewürfelten Möbel, die zum einen Teil aus ihrem Elternhaus in Bonn stammten, der Rest war von IKEA. Sie hätte Zeit benötigt, um die Zimmer in einen etwas wohnlicheren Zustand zu versetzen.

Sie saßen nebeneinander auf dem Sofa mit dem bunten Überwurf aus der Provence. Rudi hatte Neuigkeiten in Sachen Stradivaris mitgebracht. Er zog eine Fotokopie aus der Sakkotasche. Sie warf nur einen kurzen Blick darauf. *Hagen Kowalski, Sachverständiger für alte Instrumente* stand in goldener Schreibschrift im Kopf des Blattes. Darunter der nicht weniger güldene Satz, über die Echtheit der Instrumente bestünden »keine ernsthaften Zweifel«.

Gab es auch unernsthafte Zweifel?

»So einen Schrieb kann jeder verfassen«, sagte sie. »Hat Kowalski an dem Deal verdient?«

»Nein, er ist nicht der Makler, sondern ein unabhängiger Experte.«

»Wer ist der Händler?«

»Da überforderst du mich.«

»Es ist das Mindeste, was ich für dich tun kann.«

Rudi tat so, also ob er ihren Spott überhörte.

Was er zu berichten hatte, war wirklich aufregend. Die Instrumente stammten alle von einer dreiundneunzigjährigen Dame aus alter jüdischer Familie. Ihre Eltern hatten nicht überlebt, nur die Instrumente, versteckt an einem geheimen Ort. Alma Mayr-Berling. Ihr Großvater Ludwig Mayr war Primarius des seinerzeit namhaften Rosarius-Quartetts gewesen, 1944 ermordet in Auschwitz – er selbst und seine drei Kollegen auch.

»Das ist doch eine Bilderbuchgeschichte für dich«, fand Rudi. »Anrührend, packend, traurig.«

In der Tat. Sie sah bereits das Foto vor sich. Wie die schöne Isabelle auf ihrer Viola da braccio einer verknitterten Dame mit schlohweißem Haar vorspielte. Aber erst einmal plagten sie Zweifel.

»Hast du für mich nur die schöne Geschichte oder auch ein paar Dokumente?«

»Die Grünhalden-Stiftung steht dir zur Verfügung.«

»Kann ich mit der alten Dame sprechen?«

»Ob sie noch vernehmungsfähig ist, kann ich nicht garantieren.«

»Hat Banz persönlich mit ihr verhandelt?«

»Eine bezaubernde alte Dame«, wich Rudi aus.

»Du kennst sie?«

»Natürlich nicht.«

»Aber ich könnte Banz dazu interviewen?«

»Er gibt grundsätzlich keine Interviews, das weißt du doch.«

»Wo lebt die alte Dame?«

In diesem Moment platzte schlaftrunken David herein. Auch egal. Als er Rudi sah, war alle Müdigkeit dahin.

»Das ist Rudi aus der Schweiz«, sagte sie. Dann fiel ihr ein, dass sie ihn am Telefon niemals erwähnt hatte. Egal. Der unerwartete Besuch hatte ihm auch etwas mitgebracht. Schoki aus der Schweiz. Alle ihre Männer verwöhnten und bestachen ihr Kind mit Süßigkeiten.

David fand Rudis Dialekt lustig. Er bat ihn, den Clown zu machen und sein Schwyzerdütsch vorzuführen. Rudi gab als Kehlkopfakrobat sein Bestes. »Appezeller Mädeli, wie macht ma denn den Chäs? Ma tuatn in a Kübeli und drucktn mitm Fideli, dann wir der Chäs schö räs.«

»Rudi!«

Das Kind lachte sich scheckig. Damit wickelte es Rudi endgültig um den Finger.

»Aber jetzt husch, husch ins Bettchen!«

Sie hätte auch die Wand herumkommandieren können.

»Bleibst du heute Nacht bei Mami?«, wollte der Knirps wissen.

»Nein, Rudi muss ins Hotel«, fiel sie ihm ins Wort, so schnell konnte der gar nicht antworten.

»Kommst du wieder, Rudi?«

Hoffnung glomm in Davids Augen.

»Wenn deine Mutter es genehmigt.«

Endlich trollte sich der Knabe.

Endlich ging es zur Sache.

Rudi rückte in die Mitte des Sofas vor. Sie blieb in ihrer Ecke.

Himmel, ging es nicht einmal ohne das! Wenigstens himmelte er sie nicht auch noch an. Rudi war kein Schleimer. Eher ein Mann der Tat. Sie ließ zu, dass er nach ihrer Wade griff und sich ihr gestrecktes linkes Bein über den Schoß legte. Den Schuh streifte er ihr ab, spielte ein wenig an ihren Zehen herum, befummelte die Ferse, massierte das Knie, hob den Fuß an, beugte sich vor und küsste ihn auf den Spann. Es war nicht zu verachten.

Hätte sie nur nicht so viel getrunken. Sie waren schon bei der zweiten Flasche. Sie lehnte sich zurück, den Kopf im Nacken, und ihr Atem musste ihm Zustimmung signalisieren.

Dann machte er sich an ihrem Gürtel zu schaffen.

Abrupt setzte sie sich gerade hin.

»Rudi, ich weiß nicht, wer du eigentlich bist, und mir ist gerade, als wollte ich es auch gar nicht so genau wissen.«

»Dann lern mich eben endlich kennen.«

»So einfach ist das nicht.«

»Was auf dieser Welt ist schon einfach.«

»Nimm es mir nicht übel, aber ich glaube, es ist besser, du gehst.«

34

So schwer konnte es nicht sein, die alte Dame aufzustöbern. Sie googelte ihren Namen. Alma Mayr-Berling war nicht zu finden. Mayr allein sinnlos. Vielleicht Berling. Es gab Peter, den Filmproduzenten und Schriftsteller aus einer alten jüdischen Familie namens Berlin. Das g hatte er angehängt, um die Nazis zu täuschen. Vielleicht war das ein Hinweis. Sie bat das Archiv um Unterstützung bei der Recherche. Auch das Stichwort Rosarius führte nicht weiter. Sie landete lediglich auf einer obskuren esoterischen Seite.

»Das Rosarius, manchmal auch als ›Seelenrüstung‹ bezeichnet, ist ein mächtiges Schutzamulett, welches einen kleinen Generator beinhaltet, der ein Kraftfeld um seinen Träger erzeugt. Es ist so stark, dass es den Träger sogar vor dem Treffer einer Laserkanone bewahren kann. Es wird an jene Mitglieder der Ekklesiarchie vergeben, die besonderen Mut und Glaubensstärke im Kampf gegen die Feinde des Imperators gezeigt haben.« Was für ein Käse! Von einem Rosarius-Quartett dagegen keine Silbe.

Auch Mücke versprach zu helfen. Sie besaß mehr Erfahrung, sah in alten Adressbüchern aus dem Vorkriegsberlin nach, die im Netz zu finden waren, rief bei der jüdischen Gemeinde an, bei der Frankfurter Repräsentanz der Jewish Claims Conference, dem internationalen Zusammenschluss jüdischer Organisationen, die Verzeichnisse über alle Holocaust-Opfer und deren lebende Nachfahren führte. Und sie bemühte einen Historiker, der am Judaikum forschte und den sie von früheren Recherchen kannte. Weiter aber kam sie nicht.

Constanze rief erneut Tilman Gröning an. Sie erkundigte sich nach Hagen Kowalski.

Gröning holte wieder ein wenig aus. »KRV – Kowalski Rare Violins. Die Zürcher Firma gibt es nicht mehr. Zu ihren besten Zeiten besaß sie Niederlassungen in Wien, London, New York, Tokio und Berlin. Zweifellos gehört Kowalski als ein bedeutender Experte zu einer kleinen, feinen Zunft. Aber er ist auch für ein paar Jahre im Gefängnis gelandet wegen Veruntreuung und schwerem gewerbsmäßigem Betrug. Jedenfalls hat es das Gericht so gesehen.«

»Sie bezweifeln das?«

»Berufsrisiko. Der Preis einer alten Geige ergibt sich im Wesentlichen aus dem Urteil von Experten. Sie handeln meistens selbst mit Geigen. Sie bestimmen also die Preise, von denen sie profitieren. Ein Schelm, wer Böses dabei denkt. Manche alte Kiste ist auf diese Weise schon promoviert worden, wie man so schön sagt. Doch Kowalski ist als Händler längst aus dem Geschäft; als unabhängiger Sachverständiger treibt er sich wohl noch herum.«

»Gegen Provision?«

»Nennen wir es Gebühr. Ich will dem werten Herrn Kollegen nichts unterstellen, würde mich auf sein Gutachten aber nicht unbedingt verlassen.«

35

Luis pflanzte sich breitarschig auf ihre Schreibtischkante. Er schien anzunehmen, sie müsse ächzen nach ihm vor Begehren. Seine Wirkung auf Constanze sollte er nicht überschätzen. Dennoch verspürte sie ihm gegenüber ganz schwach ein schlechtes Gewissen. Wegen Rudi. Obwohl es keinen Grund dazu gab. Und weil sie ihn blamiert hatte mit ihren besseren Kontakten in die Schweiz. Sie hatte seine Autorität verletzt. Jetzt benahm er sich, als sei nichts geschehen, ließ den Chefreporter heraushängen und erklärte ihr die Lage. Tat so, als besäße er den Überblick. Er besaß gar nichts. Er saß nur vor ihr und trommelte mit den Fingern auf der Platte. Wenigstens war es nicht ihr Schulterblatt.

»Kannst du mir folgen?«, unterbrach er sich selbst.

»Jawohl, mein Führer!«, antwortete sie. Wahrscheinlich hielt er ihren Spruch für ein Kompliment.

Er hing noch immer der Überzeugung an, Hellbrück sei Opfer eines Mordkomplotts, und Brög mindestens einer der Drahtzieher. Der Tod hatte in der Partei ein Vakuum hinterlassen. Doch war keineswegs ausgemacht, dass Brög es ohne Weiteres füllen konnte. Die vom *Magazin* in die Welt gesetzten Gerüchte schadeten ihm. Am linken Flügel, auch in der liberalen Mitte regte sich Widerstand.

»Er setzt auf alles oder nichts«, sagte Luis.

»Was ist alles?«

»Es ist sein alter Traum, eine Bewegung zu gründen. Jetzt macht er damit ernst.«

In Luis' Stimme schwang ein gewisses Tremolo.

»Eine Bewegung?«

»Nichts Geringeres als das.«

»Das hast du herausgefunden?«

»Ich weiß es aus sicheren Quellen.«

»Meine nicht mehr ganz so sichere Quelle behauptet, er würde aus der Politik aussteigen?«

»Um sich mit seiner Geliebten in die Schweiz abzusetzen? Daran habe ich keine Sekunde lang geglaubt.«

»Was dann?«

»Brög hat kapiert, dass seine Kanzlerin abgewirtschaftet hat, und mit ihr seine Partei. Sie wird nie wieder Volkspartei, da macht er sich keine Illusionen.« Große, fette Worte, wie Luis sie liebte. Seine Welt war ein riesiges Spielfeld, auf dem ein ewiger Machtkampf stattfand.

»Du nimmst an, wenn Hellbrück ihm nicht mehr im Weg steht, wird er versuchen, seiner Partei einen Schwenk nach rechts zu verpassen?«

»Damit würde er sie nur endgültig spalten«, widersprach er. »Auf einem Parteitag kann er die Kanzlerin nicht stürzen. Nur ein Teil seiner Partei wird ihm folgen. Nein, er sammelt die Unzufriedenen überall, wo er sie finden kann. Seine Bewegung soll das ganze Land mitreißen.«

»Eine neue Partei?«

»Anders als eine gewöhnliche Partei ist die Bewegung ganz auf seine Person fixiert. Seine Vorbilder sind Macrons En Marche in Frankreich und die Liste Kurz in Österreich.«

»Brögs Bewegung!«

»Nach allem, was ich höre, will er sie *Patriotischer Fortschritt* nennen.«

»Das ist doch auch nichts anderes als der Kanzlerwahlverein, den es schon gibt.«

Es war das erste Mal, dass sie sich mit ihm auf eine politische Debatte einließ.

»Du hältst Brög für einen Feind der Demokratie, der nach der Macht greift, und hoffst, dass seine Affären ihn begraben.«

»Seinen Anhängern machen sie nichts aus.«

»Deshalb soll Hellbrücks Tod ihn erledigen, wenn es nach dir geht.«

»Ich wette mit dir, dass Hellbrücks Tod offiziell als Selbstmord deklariert wird. Dann gewinnt er überall Freunde. Und in Geld schwimmt er auch. Die Spenden sprudeln. Die Rede ist von mehr als dreißig Millionen in der Kriegskasse.«

»Das weißt du auch schon alles?« Sie gab sich Mühe, Bewunderung zu heucheln.

»Es geht jetzt um Freiheit oder Brög. Wir greifen der Geschichte in die Speichen.«

»Wir?«

»Wir!«

»Luis Brenner schreibt sich selbst in die Geschichtsbücher.«

Es hörte sich an, als gäbe es für sie kein größeres Glück als ein Plätzchen im Schatten des heißesten Journalisten unter der Sonne.

»Venceremos!«, trompetete sie.

Doch Luis war nicht so einfältig, wie sie hoffte.

»Was machst du gerade?«, fragte er, jetzt wieder ganz der Chefreporter.

»Ich beschäftige mich mit ein paar alten Geigen.«

Er lachte, als sei ihr ein besonderer Witz gelungen. Ihr wäre es sehr angenehm gewesen, wenn er endlich sein Hinterteil von ihrer Schreibtischplatte herunterbekommen hätte.

»Du hast mir wirklich sehr geholfen. Noch einmal danke, Luis.«

Sie wusste nicht, wofür.

36

Herr Brög isn Schwein. Con siehts auch so. Er hat sich an mich rangemacht. War alles Show: die Liebesschwüre, der dramatische Auftritt der Gattin, sogar der Beetle. Nicht mal die rote Ampel war rot. Die Cops sind Teil vom Spiel. Brög hats drauf angelegt. Fein eingefädelt. Jetzt hat er nen Grund, mich in die Schweiz zu beamen. Wozu? Um mich hier mit sich selbst zu beglücken? Ich bin bloß der Vorwand. Die Tarnung. Den Fick mit mir nimmt er so mit. Um Geld gehts. Er holt es ab, nicht auf einmal, dazu ist es zu viel. Viel zu viel. Geld von Banz. Bin so blöd, es nicht zu raffen.

Con erklärts mir. Das Geld ist für Brögs Bewegung. Ne Art Partei. Parteienfinanzierung aus dem Ausland ist illegal. Brög ist es scheißegal. Hellbrück kommt dahinter. Das Ding läuft ausm Ruder.

Was ich nicht versteh: Wie man wegen paar Millionen illegalem Zaster jemand killen kann. Mir wärs sehr recht, wenn Con irrt und Wim nix damit zu tun hat. Wer schläft schon gern mit nem Mörder!

37

Constanzes Ziel musste es nun sein, Beat Banz als Finanzier der neuen populistischen Bewegung in Deutschland zu entlarven. Wie hatte er es gedeichselt, Brög dreißig Millionen Euro – falls die Zahl stimmte – zur Verfügung zu stellen, unbemerkt vom Fiskus? Jedes Mal, wenn er Freia besuchte, ein paar Bündel Cash? Doch wohl nicht wirklich.

Sie musste geschickt vorgehen, weil sich Luis bestimmt wieder die ganze Story krallen wollte. Auch Rudi durfte keinen Verdacht schöpfen, der steckte jetzt mittendrin im Skandal. Also sollte sie lieb sein zu ihm. Wenigstens ein bisschen.

Er wollte einige Tage in Berlin bleiben. So lange hatte sie ihn am Hals. Vielleicht hatte er sich wirklich ein wenig in sie vernarrt. So etwas kam vor. Dass Rudis Interesse an ihr auch bloßem Kalkül folgte, war zwar nicht auszuschließen, doch sprach vieles dagegen. Die unvergesslichen Momente im Pool des Grand Montagne, und was sich daraus ergeben hatte, konnten nur Zufall gewesen sein. Und falls er es mittlerweile darauf abgesehen hatte, sie unter Kontrolle zu halten, so war es ihm nicht geglückt.

Er rief schon wieder an, wieder im ungünstigsten Augenblick, wieder am Abend, und wieder war sie gerade dabei, David ins Bett zu bringen. Wenigstens stand er diesmal nicht gleich vor der Haustür. Diesmal bat er sie, ihn zu einer Vernissage in die Galerie Zur Mühlen zu begleiten.

Das traf sich gut. Sie sagte zu. Sie fragte sich auch, weshalb sie selbst keine Einladung erhalten hatte. Das enttäuschte sie.

Es war nicht der einzige und nicht der letzte Anruf an diesem Abend. Nachdem sie David bereits eine Gutenachtgeschichte erzählt, ihn hingebungsvoll gestreichelt und er endlich die Augen zugemacht hatte, kurz vor neun, läutete es erneut, diesmal auf dem Festnetz. Freunde und Kollegen riefen sie ausnahmslos auf ihrem Smartphone an, das nur leise summte. Das Festnetz nutzte sie eigentlich nur als Faxgerät. Es schellte. Sollte sie überhaupt rangehen?

Ja, damit das Lärmen aufhörte.

»Behrenberg.« Sie flüsterte fast.

Schweigen schlug ihr entgegen. Die Leitung war aber nicht tot, jemand atmete.

»Hallo, wer ist da?«

Nichts. Nur das deutlich vernehmbare Atmen, ein gleichmäßiges Ein und Aus.

Sie legte auf.

David war schon wieder putzmunter.

»Mami, der Mann hat vorhin schon mal angerufen, als du beim Einkaufen warst.«

»Woher weißt du, dass es ein Mann ist?«

»Ist deine Mutter zu sprechen, hat er gefragt.«

»Hat er seinen Namen genannt?«

Er schüttelte entschieden den Kopf. Sie glaubte ihm nicht. Aber mehr war aus dem Kind nicht herauszubekommen.

»Mami, darf ich noch zehn Minuten aufbleiben?«

»Schluss jetzt.«

Also, alles von vorn. Ein Gutenachtlied, ein zweites. Guten Abend, gute Nacht. So lange, bis es wirkte. Ein paar Minuten später schepperte erneut das Festnetztelefon. Sie erstickte das Gerät mit einem Sofakissen. Bestimmt derselbe Anrufer, nahm sie an.

Als es später noch ein drittes Mal läutete, noch immer unter dem Sofakissen, wusste sie, dass es ein Fehler gewesen war, das Gespräch anzunehmen.

Wieder nur das Atmen.

»Lassen Sie gefälligst den Quatsch. Wenn Sie mir etwas zu sagen haben, tun Sie es! Jetzt.«

Es war kein Versehen. Jemand träufelte das Gift der Angst in ihre Adern.

38

Tagesschau: Die Ermittlungen gegen Herrn Brög sind eingestellt. Hellbrück hat sich umgebracht.

Kann nicht wahr sein.

Wenn Wim ausm Schneider ist, bin ichs auch. Er ist kurz zu sehn. Ganz großer Auftritt. Mich bewegt nix mehr. Er aber macht mobil und gründet ne Bewegung. Con hats prophezeit.

39

»Kowalski rare Violins.« Eine geschäftsmäßig klingende Frauenstimme war am Telefon.

»Constanze Behrenberg vom *Magazin.*« Die Nummer hatte sie von Gröning bekommen.

Die Frau dämpfte den Hörer unzureichend mit der Hand. »Hagen, kommst du mal! Eine Dame vom *Magazin!*«

Ein paar Sekunden später näselte eine männliche Stimme wie ein minderwertiges Cello. »Womit kann ich Ihnen behilflich sein?«

Sie behauptete, über junge, aufstrebende Musikerinnen zu schreiben. Über das Grünhalden-Quartett, für das vier Stradivaris beschafft worden seien.

»Was habe ich damit zu tun?«

»Sie haben sie begutachtet, oder etwa nicht?«

»Mit dem Verkauf habe ich nichts zu schaffen.«

»Ich weiß. Sie haben nur die Echtheit der Instrumente bestätigt.«

»Es spricht nichts gegen ihre Echtheit. Dafür die Hand ins Feuer legen kann niemand.«

»Können Sie mir bitte sagen, wer den Deal gemacht hat.«

»Ich bin nicht befugt, Ihnen dazu Auskünfte zu erteilen.«

»Kein Grund zur Beunruhigung, Herr Kowalski. Es geht mir nicht um die Echtheit der Instrumente, sondern um die alte Dame. Eine Überlebende des Holocaust, ich interessiere mich für ihr Schicksal.«

»Sagten Sie nicht gerade, es ginge Ihnen um die jungen Musikerinnen?«

»Ja, ja, um die auch. Um die Verbindung zwischen den Generationen. Eine bewegende Geschichte.«

Kowalski, kein Idiot, hatte sie längst durchschaut, da konnte sie labern, so viel sie wollte.

»Ich will Sie nicht länger behelligen«, erklärte sie. »Ich wüsste nur gern, wer bei Ihnen das Gutachten bestellt hat. Mit dessen Hilfe komme ich sicher auch an die alte Dame.«

Zu ihrer Verblüffung kam die Antwort ohne Zögern. »Frau zur Mühlen, ja und?«

»Die Galeristin? Sie verkauft auch alte Instrumente? Immer schon?«

»Das fragen Sie sie besser selbst.«

»Was kostet eigentlich so ein Gutachten?«

»Also darauf wollen Sie hinaus!«

Kowalski legte grußlos auf.

40

Der unbekannte Anrufer ließ nicht locker. Constanze hatte gerade für ein paar Minuten das Haus verlassen, um eine Tüte Milch und Schokokekse zu besorgen. Der Anrufer wusste offenbar Bescheid. Wieder musste sie sich mit Davids einsilbiger Mitteilung begnügen.

»Er hat wieder angerufen.«

»Was hat er gesagt?«

David schwieg. Aber in seinen Augen las sie seine Angst.

»Hat er was Böses gesagt, mein Schatz?«

David schüttelte ganz, ganz langsam den Kopf.

»Was denn?«

Seine Augen füllten sich mit Tränen. Sie drückte seinen Kopf an ihre Brust und streichelte ihm übers Haar. Nun fühlte sie sich nicht bloß belästigt, sondern bedroht. Misstrauisch durchsuchte sie die Wohnung nach einem versteckten Mikrofon oder dem Auge einer Kamera, blickte argwöhnisch aus dem Fenster. Sie hatte vergessen, Geschirrspülmittel zu besorgen, wollte das Kind aber nicht mehr allein lassen. Sie nahm ihn lieber mit.

Als sie nur zwölf Minuten später vom Supermarkt zurückkam, lag ein senffarbenes Kuvert hinter der Tür. Kein Absender.

»Nicht anfassen!«, schrie sie David an.

Nach einer Briefbombe sah der Umschlag nicht aus. Kein Grund zur Hysterie, rief sie sich zur Ordnung. Aber sie öffnete das Ding äußerst vorsichtig mit einem Küchenmesser, zog mit spitzen Fingern ein zweifach gefaltetes Blatt heraus. In einer ungewöhnlichen Computerschrift stand ein einziger Satz darauf:

kümmere dich um deine eigenen angelegenheiten. sonst tun wir es.

Das war nicht schwer zu verstehen.

41

Noch mal Con. Konfus. Sagt, die Sache wächst ihr übern Kopf. Welche Sache? Will von mir was hörn über Brög und das Geld. Denkt wohl, ich hätt ihm beim Zählen assistiert. Dazu hat er mich nicht benutzt, dazu nicht.

42

Was Kowalski herausgerutscht war, gab der Geschichte einen neuen Thrill – wenn es nicht gelogen war. Banz hatte die vier Stradivaris offenbar über die Firma seiner ehemaligen Partnerin Charlotte zur Mühlen erworben. Deren Vernissage kam also genau zur rechten Zeit.

Constanze kam ein paar Minuten zu spät, weil die Babysitterin mal wieder nicht pünktlich gewesen war. Sie hatte ihr eingeschärft, unter keinen Umständen an den Apparat zu gehen und auch nicht zu öffnen, wenn es an der Tür klingelte, und die Vorhänge sollte sie auch geschlossen halten. Am liebsten hätte sie ihr noch empfohlen, den Hockeyschläger griffbereit zu halten, die einzige verfügbare Waffe in ihrer Wohnung. Wahrscheinlich hielt Christa sie für paranoid.

Die Galerie zur Mühlen präsentierte Fotos von Ludwig Titus Maier, Porträts berühmter Leute. Luis Trenker, Prinz Philip, Leonard Bernstein, Martin Walser. Alle waren alt, steinalt. Aufgenommen in Schwarz und Weiß mit wunderbar weich abschattierten Grautönen. Besser als Maier machte kein Fotograf das Vergehen der Zeit in den Gesichtern sichtbar. Sie bewunderte seine Kunst seit Langem. Berühmt geworden war er als Kanzlerfotograf. Adenauers Faltengesicht wie eine Flugaufnahme über Gebirge. Kohl im Gegenlicht wie ein Achttausender. Ob er auch Brög schon porträtiert hatte? Der war vermutlich noch nicht alt genug für Maiers Kamera.

Sie wäre nicht überrascht gewesen, wenn Brög zur Vernissage aufgekreuzt wäre. Er müsste die Galeristin kennen, wenn es zutraf, dass er der eigentliche Nutznießer des Stradivari-Komplotts war.

Zunächst aber wollte Constanze den berühmten Kollegen kennenlernen. Er stand neben Charlotte zur Mühlen in der Tiefe der Galerie, die gefüllt war mit Leuten, die sich an lauwarmem Prosecco festhielten. Freunde des Künstlers, Stammkunden, Sammler. Das Team eines TV-Kulturmagazins sprang herum.

Die Galeristin begrüßte das Publikum mit ein paar flockigen Worten und rühmte Maiers niemals denunzierenden Blick. »Wen er auch immer vor die Linse bekommt, jeder ist schön. Schöner als jemals im wirklichen Leben. Am schönsten auf der Zielgeraden. Wenn Maier das Alter feiert, feiert er das Leben.«

Sie redet alles schön, dachte Constanze, auch wenn es nicht wahr ist.

Der Künstler bedankte sich mit wenigen Worten. Selbst schon auf die achtzig zugehend, wirkte er jungenhaft, schlank, agil und irgendwie blond. Um exakt zu sein: graublond. Er besaß durchaus Talent, doch keine Lust für große Worte. Er wusste, wie gut seine Fotos waren, und kleidete sein Selbstbewusstsein in Ironie. »Mit *fifty shades of grey* will ich mich nicht begnügen. Es sind mindestens fünfhundert.«

Die witzigsten Angeber sind die besten, dachte sie. Maier könnte ihr sicher noch vieles beibringen.

Einige Bewunderer seiner Kunst wollten mit der Nase ganz nahe heran an die verglasten und gerahmten Bilder an den Wänden. Auch Constanze beugte sich vor, als sie auf das Bild einer alten Dame stieß.

Ja, das könnte sie sein.

Unversehens stand Isabelle neben ihr.

»Ich würde Sie beide gern gemeinsam fotografieren«, sagte sie.

Die Geigerin sah sie fragend an.

»Ist das nicht Alma Mayr-Berling?«

»Wer soll das sein?«

»Die alte Dame, die Beat Banz die Bratsche verkauft hat, La Vera. Ihre Mutter hat den Handel abgewickelt.«

»Sie machen mich noch verrückt!«, sagte Isabelle.

In diesem Augenblick legte Rudi den Arm um Constanzes Hüfte.

»Rudi!«

Die Begeisterung, mit der sie seinen Namen ausstieß, war geheuchelt. Drei Küsse nach Schweizer Art. Von nun an würde er sie in Beschlag nehmen, befürchtete sie, und würde doch liebend gern darauf verzichten.

Er küsste sie ein viertes Mal.

»Rudi!«

Diesmal klang sein Name vorwurfsvoll. Wenigstens in der Öffentlichkeit sollte er ihr das ersparen.

»Wusste gar nicht, dass ihr euch sooo gut kennt«, sagte Isabelle.

Constanze bemühte sich, den Kerl zu ignorieren. »Wie geht es dem Quartett?«, fragte sie.

»Es läuft ganz gut.«

»Große Tournee geplant?«

»Erst mal nicht. Ich gehe nach New York an die Juilliard School.«

Es war die berühmteste Musikschule Amerikas.

»Glückwunsch! Alle vier?«

»Das wäre schön, ist aber leider nicht möglich.«

»Und die drei anderen?«

»Maria hat eine Stelle an der Oper in Basel bekommen, Lisa studiert noch in Frankfurt, und Annegret wird Musiklehrerin in Klagenfurt.«

»Schade«, fand Constanze, »die Stradivaris sollten zusammenbleiben.«

»Das tun sie wohl auch. Die Bratsche geht wie die anderen Instrumente zurück an die Stiftung, sobald es losgeht in New York.«

»Traurig?«

»Ich werde eine andere Bratsche finden. Beat ist nicht kleinlich.«

Entspannt klang das nicht. Constanze wollte nicht weiter in sie dringen. Ludwig Titus Maier wurde von seinen Bewunderern noch immer in Beschlag genommen. Mit ihm wollte sie noch unbedingt ein paar Worte wechseln. Doch Rudi zog sie weg von Isabelle.

»Wir sind nicht verheiratet«, raunzte sie ihn an. »Und selbst wenn wir es wären: Kannst du mich nicht mal fünf Minuten allein lassen!« Besitzergreifende Männer hatte sie noch nie ausstehen können.

Rudi drehte ab.

Endlich schaffte sie es, sich an Maier heranzuarbeiten. »Ich bin auch Fotografin«, stellte sie sich vor. »Beim *Magazin*. Ich bewundere Sie. Sie könnten mir noch viel beibringen.«

Er musterte sie mit einem nachsichtigen Lächeln.

»Was hindert uns daran?«

Sie hätte sich jetzt mit ihm zum Beispiel über analoge Porträtfotografie ohne künstliches Licht und Stativ unterhalten können. Vielleicht lud er sie dann ein, ihn in seine legendäre Dunkelkammer zu begleiten.

Doch Maier war es nicht danach, mit ihr zu flirten; er putzte sie lieber herunter. »Wenn Sie Kohle machen wollen, sind Sie richtig beim *Magazin*. Wenn Sie Künstlerin sein möchten, müssen Sie den Journalismus aufgeben.«

»Ich habe ein Kind zu versorgen.«

»Glauben Sie bloß nicht, dass ich von dem hier leben kann.« Maier machte dazu mit dem Arm eine majestätische Geste über sein Königreich an der Wand. »Sie kommen doch gleich noch mit in die Paris Bar!«, sagte er.

»Im Prinzip gern.«

»Aber?«

Rudi war schon wieder im Anmarsch.

Sie musste nun nur noch die Gastgeberin zu fassen kriegen. Die hünenhafte Charlotte zur Mühlen war auch im Gedränge nicht zu übersehen.

»Ich wusste gar nicht, dass Sie auch alte Streichinstrumente im Angebot haben«, sagte sie zu ihr.

»Sie kennen mich nicht.«

»Maier hat auch Alma Mayr-Berling fotografiert. Ein tolles Bild.«

»Sie sind ganz versessen auf die alte Dame. Isabelle hat es mir schon berichtet.«

Wenn Isabelle das sofort ihrer Mutter gemeldet hatte, war es ein Treffer.

»Da ist Ihnen ein toller Deal geglückt.« Sie bemühte sich, es nach Bewunderung klingen zu lassen.

»Mit Beat kann man nur Deals machen. Hat eine Weile gedauert, bis ich das begriff.«

43

Rudi durfte nicht mit in die Paris Bar. Sie fand das kleinlich. Es kam doch nicht auf einen Gast mehr oder weniger an. Sie aber war in seiner Begleitung hier.

Charlotte zur Mühlen war nicht zu erweichen. »Tut mir leid, wir brauchen nicht den Aufpasser von Beat. Ich hatte Sie schon in Zürich vor ihm gewarnt.«

»Es ist eine einmalige Gelegenheit, Maier kennenzulernen«, entschuldigte sich Constanze bei Rudi dafür, dass sie nun ohne ihn mit in die Paris Bar ging. Er nahm es achselzuckend hin.

Auf dem kurzen Fußweg von der Galerie zum Restaurant hakte sich die große Frau bei ihr unter. »Es wird Zeit, dass wir uns anfreunden, Constanze.«

»Danke, Charlotte.«

Sie dachte an die Ausstellung mit ihren Fotos.

»Ich muss meine Aussage korrigieren«, sagte Charlotte. »Ich habe mit alldem nichts zu tun.«

»Womit?«

»Ich handle nicht mit Instrumenten. Es war das erste und das letzte Mal. Und ich war bloß der Strohmann. Oder gibt es auch Strohfrauen?«

»Hat dich Banz dazu gezwungen?«

»Was heißt gezwungen? Ich würde es anders nennen. Beat hat Isabelles Zukunft damit verquickt. Ich hätte mich trotzdem nicht darauf einlassen sollen.«

»Darauf kommst du jetzt?«

»Es gibt inzwischen ein Todesopfer.«

»Was hat Hellbrück mit dem Deal zu tun?«

»Wenn ich es wüsste, würde ich es dir nicht verschweigen.«

»Was vermutest du?«

»Sprich mit Wilhelm August Brög!«

»Würde ich gern. Es ist aussichtslos.«

»Dann mit seiner Frau.«

Es war ihr klar, weshalb Rudi nicht mit in die Paris Bar kommen sollte. Charlotte wollte vermeiden, dass ein enger Mitarbeiter von Banz mit am Tisch saß. Sie wagte es zwar nicht, offen gegen ihn zu rebellieren, versprach sich aber etwas davon, eine Journalistin gegen ihn zu munitionieren. Constanze aber wollte keine Waffe in der Hand einer Frau sein, der sie kaum vertraute. Sie fürchtete, dass sie zwischen die Fronten von Charlotte und Banz geriet. Das aber war kaum zu vermeiden, sondern der Preis dafür, dass sie der Wahrheit auf die Spur kam.

In der Paris Bar quetschten sich alle um einen langen Tisch vor dem berühmten Ölgemälde von Martin Kippenberger, auf dem das Bistro gleich noch einmal zu sehen war. Charlotte und Isabelle nahmen Maier in die Mitte. Sie selbst saß eingeklemmt zwischen einem Anästhesisten und einem Langweiler, der sich ihr noch nicht einmal vorstellte. Sie wollte sich am Small Talk ohnehin nicht beteiligen, sondern nur die Ohren spitzen.

Maier klagte über zu knappe Vorschüsse seines Verlags. Der Anästhesist warf ihm mangelnde Geschäftstüchtigkeit vor. Das alles ratterte an ihr vorbei. Andere Fragen beschäftigten sie. Wer hatte wen hereingelegt und warum? Hatte Charlotte Banz absichtlich falsche Stradivaris angedreht? Es wäre die Art von Rache, die ihn am empfindlichsten traf! Die alte jüdische Dame, Alma Mayr-Berling: Gab es sie überhaupt? Oder war sie so erfunden wie die Stradivaris aus ihrem Besitz. Was wusste Banz? Wie konnte er seiner Tochter den Tort antun, sie mit einer falschen Stradivari auftreten zu lassen? Oder war die Hübsche eingeweiht und Teil des Komplotts? Wozu überhaupt das ganze Bohei um das Stradivari-Quartett?

Auf all das hatte sie noch keine Antwort. Und auf noch mehr. Wusste Banz, dass er Millionen für falsche Stradivaris bezahlt hatte? Oder hatte das ganze Manöver tatsächlich nur dazu gedient, Geld zu waschen? Echtes Geld für falsche Fideln?

Wenn die Instrumente bei Weitem weniger wert waren, war

der größere Teil des Preises für etwas anderes bestimmt. Wer davon profitiert hatte? Die Antwort lag auf der Hand: Brögs Bewegung. Der überhöhte Preis für die falschen Geigen war nichts anderes als eine getarnte Spende. Die Millionen dienten der illegalen Finanzierung politischer Propaganda. Falls dieser Verdacht zutraf, hatte es Constanze mit einem Skandal von historischen Ausmaßen zu tun.

Am besten wäre es gewesen, Brög direkt mit der Sache zu konfrontieren. Aber sie war nicht so naiv zu glauben, dass er bereit wäre, mit ihr darüber zu sprechen. Auch Banz nicht. Den müsste sie ebenfalls zur Rede stellen. Wie sollte sie das anstellen?

Zuvor galt es herauszufinden, woher die falschen Stradivaris stammten. Bis das nicht feststand, durfte sie Luis kein Wörtchen erzählen. Was wahrscheinlich ein Fehler war. Die Geschichte wuchs ihr über den Kopf. Es fehlte ihr an Erfahrung. Und sie sollte sich schützen. Die Drohung war nicht auf die leichte Schulter zu nehmen. *kümmere dich um deine eigenen angelegenheiten. sonst tun wir es.*

Der Langweiler zu ihrer Linken stellte ihr eine Frage. Aber sie war so in Gedanken versunken, dass sie es gar nicht richtig mitbekam.

»Bitte?«

»Wie sie seine Chancen einschätzen?«

»Wessen Chancen?«

Es ging natürlich um Brög. Wo immer in diesen Tagen eine *Magazin*-Reporterin auftauchte, wurden ihr Fragen zu Brög gestellt. Seine Bewegung war das politische Ereignis der Stunde, und das *Magazin* schoss aus vollen Rohren. Zerbrach gerade das alte Parteiensystem? Geriet die Republik in die Hand eines Hasardeurs? Überall wurde es debattiert.

War der Mann an der Spitze der Bewegung nur die Marionette eines Schweizer Milliardärs, der ihn mit seinen Millionen aufbaute? Hielt er sich einen deutschen Kanzlerkandidaten und glaubte, dessen Politik nach seinen Vorstellungen manipulieren zu können? Davon handelte ihre Story. Bloß keine Silbe davon an diesem Tisch!

Über ihren Kopf hinweg wurde gerade der angebliche Hitlergruß Brögs diskutiert. Es war ihr Foto! Und es warf zweifellos ein falsches Licht auf Brög. Also beteiligte auch sie sich daran, die Öffentlichkeit zu manipulieren. Niemand interessierte sich dafür, wie das Foto zustande gekommen war oder wie Brög wirklich tickte. So simpel gestrickt, wie es das Foto nahelegte, war er bestimmt nicht. Viel interessanter war doch, was er anstellen würde, wenn er mithilfe der Millionen von Banz erst einmal im Kanzleramt saß. Niemand wusste es, alle quatschten ahnungslos daher.

Sie hatte keine Lust, mit den Leuten an diesem Tisch darüber zu streiten, ob Brög eher Retter oder Verderber des Vaterlands war. Alle waren sich einig, dass etwas geschehen musste, weil es nicht so weitergehen konnte mit Deutschland. Aber Brög war nicht der Retter des Vaterlands, für den ihn manche hielten. Sie hätte lieber mit Titus Ludwig Maier über die Kunst der Fotografie diskutiert. Er saß leider am falschen Ende des Tisches.

Deshalb wollte sie nach Hause. Dort saß die Babysitterin, die zehn Euro pro Stunde kassierte, aber ihr trotzdem keine Ruhe gab. *kümmere dich um deine eigenen angelegenheiten. sonst tun wir es.*

Auf der Kantstraße stand ein einziges Taxi, als hätte es auf sie gewartet. Der Fahrer war ein mürrischer Zeitgenosse aus dem nahen oder mittleren Osten. Sie stieg lieber vorn ein als hinten, wo sie in den Seitenspiegel blicken konnte. Es kam ihr vor, als würde sie von einem dunklen BMW verfolgt. Wo immer ihr Taxi abbog, bog der Wagen auch ab.

Sie ließ ihren schweigsamen Fahrer nicht vor ihrem Haus anhalten, sondern an der Brücke, zweihundert Meter davon entfernt. Der BMW brauste vorbei.

Sie zahlte, stieg aus und näherte sich ihrem Zuhause im Dunkel der Bäume. Die Luft schien rein. Aber dann sah sie gegenüber der Einfahrt den Opel, in dem zwei Gestalten saßen. Ob sie einander küssten oder nur so taten als ob, war nicht zweifelsfrei zu erkennen. War es ein Liebespaar, oder spionierten sie ihr hinterher?

Sie klapperte übers Kopfsteinpflaster. Die Haustür war nicht abgesperrt. Wieso das denn? Sonst war sie immer zu! Sie spurtete die Treppe hinauf, hielt im zweiten Stock noch einmal an, um zu lauschen. Niemand schien ihr zu folgen. Sie hetzte weiter hinauf in den dritten Stock, schloss die Wohnungstür auf und ging zuerst ins Kinderzimmer.

Davids Bett war leer.

Das Herz raste.

Sie rannte ins Wohnzimmer hinüber. Auf dem Sofa lag ihr Schatz und schlief. Sie sank auf die Knie und strich ihm sacht übers Haar. Sprang dann wieder auf und zum Fenster. Warum zum Teufel waren die Vorhänge nicht zugezogen! Ihr strafender Blick traf die Babysitterin, die Constanzes Auftritt fassungslos beobachtet hatte.

»Geht's Ihnen nicht gut, Frau Behrenberg?«

Das hätte sie auch gern gewusst.

Sie hatte David geweckt. Er stand in der Tür und rieb sich die Augen.

»Schlaf weiter, mein Süßer!«

Davon konnte allerdings keine Rede mehr sein.

44

Unvergesslich wie die Brög-Riedinger ihrn Wilhelm August im Adlon zur Minna gemacht und ihm auch noch mit Selbstmord gedroht hat. Große Show. Jetzt gibts ein Wiedersehen – mit mir.

Adresse auf der Visitenkarte, die hinter meim Spiegel steckt. Hessisches Fachwerknest. Gesunder Mittelstand. Brögs Wahlkreis.

Das Paar residiert in ner klappernden Mühle am rauschenden Bach. Very nice. Von so was trennt man sich nicht. Die Firma der Frau stellt in siebter Generation Lampen her. Slogan: Riedinger macht Licht. Ob Herr Brög was weiß von unsrem Besuch?

Bin mit dem gelben Beetle da, den kriegt er nicht zurück. Aber hallo!

45

Friede Brög-Riedinger öffnete in einem tannengrünen Hosenanzug die Haustür. Ein schlecht erzogener Hund kläffte zwischen ihren Beinen herum.

»Ah, Sie sind zu zweit!« Eine Feststellung, keine Beschwerde. Mit Constanze hatte sie nicht gerechnet.

»Eine gute Freundin«, stellte Freia sie vor.

»Die für das *Magazin* arbeitet. Waren Sie das nicht, die meinen Mann als Nazi fotografiert haben?«

»Das sehen Sie falsch.«

»Keine Bange! Die Aufnahme kommt auf das Plakat des Patriotischen Fortschritts. Wir zahlen auch dafür.«

»Was denn sonst?«

Sie wurden ins Jäger-Stübchen gebeten. Geweihe hingen an getäfelten Wänden. Deutsche Eiche. Die Dame des Hauses kredenzte Tee aus grünen Tassen mit Goldrand zu Sandkuchen mit Zitronen- und Vanillegeschmack. Selbst nahm sie nichts, nippte nur etwas, was aussah wie stilles Wasser, aus einer kristallenen Flöte.

»Erst einmal zu Ihnen, liebe Freia«, sagte Frau Brög-Riedinger. »Auf die Gefahr hin, Ihnen auch noch den Rest Ihrer Illusionen zu rauben, zwischen Wilhelm August und mich passte noch nie ein Blatt Papier. Ich gönne ihm seine kleinen Eskapaden. Wer die Ehe mit romantischer Liebe verwechselt, versteht weder etwas von der Liebe noch von der Ehe. Und von Romantik sowieso nichts. Unsere Liebe ist etwas anderes. Das stählerne Band, das uns zusammenhält, ist unsere Liebe zu Deutschland. Dafür geben wir alles. Ich mein Geld, er seine Kraft. In Ihrem Fall, liebe Freia, wusste Wilhelm August das Angenehme mit dem Nützlichen zu verbinden. Nehmen Sie es ihm nicht allzu übel. Es war nicht persönlich gemeint.« Der tannengrüne Hosenanzug bebte vor Vergnügen.

Constanze hätte gern gewusst, was daran komisch war.

»Sie haben leider keinen blassen Dunst von Politik, meine liebe Freia, geschweige denn von Politikern. Das machte Sie zum idealen Instrument. Wilhelm August verstand darauf meisterhaft zu spielen.«

Die aufgeblasene Art ging ihr auf den Wecker.

»Wissen Sie, er ist nicht wie die anderen. Mein Mann macht nicht einfach Karriere, sondern folgt dem Auftrag der Geschichte. Ja, wir haben Sie benutzt. Ich war von Anfang an im Bilde, falls es Sie beruhigt.«

Constanze gewann das sichere Gefühl, einer Verrückten gegenüberzusitzen.

»Sie oder vielmehr der Laden, für den Sie arbeiten, haben auch nichts verstanden«, sagte sie zu Constanze. »Sie sammeln Details und zählen sie zusammen wie Äpfel und Birnen. Das Wesentliche dieser Geschichte ist so glasklar wie das dreifach gebrannte Destillat in meinem Glas. Das heißt: Sie sehen es nicht. Möchten Sie auch einen Schluck?«

Sie lehnte mit einer Handbewegung ab.

»Die dreißig Millionen von Banz sind eine stolze Summe. Ein solides Startkapital, doch keineswegs ausreichend für das Titanenwerk, das vor uns liegt. Ach ja, die Instrumente. Deshalb sind Sie ja hier. Sie sind gut, sehr gut, aber natürlich keine Stradivaris. Sie haben mich etwa dreißigtausend gekostet. Sollten Sie Banz fragen, wird er behaupten, ich hätte ihn hereingelegt. Das dürfen Sie dann auch schreiben. Nur wird er niemals zugeben, dass es ein abgekartetes Spiel gewesen ist. Ich war übrigens unter den Zuhörern am See. Sie haben mich nur nicht erkannt. Mein Mann war nicht da. Er mag diese Leute nicht. Aber wir waren gemeinsam im Grand Montagne abgestiegen. Wie konnte Ihnen das nur entgehen, Schätzchen. Nachdem Wilhelm August Sie nachts verlassen hatte, kam er zu mir.«

»Aber Hellbrück …«

»Unterbrechen Sie mich nicht! Wo waren wir stehen geblieben? Ach ja, die alte Dame. Sie hat mir die Instrumente vermacht. Eine berührende Geschichte. Wie geschaffen für Sie und das *Magazin*. Ich überlasse sie Ihnen exklusiv. Haben Sie Alma Mayr-Berling schon ausfindig gemacht? Enttäuschen Sie mich nicht! Was für eine Story, nicht wahr! Aus alten Instrumenten wird Geld, aus Geld werden Stimmen. Millionen Stimmen. Ein Vorschlag für Ihre Schlagzeile: Holocaust-Überlebende finanziert rechtspopulistische Bewegung. Oder halten Sie das für Fake News?«

»Hellbrück. Was geschah mit Hellbrück?«

»Mit dessen Anwesenheit hatten wir nicht gerechnet. Ehrlich. Ich kann Ihnen sein tragisches Ableben nicht erklären. Die Behörden gehen von Selbstmord aus. Der Arme war wohl sehr verzweifelt. Fragen Sie mich bitte nicht, warum.«

46

Die alte Friede liebt nicht Mr. Wim, sondern seine Macht. Sie gibts auch noch zu. Mr. Wim liebt nur ihr Geld. Und Friedes Fanatismus. Gut, dass ichs jetzt weiß. Mr. Wim lügt auch seine Friede an. Weiß das auch. Con aufgekratzt, als hätt sie was genommen. Sie nimmt der Brög hoffentlich nicht alles ab!

Wie der Herr reagiert, wenn ichs ihm sag? Wie er keucht und stammelt?

Ich ruf ihn an.

Er geht nicht ran.

Hätt mich auch gewundert. Ist von seiner Bewegung so bewegt, dass er sich nicht auch noch drum schert, was mit mir los ist. Wenn er schlau ist, verdirbt ers sich nicht ganz. Wenns sein muss, bin ich ne Bombe. Ne Zeitbombe.

Piep, piep: seine SMS. Mir bleibt fast das Herz stehn.

»Es ist nicht so, wie du denkst!«

Wenn du denkst, dass du denkst … Friede hat ihm also erzählt, wer zu Besuch war.

»Bin übermorgen in Zürich. Versprochen!«

»Mach dir bloß nichts vor«, rät Con.

Wenn er nur kommt!

Dann kriegt er von mir was zu hörn.

Con: »Okay, sprich mit ihm! Vielleicht kriegen wir dann die Story rund.«

Die hat auch nur eins im Kopf. Gruselig!

47

Es fiel ihr nicht leicht, David zur Schule zu bringen, was nicht nur am Schlafmangel lag. Constanze war morgens zu nichts zu gebrauchen. Schon wieder hatte sie die Tasche vergessen, die sie für die Redaktionskonferenz benötigte. Kurz bevor sie den Wagen startete, fiel es ihr ein.

Sie musste umkehren.

»Bleib bitte sitzen, bin gleich wieder da!«

David nahm es dösend hin. Nach ein paar Schritten erfasste sie ein seltsames Gefühl. Was, wenn jemand nur darauf wartete, dass David allein im Wagen saß? Ihr Grundvertrauen war beim Teufel, seit sie den Zettel gefunden hatte.

kümmere dich um deine eigenen angelegenheiten. sonst tun wir es.

Weil sie sich sputen musste, verdrängte sie das unangenehme

Gefühl. Außerdem goss es. Von dem kurzen Weg waren die Schuhe schon durchweicht. Sie stellte den tropfenden Regenschirm neben die Haustür, schleppte Nässe und Dreck ins Treppenhaus und nahm immer zwei Stufen auf einmal.

Als sie den Schlüssel ins Schloss steckte, stellte sie fest, dass die Wohnungstür nur zugezogen war. Aber sie hatte doch abgesperrt! Sie wurde immer schusseliger. Die Tasche stand auf dem Drehstuhl vor dem Schreibtisch. Darauf lag der Laptop. Den hatte sie doch vorhin zusammen mit dem Aktendeckel in die Tasche gesteckt! Der blaue Pappdeckel enthielt das heimlich aufgenommene und danach abgeschriebene Gespräch mit Friede Brög-Riedinger. Sie sah in der Tasche nach. Da war er nicht. Allmählich setzte ihr Verstand aus.

Oder jemand hatte sich an ihren Sachen zu schaffen gemacht? Jemand, der nur darauf gewartet hatte, dass sie mit David das Haus verließ. Fünf oder sechs Minuten hatte sie bis zum Wagen gebraucht, drei bis vier zurück. Ihre Canon lag noch auf dem Tisch. Die hätte sich ein Dieb nicht entgehen lassen. Doch vor gewöhnlichen Dieben hatte sie keine Angst.

Der Ausstellungskatalog von Ludwig Titus Maier war der einzige Gegenstand, der sich notfalls als Waffe benutzen ließ, ein Buch mit spitzen, harten Ecken. Sie nahm es in beide Hände und verharrte einen Augenblick. Kein Mucks war zu hören. Sie wagte sich ins Schlafzimmer und dann ins Kinderzimmer und in die Küche. Natürlich war da kein Mensch.

Als sie zum Schreibtisch im Wohnzimmer zurückkam, sah sie auch den blauen Aktendeckel. Auf dem Stuhl. Sie hatte die vergessene Tasche daraufgestellt.

Durchatmen. Den Schlüssel drehte sie diesmal zweimal um, stürzte die Treppen hinunter, spannte den Regenschirm auf. Er nützte auch nicht viel. Denn ein dunkler Wagen preschte gerade mit Karacho durch die Pfützen und spritzte sie nass. Sie schüttelte empört den Kopf. Dann rannte sie los. Als sie die Tür des Peugeots aufriss, fand sie ihn verlassen.

Kein Kind.

»David!«

Sie schrie den Namen.

»Mami!«

Wie peinlich, dass sie sich so verrückt machen ließ. Der Junge spielte an der Böschung zum Landwehrkanal. Kein Regen hielt ihn davon ab. So durchnässt und dreckig konnte sie ihn aber nicht in die Schule bringen. Also mit dem Kind nochmals durch den Regen zurück ins Haus, hinauf in die Wohnung. Drei Treppen. Ausgerechnet heute, an diesem besonderen Tag, an dem sie nicht zu spät kommen durfte. Vielleicht war sie deshalb so nervös. Bis in die Nacht hatte sie über dem Text gesessen, der ihre Recherchen und Schlussfolgerungen zusammenfasste, und ihn sofort an Luis gemailt. Sie hatte sich entschlossen, mit ihm zu kooperieren und nichts mehr für sich zu behalten. Die Lage ließ nichts anderes zu.

Alles troff. Sie zog David aus und steckte ihn dann in saubere, trockene Klamotten. Wenn es jemand auf sie abgesehen hatte, war auch er in Gefahr. Keine Minute sollte sie ihn allein lassen. Eigentlich war sie nicht bereit, ihn unter solchen Umständen in der Schule abzuliefern. Sie könnte ihn ausnahmsweise mit in die Redaktion nehmen.

Die Treppen wieder hinunter, um Pfützen herum, durch Pfützen hindurch, durch den Regen zum Wagen. Und dann doch ab zur Schule entgegen allen Bedenken. Die Angst einer Mutter war noch lange kein Grund zum Schuleschwänzen. Ein Abschiedskuss, ein Klaps auf den Po.

»Vergiss deinen Schirm nicht!«

48

»Luis hat schon nach dir gefragt«, empfing Mücke sie. Mit dem blauen Deckel in der Hand hetzte sie gleich weiter nach oben. Der Chefreporter saß selbstverständlich in einem eigenen Raum, keinem mit gläserner Tür, durch die man ihn beim Dichten hätte bewundern können. Sie klopfte und trat atemlos ein, ohne sein Herein abzuwarten. Luis erhob sich und öffnete die Arme.

»Great, great, great! Ich bin so stolz auf dich.«

Es hörte sich an, als sei sie sein Geschöpf.

»Aber die Arbeit beginnt erst. Wie hat Banz das Ding gefingert? Wie genau? Von wem zu wem lief das Geld? Wer hat was, wann, wie und wo daran gedreht? Es kommt auf jedes Detail an. Das macht eine gute Story erst zu einem Meisterstück.«

»Mich interessiert brennender das Warum«, sagte sie. »Was hat Banz mit Brög vor? Das ist der Kern der Geschichte.«

Aber Luis ließ sich auch von der spürbar selbstbewusster gewordenen Kollegin nicht abbringen von seiner Version der Story. Er hatte mittlerweile mit Hellbrücks Lebensgefährtin gesprochen. Den Schlüsselsatz aus seinem Interview mit Lynelle Vandam las er ihr vor: »Es ist, wie es ist. Felix litt an Depressionen. Niemand dort draußen hat es gewusst. Lassen wir ihn endlich in Frieden.«

»Ich kapier's nicht«, sagte sie. »Ich dachte, Brög ist dein Hauptverdächtigter im Mordfall Brög.«

»Bisher war er es.«

»Mal langsam. Erste Hypothese: Hellbrück hat den Abgrund an Landesverrat erkannt und bringt sich vor Entsetzen um. Wer das glaubt, hat nicht alle Gurken im Glas oder arbeitet für die Schweizer Justiz. Zweite Hypothese: Hellbrück hat herausgefunden, was Banz und Brög treiben. Er weiß zu viel und stirbt daran.«

»Beweise, Constanze, Beweise!«

»Die zwei Gläser. Der Merlot, den Brög mitgebracht hat.«

»Keine Fingerabdrücke.«

»Abgewischt.«

»Und warum ist eines der Gläser zerbrochen?«

»Weil es ein Handgemenge gab, oder weil er betrunken war. Oder nicht mehr ganz Herr seiner Sinne, was weiß ich.«

»Im Suff bringt man sich nicht um«, sagte Luis, »jedenfalls nicht absichtlich.«

»Die Selbstmordthese ist für alle Beteiligten am bequemsten«, sagte sie.

»Deshalb muss sie nicht falsch sein. Depressionen kommen auch ohne soliden Anlass.«

»Wolltest du nicht unbedingt Brög für Hellbrücks Tod verantwortlich machen? Warum vertrittst du plötzlich das Gegenteil?«

»Tu ich gar nicht. Ich will mich nur nicht darauf fixieren. Die dunklen Schatten in Hellbrücks Gemüt waren mir bisher nicht so bewusst. Und selbst wenn die Todesursache vorerst noch unklar bleibt: Hinter dieser Story steckt eine noch viel gewaltigere. Wir haben es mit einer Verschwörung nicht bloß gegen Hellbrück, sondern gegen unser Land zu tun.«

»Und den leeren Bratschenkoffer? Was machen wir mit dem?«

»Ein rätselhaftes Detail, das du gewiss noch klären wirst.«

»Detail nennst du das.«

»Irgendetwas wird schon drin gewesen sein. Wenn keine Geige, dann eben etwas anderes.«

»Zum Beispiel eine Bratsche.«

»Ist praktisch dasselbe.«

»Ist es nicht. Eine Viola da braccio ist größer, der Koffer ist es auch. Es passt noch mehr rein.«

Sie quälte ihn, und es wäre gelogen, wenn ihr das kein Vergnügen gemacht hätte.

»Du bist irrsinnig talentiert, Constanze, und kannst einem wahnsinnig auf die Nerven gehen!«

Endlich ein Kompliment, das ihr richtig gut gefiel.

»Was hast du eigentlich in Zürich getan, Luis?«

Er verweigerte die Auskunft. »Mach du deinen Job, ich mach meinen.«

Mach du, was ich dir sage, hatte sie bisher immer zu hören bekommen. Luis sah in ihr offenbar nicht mehr die Nachwuchskraft, der er gönnerhaft auf die Sprünge half, solange gewisse private Hoffnungen bestanden. Ja, es hatte sich etwas geändert. Früher wäre sie nun zu Mücke gerannt und hätte ihr etwas über Luis vorgestöhnt. Diesmal verließ sie stolz sein Büro. Und auch Mücke reagierte anders als sonst. Constanzes Scoop hatte sich herumgesprochen. Das Stradivari-Komplott: Es war die erste Geschichte, die exklusiv auf ihr Konto ging.

»Supi, Conny! 'ne Ladung Schrot in den Allerwertesten von Jenosse Chefreporter.«

Sollte sie sie eben Conny nennen. Das spielte jetzt auch keine Rolle mehr.

»Allet jut?«

Ihr Gesicht drückte etwas anderes aus.

Also heraus damit. Sie wollte es nicht länger in sich hineinfressen. »Es sieht so aus, als würde ich ernsthaft bedroht.«

Es sah nicht nur danach aus. *kümmere dich um deine eigenen angelegenheiten. sonst tun wir es.* Dazu kam das dumme Gefühl, beobachtet zu werden. Womöglich war jemand in ihre Wohnung eingedrungen und hatte in ihren Sachen gekramt. Sie vertraute das nun alles Mücke an.

»Fehlt wat?«

Ihre Ruhe war dahin.

»Keen Wunder bei dem Stress.«

Nahm Mücke sie überhaupt ernst? Es ging nicht um Stress. Es ging um das, was geschehen war. Aber sie schwieg. Weil sie kein Tamtam um ihre Situation machen wollte, wie Luis es an ihrer Stelle wahrscheinlich getan hätte. Sie gab nicht damit an, wie dramatisch ihr Job war. Schon gar nicht wollte sie riskieren, dass man ihr wieder Luis zur Seite stellte – aus Sicherheitsgründen. Oder dass die Polizei kam. Dann konnte sie ihre Story vergessen. Sie stand ja auch im Visier der Schweizer Behörden. Es gab Gründe genug, mit den üblen Umständen allein fertig zu werden. Vielleicht war sie auch nur naiv.

»Det Alleinsein tut nich jut«, sagte Mücke.

Ein Kerl im Haus fehlte ihr gerade noch. Wenn es nach Mücke ginge, müsste es nicht unbedingt ein Kerl sein.

»Lass uns gehn!«

»Sonst vasäumste noch den großen Auftritt, wa?«

49

Vor dem Konferenzsaal stieß sie auf Klein.

»Gleich jibt et wieder 'nen Orden!«, versprach Mücke.

Der kleine Diktator im marineblauen Blazer schwärmte. »Dolle Sach, Frau Kollechin!«

Kollegin hatte er sie noch nie genannt. Er zog sie auf die Seite.

»Wie gehd's Ihrer Assisdendin?«

»Seit wann habe ich eine Assistentin?«

»Na, Bröochs Waggerla, des Sie mit aufs Reichsdagsdach gnommen ham.«

»Waggerla?«

»Sie wissn scho! Warum hams mir des vorendhaldn?«

»Auf dem Dach war sie noch nicht Brögs Geliebte.«

»Sie ham aber die Sach eingfädld.« Das war beinahe schon Hochdeutsch, also eine Rüge.

»Gar nichts habe ich. Ich traf Frau Kriegenburg zufällig in einer Kunstausstellung, ein paar Tage zuvor. Sie zeigte großes Interesse an Fotografie. Ich brauchte jemanden, der mir zur Hand ging.«

»Sie glaum noch an Zufall?«

»Ist das eine Glaubensfrage?«

»Die Sach is ned ganz koscher, des wissen Sie.«

»Was ist schon koscher in unserem Geschäft?«

»Sie möchdn doch ned, dass an unsrer Zeidung was hängen bleibd.«

»Mich beschäftigt was ganz anderes. Freia sitzt schutzlos im Grand Montagne.«

»Sie wern Ihre Gschichd mit dem nödichn Fingerschbidzngfühl angehen. Da bin ich mir ganz sicher.«

Hatte sie sich gerade verhört? Hatte er gerade »Ihre Gschichd« gesagt?

»Sie wolln doch ned ewich für die Foddos zuständich sei. Graduliere zur Beförderung.«

Sie reagierte rasch, aber nicht wirklich spontan. Das hatte sie schon länger gehofft und zuletzt auch damit gerechnet. Und eine Antwort hatte sie sich auch bereits zurechtgelegt. »Eigentlich wollte ich meine Arbeitszeit auf sechzig Prozent reduzieren.«

»Wie jetzt! Da hams so a Ding am Wiggl und wolln sich damid auf die faule Haut leng!«

»Von fauler Haut kann wirklich keine Rede sein. Ich bin eine alleinerziehende Mutter, mein Sohn kommt zu kurz. Und ich mache mir Sorgen um ihn.«

»Darüber kömma redn.«

Aber das tat sie nicht. Sie verschwieg, dass sie sich verfolgt und bedroht fühlte.

»Ich will lieber fotografieren. *Nur* fotografieren.«

»Kommen's scho!«

Klein schob sie in den Sitzungssaal. Die Kolleginnen und Kollegen, die bereits dicht gedrängt um den Tisch herum und auf den Fensterbänken saßen, klopften Beifall. Schon wieder!

»An die Arbeid«, sagte Klein, sobald er am schmalen Ende des Konferenztisches Platz genommen hatte. Der Titel »Der Stradivari-Deal« konkurrierte gegen »Falsche Bewegung«.

Feuilletonchef Franz Liedgansel meldete sich zuerst. Ihm gefielen beide Schlagzeilen. Er wollte jedoch seine Kompetenz unter Beweis stellen und konnte deshalb den Kollegen den Hinweis auf den gleichnamigen Film von Wim Wenders nicht ersparen.

»Der Film *Falsche Bewechung* is'n halbes Jahrhunnerd ald«, bremste ihn Klein. Auch er kannte sich aus und machte daraus kein Hehl.

Auslandschef Hirngiebel plädierte für mehr Sachlichkeit im Titel: »Brögs Schweizer Millionen«, schlug er vor.

Constanze schwieg. Es fragte sie auch niemand nach ihrer Meinung.

Heribert Schnalz, Ressortchef Innenpolitik, fasste ihre Story so eifrig zusammen, als wäre sie von ihm selbst. »Wir decken eine Verschwörung auf. Sie trifft die Grundfeste unserer Demokratie. Wir entlarven Brögs Bewegung als ein vom Ausland gesteuertes Komplott. Und dazu kommt noch der Finanzskandal.«

Sie hörte zu, aber es kam ihr so fremd vor, als hätte sie mit dieser Story selbst nichts mehr zu tun. Obwohl sie gerade befördert worden war, sollte sie ihre Geschichte nicht allein verfassen, sondern, wie Kleins Stellvertreter Hornschuh sogleich anregte, mit einem Nebenaspekt abgespeist werden. Sie könnte doch Isabelle interviewen, die Schöne mit der falschen Bratsche. Mit viel *human touch.* Natürlich nur, wenn sie wollte.

Sie wollte nicht.

Luis sprang ihr bei. »Das ist Pipifuck«, schimpfte er. Er sagte tatsächlich Pipifuck statt Pipifax. Großer Lacherfolg. Er tat, als sei sein Wortspiel Absicht gewesen. Dann gab er den vorbildlichen Chef und schlug vor, gemeinsam mit ihr ins Herz der Finsternis vorzudringen.

»Brög müssen wir jetzt interviewen, wen sonst?«, sagte er.

Da machte Schnalz nicht mit. »Das ist eindeutig Innenpolitik, Herr Kollege. Mein Ressort.«

»Und Banz!«, sagte Luis.

»Woher nehmen und nicht stehlen«, warf Hirngiebel ein. Als Auslandschef fühlte er sich für den Schweizer zuständig.

»Wenn wir ihn nicht kriegen, muss wenigstens ein Porträt von ihm ins Blatt«, sagte Constanze und sah Luis an. Der war gerade aus der Schweiz zurück, ohne dort irgendetwas gerissen zu haben.

»Luis, des schreid nach Ihrm Dalend. Frau Behrenberchs spezieller Zugang zu Banz und seiner Drubbe wern helfn.«

Sie lief rot an. Das Grinsen der Runde schrillte gleichsam in ihren Ohren. Wer an diesem Tisch wusste von Rudi? Hatte Luis es herumerzählt? Hatte man hinter ihr herspioniert?

»Constanze sollte etwas über Brögs Geliebte schreiben«, sagte Luis. »Wer könnte das besser?«

Sie blickte Hilfe suchend Klein an.

Der starrte vor sich auf den Tisch, ehe er den Kopf schüttelte. »Wir müssen uns aufs Wesendliche konzendriern. Wir schaffen ned alles auf amol. Hellbrüchs Dod is Ihr Ding, Luis, bleims dran!«

In diesem Moment summte in ihrer Tasche das Mobiltelefon. Sie zog es heraus, sah aufs Display. Ihre Lippen formten einen Namen. Luis nickte, Klein nickte. Und schon huschte sie aus dem Konferenzraum.

Sie hielt es hier sowieso nicht mehr aus.

50

Ungeduldig wartete sie auf den Aufzug. Sie wollte von der Konferenzetage, der fünften, hinunter in die zweite fahren, in ihrem Büro die Sachen zusammenpacken und verschwinden. David würde sich freuen. Der Lift ließ sich Zeit, sie sich nicht. Sie nahm deshalb die Treppe, eilte beschwingt die Stufen hinab, als es krachte.

Der scharfe Knall kam von unten.

Ein zweiter – vermutlich aus der Eingangshalle. Und noch ein … war das ein Schuss?

Ein Schrei.

Sie erstarrte. Was nun? Zurück in die Konferenz, um die Kollegen zu warnen? Sich irgendwie in Sicherheit bringen? Mit zitternden Fingern tippte sie Luis eine Nachricht ins Smartphone. »Schüsse im EG.« Sie wusste nicht, ob er das sah. Waren es wirklich Schüsse gewesen?

Im Kopf hatten sie das alles schon einmal durchgespielt. Nach dem Anschlag auf die Redaktion von *Charlie Hebdo* in Paris waren auch die Sicherheitsvorkehrungen im *Magazin* verbessert worden. Seitdem stand immer ein bewaffneter Wachmann vor dem Eingang.

Zögerlich wagte sie sich weiter hinab. Im ersten Stock gab es eine Galerie mit freiem Blick auf die Halle und den Eingang. Sie duckte sich und sah durchs gläserne Geländer. Einer der beiden Pförtner krümmte sich auf dem Steinboden. Sein Kollege war hinter dem Empfangstresen in Deckung gegangen, hielt sich ein Handy ans Ohr. Von den Tätern war nichts zu sehen. Auf den Eingangsstufen vor dem Haus kümmerte sich jemand um den Wachmann.

Sirenen jaulten nun auf, markerschütternd. Weshalb erst jetzt? Die Täter konnten längst im Aufzug nach oben sein zu den Kollegen. Der Schreck packte sie. Fast gleichzeitig meldete sich das schlechte Gewissen. Speiübel wurde ihr davon.

Sie sprang die Treppe hinunter, um dem verletzten Kollegen zu helfen. Er blutete am Bein und stand offenbar unter Schock. Zwar war er bei Bewusstsein, brachte aber keine Silbe heraus, nur ein Stöhnen.

»Raus hier! Raus!«, schrie der zweite Pförtner hinter dem Desk. Sie ignorierte es, auch wenn sie nicht wusste, was sie mit dem Mann anstellen sollte, bei dem sie hockte und dessen Kopf sie tätschelte.

Schüsse!

Wieder Schüsse.

Diesmal von oben. Aus dem fünften Stock? Eine ganze Serie von Schüssen. Eine Salve.

Ein Massaker.

Wenn sie jetzt wenigstens die Kamera dabeihätte. Es war ein absurder, ja, obszöner Gedanke, der ihr da kam. Aber sie konnte dagegen nichts tun. Der Aufzug hielt, öffnete sich.

Leer!

Jetzt bloß keine Panik! Sollte sie einsteigen? Ehe sie sich entschieden hatte, schlossen sich die Türen schon wieder.

»Gleich kommt Hilfe«, versuchte sie den blutenden Mann zu beruhigen.

Wo blieb die verdammte Polizei! Die Sirene kreischte unerträglich.

Wie viele Täter es waren, was sie angerichtet hatten – sie hatte keine Ahnung. Das Haus musste evakuiert werden. In der Halle war es gespenstisch still. Hatten sich alle in ihren Büros verschanzt? Niemand floh. Sie hetzte die Treppe wieder hinauf.

Zweiter Stock. Auch hier kein Mensch. Weiter! Ihr Atem wurde von Stufe zu Stufe kürzer. Weit kam sie nicht. Dann das Getrappel. Ein gutes Dutzend Leute stürzte ihr entgegen, Kolleginnen, Kollegen aus der Verwaltung, der Produktion. Sie waren gerade dem Albtraum entronnen, der in ihren Gesichtern noch nicht vorbei war. Entgleiste Züge, wirre Augen, verzerrte Münder, stumm bis auf das eine und andere kaum unterdrückte Schluchzen.

Aus der Redaktionskonferenz war niemand dabei. Sollte sie sich noch weiter hinaufwagen? Was hatte sie dort verloren? Sie musste das Gemetzel nicht auch noch mit eigenen Augen sehen und sich selbst in Todesgefahr bringen. Schüsse waren nicht mehr zu hören. Selbst die Sirene verstummte. War schon alles zu spät? Von der Straße her drang nun das Gejaule von Einsatzfahrzeugen.

Dann das Getrampel unter ihr. Ein Trupp Bewaffneter in Helmen und Schutzwesten stampfte vorbei, drückte sie gegen die Wand, als sei sie gar nicht vorhanden. Sie befand sich zwischen dem dritten und vierten Stock, als von unten die Einsatzkräfte kamen. Und dann von oben die Redakteure. Die Geschlagenen. Entsetzen stand in ihren Gesichtern. Die Kanoniere der Demokratie verließen gedemütigt ihr Hauptquartier. Es fiel kein Wort. Rückzug durchs Treppenhaus. Niemand schien verletzt.

Luis nahm sie an der Hand. Gemeinsam abwärts. In der Halle kümmerten sich mittlerweile Sanitäter um den niedergestreckten Pförtner. Draußen auf dem Platz vor dem Gebäude nahm Luis sie in den Arm. Sie ließ es geschehen, drückte ihr Gesicht an seine Brust. Von ihm erfuhr sie endlich mehr. Noch immer war er zu einer gewissen Nüchternheit fähig. Wenigstens kam es ihr so vor.

Er sprach von zwei Maskierten mit Schnellfeuergewehren, hatte angeblich die »AR 15« erkannt und ein Allahu Akbar gehört. Die erste Salve war über den Köpfen eingeschlagen, die schleunigst unter dem Konferenztisch verschwunden waren.

Gezielte Schüsse hatten nur den Mann am Tischende getroffen. Thaddäus Klein war tot, vermutete Luis.

Die Nachricht nahm ihr die Luft. Begreifen konnte sie sie nicht.

»Wer noch?«

»Er. Nur er.«

»Sicher?«

»Sieht so aus.«

»Verletzte?«

Er hob resigniert die Schultern. »Eine Hinrichtung, ganz gezielt.«

Sie wusste, was das bedeutete. Mit einer Geschwindigkeit von über tausend Stundenkilometern jagten die Projektile ins Ziel. Sie durchschlugen Knochen und Fleisch nicht wie langsamere Kugeln aus Pistolen, sondern taumelten durchs Gewebe, überschlugen sich und hinterließen eine breite Spur der Verwüstung, einen Brei aus Splittern und Gewebe. Sie hatte sich nach dem Anschlag auf *Charlie Hebdo* informiert. Und als sie die Zeichnung von der zersplitterten Glasscheibe in der Longo-Ausstellung gesehen hatte, hatte sie es auch noch einmal gegoogelt. Faustgroß waren die Austrittswunden. DOA sagten die Experten: Dead On Arrival. Nichts mehr zu machen. Vermutlich war Klein innerlich zerfetzt und verblutet.

»Die Täter?«

»Vermummt.«

»Wie viele?«

»Zwei, drei. Ich hatte den Kopf unter dem Tisch.«

»Wo sind sie?«

Das wusste er auch nicht. Noch nicht. Luis verwandelte sich allmählich wieder in den Chefreporter, zückte seinen Journalistenausweis, sprach mit einem Beamten, danach mit einem zweiten. Das Gebäude war mittlerweile von der Polizei umstellt und gesperrt.

Ihre Gedanken waren bei David. Sie wollte dringend zu ihm, ihn von der Schule abholen und bei ihm bleiben. Falls sie zu Hause sicher waren. Falls man nicht auch hinter ihr her war. Sie wollte sich nicht vorstellen, wie es wäre, wenn ihn jetzt eine Mitarbeiterin des Jugendamts abholen müsste, weil es auch sie erwischt hatte. War es Intuition oder unverschämtes Glück, dass sie rechtzeitig den Konferenzsaal verlassen hatte? Hätte das Handy nicht gesummt, wäre sie sitzen geblieben und hätte den Anschlag miterlebt. Und überlebt. Oder auch nicht. Er hatte doch auch ihr gegolten!

Schutzengel oder Schicksal? Natürlich hatte sie nichts geahnt. Wie auch! Sie hatte sich aber so verhalten, als hätte sie etwas geahnt. Oder gewusst. Das müsste auch anderen aufgefallen sein. Als ihr das aufging, wäre sie am liebsten versunken vor Scham. Obwohl sie sich nichts vorzuwerfen hatte – außer der Tatsache, noch am Leben zu sein. Man würde behaupten, sie hätte von dem Anschlag gewusst und wäre deshalb rechtzeitig verschwunden.

Angst verspürte sie nicht mehr, nicht mehr um ihr Leben. Doch wo steckte Mücke? Vor dem Gebäude war sie nicht zu sehen. Sie waren gemeinsam zur Konferenz hinaufgegangen. Bis Klein sie angesprochen hatte. Danach hatte sie Mücke nicht mehr wahrgenommen. Hatte sie an der Konferenz überhaupt teilgenommen? Womöglich saß Mücke noch immer wie gelähmt in ihrem Büro und wagte sich nicht heraus.

Luis kam zurück. »Die Täter sind geflüchtet«, wusste er, »in aller Ruhe mit dem Aufzug. Die Fahndung läuft.«

Also war es doppeltes Glück gewesen. Hätte sie nicht die Treppe genommen, wäre sie auf die Mörder gestoßen. Sie wollte nun hinauf in ihr Büro, Tasche und Schlüssel holen. Sie dachte nicht einmal mehr ans Fotografieren.

Luis hielt sie zurück. »Das geht nicht, die Spurensicherung ist oben!«

»Die Täter waren doch nicht im zweiten Stock!«, sagte sie und war schon auf der Treppe. Niemand hielt sie auf. Sekunden später stand sie vor dem Einschussloch in der gläsernen Tür ihres Büros. Der Raum, den sie mit Mücke teilte. Dafür gab es nur eine Erklärung.

Sie schloss die Augen. Den Anblick brauchte sie nicht: Mückes Oberkörper, auf die Tischplatte gesunken, in einer Pfütze aus Blut, das auf den Boden tropfte.

Dann zwang sie sich hinzusehen und öffnete die Augen.

Das Zimmer war leer.

51

Als die David abholte, gab sie sich alle Mühe, so zu tun, als wäre nichts geschehen. Aber da sie ihn ausnahmsweise selbst abholte, musste etwas geschehen sein. David spürte es. Zumal sie ihn auch noch hatte warten lassen. Mirja, die Mutter seines Freundes Leo, die ihn für gewöhnlich mit nach Hause nahm, hatte ihn vertröstet. Mami kommt gleich! Schreckliche zehn Minuten für ihren kleinen, weinenden Schatz mussten das gewesen sein.

»Mami, Mami!«

Ob Mirja etwas angedeutet hatte? Oder hatte David auf dem Handy entdeckt, was passiert war? Handys waren nicht erlaubt im Klassenzimmer, aber wer weiß, was er aufgeschnappt hatte. Er wirkte verstört, und das konnte nicht allein am Warten gelegen haben.

»Was ist los, mein Schatz?«

Er zitterte, schlang seine Ärmchen um ihren Leib.

»Wir gehen Kuchen essen«, schlug sie vor. Normalerweise heilte das kleinere Schmerzen sofort.

»Nach Hause, Mami.«

»Du musst vor nichts Angst haben, kleiner Mann, vor gar nichts. Ich bin doch bei dir.«

Zu Hause schien sich David beruhigt zu haben, wich nur keinen Schritt von ihrer Seite.

Bis es endlich aus ihm herausbrach: »Haben die Terroristen auf dich geschossen?«

Sie hatte es befürchtet. Was sollte sie ihm erzählen, ohne ihm einen Schrecken einzujagen? Eine halbwegs undramatische Schilderung würde er ihr nicht abnehmen. Eine Kaskade von Fragen brach aus ihm heraus.

»Haben Terroristen Bärte?«

»Ich habe sie nicht gesehen.«

»Schwarze Bärte?«

»Ich denke, gar keine Bärte.«
»Aber wenn du sie gar nicht gesehen hast?«
»Ich nehme es auch nur an.«
»Haben sie einen Turban?«
»Wie kommst du darauf?«
»Im Fernsehen haben sie immer einen Turban.«
Was er da wohl wieder gesehen hatte.
»Wie viele Polizisten waren da?«
»Hab sie nicht gezählt. Zwanzig oder dreißig.«
»Krankenwagen sind auch gekommen?«
»Klar.« Sie ging lieber nicht in die Details.
»Tatütata, tatütata.«
»Wie haben die Polizisten ausgesehen? Wie Ritter mit Rüstungen und Schwertern?«
»So schlimm war es nicht.«
»Hat das Blut die Wand vollgespritzt?«
»David!«
»Haben die Terroristen auch einen Kopf abgesäbelt?«
»Also wirklich! Ich habe überhaupt keinen Terroristen gesehen.«
»Haben sie geschrien?«
»Woher soll ich das wissen. Ich war gerade nicht da.«
David schien enttäuscht, dass seine Mutter nichts Spannenderes zu berichten wusste.«
»Sie haben aber furchtbar geschrien.«
»Die Terroristen?«
»Denen sie den Kopf abgehauen haben.«
»Haben sie nicht!«
»Ich stell es mir aber vor«, sagte David.
Das zählte für ihn mehr als die Wirklichkeit. Constanze befürchtete schon jetzt, dass er einmal Journalist werden wollte.

52

Im Netz steht was von ner toten Frau!

Ich ruf Con an. Sie nimmt nicht ab. Sie reagiert auch nicht auf meine Mail. Wähl Wims Nummer. Geh schon ran! Macht er. Con unverletzt – soweit er weiß. Von ner toten Journalistin weiß er nix. Er weiß mehr, als er sagen darf oder will. Sicher kein Zufall, dass die Täter pünktlich zur Redaktionskonferenz ins Haus gestürmt sind. Herr Brög tut so, als sei er dabei gewesen.

Angst ist die einzige Absicht der Terroristen. Der Innenminister ganz in seinem Element. Hat es immer schon gewusst. Ein fast schon triumphales Beben in seiner Stimme. Redet sich in Rage über die fließende Grenze zwischen Dummheit und Toleranz. Er war schon immer für harte Grenzen.

Sei bloß still!

Sagt immer noch, dass er mich vermisst.

Sei bloß still!

Was genau vermisst er? Er hört sich an, als wollt er gleich ne Telefonnummer mit mir schieben.

Con ruft, noch während ich mit ihm rede. Was sie erzählt, ist blanker Horror. Seit Tagen hat man sie bedroht. Sie soll sich raushalten aus allem. Aus was genau? Aus der Sache mit den Geigen? Was haben die mit nem islamischen Terroranschlag zu tun?

Die Kollegin, mit der Con das Büro teilt, ist nicht tot, sondern weg. Vermisst. Entführt? Auf der Flucht? Die Tür zerschossen. Cons Vermutung: ne Verwechslung. Nicht auf die Kollegin hat man gezielt, sondern auf Con. Logo, dass sie vor Angst halb stirbt. Dazu das Schuldgefühl. Mein Rat: Nimm frei, mach krank, hau erst mal ab. Am besten, sie kommt zu mir. Kann sie bloß nicht im Grand Montagne einchecken.

Ihr Chef ist auch nicht tot! Bloß schwer verletzt. Spinn ich! Was heißt »bloß«?

53

In höchster Sorge meldete sich Rudi. Es fiel ihr verdammt schwer, ihm zu berichten. Über ein traumatisches Ereignis müsse man reden, reden, reden, hieß es immer. Aber ihr half es nicht, wie sie aus Erfahrung wusste. Im Gegenteil. Es rührte nur immer alles noch einmal auf.

Er wollte von ihr alles ganz genau wissen, obwohl sie streng genommen gar keine Augenzeugin war. Die Täter hatten ein ganzes Magazin im Konferenzsaal verballert, zum Glück über die Köpfe gehalten, sah man von Klein ab. Das hatte Luis erzählt.

Wie lange der Albtraum gedauert hatte?

Wenn auf einen geschossen wird, eine Unendlichkeit lang, dachte sie.

»Okay«, sagte Rudi.

Nichts war okay.

»Und jetzt?«

»Ja, was?«

»Die Hellbrück-Story – was ist mit der?«

»Für die hat gerade niemand mehr einen Nerv.«

»Okay«, sagte Rudi. Es klang wie: »Auch besser so.« Er fand, es wäre jetzt besser, sie würde an sich denken statt ans nächste Heft.

Leicht gesagt. »Die Kollegin, mit der ich das Zimmer teile, Rudi, hat man wahrscheinlich entführt!«

»Okay«, sagte er.

54

Ihre Brüder meldeten sich auch, Christoph und Willibald, aus Mainz und Hamburg. Seit Monaten hatten sie nichts mehr von sich hören lassen. Nun musste es mal wieder sein. Schwesterherz war wohlauf. Gott sei Dank!

55

Die Scheibe zerbarst in Superzeitlupe. Zu hören war kein scharfer Knall, sondern ein schrilles, nicht enden wollendes Knirschen. Die Geräusche bohrten sich in ihren Kopf wie Glassplitter. Gleißendes Licht, das durch das absolute Nichts schnitt. Keine Farben, selbst das Blut schwarz wie die Seuche. Die Sprünge im Glas sahen aus wie das Gefieder eines Todesengels. Das Blut lärmte. Schmatzte. Davon wurde sie wach.

56

In der Redaktion riss der Anschlag auf das eigene Haus alle anderen Gedanken weg. Obwohl nichts bewiesen war und sich bisher niemand zu der Tat bekannt hatte, beherrschten fürchterliche Worte die Debatten: Allahu Akbar. Al Quaida. IS. Islamismus. Wer sollte es denn sonst gewesen sein! Nichts war mehr so, wie es einmal gewesen war. Ein einziges Ereignis bewegte die Republik – und es war nicht Brögs Bewegung.

Kleins Vize Hornschuh leitete die Sitzung. Constanze bezweifelte, dass er die richtigen Worte finden würde. Niemand hätte das vermocht. Alle Worte waren so sinnlos wie die Tat. Für das

Magazin gehörte der Islam zu Deutschland, wozu denn sonst! Niemand hatte den Propheten beleidigt oder geschmäht oder ihm auch nur einen Witz zugemutet. Warum dieser Anschlag? Nur wer dem Sinnlosen Sinn abgewinnen konnte, ertrug halbwegs den Schmerz. Wo aber kein Sinn war, war auch keiner zu finden, da mochten die Köpfe noch so rauchen.

Das wusste niemand besser als Constanze. *Was gibt euch das Recht zu morden?*, hatte sie einst die Mörder ihres Vaters gefragt. *Wisst ihr, wen ihr hingerichtet habt?* Eine Antwort hatte sie nicht bekommen. Damals war wenigstens ein Bekennerbrief aufgetaucht, wenn sie ihn auch nicht verstanden hatte. Diesmal hatte bisher niemand irgendwas erklärt.

Dazu kam die bange Frage, wie es jetzt weitergehen sollte mit dem *Magazin*. Hoher Blutverlust, eine Schulter zerschmettert, ein Treffer in die Lunge – wenigstens in den Kopf getroffen worden war Thaddäus Klein nicht. Man hatte ihn ins künstliche Koma versetzt. Die Hoffnung, er werde überleben, war nicht begraben. Ob er jemals wieder sein *Magazin* leiten konnte, war eine ganz andere Frage. Er war Kopf und Herz und Bauch des Blatts. Wer hätte sein Werk fortsetzen sollen, ökonomisch wie journalistisch? Es gab zwei kaum erwachsene Kinder, doch Hingabe und Inspiration ließen sich nicht vererben.

Alle, die um den Konferenztisch herumstanden, die Köpfe gesenkt, die Hände in stillem Gedenken verschränkt, unterbrochen von Schluchzen und Schniefen, hatten den Anschlag unverletzt überstanden. Sie verlangten Antworten, die Hornschuh nicht geben konnte. Wie sollte es weitergehen? Heute? Morgen? Was war mit dem nächsten Heft? Die Tränen, mit denen Hornschuh kämpfte, erstickten fast seine Worte, und Constanze verstand kaum, was er sagen wollte, ehe er sich einigermaßen fasste.

Er sagte, was auch sie hoffte: »Jetzt erst recht! An die Arbeit!« Aber es klang hohl und kraftlos. Er berief sich auf den Mann, der in der Intensivstation lag, an Kabel und Schläuche angeschlossen, aber nicht mehr an die Meinungsbildung seiner Redaktion. »Thaddäus würde nicht anders entscheiden. Wir führen sein Werk fort, dazu sind wir verpflichtet.« Mit Floskeln dieser Art versuchte Hornschuh, die Konferenz durchzustehen.

Wie konnten sie überhaupt weiterschreiben, -kommentieren, -drucken, -verkaufen. Wäre es nicht besser gewesen, erst einmal die Rollos herunterzulassen und innezuhalten? Keiner sprach es aus, doch alle dachten es: Verdammt, das nächste Heft wird das bestverkaufte Heft aller Zeiten!

Luis, wer sonst, sollte die Titelgeschichte schreiben. Es hatten ja noch alle seinen brillanten Text in Erinnerung, erschienen nach dem Anschlag auf die Kollegen von *Charlie Hebdo*. Es war wieder so weit. Die Zeile *Warum sie uns töten wollen* sollte auf der Titelseite stehen, Antwort im Heft.

Es war nicht einfach nur ein Attentat auf ihren Verleger gewesen, es hatte nicht nur einen Journalisten getroffen, sondern das ganze Land. Es gab, wie Luis es nun am Konferenztisch griffig formulierte, einen »Krieg gegen den Westen«. Er sollte das alles zusammenfassen, betroffen, aber sachlich. Wie auch sonst!

Schnalz, Ressortchef Deutschland, hatte versucht, die Kanzlerin für ein Exklusivinterview zu gewinnen. Wann, wenn nicht jetzt. Sie hatte abgelehnt.

»Sie hat nichts kapiert!«, ereiferte sich Schnalz.

Der Anschlag hatte das Land bereits verändert, unabhängig davon, was die Ermittlungen noch alles ergeben würden. Die Gewalttat hatte Kräfte freigesetzt. Der rechte Mob demonstrierte und randalierte auf den Straßen. Die Moscheen standen unter Polizeischutz.

Brög hatte sich auch gemeldet. Er hatte jetzt eine Menge zu sagen. Er wollte ins Blatt. Der Anschlag bestätigte nur die Position, wegen derer er mit Hellbrück auf Kriegsfuß gestanden hatte. Aber so weit erniedrigen wollte sich an diesem Tisch niemand, nicht einmal in dieser bitteren Stunde. Brög sollte nicht das große Wort schwingen, nicht in ihrem Blatt. »Das dürfen wir Thaddäus nicht antun!«, sagte Hornschuh.

»Im Netz ist der Teufel los, dort tobt schon ein Bürgerkrieg«, dramatisierte Schnalz die Lage. Es klang fast so, als sei er stolz darauf. Er verwies auf die Äußerungen vernünftiger Vertreter des Islam in Deutschland. »Sie sind in hellster Sorge.« Offenbar gingen aber auch die Islamverbände davon aus, dass Glaubensbrüder hinter der Tat stecken könnten, sonst hätten sie sich nicht genötigt gefühlt, ihre Religion zu verteidigen und wie immer in solchen Fällen auf den Unterschied zwischen Islam und dem menschenfeindlichen Islamismus hinzuweisen.

Hirngiebel sollte historisch-politische Betrachtungen beisteuern. Der politische Islam: Ideologie oder Religion? Mit dieser Frage mussten sie sich jetzt auseinandersetzen. Der Auslandschef zögerte: »Wir sind getroffen und betroffen – aber sollten wir das nicht erst einmal verarbeiten?«

Zustimmend nickte Constanze. Eine ganz andere Frage marterte sie: »Was wissen wir eigentlich über den Anschlag?«

Nichts wussten sie. Der Vergleich mit *Charlie Hebdo* war Unsinn. Am Konferenztisch war nicht drauflosgeballert, sondern gezielt auf Klein geschossen worden. Niemand kannte die Hintergründe der Tat, aber alle planten bereits das nächste Heft.

»Ja, wir erscheinen«, sagte Constanze. »Weil es uns noch gibt. Aber mit leeren Seiten. Mit nichts als unserem Schweigen. Unserem Unverständnis. Unserem kalten Protest gegen das, was geschehen ist. Das ist mein Vorschlag.«

Er kam bei einigen gut an. Sie klopften mit den Knöcheln auf den Tisch. Und schwiegen. Niemand schloss sich ihr mit Worten an. Es redete nur die Riege der leitenden Redakteure, die sich aufspielten, als seien sie Kardinäle, die aus ihren Reihen bald einen neuen Papst zu wählen hatten. Ihr wurde übel davon.

57

Sie hatte den Konferenzraum ungefähr verlassen, als gerade die Attentäter das Gebäude betreten hatten. Rechtzeitig. Allzu rechtzeitig. Es gab Kollegen, denen das aufgefallen war, und es der Polizei nicht verheimlicht hatten, weil sie sich nicht vorstellen konnten, dass es Zufall gewesen sein konnte.

Wer hatte sie angerufen?

Nachdem es in ihrer Tasche gesummt hatte, hatte sie übertrieben deutlich die Lippen aufeinandergepresst, sie geöffnet, die Zunge gegen den Gaumen gedrückt und schließlich die oberen und unteren Schneidezähne grimassierend aufeinandergesetzt: B-A-N-Z. Dabei hatte sie Luis angesehen oder Klein oder beide. So genau wusste sie es nicht mehr.

Der geheimnisvolle Milliardär hatte sie natürlich nicht angerufen. Sie hatte es nur behauptet. Das war jetzt ihr Problem. Wozu das falsche Lippenspiel? Aus Angeberei? Keinesfalls. Es war ihr Vorwand gewesen, den Saal zu verlassen.

In Wahrheit hatte sich Rudi gemeldet. Es ließ sich nachprüfen. Auf ihrem Handy war eine Nummer aus der Schweiz gespeichert. Sie war der Grünhalden-Stiftung zuzuordnen. Doch hatte sie das Gespräch weder angenommen noch zurückgerufen. Man könnte ihr unterstellen, der Anruf sei ein verabredetes Signal gewesen. Es war nur eine Frage der Zeit, dann brächte sie dieser Verdacht in Teufels Küche.

Noch etwas raubte ihr den Schlaf. Sie hatte aus Angst kurz überlegt, David an jenem Morgen mit ins Büro zu nehmen statt in der Schule abzuliefern. Er hätte sich in ihrem Büro selbst beschäftigen können, während sie in der Konferenz saß. Sie hätte Mücke gebeten, sich um ihn zu kümmern. Die hasste Konferenzen sowieso. Er hätte ihr vielleicht ein Loch in den Bauch gefragt. Und dann … nicht auszudenken!

Mücke hatte wütende Artikel gegen Burka und Kopftuchzwang verfasst. Musste sie das jetzt büßen? Die Täter hatten sie vermutlich für Constanze gehalten. Wo steckte sie? War sie entführt, geschändet, ermordet worden? Hatten die Täter ihren Irrtum entdeckt? Warum hatten sie sie noch nicht freigelassen?

Es gab noch eine andere Erklärung für ihr Verschwinden – nicht weniger schrecklich: Mücke hatte selbst etwas mit dem Anschlag zu tun. Schon an der Konferenz hatte sie nicht teilgenommen. Weshalb? Es konnte denselben Grund gehabt haben wie bei Constanze. Sie hielt die Zusammenrottung präpotenter Kerle nicht aus. Aber hatte sie auch ihr Büro verlassen? Weil sie wusste, was gleich geschehen würde? Was man Constanze unterstellte, konnte man auch Mücke vorwerfen. War sie nicht verschwunden, sondern untergetaucht? War sie Teil des Komplotts gegen Klein? Hatte sie die Attentäter mit den Gegebenheiten vertraut gemacht? In der allgemeinen Verwirrung war ihr Verschwinden zunächst nicht aufgefallen. Wo hatte sie sich verkrochen? Sicher war nur, dass sie bisher nicht wiederaufgetaucht war.

Wozu dann aber die zerschossene Glastür? Hatten die Schüsse doch Constanze gegolten? Nachdem sie sie nicht in der Redaktionskonferenz gesehen hatten, hatten die Terroristen sie – zweifellos keine Islamisten – in ihrem Büro vermutet.

Sie weinte. Sie weinte wegen Mücke. Sie weinte aus Zorn und aus Hilflosigkeit.

58

»Unsere Leser erwarten es«, sagte Luis.

»Schreiben wir, was unserer Meinung nach die Leser erwarten – oder schreiben wir einfach nur die Wahrheit?«, fragte sie.

»Die Leser verlangen die Wahrheit.«

»Dann sollten wir besser schweigen.«

»Wer soll es denn sonst gewesen sein, wenn nicht islamistische Terroristen?«

»Wo sind die Beweise, Luis!«

»Wir behaupten ja nichts. Wir berichten nur das Offensichtliche. Wir gehen auf Stimmungen und Ängste der Bevölkerung ein.«

»Wir schüren sie.«

»Die Parallelen zu *Charlie Hebdo* kann nur ein Blinder übersehen.«

»Schüsse, die nicht töten, sondern nur einschüchtern, sind nicht die Handschrift von Terroristen. Die hätten alles niedergemäht.« In ihrer Stimme lag Schärfe.

»Stell dich nicht so an!« Luis war ungehalten.

»Wir hetzen die Leute auf, sind aber um keinen Deut besser als Brög.«

»Wir schildern die Situation. So wie sie ist. Wir sammeln weltweit Reaktionen. Was ist daran verkehrt?«

»Wir schütten Öl ins Feuer. Gerade wir sollten uns zurückhalten.«

»Was sollen wir denn sonst drucken! Zeig bitte noch mal dein tolles Foto!«

»Welches Foto?«

»Na, das mit der verschleierten Frau in der zersplitterten Scheibe.«

»Das ist nicht dein Ernst!«

»Und ob das mein Ernst ist.«

59

Es ging für Constanze um alles oder nichts, darum, ob sie Opfer war oder Täter. Hatte sie die Redaktionskonferenz verlassen, um den Anschlag nicht miterleben zu müssen? Dann hätte Hauptkommissar Kugler sie auf der Stelle festnehmen und dem Haftrichter vorführen müssen. War sie aber ahnungslos, hätte er sie und ihren Sohn unverzüglich unter Polizeischutz gestellt. Denn dann hatten die Attentäter sie nur aus Zufall verfehlt. Ob sie auf einen Anwalt bestehen sollte?

Der Polizist vernahm sie nicht in ihrem Büro. Es war ein Tatort und durfte noch immer nicht betreten werden. Sie saß im Büro von Luis. Den hatte Kugler hinausgeschickt. Es war ein kleiner Mann in einem schlotternden, hellgrauen Anzug über einem grünen Poloshirt, in mittelbraunen, schlecht geputzten Schuhen und mit zerzausten Haaren. Der Jüngling, der ihn begleitete, fiel mit einer blondierten Undercut-Frisur auf. So sahen Fußballspieler aus – und neuerdings Nachwuchskriminaler. Er machte Notizen und schwieg ansonsten.

Kugler war kein schnoddriger Berliner und ausgesprochen höflich. Sie sei Zeugin und stehe unter keinerlei Verdacht. Deshalb sei es auch nicht nötig, einen Anwalt dazuzubitten. »Sie haben sich also in Sicherheit gebracht!«, stellte der Beamte fest.

»Habe ich das?«

»Haben Sie! Objektiv. Zu ihrem Glück.«

»Ich war gerade auf dem Weg zurück in mein Büro im zweiten Stock. Um ein Haar hätte man mich dort erschossen.«

Falls sie Mitwisserin war, war sie auch Mittäterin. Das musste er ihr erst einmal nachweisen. Aber so lief das leider nicht. Tatsächlich hatte sie dem Polizisten plausibel zu machen, dass sie unschuldig war.

»Halten Sie mich etwa für eine Islamistin?«, fauchte sie Kugler an.

»Wir gehen allen Hinweisen nach.«

»Das würde mich jetzt aber interessieren. Welchen Hinweisen?«

»Wann genau haben Sie die Redaktionskonferenz verlassen?«

»Ich habe nicht auf die Uhr geschaut.«

»Waren Sie nicht verabredet?«

»Wer behauptet das?«

»Beantworten Sie bitte meine Frage!«

»War ich nicht. Mit niemandem.«

»Zu einem Telefonat.«

»Aber nein.«

»Als Sie gingen, deuteten Sie an, telefonieren zu müssen.«

»Ich hätte tatsächlich gern mit Beat Banz in der Schweiz gesprochen. Über den Stradivari-Deal, die Banz-Brög-Connection. Der Anruf kam von einem Mitarbeiter der Grünhalden-Stiftung. Ich ging nicht ran, wollte aber gleich zurückrufen. In dieser Absicht verließ ich die Konferenz. Dann fielen die Schüsse.«

»Man verlässt die Redaktionskonferenz nur aus triftigem Grund. Sie hätten auch etwas später zurückrufen können.«

»Offen gesagt: Mir ging die Konferenz auf den Senkel.«

»Verraten Sie mir, weshalb?«

Das ging den Polizisten zwar nichts an, doch erwartete er eine Antwort.

»Ich war wütend«, sagte sie. »Weil ich ein Stück über Banz schreiben wollte, aber nicht durfte. Ich habe ihn in Zürich kennengelernt und hätte aus dem Kontakt gern mehr gemacht. Doch der Kollege Chefreporter beanspruchte die Story für sich. Ich sollte etwas anderes schreiben, was mir wie gesagt nicht einleuchtete.«

»Weshalb lehnten Sie den Auftrag ab?«

Kugler hatte offenbar schon mit anderen Redakteuren gesprochen.

»Ich fühlte mich befangen. Die Person, die ich statt Banz porträtieren sollte, steht mir persönlich allzu nah.«

»Dazu später. Sie gaben vor, mit Banz zu telefonieren, um vor aller Augen zu demonstrieren, dass Sie zu ihm einen besseren Zugang hatten als Herr Brenner. Richtig?«

»Wenn Sie das so interpretieren wollen. Aber was hat das mit dem Anschlag zu tun?«

Rudi hatte vielleicht wirklich angerufen, weil er sie hatte warnen wollen – und zwar vor seinem eigenen Laden. Vor Banz. Wenn sie das zu Ende dachte, drehte sich ihr der Magen um. Sie durfte dem Polizisten die Anrufe, den Brief, die Befürchtungen nicht länger vorenthalten. Der Beamte sollte sich endlich dafür interessieren, dass sie seit Tagen bedroht wurde. *kümmere dich um deine eigenen angelegenheiten. sonst tun wir es.* Er musste doch nur eins und eins zusammenzählen. Sie sollte nicht immer nur an ihre Story denken, sondern an sich selbst. Während ihr Kugler zuhörte, spitzte er die Lippen, als wollte er pfeifen.

»Warum haben Sie sich nicht früher bei der Polizei gemeldet?«

»Ich bin nicht aus Pappe.«

Sie war aus Pappe. Sie verging geradezu vor Angst.

»Sie tragen Verantwortung für Ihren Sohn David.«

Woher kannte der Polizist den Namen?

Er wusste noch mehr. »Wir haben Ihr Festnetz überprüft. Sie bekamen einige Anrufe aus der Schweiz, die wir uns nun genauer anschauen.«

Wieso wusste er, dass die Drohanrufe auf ihrem Festnetz geführt worden waren? Es beruhigte sie keineswegs, dass die Kripo offenbar bereits hinter der Sache her war. Das machte sie nur noch rätselhafter.

»Mit wem in der Schweiz hatten Sie zu tun?«

Das ging den Polizisten nichts an.

»Schon mal was von Quellenschutz gehört?«

»Ein Kollege fährt gleich mit Ihnen nach Hause, um den Drohbrief zu übernehmen. Wo befindet sich Ihr Sohn?«

»In der Schule.«

»Ziemlich fahrlässig, wie Sie mit der Sache umgehen.«

»Ich wollte nicht bei der Arbeit gestört werden.«

»Mit wem haben Sie über die Bedrohung gesprochen?«

»Mit niemandem.«

Es war die Wahrheit, sie hatte weder Luis noch Mücke eingeweiht, auch Rudi nicht. Sie hatte keine Schwäche zeigen wollen. Erledigen durch ignorieren: Die Methode hatte sich in ihrem Leben nicht zum ersten Mal bewährt. Sie hätte auch jetzt lieber auf Polizeischutz verzichtet und endlich ungestört ihre Story rundgemacht. Wenn sie aber an David dachte, ging es nicht anders.

Dieser Kugler schien ihr nicht vertrauenswürdig. Seine Kollegen in Zürich hatten ihn informiert. Offenbar brachte er den Berliner Anschlag auf das *Magazin* in Verbindung mit dem Tod Hellbrücks in Zürich. Dazu würde sie ja gern einen Beitrag leisten. Aber nicht im Verhör, sondern im Blatt. Es war noch immer ihre Geschichte.

60

»Erzählst du mir von dem Kommissar im Büro!«, bettelte David.

Was sollte sie groß erzählen, ohne ihm noch mehr Angst einzujagen? Dass ihr der Polizist dringend geraten hatte, das Kind aus der Schusslinie zu ziehen? Die Polizei hatte keinen belastbaren Beweis für einen islamistischen Anschlag gefunden. Daraus leitete sie ab, dass sie nach wie vor gefährdet war. Wie sollte sie das David erklären?

»Hast du seine Pistole gesehen?«

»Ich glaube, er hatte gar keine dabei.«

Er sah sie ungläubig an. Er nahm ihr das nicht ab.

»War er streng?«

»Ein sehr höflicher Herr«, behauptete sie. Abgesehen davon, dass er ihr vermutlich kein einziges Wort abgenommen hatte.

»Dann war er der gute Polizist. Und der böse? Was hat der böse gemacht?«

»Der andere war auch nicht böse. Er hat gar nichts gesagt.«

Sie hatte David die Drohanrufe bislang verschwiegen, auch den Zettel. Den Umschlag hatte sie weggeworfen, weil kein Absender darauf stand und er nicht mit der Post gekommen, sondern unter der Tür hindurchgeschoben worden war.

Sie sah durchs Fenster auf die Straße hinaus. Ein Streifenwagen stand gegenüber der Einfahrt.

»Wie hat der Polizist ausgesehen? Wie Columbo?«

»Nein, mein Schatz, ganz so schlau wie Columbo sah er nicht aus.«

»Aber Columbo sieht gar nicht schlau aus! Er *ist* nur schlau. Das ist sein Trick.«

»So schlau wie du.«

»Was hat dich der Kommissar gefragt?«

»Ob du auch immer brav gewesen bist.«

»Aber er ist doch nicht der Nikolaus.« David prustete und hielt sich die Hand vors Gesicht.

Sie sollte ihn ernst nehmen.

»Haben die Polizisten auch Luis verhört?«

»Haben sie, ja.«

»Und was haben sie Luis gefragt?«

»Ich war nicht dabei. Vermutlich, dasselbe wie mich.«

»Sind die Terroristen schon gefangen?«

»Woher soll ich das denn alles wissen, mein kleiner Schlaumeier?«

61

Die Sache mit Mücke hängte die Chefredaktion tief. Constanze verstand nicht, weshalb. Offizielle Linie: Jede Art von Öffentlichkeit könnte der Kollegin nur schaden. Ausgerechnet das *Magazin* verzichtete auf seine Maxime: Alles, was wir wissen, muss raus. Sie glaubte nicht an eine Entführung. Soweit sie wusste, war auch kein Erpresserbrief eingegangen.

Luis hielt sich an die verordnete Geheimniskrämerei. Er setzte ihr aber zugleich eine verrückte Verschwörungstheorie ins Ohr. War Mücke eine Agentin von Brögs Bewegung in der Redaktion? Das war doch absurd.

»Was hast du Mücke erzählt?«, fragte Luis.

»Praktisch nichts. Weniger als dir.«

»Hast du aus der Schweiz mit ihr telefoniert?«

»Dazu gab es keinen Grund.«

»Oder auch grundlos?«

»Auch nicht.«

Jetzt verhörte Luis sie.

»Hatte sie Zugang zu deinen Unterlagen im Büro?«

»Die wichtigsten Sachen nehme ich mit nach Hause.«

»Fiel Mückes Name in irgendeinem Zusammenhang mit Brög oder den Vorgängen in der Schweiz?«

»An was denkst du?«

»In Zürich oder hier auf der Trauerfeier für Hellbrück, wo auch immer?«

»Nein, nie, nirgends.«

Luis konnte sie mit seinen Fragen quälen, so viel er wollte. Sie hatte zu Mücke kein enges Verhältnis. Sie kam mit ihr einigermaßen klar. Es gab eine gewisse weibliche Solidarität. Doch war ihr Mückes Feminismus entschieden zu eng. Mücke wiederum verstand nicht, wieso sie trotz seiner Zudringlichkeit die Nähe von Luis suchte.

»Hältst du sie für korrupt?

»Ausgeschlossen.«

Eine wie Mücke passte auch nicht zu Brög.

62

Schon wieder Rudi. »Komm nach Zürich!«, schlug er vor.

Wie war das zu verstehen? Es klang, als würde er sich Sorgen machen. Sie spürte, dass sie sich darauf nicht einlassen sollte. Rudis Loyalität galt im Zweifel Banz. Doch tat er gerade etwas, womit sie nicht gerechnet hatte. Er distanzierte sich von seinem Brötchengeber. Jedenfalls hörte es sich so an, als er sagte, er könnte ihre Zweifel verstehen. »Banz sollte sich nicht in die deutschen Angelegenheiten einmischen. Aber das ist seine Privatsache.«

Ein Anschlag auf einen Verleger war keine Privatsache. Wer kam als Täter infrage? Kleins *Magazin* hatte sich genug Feinde gemacht, die nun klammheimliche Freude empfanden. Die davon geträumt hatten, dass das Blatt in die Luft flog. Aber zwischen Traum und Tat bestand doch wohl ein Unterschied.

Die Täter waren wie Islamisten aufgetreten oder hatten sich als Islamisten getarnt. Sie hatten sicher nicht ohne Absicht über die Köpfe gehalten, es allein auf Klein abgesehen, doch die ganze Redaktion in Angst und Schrecken versetzt.

Unter den Feinden Kleins stand Brög an erster Stelle. Aber was bedeutete das schon? Man hätte den Anschlag als den Versuch interpretieren können, das *Magazin* von Brögs Bewegung abzulenken. Ein Versuch, der scheitern musste.

Banz finanzierte Brög. Er besaß das höchste Interesse daran, dass die Sache mit den falschen Stradivaris nicht aufflog. Das hieß noch lange nicht, dass er ein Killerkommando schickte. Deshalb konnte sie Rudi auch nicht unterstellen, er habe irgendwie mit dem Anschlag zu tun, nur weil er ein paar Minuten zuvor angerufen hatte. Wie sie es auch drehte und wendete: Sie mochte Rudi irgendwie immer noch, fühlte sich von ihm nicht so ausgenutzt wie von Luis.

Vernünftigerweise schlug er vor, dass sie diesmal nicht im Grand Montagne wohnen sollte. »Sondern dort, wo dich niemand findet. Mir steht eine kleine Wohnung zur Verfügung, die ich selten benutze. Auf dem Zürichberg mit Seeblick. Du bist mein Gast.« Und sensibel fügte er hinzu: »Ohne jede Verpflichtung.«

Das Angebot kam ihr entgegen. Sie brauchte ein paar Tage, um in Ruhe ihre Recherchen fortzusetzen.

»Mal sehen«, sagte sie.

63

»Pass auf, mein Süßer, wir fahren morgen nach Mainz und besuchen Onkel Christoph.«

David war hellauf begeistert. Constanzes Bruder war Regisseur und übertrug fürs ZDF Fußballspiele. Er hatte nicht vergessen, dass er ihn einmal ins Stadion zu Mainz 05 mitgenommen hatte.

»Geht er mit mir wieder zu einem Spiel?«

»Schon möglich«, behauptete sie, um ihm die Reise schmackhaft zu machen.

64

Klein lag schwer verletzt in der Klinik, doch die Diadochenkämpfe im *Magazin* waren bereits entbrannt. Luis machte sich Hoffnungen, in die Chefredaktion aufzusteigen. Einen Alleinherrscher würde es wohl nie wieder geben, gleichgültig, ob und in welchem Zustand Klein jemals zurückkehrte. Hirngiebel und Hornschuh hatten sich gegen Schnalz und Luis verbündet. Das war Constanze schon deshalb nicht entgangen, weil sie mit Luis vorübergehend ein Büro teilte.

Er versuchte, ihr das Gefühl zu geben, alles wäre zu ihrem Besten. Um zu beweisen, wie sehr sie ihm am Herzen lag, nahm er sie sogar mit zum Interview mit Brög. Allerdings sollte sie nur die Fotos schießen. Wilhelm August Brög, der Führer der neuen Bewegung *Patriotischer Fortschritt,* hatte sich erneut selbst angeboten. Doch diesmal lehnte das *Magazin* nicht ab, die Situation ließ es nicht zu.

Das Gespräch fand nicht im Ministerium statt, sondern in Brögs Abgeordnetenbüro. Eine Sekretärin nahm sie an der Sicherheitsschleuse des Paul-Löbe-Hauses in Empfang und führte sie hinauf ins Büro. Brög umarmte sie wortlos, als wollte er kondolieren. Mit gebotenem Ernst drückte er Luis lange die Hand. Es war ein Hammerwerfer-Händedruck, während er die Augen seines Gegenübers fixierte. Ihr gefiel das. Luis konnte den Schmerz nicht ganz verbergen.

Brög tat, als hätte das unerquickliche Treffen am Wannsee niemals stattgefunden. Kaum hatte Luis auf dem blauen Gästesofa Platz genommen und Constanze ihre Kamera schussbereit in der Hand, begann der Politiker seinen Monolog. Er handelte von den Werten, die es mit aller Entschiedenheit zu verteidigen galt. Die Pressefreiheit sei in Gefahr. Unseligerweise hätte auch das *Magazin* seine Feinde immer auf der falschen Seite gesucht. »Die Toleranz gegenüber der Intoleranz des Islam ist nichts anderes als kollektive Dummheit. Nur die dümmsten Kälber wählen ihre Metzger selber. Aber damit ist bald Schluss! Das garantiere ich Ihnen.« Brögs Suada kam nicht etwa in einem erregten oder gar zornigen Ton, sondern sehr gelassen daher.

Sie hörte nur mit einem Ohr zu, weil sie sich aufs Fotografieren konzentrieren musste. Das Ambiente des kleinen Büros gab nicht viel her. Die Schreibtischplatte war blank bis auf ein Foto von Gattin und Kindern im Plexiglasrahmen. Ein ziemlich altes: Friede Brög-Riedinger im jugendfrischen Dirndl. Davon machte sie einen Schnappschuss, um ihn Freia zu mailen. Blumen standen auf dem Besprechungstisch, ein bombastischer Strauß Astern in herbstlichen Farben, die es ihr erschwerte, Brög und Luis gleichzeitig aufs Bild zu kriegen. Das Bücherregal so gut wie leer, abgesehen von einigen Leitz-Ordnern und einer Polizeimütze.

»Wann treten Sie zurück und widmen sich ausschließlich der Bewegung?« Luis begann sein Interview mit einer Provokation.

Brög steckte sie mühelos weg. »Lassen Sie mich zuerst ein paar Worte zu dem ungeheuren, verabscheuungswürdigen Verbrechen finden, das dieses Land und ganz besonders das *Magazin* getroffen hat.« Sein Ton war streng, doch keineswegs aggressiv. Er sprach von der Entschlossenheit der Demokraten und von der Verteidigung der Vernunft.

Luis ließ sich darauf nicht ein. Es sei doch noch keineswegs erwiesen, wer für den Anschlag verantwortlich sei. »Ihre Bewegung aber versucht bereits, daraus Profit zu schlagen.«

»Auf diese abwegige Unterstellung gehe ich gar nicht erst ein.«

Luis ließ nicht locker. »Wollen Sie etwa auch behaupten, Ihr Gegenspieler Felix Hellbrück könnte in Zürich ebenfalls ein Opfer islamistischer Attentäter geworden sein?«

Das war zu viel.

»Passen Sie gut auf, was Sie sagen. Und was Sie mir gerade unterschwellig unterstellen.«

»Gar nichts unterstelle ich Ihnen. Ich stelle nur fest, Hellbrück ist vergiftet worden.«

»Er hat sich tragischerweise das Leben genommen. Das wissen Sie so gut wie ich. Und vermischen Sie bitte nicht zwei Ereignisse, die überhaupt nichts miteinander zu tun haben!«

Constanze verstand Brögs harsche Reaktion. Sie hätte gern selbst Fragen gestellt. Zum Beispiel die, wie viele Millionen er von Banz kassierte, ob er sie als Parteispende zu deklarieren gedachte, was der Schweizer Milliardär dafür von ihm verlangte und was Brög ihm versprochen hatte. Aber dazu blieb keine Gelegenheit mehr. Luis hatte die Situation bereits gründlich verdorben.

»Wir hatten ein Gespräch über das Attentat vereinbart. Zu einem anderen Thema stehe ich nicht zur Verfügung«, sagte der Politiker. »Das wissen Sie!«

Luis versuchte, es zu überhören: »Wozu hatten Sie sich in Zürich mit Hellbrück verabredet?«

Brög sprang auf, griff nach dem Mobiltelefon von Luis, das als Aufzeichnungsgerät auf dem Tisch lag, und ließ es in die Vase mit den Astern plumpsen.

Constanze lachte schrill auf. Sie konnte nicht anders.

»Raus hier!«, zischte Brög.

65

Im Schusskanal mein Bild. Fuck. Con ist nicht mehr ganz clean. Mitm Tuch überm Kopf erkennt man mich nicht, sagt sie. Ich erkenn mich, das reicht. Vor allem erkenn ich SIE! Man sollte sich nicht mit Leuten anfreunden, die über Leichen gehn. Sie sagt, Luis sei schuld. Der auch. Beide. Stell mir im Zorn vor, mit ner Pumpgun zu tun, wozu die Terroristen zu doof warn.

»Gott sei Dank spielt die Musik jetzt wieder in Berlin«, sagt Nilsen, der Managing Director.

Tobler, sein Chef, will wissen: »Was ist mit Brögs Affäre, dieser Frau …?«

»… Kriegenburg. Wie besprochen. Wir werden uns von ihr trennen.«

»Ist das wirklich die beste Lösung?«, zweifelt Tobler.

»Für die Mitarbeiterin ganz bestimmt. Eine verdammt tüchtige Kraft. So behält sie wenigstens ihre Gesundheit.«

»Wie soll ich das verstehen?«, fragt Tobler.

»Sie wissen schon«, antwortet Nilsen.

»Die Journalisten lassen uns in Ruhe«, sagt Tobler. Es klingt fast wie ein Lob. »Sogar der Chefreporter des Magazins *ist abgereist. Es sieht nicht so aus, als hätte er etwas gerissen. Haben Sie mit ihm gesprochen?«*

»Ich habe ihm die Kunstsammlung gezeigt. Wie wir es immer tun«, antwortete Nilsen. »Die anderen Journalisten, die hier herumschnüffeln wollten, waren gar nicht im Haus. Dafür reichten ihre Spesen nicht.«

Tobler saugt an seiner Zigarette. »Ich habe dennoch das Gefühl, die Sache ist nicht ausgestanden.«

»Wie kommen Sie darauf?«

»Kann es ein Zufall sein, dass die Steuerbehörden gerade jetzt Unterlagen anfordern. Es scheint ein Rechtshilfeersuchen aus Deutschland vorzuliegen.«

»Das die Eidgenossenschaft ablehnen wird. Machen Sie sich keine Sorgen«, sagt Nilsen. »Die Deutschen spinnen eben. Sie schwanken von einem Extrem ins andere. Heute links, morgen rechts.«

»Stellen Sie sich das vor! Der Krieg um die deutsche Kanzlerschaft wurde auf unserem Terrain ausgetragen.« Tobler wirkt erschüttert. »Das Grand Montagne als Schlachtfeld, ungeheuer!«

»Aber mit allen Annehmlichkeiten. Das größte Spa, die beste Küche, die schönste Aussicht.«

»Ist das Ihr Humor, Nilsen?«

»Weil wir gerade so besinnlich beisammensitzen: Ich kündige.«

»Wirklich komisch.«

»Das ist kein Witz.«

»Nilsen! Tun Sie mir das nicht an. Nicht jetzt. Wir reden über eine Bonifikation.«

»Mir reicht es schon, diesen Job überlebt zu haben. Ich möchte nicht so tragisch enden wie mein Vorgänger.«

»Es war ein Unfall. Aber erinnern Sie mich bloß nicht daran!«

IV.

DAS ALTE HAUS

Und wir: Zuschauer, immer, überall,
dem allen zugewandt und nie hinaus!
Uns überfüllts. Wir ordnens. Es zerfällt.
Wir ordnens wieder und zerfallen selbst.

R. M. Rilke, »Die achte Elegie«

1

Sie packte ihren Rollkoffer, einen kleinen Rucksack für David und sagte niemandem ein Wort. Ein Taxi brachte die beiden zum Hauptbahnhof, wo der Zug mit der Endstation Interlaken pünktlich um zwölf Uhr abfuhr. Bis Frankfurt waren es knapp fünf Stunden.

Zunächst wischte menschenleeres, plattes Land vorbei. David langweilte sich. Dagegen half eine Blätterteigschnitte. Erst das Fußballstadion und die riesige Fabrik weckten seine Aufmerksamkeit – Wolfsburg war der erste Halt. Er wollte nun, dass sie ihm etwas vorlas. Sie hatte damit gerechnet, dass er auf einen Krimi bestand, und sich pädagogisch unanfechtbar für »Emil und die Detektive« entschieden. Auch diese Geschichte spielte in einem Eisenbahnabteil. Auf der Fahrt nach Berlin wurde Emil von Herrn Grundeis sein ganzes Geld gestohlen. In einem modernen Großraumwaggon kam so etwas wohl nicht mehr vor. David schien es zu bedauern. Leider konnte er selbst noch nicht flüssig genug lesen und zog die Vorlesekünste seiner Mutter vor. Sie gab sich alle Mühe, spannend zu klingen. Es geriet freilich mehr zu einem Raunen, denn dummerweise lagen ihre reservierten Plätze im Ruhebereich der zweiten Klasse. Trotz des Flüstertons beschwerte sich bald eine Passagierin. »Das ist der Ruhebereich, würden Sie das bitte respektieren!«

»Partybereich! Partybereich!« David äffte den beleidigten Tonfall der Frau nach, die ihn böse ansah, sich dann aber wortlos abwandte. Es war Constanze peinlich, innerlich aber jubelte sie. Was für ein intelligentes Kind! Hätte sie ihn mit einem iPad ruhigstellen sollen, wie andere Eltern es taten?

Sie konnte nicht stundenlang vorlesen. Deshalb beschäftigte sie David auch mit Malstiften. Was immer er aufs Blatt krakelte – den Mann mit dem steifen Hut, ein Krokodil, einen Scheich mit Kalaschnikow, er erfand immer auch gleich eine Geschichte dazu und spielte alle Rollen mit Verve und durchdringender Stimme. Ihr blieb nichts anderes übrig, als mit ihm in den Speisewagen auszuweichen, wo sie sich zur Beruhigung ein Weißbier genehmigte. Danach konnte sie kaum mehr die Augen aufhalten. Das Bier hätte besser David getrunken.

Auf dem Bahnsteig in Frankfurt nahm Onkel Christoph ihn endlich in Empfang und hängte ihm zur Begrüßung gleich einen Fanschal von Mainz 05 um den Hals, weshalb die Verabschiedung nicht allzu schmerzhaft ausfiel, zumindest für David.

Erst jetzt schrieb Constanze Luis eine SMS. *Bin dann mal weg.* Auf die Angabe ihres Ziels verzichtete sie. Freia bekam ebenfalls eine kurze Nachricht: *Auf dem Weg nach Zürich. Hast du morgen Zeit?* Ihre innere Unruhe bekämpfte sie wie immer mit fotografieren. Die sauertöpfische Alte wäre ein gutes Motiv gewesen. Aber sie durfte nicht einfach wild um sich schießen. Also nahm sie die Spiegelbilder der Passagiere auf, die sich in den Fenstern vor unscharfen Landschaften spiegelten.

Erst im Rheintal kam es zu der befürchteten Verspätung. Bei Rastatt war ein Streckenabschnitt gesperrt, und die Umleitung verschlang fast eine Stunde. Was für ein gestörtes Land dieses Deutschland doch geworden war! Es veränderte sich im Schnellzugstempo, kam aber mit dem Wandel nicht klar. Der Internetanschluss im Zug funktionierte nicht. Reisen wurde überhaupt immer mühsamer, die Hauptstadt brachte nicht einmal einen international konkurrenzfähigen Flughafen zustande. Wie würde Deutschland in zwanzig oder gar in fünfzig Jahren aussehen, wenn David noch immer kein alter Mann war? Betrieben dann Chinesen die Züge, die mit fünfhundert Sachen störungsfrei durch ein Land jagten, dessen Wälder halb verdorrt waren? Was herrschte dann für ein politisches Klima? Apokalyptische Reden hatten dann sicher noch immer Konjunktur. Vielleicht wurde David wie die meisten seiner Generation hundert Jahre alt. Sie fand Deutschland schon heute furchtbar alt.

Wegen der Verspätung verpasste sie in Basel den vorgesehenen Anschluss nach Zürich. Aber die nächste Verbindung ließ nicht lange auf sich warten. Sie war ja in der Schweiz.

2

Die Straßenbahn brachte sie binnen weniger Minuten vom Hauptbahnhof zum Kunsthaus hinauf. Von dort waren es nur fünf Minuten zu Fuß zum swiss night in der Steinwiesstrasse. Mit 180 Franken pro Nacht ein für hiesige Verhältnisse verblüffend günstiges Hotel, das sie im Internet gebucht hatte. Drei Sterne, nicht fünf – diesmal zahlte nicht Klein.

Das vierstöckige Giebelhaus mit altmodischen braunen Fensterläden und Dachgauben versprach eine urige Atmosphäre. Die Empfangstheke war auf riesigen Milchkannen montiert, von der Decke baumelten Kuhglocken. Emmentaler Käse aus Plastik, zu Tischen gestapelt, schmückte das Foyer. Die Zimmer waren laut Internetportal »in einem individuellen Schweizer Stil« gehalten. Die Tapeten zeigten ein Muster aus Tannenbäumen, Kuhhörner dienten als Kleiderhaken, knallrot waren die Möbel, und die Zimmerdecke zierte ein Scherenschnitt mit Almhütten, Kühen und Sennern. Sollte sie das kitschig oder komisch finden? Jedenfalls war ihr der Kontrast zum Grand Hotel Montagne nicht unangenehm. Auf sie wartete ja auch noch die alternative Unterkunft, die Rudi ihr angeboten hatte. Mal schauen!

Sie ließ ihr Gepäck im Hotel, nahm nicht einmal die Kamera mit, nur einen Regenschirm. Erst einmal wollte sie die Lage sondieren. Mit der Straßenbahn waren es vom Kunsthaus bloß zwei weitere Stationen mit der Linie fünf bis zur Platte und von dort fünf weitere Stationen mit der Linie sechs den Berg hinauf. Die öffentlichen Verkehrsmittel funktionierten in dieser Stadt so gespenstisch reibungslos, dass Besucher aus dem fernen Berlin glauben mussten, sie träumten.

An der Susenbergstrasse stieg Constanze aus, sie war der letzte Fahrgast im Waggon, und es war die letzte Haltestelle vor der Endstation Zoo. Ganz in der Nähe war sie neulich erst mit Rudi herumspaziert. Womöglich hatte er damals schon vorgehabt, ihr das Haus zu zeigen, hätte sie nicht gemeutert und auf Umkehr gedrängt. Dann wären ihnen aber auch nicht Freia und Brög über den Weg gelaufen, und die Geschichte hätte eine andere Wendung genommen.

3

Sie spannte den Schirm auf. Das Regenwasser plätscherte ihr wie ein Bergbach entgegen. Die hier abzweigende Billeterstrasse führte weiter den Berg hinan. Im Gefunzel der wenigen Laternen war kein Mensch zu sehen. Ihre Schuhe waren schon jetzt pitschnass. Aber es konnte nicht weit sein. Schon nach wenigen Schritten entdeckte sie an einem Mäuerchen die Hausnummer, die sie sich gemerkt hatte, eine offene Einfahrt und das dunkle Gebäude. Der prasselnde Regen sah aus wie ein Vorhang. Im Haus nirgends Licht.

Sie legte den aufgespannten Schirm kurz auf den Boden und kramte das Portemonnaie aus der Handtasche, wo zwischen den Münzen der Schlüssel lag. Rudi hatte ihn ihr nach Berlin geschickt, zusammen mit der Adresse. Das Verfahren kam ihr ein wenig konspirativ vor, aber letztlich war es ein Vertrauensbeweis. Es war ihr so auch lieber, als wenn er sie gleich am Bahnhof in Empfang genommen hätte; sie konnte sich immer noch frei entscheiden, ob sie sein Angebot annehmen wollte oder lieber nicht.

Der Eingang befand sich auf der Schmalseite der nicht sehr

großen Villa. Hinter einer Hecke tauchte eine bleiche Statue auf. Sie zuckte zusammen. Die nackte Marmorgöttin triefte im fahlen Licht. An der Haustür fummelte sie mit dem Schlüssel eine Weile im Finsteren herum, ehe er ins Schloss passte.

Sie tastete nach dem Lichtschalter, fand ihn und sah sich in einer kleinen, kargen Vorhalle. Von der Decke baumelte ein schmiedeeiserner Reif, an dem vier Birnen leuchteten. Helle Rechtecke auf den tannengrünen Tapeten zeigten, dass da Bilder gehangen haben mussten. Rechter Hand zwei dunkle Holztüren, links eine Treppe. Langsam stieg sie Stufe um Stufe hinauf. Das Knirschen und Knarzen ließ ihr Unbehagen anschwellen. Der Flur im ersten Stock vermittelte keinen anderen Eindruck: karg, versifft, unbewohnt. Die Wände hier nicht grün, sondern dunkelrot, fast schwarz. Wie getrocknetes Blut.

Drei Türen. Sie drückte die Messingklinke der ersten zu ihrer Rechten, öffnete, knipste das Licht an, das diesmal eine kahle Birne an der Decke spendete. Ein leerer Raum mit heller Holztäfelung. Zwei Bilder lehnten mit der Vorderseite gegen die Wand. Auch die zweite Tür gegenüber war unverschlossen. Ein Zimmer im selben Zustand, nur ohne Bilder. Dafür standen zwei Umzugskartons in der Ecke. Auch hier waren die Fenster verdunkelt. Eine Hausmaus huschte hinter den Kisten hervor und raus aus der Tür.

Huch!

Die mittlere Tür direkt gegenüber der Treppe war verschlossen. Wie auf Rudis Zettel beschrieben, passte der Schlüssel. Sie betrat einen schmalen Vorraum. Es roch nach Farbe. Die weißen Wände machten einen frischeren Eindruck als die der anderen Räume. Rechts befand sich eine kleine Kombüse mit Spüle, einer Kaffeemaschine, einem leeren Regal, einem Kühlschrank. Sie öffnete ihn. Leer auch er. Geradeaus das Badezimmer, in einem blassen Rot gekachelt und gerade so breit, dass eine kleine Badewanne hineinpasste. Daneben Kloschüssel und Handwaschbecken. Ein rissiges Stück Seife war alles, was an brauchbaren

Utensilien zu sehen war. Auch Handtücher fehlten. Es war schließlich kein Hotel. Der quadratische Wohnraum links von der Kombüse, fünf mal fünf Meter mindestens, wurde dominiert von einem überaus großzügig bemessenen Bett. Ein Garderobenständer aus dunklem Bugholz ersetzte den Schrank. Es gab keinen Esstisch, nur einen schmalen antiquarischen Sekretär auf gedrechselten Beinen. Seltsamerweise lag eine Geweihstange mit vier Enden auf der Schreibunterlage aus verkratztem grünem Leder. Der verchromte Bürostuhl mit Rollen davor passte nicht dazu. Zwischen Sekretär und Bett brannte eine halbhohe Stehlampe aus Messing und einem vergilbten Schirm. Aus der Decke ragten nur Kabelenden. Auf dem Bett und um das Bett herum lagen Felle, weiß, braun und gescheckt. Schaf, Ziege, vielleicht auch etwas Exotischeres – sie konnte es nicht erkennen. Behaglichkeit vermittelten sie jedenfalls nicht. Die Wände hier waren mit dunkel gebeiztem Holz getäfelt, an einigen Stellen verschrammt. Einige Bewohner hatten sich sogar mit Stiften und Taschenmessern verewigt. Über dem Bett hing hinter rahmenlosem Glas ein Plakat, ein bekanntes Schwarz-Weiß-Foto von Man Ray: Gleichsam in muslimischer Gebetshaltung kauerte da eine nackte Frau. Zu sehen waren nur ihr pralles, helles Hinterteil, die Zehen ihrer Füße und die Hände der nach hinten gestreckten Arme. Die Finger überkreuzten sich vor dem Geschlecht. Der Spiegel vor dem Bett an der Wand verdoppelte das Bild. Einen Fernsehapparat entdeckte sie nicht, den würde sie hier vermissen, falls sie bliebe. Rudi besaß einen seltsamen Geschmack – falls es sein Geschmack war. Eine Tür führte zu einem kleinen Balkon hinaus. Als Constanze sie öffnete, schlug ihr der Regen entgegen. Nebelschwaden zogen den Hang herauf.

Sie wollte hier nicht bleiben und auch nicht wiederkommen. Dann doch lieber swiss night. Dieses Domizil war eine Zumutung. Oder ein bizarres Liebesnest. Sie verzichtete besser darauf, es herauszufinden. In diesem Augenblick meldete sich ihr Smartphone.

»Willkommen, meine liebe Constanze! Bist du gut gereist? Hat alles geklappt? Mach es dir gemütlich, so gut es geht.«

Rudi blökte. Es klang aber jetzt nicht fröhlich, sondern befremdlich.

»In zehn Minuten bin ich bei dir«, kündigte er an. »Mit allem, was dazugehört.«

Sie wollte es lieber nicht wissen. »Danke, ich benötige nichts«, sagte sie. Aber Rudi hatte schon aufgelegt.

Es wäre nur vernünftig gewesen, auf der Stelle zu verschwinden. Aber es hätte ihn gekränkt. Wahrscheinlich hätte sie Rudi dann nie mehr gesehen. Das wollte sie nicht riskieren, weil sie mit ihrer Story weiterkommen musste. Sie zog sich die nassen Schuhe aus, legte sich auf das etwas muffige Fell des Bettes und nickte ein.

Als die Tür ächzte, schreckte sie auf. Er hatte nicht einmal angeklopft. Sie rappelte sich auf und kam ihm auf Strümpfen entgegen. Es war damit zu rechnen, dass er sie an sich zog und küsste – nicht dreimal sittsam, sondern einmal wild. Doch machte er dazu keine Anstalten, blieb in der Kombüse und zog zwei Flaschen Champagner aus einer Plastiktüte. Eine stellte er in den Kühlschrank und machte sich daran, die andere zu öffnen.

»Endlich«, sagte sie. Wie auch immer man das verstehen wollte.

Zwei Gläser hatte er auch zur Hand. Er ließ den Korken knallen und goss ein. Als er ihr den Kelch überreichte, hatte sie sich in ihr Schicksal ergeben und war zu allen möglichen Schandtaten bereit.

»Na dann, sehr zum Wohl! Schön, dass du da bist.«

Sie hatte schon romantischere Begrüßungsformeln gehört, aber gleich würde sich seine Scheu legen. Vermutlich war ihm die Bude, in die er sie gelockt hatte, doch etwas peinlich. Der prickelnde Rosé war genau das Richtige, um so einen schaurigen Ort zu verkraften.

Nicht einmal einen klitzekleinen Kuss auf die Nasenspitze hatte er für sie übrig. Er wollte bloß quatschen.

»Hier bist du erst einmal in Sicherheit«, erklärte er.

»Kommt ganz darauf an, was du darunter verstehst.«

Doch war Rudi für neckische Ironie gerade nicht zu haben. Er hatte sie noch immer nicht berührt. Also nahm sie ihm das ab. Sie stellte das Glas auf den Sekretär und schlang ihre Arme um seinen Hals. Stocksteif ließ er es geschehen. Sie legte ihre Wange an die seine, rieb ein wenig über die raue, unrasierte Haut und fand es nicht unangenehm. Wonach roch der Kerl? Parfüm war es nicht. Sei's drum. Sie stärkte sich, indem sie den Kelch in einem Zug leerte. Sie strahlte ihn an, doch war er immer noch nicht bereit, sie zu küssen. Beim Trinken hielt er sich auch zurück. Ihr dagegen schenkte er unverzüglich nach.

»Aber doch nicht auf nüchternen Magen«, flüsterte sie ihm ins Ohr. Es klang nicht gerade so, als meinte sie es ernst. Alkohol war das einzige Mittel, es hier auszuhalten.

Er sah sie an, als gäbe sie ihm ein Rätsel auf.

»Was ist los mit dir?«

»Das frage ich dich auch«, sagte sie.

Sie umarmte ihn abermals und legte ihren Kopf an seine Schulter. Etwas in seinem Körper blockierte.

»Wir haben ja noch ewig Zeit«, sagte sie. Warum gab es hier keine normalen Sitzmöbel? Sie löste sich von ihm und nahm auf dem Bürostuhl Platz.

»Was ist das für ein Quartier?« Auf der Zunge lag ihr das Wort Absteige.

»Die Lage ist erstklassig, die Aussicht auf den See fantastisch«, erklärte Rudi.

»Zweifellos.«

Draußen war es stockdunkel und goss in Strömen. Selbst wenn es hell gewesen wäre, hätten Nebelschwaden den Blick ins Tal verdeckt.

»Die Stiftung hat in diesem Haus Stipendiaten untergebracht, es jungen Künstlern zur Verfügung gestellt. Es wird leider in Kürze abgerissen. Schade. Ich hatte gelegentlich Freunde hier untergebracht. Du kannst bleiben, solange du magst.«

»Bis es abgerissen wird, meinst du? Besten Dank.«

»Es muss ja nicht immer gleich das Grand Montagne sein, oder?«

»Zweifellos. Vielleicht ist das hier sogar noch eine Spur dekadenter.«

Höhöhö.

Sie fand sein Blöken beruhigend, obwohl sie nicht zum Spaßen aufgelegt war.

»Was meinst du eigentlich, wenn du von Dekadenz sprichst? Meinst du einfach Luxus? Oder perfekten Service? Wenn einfach alles da ist und alles klappt?«

»Dann wäre das hier alles andere als dekadent.«

»Also, was verstehst du unter Dekadenz?«

»Wenn man ins Überflüssige vernarrt ist«, sagte sie. »Und die Ansprüche ans Überflüssige derart auf die Spitze treibt, dass man das wahre Gute und Schöne gar nicht mehr erkennen kann.«

»Höhöhö. Das hast du schön gesagt. Du hältst die Stiftung also für dekadent.«

»Nein, damit wäre sie nicht hinreichend beschrieben.«

»Also was noch?«

»Hier ist jedenfalls der Verfall nicht mehr zu übersehen.«

»Du verwechselst vielleicht dekadent mit exzentrisch.«

»Was hast du mit mir vor, Rudi?«

Darauf erhielt sie keine Antwort. Abermals beglückwünschte sie sich zu der Entscheidung, ein Hotelzimmer genommen zu haben. Hier würde sie gewiss nicht bleiben. Ein paar Minuten noch vielleicht.

»Ich habe furchtbaren Hunger«, sagte sie.

»Ich habe uns etwas mitgebracht.«

Sie wollte nicht auf dem Bett essen.

»Warum gehen wir nicht wohin?«

»Wohin denn?«

»Zu dir nach Hause. Wie wär's damit?«

Es half nichts. Rudi fand es hier offenbar gemütlich genug.

»Warten bei dir zu Hause Frau und Kind?«

»Nirgends wartet ein Mensch auf mich.«

»Du Armer!«, spottete sie. Es war ihr nicht danach, ihn zu trösten. Rechnete er damit, dass sie hier die Nacht mit ihm verbrachte? Dirty Sex auf muffigen Fellen? Dazu müsste sich Rudi deutlich geschmeidiger verhalten. Dann genügten auch zwei Pullen Schampus nicht, um locker genug zu werden.

Er schien ihre Bedenken zu ahnen.

»Keine Angst, der Stoff geht uns nicht aus!«

Sie leerte ihr Glas. Er nahm es ihr aus der Hand und ging in die Kombüse. Als er mit dem vollen Glas zurückkam, setzte er sich damit aufs Bett. Sie stieß sich auf ihrem Stuhl etwas zu heftig vom Sekretär ab, rollte auf das Bett zu und drehte sich dabei um die eigene Achse. Als sie gegen die Matratze prallte, fiel sie aufs Bett, Rudi praktisch in den Schoß.

Warum machte er nichts aus der Situation?

Sie setzte sich auf und nahm ihm das volle Glas aus der Hand. Das kühle Zeug wirkte wohltuend und besänftigte ihr Unbehagen. Der Champagner tat so gut, dass sie sogar zu singen anfing.

»Das alte Haus von Rocky Docky hat vieles schon erlebt, kein Wunder, dass es zittert, kein Wunder, dass es bebt. Das alte Haus von Rocky Docky ...«, nun stimmte Rudi ein, »... sah Angst und Pein und Not. Es wartet jeden Abend aufs neue Morgenrot.«

»Ex!«, befahl er.

Bloß nicht! Noch war sie nicht so beschwipst, dass sie sich gehen ließ. Sie stand nur einen Schritt neben sich, beobachtete sich selbst und die Situation, in der sie sich befand. Dieser Zustand war ihr durchaus vertraut.

»Was hast du vor?«

»Das frage ich dich auch«, sagte Rudi.

»Nach den schrecklichen Tagen zur Ruhe kommen, wäre schön.« Sie wollte ihm nicht auf den Bauch binden, was sie wirklich vorhatte. Sie wusste es ja selbst nicht genau. Wann küsste er sie endlich? Wenn er nicht selbst darauf kam, musste sie damit beginnen. Sie nahm einen kühlen Schluck, behielt ihn im Mund und näherte sich seinem Gesicht. Er drehte den Kopf weg.

Seltsamer Bursche. Sie würde gern noch etwas tiefer in ihn dringen und war gespannt, was es da noch zu entdecken gab. Und sie wollte endlich in der Sache weiterkommen.

»Etwas Käse?«

»Was für Käse?«

»Schweizer Spezialitäten, was glaubst du?«

Rudi entzog sich der Hand, die sein Knie knetete, und stand auf. In der Kombüse entnahm er der mitgebrachten Plastiktüte die versprochenen Delikatessen, wickelte verschiedene Käsestücke aus dem Papier, Appenzeller, Emmentaler, Greyerzer, dazu zwei knusprige Bürli, drapierte sie auf einem Holzbrett. Das alles hatte er mitgebracht, auch das Messer. Rudi stellte das Essen auf das fellbedeckte Bett und legte sich dazu.

»Greif zu!«

Ihr Magen knurrte, aber es war ihr nicht nach Käse auf dem Bett. Sie wollte nur trinken. Und reden. Zum Beispiel hätte sie gern gewusst, ob es Banz klar war, dass er mehr als dreißig Millionen für falsche Stradivaris berappt hatte? Oder ob er schlicht und ergreifend betrogen worden war. Vielleicht hatte er gewusst, für wen die Millionen bestimmt waren, aber dennoch geglaubt, echte Instrumente erworben zu haben. Instrumente, die zur Finanzierung von Brögs Bewegung regulär veräußert worden waren.

Ihr fehlten handfeste Belege für das eine wie für das andere. Darüber hätte sie dringend mit Banz sprechen müssen. Und was hatte Hellbrück dazu bewogen, ausgerechnet im Grand Montagne Selbstmord zu begehen, nur ein paar Türen von seinem

Widersacher Brög entfernt – falls es sich tatsächlich um Suizid gehandelt hatte? Sie bezweifelte es nach wie vor.

Wenn Rudi den Schlüssel zu ihrer ersten eigenen Story besaß, warum stellte er ihr den dann nicht ebenso umstandslos zur Verfügung, so wie den Schlüssel zu diesem morbiden Haus? Sie lag mit ihm auf dem Bett und knabberte Käse. Absurderweise spukte in ihr noch immer die seltsame Vorstellung, Rudi könnte auch noch der Schlüssel zu ihrem Seelenfrieden sein. Ihr war nicht zu helfen.

»Was hast du jetzt vor?«, fragte er.

Wenn sie es nur selbst gewusst hätte.

Man Rays Foto, der makellose Popo mit den gefalteten Händen, machte sie an. Noch einmal versuchte sie es bei ihm mit einer Champagnerinfusion aus ihrem Mund, erneut vergebens. Rudi drehte ihr den Rücken zu. Sie verschluckte sich dabei, würgte. Sie lehnte sich mit gekreuzten Beinen gegen das Rückenteil des Bettes, hustete und keuchte. Der Appetit war ihr in jeder Hinsicht vergangen.

»Ich verstehe schon, dass du mich nicht in deine Karten blicken lässt«, sagte er. »Aber was wird nun aus eurer Titelgeschichte über Brögs Bewegung?«

»Nichts, fürchte ich.«

Um so zu tun, als wollte sie sich von ihrer eigenen Firma distanzieren, erzählte sie ihm von dem plumpen Versuch, Brög im Interview zu überrumpeln. »Luis hat den Kürzeren gezogen.«

Rudi kommentierte es nicht. Es war nicht der passende Ort und auch nicht die passende Gelegenheit für politischen Streit. Trotzdem versuchte er es. Ihr war wirklich nicht danach.

»Kippt die Stimmung in Deutschland? Was glaubst du? Nach allem, was passiert ist? Welche Chancen gibst du Brögs neuer Bewegung?«

Was sollte sie darauf antworten? Sie bezog ihre Meinung ja auch nur aus Unterhaltungen mit Journalisten, die sich wiederum ihre Meinung aus dem Gerede anderer Journalisten bildeten. Der ganze Betrieb köchelte im eigenen Saft – die Hitze dazu lieferten die jeweils neuesten Meinungsumfragen.

Auch Rudi kannte die Zahlen. Mehr als vierzig Prozent der Deutschen konnten sich vorstellen, ihre Stimme Banz und seiner Bewegung zu geben.

»Was soll das überhaupt für eine Bewegung sein?«

»Eine Bewegung gegen alles, was sich auf der Welt bewegt«, erklärte er. Sollte das witzig klingen?

Offenbar nicht.

»Künstliche Intelligenz, globale Migrationsströme, Überbevölkerung, all das! Brög sammelt den Unmut an den großen Umwälzungen der Epoche und gibt ihm eine Stimme.«

»Die Hitler-Diktatur hat auch als Bewegung angefangen, wenn ich mich nicht irre«, sagte sie.

»Was soll das denn heißen?«

»Es soll heißen, dass Brög an die Macht will. Bessere Antworten auf den umwälzenden Wandel hat er auch nicht.«

»Hitlers Bewegung hatte sie durchaus. Auch wenn sie uns nicht gefallen.«

Was war das für ein rechtes Gewäsch? Durfte man in der Schweiz dermaßen unbedarft herumquatschen? Was war los mit Rudi? Am liebsten hätte sie ihn geradeheraus gefragt: Willst du streiten oder mit mir schlafen? Wenn sie nicht mit dem Trinken aufhörte, hatte sie sich nicht mehr unter Kontrolle.

Gandolfo stand schon wieder auf, um die Flasche aus dem Kühlschrank zu holen. Es war bereits die zweite.

»Es schifft seit Tagen, und kalt ist es auch, aber man will uns weismachen, es sei der Klimawandel, den wir selbst verschuldet haben. Die Hysterie der Wohlstandskinder zerstört das Fundament, auf dem sie vom Geld ihrer Eltern leben. Das ist die wahre Dekadenz, an der wir leiden. Dagegen müssen wir doch endlich etwas in Bewegung setzen.«

Sie hätte widersprechen sollen, aber ihr Kopf funktionierte nicht mehr wie gewohnt. Ihr war schwindelig.

»Wie geht es weiter beim *Magazin?*«, wechselte Rudi schon wieder das Thema.

Wie sollte es schon weitergehen? Ob Klein zurückkommen würde, wusste kein Mensch.

»Man hat euch sturmreif geschossen«, stellte Rudi fest.

Gefiel ihm das? Sie fand seine Ausdrucksweise unverschämt. Doch ihr Widerspruchsgeist war blockiert. Die fast zehnstündige Zugfahrt hatte sie mitgenommen. Dazu kam der Champagner.

»Eure Auflagenentwicklung ist seit Jahren alles andere als berauschend«, wusste Rudi.

»Scheiß drauf.«

»Allein am Internet liegt's nicht. Euer Problem ist, dass alle das Gleiche schreiben. Dass alle im Mainstream ersaufen.«

Sie reagierte nicht.

»Der Terroranschlag kommt euch entgegen. Das ist doch mal ein Ding. Oder! Es kommt mir vor, als hättet ihr selbst ihn bestellt.«

Was für eine unpassende, abscheuliche Bemerkung! Doch sie besaß nicht mehr die Kraft, dagegenzuhalten. Ihr fielen die Augen zu.

Rudi drang weiter in sie. »Was sagen die Kollegen zu deinen gesammelten Vermutungen?«

»Welche Vermu...ngen? Sin nich Vermu...ngen. Und wenn es Vermu...unen sind, werd ich vermu...vermu...ver...«

Ihre Zunge war plötzlich so schwer geworden, sehr, sehr schwer und unkontrollierbar.

»Es hätte genügt, wenn du deine Nase ins Privatleben von Brög gesteckt hättest. Freia und er – genug Stoff für euer Schmierblatt. Du bist zu weit gegangen.«

»Ischaffischschaffschsch...«

Das ganze Zimmer drehte sich und drehte sich immer schneller. So viel hatte sie doch gar nicht getrunken.

»Besser, ich lasse dich jetzt allein. Träum süß.«

»Schschsch...«

Er ließ sie liegen und ging. Sie kämpfte gegen die Übelkeit an. Dazu kam ein unerträglicher Durst. Dann ging das Licht aus. Ob nur die Lampe neben dem Bett oder die in ihrem Kopf – daran konnte sie sich später nicht mehr erinnern.

4

Als Constanze aus unruhigen Träumen erwachte, schmerzte ihr Kopf so sehr, dass es ihr schwerfiel, die Augen zu öffnen. Es verging einige Zeit, bis sie feststellte, dass sie ihre Augen längst geöffnet hatte, doch es war stockdunkel um sie herum.

Sie tastete nach dem Kabel, das in der Buchse neben dem Bett steckte und zu der Stehlampe führte, die das Picknick auf dem Bett illuminiert hatte. Doch fand sie es nicht. Das Fenster über dem Sekretär wie auch die Tür, die auf den Balkon hinausführte, waren kaum noch zu ahnen. Wie spät war es überhaupt? Sie versuchte sich aufzurichten.

Schlecht und schwindelig war ihr noch immer, elend schlecht und schwindelig, und sie konnte sich kaum bewegen. Vorsichtig hievte sie die Beine von der Matratze. Beim Versuch aufzustehen, sackte sie neben das Bett. Auf allen vieren kroch sie über den Boden, spürte die Felle, bis ihr Knie auf etwas Hartes traf. Es gab nach, zerbrach, splitterte, schnitt schmerzhaft in die Haut. Der Käseteller, vermutete sie. Sie sollte aufpassen, sonst bohrte sie sich auch noch die Scherben des zerbrochenen Champagnerglases in Hände und Knie.

Auf dem Weg zur Toilette erbrach sie sich. Als sie ihren Kopf endlich über die Kloschüssel hielt, war ihr nicht leichter. Schier die Seele kotzte sie sich aus dem Leib, bis nur noch bitterer Schleim kam und sie erneut das Bewusstsein verlor.

Als sie zur Besinnung kam, war es noch immer dunkel. Wie lange hatte sie zwischen Toilette und Badewanne gelegen? Noch nie in ihrem Leben war sie so betrunken gewesen. Sie lag auf dem Boden und zitterte, das Gesicht nass von Schweiß. Es fühlte sich an wie Fieber. Ächzend stemmte sie sich über den Rand der Wanne, tastete nach dem Wasserhahn und drehte ihn auf. Es tröpfelte nur ein wenig von oben aus dem Duschkopf. Sie öffnete den Mund und sammelte mit der Zunge den spärlichen Ertrag. Ihre Kehle brannte.

Unendlich schwer wog der Kopf. Sie wollte schlafen. Schlafen, schlafen, schlafen. Auf den kalten Kacheln liegen bleiben und schlafen. Doch lag sie in einer Pfütze aus stinkender Kotze. Also kroch sie weiter, blieb wieder liegen, fiel wieder in Ohnmacht, wachte auf, kroch weiter. Rappelte sich auf die Knie, klammerte sich an den Türrahmen, zog sich an ihm hoch und versuchte, den Lichtschalter zu finden. Da! Da war er. Sie knipste ihn an, knipste aus, knipste an. Nichts.

Der Kühlschrank war die Hoffnung. Sie spürte die glatte Oberfläche der Tür, zog sie auf, doch es blieb dunkel. Stromausfall, schloss sie. Die Regenfälle. Es war eben nicht einmal die Schweiz vor solchen Havarien gefeit. Wenigstens funktionierten ihre Bewegungen allmählich wieder. Dort musste der Sekretär sein, auf dem das Handy lag. Aber so sehr sie sich auch bemühte, sie fand es nicht.

Doch im Stockdunkeln fand sie sich allmählich zurecht. Dort war die Wohnungstür. Abgesperrt! Und der Schlüssel? Sie hatte ihn ins Schloss gesteckt. Da war er nicht mehr. Sie tastete erfolglos auf dem Boden herum. Nichts. Und was war mit der Balkontür? Sie ließ sich nicht öffnen. Außen waren Rollläden heruntergelassen. Sie fand keinen Schalter und auch keinen Gurt, mit dem sie sich hätten bewegen lassen. So massiv war der Laden, dass kein einziger Lichtstrahl in ihr Gefängnis drang. War die Nacht schon vorüber? Allenfalls in ihrem Kopf, immer wieder unterbrochen von Momenten vollkommener Abwesenheit. Kein Ton war zu hören, nicht im Haus, nicht auf der Straße. Nur der Regen trommelte.

5

Es trifft mich dann doch wie ne Faust in den Bauch. Nicola teilts mir mit. Am Telefon! Kein Stil. Dafür fristlos. Und nochn blödn Spruch obendrauf: »Der Herr hats gegeben, der Herr hats genommen.« Auf Schwyzerdütsch. Cooler Sound, doch genauso brutal wie auf Deutsch. Mir hätt Direktor Häfeli von der Rooms Division ruhig noch mal die Hand schütteln dürfn. Oder wenigstens Laura, die Front Office Managerin. Alle gehn mir aus dem Weg. Sag bloß noch dem alten Knaben goodbye, der im Hawaiihemd neben dem Frontdesk lehnt.

Klagen wär sinnlos. Probezeit noch nicht zu Ende. Fühl mich trotzdem gefeuert. Nix wars mit Karriere. Unter dem Sprungbrett kein Wasser, bloß Beton. Danke, Herr Brög. Is ne Erfahrung, von der man ein Leben lang zehrt.

Muss mir null Sorgen machen. Jobs gibts genug für mich, nur nicht in der Schweiz. Und nicht in D. Vielleicht kennt man in Neuseeland meinen Namen noch nicht. Oder auf den äußersten Hebriden. Fuck!

Nicola lässt sich wenigstens auf nen Kaffee ein, nicht im Grand Montagne, logo, sondern am andren Ende der Dolderbahn, im Justus am Römerhof. Garten unter Bäumen. Sie isn Nachrichtendienst. Stört mich nicht mehr. Man muss reden, wenn man nicht verrückt werden will.

Will wissen, wies weitergeht mit mir und Wim. Das tollste Gerücht könnt ich in die Welt setzen. Sag bloß: isch over.

»Jetzt also wieder Berlin?«

Isch au over.

Brauch erst mal ne Bleibe. Billige Pension oder so. Ob sie ne Empfehlung hat?

»Was ist hier schon preiswert? Geh über die Grenze an den Bodensee!«, empfiehlt sie. »Oder nach Österreich. Dort gibt's auch Arbeit. Ich schreib dir ein Superzeugnis.«

»Du machst das?«

»Kein Problem. Willst du die Wahrheit wissen?«

Wenns sein muss.

»Du bist nicht wegen der Sache mit dem hammermäßigen Herrn Minister untragbar geworden, sondern wegen der Journalistin. Bei der kannst du dich bedanken. Überall steckt sie die Nase rein.«

Behaupte, dass wir uns verkracht haben, aber nicht, weshalb. Meinerseits auch kein Wort über das Titelbild mit mir und der zerschossnen Scheibe.

Sie ist stark an Con interessiert. Will wissen, was zwischen ihr und Gandolfo läuft.

Zuck mit den Schultern

Komm schon, sagt ihr Blick. Komm schon, isn Geschäft auf Gegenseitigkeit.

Was sie von Gandolfo hält?

Nicola verzieht das Gesicht. »Den würde ich nicht mal mit der Beißzange anfassen.«

»A good looking guy.«

»Rudi Rüssel nennen wir ihn. Weil er seinen Rüssel in alles hineinsteckt.«

Wie sie das meint?

»Ich meine gar nichts.«

»Klingt nach ner herben Enttäuschung?«, sag ich ihr auf den Kopf zu.

Sie: »Ist nicht so komisch, wie du denkst.«

Komisch findet sie nur, dass Con ihn im Spa kennengelernt hat. »Im Seichten kennt er sich aus.«

Der ist gut. Schätze, Con mag ihn, und er sie. Er hat sie ja in Berlin besucht. Aber es sieht nicht so aus, als hätte Banz was davon. Eher umgekehrt. Con quetscht ihn aus.

Darauf Nicola: »Das wollen wir ihm nicht wünschen. Sonst ist er seinen Job auch los.«

Wüsste gern, wo sie steht. Wie gut sie Banz kennt.

»Warst du schon mal im Turm?«, frag ich.

Der fette, sechseckige Turm ist der älteste Teil, um den herum das Grand Montagne gebaut worden ist. Angeblich residiert unter der spitzen Haube Beat Banz.

»Niemand darf hinauf«, sagt sie.

»Aber doch der Roomservice?«

»Ein paar streng ausgewählte Mitarbeiter.«

»Zum Beispiel?«

»Geht dich im Grunde nichts an. Pia zum Beispiel. Jemand, der schon hundert Jahre hier ist.«

»Also auch du?«

»Nicht mal ich. War noch niemals oben.«

»Wenn du es wolltest?«

»Weshalb sollte ich es wollen?«

»Würd was drum geben.«

»Mit dem normalen Lift kommt man nicht hinauf. Du brauchst eine spezielle Codekarte.«

»Die fürs Back of House hab ich noch.«

»Man hat sie dir nicht abgenommen?«

»Hat man vergessen.«

»Pssst! Ich darf das gar nicht wissen.«

Lang schweigt sie mich an.

Sagt dann: »In den Turm kommst du damit auch nicht. Sie muss speziell programmiert sein.«

»Wer kann das?«

Sie sieht mir scharf ins Auge. »Ich«, sagt sie.

Is also doch ne Eingeweihte.

»Da ist noch die alte Feuertreppe. Die solltest du mit deinem Badge betreten können. Ich habe nichts gesagt. Vergiss es bitte.«

Ne letzte Frage: »Wohnt auch Gandolfo im Turm?«

»Garantiert nicht.«

»Wo dann?«

Damit rückt sie nicht heraus.

Cons SMS fällt mir ein.

»Sagt dir vielleicht die Billeterstrasse 9 was?«

»Nicht weit von hier.«

Aber Nicola scheint plötzlich die Lust verloren zu haben, über Banz und seine Leute herzuziehen.

Bin schnell wieder allein.

Con müsste längst hier sein, rührt sich nicht, die hinterhältige Nuss. Hätt man mich nicht gefeuert, wär ich trotzdem sauer auf sie.

6

Dieses Haus ist halb zerfallen, und es knarrt und stöhnt und weint, dieses Haus ist noch viel schlimmer, als es scheint. Der Text fiel Constanze wieder ein. Wenigstens der. Ihr Gehirn begann zu arbeiten. Die Stille nagte an ihr nicht weniger als die vollkommene Dunkelheit. Dagegen tun konnte sie nichts. Außer singen. Erst summte sie nur die Melodie, dann sang sie leise den Text. Am Ende schrie sie ihn heraus.

Durst quälte sie mehr als Hunger. Irgendwo auf dem Fußboden lagen Kästereste herum. Warten, warten, warten. Durch den Tag, durch die Nacht, durch den Tag. Es gab keinen Tag. Nur Nacht. Wenn es nichts anderes zu tun gab, als zu warten, wurde sie wahnsinnig.

Sie war Gandolfos Gefangene. Wie lange noch? Ließ er sie hier verrotten? Oder kam jemand, um ihr den Rest zu geben? Er machte sich doch bestimmt nicht selbst die Hände an ihr schmutzig. Sonst hätte er es sofort erledigt.

Sie hatte sich selbst in diese Lage gebracht. Wie konnte sie nur so dumm gewesen sein! Dass David nun seine Mutter verlor, war der schlimmste Gedanke. Es reichte doch schon, dass er ohne richtigen Vater aufwachsen musste. Diese Vorstellung war das schwarze Loch, das den Rest ihrer Energie verschlang. Apathisch lag sie auf dem Bett, sie wusste nicht, wie lange.

Bis sie Schritte vernahm. Die Treppe knarrte. Bedächtige, feste Schritte. Nur eine Person. Ein Mann? Rudi war es nicht. Dessen Schritte klangen anders, glaubte sie. Wenn man nichts sah, bekamen Geräusche eine totale Bedeutung. Sie füllten alles aus.

Die Schritte stoppten.

Sie hielt die Luft an.

Wieder Schritte. Sie kamen näher. Gleich öffnete sich die Tür. Schreien sollte sie.

Besser, sie schrie nicht.

Für die Abmessungen des Raums besaß sie mittlerweile ein Gespür. Sie tastete sich zum Sekretär, packte die Geweihstange, tappte hinaus zur Kombüse und postierte sich mit dem Rücken zum Kühlschrank. Sobald jemand die Tür öffnete, würde sie ihm das Ding auf den Schädel schmettern.

Nichts geschah. Die Schritte stoppten vor der Tür. Sie packte die Geweihstange ganz fest mit beiden Händen.

Schritte! Schritte, die sich entfernten, auf der Treppe verhallten.

Erst jetzt schrie sie. Nicht, um sich bemerkbar zu machen, sondern vor Schreck und aus Wut. Wie ein verwundetes Tier brüllte sie, schlug wie von Sinnen mit dem Geweih gegen die Tür, hämmerte gegen die Wand, gegen den Spiegel. Sie sah es nicht, hörte es bloß – das Splittern und Reißen, als sie das Plakat mit dem Prachtarsch zerfetzte.

Ihr Toben ließ erst nach, als auch die Kräfte schwanden. Sie warf sich aufs Bett und bekam kaum noch Luft. Ein Heulkrampf schüttelte sie. Am Ende wusste sie nicht, wie lange sie geschluchzt hatte. Diese Dunkelheit machte sie wahnsinnig.

War sie schon sechs Stunden hier oder zwölf oder zwei Tage? Da sie nicht einschätzen konnte, wie lange sie bewusstlos auf dem Bett und auf dem Boden gelegen hatte, war auch ihr Zeitgefühl verloren gegangen. Fest stand nur, dass es draußen noch immer in Strömen goss. Das war zu hören.

Die Balkontür war verschlossen, die Geweihstange wiederum nicht spitz genug, um sie als Hebel zwischen Tür und Rahmen anzusetzen. Als Hammer oder Pickel war sie hoffentlich wirkungsvoller. Doch die Scheibe gab nicht nach. Erst der fünfte oder sechste in ohnmächtigem Zorn ausgeführte Hieb ließ sie knacken. Noch ein Stoß mit der Spitze des Geweihs, dann splitterte das Glas. Mit den Fingerkuppen tastete sie nach dem Loch, brach mit bloßen Händen Glasstücke heraus, schnitt sich in die Finger. Dahinter befand sich noch das Rollo aus Metall. Dagegen war die Geweihstange machtlos. Keinen Zentimeter ließ es sich nach oben schieben. Sie hämmerte gegen das Blech. War denn niemand in der Nähe, der sich über den Lärm beschwerte und die Polizei rief?

7

Hab und Gut aus dem Grand Montagne jetzt in der gelben Beule. Vage Hoffnung, Con zu finden, um erst mal bei ihr unterzukommen. Zum Haus in der Billeterstrasse, Bestlage, wenn auch ziemlich vergammelt. Sämtliche Rollos runtergelassen. Büsche verfilzt, als ob sich niemand drum kümmert. Trostlos. Die Waschbetonplatten passen nicht zur neckischen Marmorstatue. An den Klingeln kein Name. Hausnummer muss falsch sein. Klingle, klopfe, rufe, nix.

Cons Smarthone nicht an. Seltsam. Stapf ums Haus rum. Es schifft seit 2 Tagen. Wiese weich, fällt steil ab. Rutsch auf dem Arsch hinab. Landung auf Kies zwischen riesigen Pötten, in denen nix wächst.

Unter den Füßen ein Schacht. Geraschel. Ne Maus saust durchs Laub, das sich im Schacht angesammelt hat. Das Gitter darauf lässt sich easy aufklappen. Kellerfenster zerbrochen. Die Maus ins Haus geflitzt.

Ein Stoß mit dem Ellbogen, und das Ding ist ganz auf. Ein düsterer Kellerraum. Licht geht nicht; der Sicherungskasten an der Wand steht auf. Die Hauptsicherung ist aus. Es werde Licht!

8

Und plötzlich ward Licht! Das konnte nichts Gutes bedeuten. Jemand hatte den Strom angestellt. Womöglich ihr Mörder? Sie kniff die Augen zusammen. Es fiel schwer, sich an die Helligkeit zu gewöhnen. Auf dem Bett und davor lagen zerbröselte, zertretene Käsereste, Scherben, das zerfetzte Man-Ray-Poster. Im Vorraum und im Bad Erbrochenes. Die Kühlschranktür sperrangelweit offen. Leer. Sie rüttelte an der verschlossenen Wohnungstür. Der Schlüssel war nirgends zu finden.

Aus dem Spiegel über dem Waschbecken starrte sie ein Gespenst an. Die Augen nur ein Schlitz, die Lippen trocken und rissig, eingefallene, fahle Wangen, zerzaustes Haar. Als Vogelscheuche wäre sie gut zu gebrauchen gewesen. Sie entdeckte ihre Handtasche unter dem Sekretär, darin das Handy, doch war die Batterie entladen, und das Kabel war im Hotel. Auf dem Boden lag neben den Käseresten auch das Käsemesser, nicht lang, aber spitz. Die Geweihstange war jetzt nicht mehr ihre einzige Waffe.

Ganz ruhig!

Sie versuchte, ihr malträtiertes Gehirn in Schwung zu bringen. Es sagte ihr, dass sie keine andere Wahl hatte, als um Hilfe zu rufen.

9

Es muffelt. Und wie! Und dann der Keller mit rotem Samt an der Wand. Aber Hallo. Mittendrin ne Art Zahnarztstuhl. Oder was? In nem Regal Bohrer, Stöcke, Peitschen, Zangen, komische Sachen, auch ne schwarze Ledermaske. Gruslig. An der Decke Seilzüge, Scheinwerfer. Halt mich nicht auf. Die Treppe rauf. Die Wand jetzt grün. Nix wie weg!

In diesem Moment der Schrei. Von oben. Nochn Schrei. Und nochn Schrei. »Hilfe!«

Ich rauf. Erkenn auf der Treppe schon Cons Stimme.

Bin schon da! Ganz ruhig!

Sie tobt und tobt, hört nicht mehr auf.

»Mach endlich auf!«

Scheiße, ja – bloß wie? Die Tür ist zu. Wieder runter in dieses komische, ich schätz mal Sado-Maso-Filmstudio. Das eine oder andere Gerät scheint brauchbar.

10

Sie setzte erneut das Käsemesser an und hebelte an der Tür herum. Kraftlos, so sehr zitterten ihre Hände. Dann brach auch noch die Klinge ab. Immerhin war die mit dem Messer geschnitzte Scharte mittlerweile breit und tief genug, um die Geweihstange anzusetzen. Sie rutschte nur immer wieder ab. Von draußen attackierte Freia die Tür, schlug mit irgendwelchen Stöcken auf sie ein. Massivholz, Schweizer Wertarbeit. Dann hörte es sich nach einem Bohrer an. Aber auch der brachte keine Rettung.

»Vorsicht, ich sprenge die Tür auf«, schrie Freia.

Constanze ging einen Schritt zurück, hörte die Anlaufschritte. Dann krachte Freias Körper gegen das Holz. Die Tür ächzte, Freia stöhnte.

»Hast du dir wehgetan?«

»Nur an der Schulter.«

Danach hörte es sich an, als versuchte Freia, die Tür mit dem Fuß einzutreten. Constanze hebelte wieder mit dem Geweih herum.

»Ich mach die Scheißtür fertig! Pass auf!«, schrie Freia.

Und noch ehe sie sich in Sicherheit bringen konnte, knallte Constanze die Tür gegen den Kopf, der sich gerade über der

Klinke befand, an der sie sich mit dem Messer zu schaffen machte. Sie fiel auf den Rücken, zugleich stürzte Freia herein und begrub sie auf dem Boden.

Sie keuchten und heulten. Vor Schmerz und vor Freude. Sie umklammerten sich, heulten noch immer, drückten ihre glühenden Köpfe aneinander und küssten einander ins Gesicht.

»Komm schon!«, rief Freia.

»Nicht so schnell!«

Constanze kam kaum auf die Beine. Freia musste sie an den Händen in den Stand ziehen. Mit wackeligen Knien und brummendem Schädel folgte sie ihrer Retterin. An der Treppe hielt sie sich mit einer Hand am Geländerlauf fest, die andere umfasste die Geweihstange.

»Was willst du denn damit?«

Sie wollte das Ding, das ihr so gute Dienste geleistet hatte, nie mehr loslassen, auch wenn es im Weg war, als sie ihren Arm um Freias Schultern legte. Die Freundin stützte sie ihrerseits mit einem Arm um die Hüfte. So polterten und stolperten sie die Treppe hinab. Im Parterre war die Haustür verschlossen. Also weiter. Freia wusste, wohin. Constanze sank auf die Kellertreppe und stöhnte.

»Kann nicht mehr!«

»Du kannst. Los!«

Constanze spürte keine Panik, doch die bleierne Müdigkeit war zurück. Freia stieß und schob sie weiter. In den Raum mit dem Zahnarztstuhl. Sie hielt sich an seiner Lehne fest, dann setzte sie sich ganz darauf und schloss die Augen.

»Schlafen kannst du später!«, rief Freia.

»Fünf Minuten, bitte!«

»Das is'n Folterstuhl, blöde Nuss. Komm schon weiter!«

Freia fuchtelte ihr mit einer Reitgerte vor dem Gesicht herum. Sie zwang sich auf die Beine und folgte in einen zweiten Kellerraum. Endlich wieder Tageslicht, wenn auch nur durch den Fensterschacht.

»Da hinauf!«, befahl Freia.
»Wie soll das denn gehen?«

Die Öffnung lag etwa eineinhalb Meter über dem Boden. Im Gerümpel, das herumstand, war nichts Trittfestes zu entdecken.

In diesem Augenblick hörten sie draußen Stimmen. Männerstimmen. Drei oder vier, wild durcheinander, dazu grobes Gelächter. Sie hielten beide den Atem an. Die Stimmen entfernten sich schon wieder. Aber nun drang der Lärm vom Eingang im Erdgeschoss her.

»Schnell!«

Freia riss ihr das Geweih aus der Hand und warf es auf den Boden. Constanze aber hob es auf und schleuderte es in den Fensterschacht. Es war ihre Trophäe. Sie gab ihr Kraft.

»Wir schaffen das!«, rief Freia.

Mit dem Rücken stand sie zur Wand, formte die Hände zur Räuberleiter und ging in die Knie. Constanze hielt sich an ihren Schultern fest, setzte einen Fuß beherzt in die verschränkten Hände und streckte ihr Bein. Freia half so gut es ging mit und schob sie mit den Händen nach oben, bis Constanze sich am Fenster festhalten und aus eigener Kraft in den Schacht ziehen konnte.

Die Männer schienen über die Treppe in den Keller herunterzukommen. Freias Blick fiel auf einen größeren Blumentopf in der Ecke, von dessen wulstigem Rand ein Stück abgebrochen war. Besser als nichts. Sie stieß den Topf um, rollte ihn vor den Schacht, stieg auf das wackelige Ding und stemmte sich hoch. Constanze fasste sie unter den Achseln und zog. Im Studio nebenan grölten die Männer.

Zum Glück der beiden Frauen. Sie wuchteten sich aus dem Schacht auf den Kiesweg, der ums Haus herumführte. Sie rannten los, sprangen den regennassen Abhang hinab, stürzten, rutschten, glitten, und waren nicht mehr zu halten, als jemand schrie: »Halt! Stehen bleiben, oder ich schieße. Hier spricht die Polizei!«

Sie aber kullerten weiter den Abhang hinab. Kein Schuss zerschnitt die Luft, nur das dröhnende Gelächter der Männer. Hinter einem Gebüsch kamen sie zum Stillstand. Sie lagen flach auf dem Boden und spähten zurück, hinauf zum Haus. Polizisten waren das nicht. Die vier Männer trugen grobe Arbeitsklamotten, blauen Drillich. Einer hatte sich eine Ledermaske über den Kopf gezogen, hopste und fuchtelte mit einem knallroten Ding in der Hand herum.

»Eine Teufelsfackel«, stellte Freia fest.

»Was für ein Ding?«

»Ein Dildo für ganz Hartgesottene.«

»Du kennst dich vielleicht aus«, murmelte Constanze.

Es sah nicht danach aus, als wollten die Männer die Verfolgung aufnehmen. Die Frauen krochen weiter, stießen hinter einer Reihe von Büschen auf den Maschendrahtzaun, der die Grenze zum Nachbargrundstück markierte. Zwischen zwei Pfosten war er eingedrückt. Sie stiegen darüber, schlichen um das Hauseck herum und fanden ein Gartentor.

Es entließ sie auf die Straße, die Zürichbergstrasse. Rechtsherum, wieder steil hinauf, ging es zurück zur Billeterstrasse. Dort oben stand Freias Beetle. Doch sie wagten sich nicht zurück, liefen talwärts, wo sie gleich auf die Krähbühlstrasse trafen. Constanzes Beine waren kaum in der Verfassung, um so schnell zu sein, wie Freia es sich wünschte. Aber sie hielten stand.

Am Ende wussten sie selbst nicht, wie sie es bis zum Toblerplatz geschafft hatten. Es waren nur einige Hundert Meter gewesen. Endlich kam die Straßenbahn, in der sich die beiden anschwiegen, bleich, durchnässt und verdreckt.

Sie spürte jetzt rasenden Hunger. Und mit Freias Hilfe stellte sie fest, dass sie dreiundvierzig Stunden lang in Gandolfos Wohnung eingesperrt gewesen war.

11

Gerettet? Schön wärs! Mein Beetle ist futsch. Mit meim ganzen Krempl. Eins nachm andern: So wie wir aussehn, dürfn wir den Cops nicht unter die Augen treten. Arm in Arm ins swiss night gewankt. Nett. Fehlt bloß nochn Alphornsound im Lift.

Duschen. Essen.

Con muss zum Arzt. Will aber nur ins Bett. Krieg sie nach einer Stunde nicht wach. Muss aber noch mal zum verfickten Haus. Also nur ich.

Wo mein Beetle stand, parkt ein Lkw. Wird mit Sachen aus dem Haus beladen.

Zurück ins swiss night. Con gehts nicht mehr ganz schlecht. Widerspricht schon wieder, lehnt Cops ab. Es geht nicht bloß um meinen Wagen, sagt sie. Ich brauch aber die Cops. Schnell! Con kennt den, der sie schon 2-mal ausgequetscht hat, vom dem sie die Nummer hat. Der wird sich freun. Nach den Fotos vom toten Hellbrück und dem Verdacht, ne Stradivari geklaut zu haben, auch das noch: Einbruch in nen Sado-Maso-Puff. Wie Con da reingekommen ist, soll sie dem Cop mal erklärn.

12

»Haben Ihre Kollegen heute Nachmittag ein illegales Bordell in der Billeterstrasse auf dem Zürichberg ausgehoben?«, wollte Constanze von Hauptmann Glaris wissen.

»Wie kommen Sie darauf?«

»Halt, stehen bleiben, oder wir schießen. Hier spricht die Polizei, haben die Männer gerufen.«

»Haben Sie das noch nie zum Spaß gemacht?«

»So lustig, wie Sie glauben, ist es nicht.«

Sie berichtete Glaris am Telefon in wenigen Sätzen, was ihr zugestoßen war. Wie sie von Gandolfo angelockt, betäubt, eingesperrt und von Freia befreit worden war. Eine abstruse Geschichte, das wusste sie selbst. Sie hätte es verstanden, wenn der Polizist fragen würde, ob sie zu viel getrunken oder sonst etwas genommen hätte. Ja, hatte sie.

Und dann war auch noch Freias Auto gestohlen worden. Glaris notierte das Kennzeichen. B – F 2448. Sie kannte es auswendig. F stand für Freia, die Zahl für ihr zartes Alter, harmonisch kombiniert mit dem von Brög.

»Einen Augenblick, bitte«, sagte Glaris, »ich lasse das gerade überprüfen.«

Sie hörte dumpf, wie er mit einer Kollegin sprach.

»Also noch einmal von vorn«, fuhr der Polizist fort. »Sie haben mit der Post einen Schlüssel bekommen. Von wem?«

»Von Rudolf Gandolfo.«

»Mit dem waren Sie doch schon bei mir. Mit ihm und von Schwendi.«

Darüber wollte sie jetzt nicht auch noch diskutieren.

»Die Ermittlungen gegen Sie sind noch keineswegs eingestellt.«

»Da bin ich ja beruhigt.«

Wieder flüsterte Glaris einer Kollegin etwas zu. Wahrscheinlich tippte die auf einer Tatstatur herum, um die Angaben zu überprüfen.

»In der Billeterstrasse neun ist ein Herr Gandolfo nicht gemeldet. Er ist in Zürich überhaupt nicht registriert«, sagte Glaris.

»Ist ja auch nur eine Wohnung der Grünhalden-Stiftung, die ihm zur Verfügung steht. Jedenfalls hat er das behauptet. Wo er wirklich wohnt, kann ich Ihnen nicht sagen. Ich habe ihn immer nur im Grand Montagne gesehen.«

»Und wie kommen Sie darauf, dass es sich um ein Bordell handeln könnte?«

»Am besten, Sie schauen sich selbst an, was wir im Untergeschoss entdeckt haben.«

»Dort waren Sie auch!?«

»Wie ich gerade sagte. Frau Kriegenburg drang durch ein Kellerfenster ein, um mich zu befreien, und durch diese Öffnung sind wir auch wieder entkommen. Es sieht dort unten aus wie in einem Sado-Maso-Studio.«

Glaris verstand noch immer nicht.

»Frau Kriegenburg ist in das Haus eingebrochen, ohne zu wissen, ob Sie sich dort überhaupt aufgehalten haben?«

Auf die Verletzung von Privateigentum stand in der Schweiz die Todesstrafe, mutmaßte sie.

»Es gab einen begründeten Verdacht, und sie hatte die Adresse. Sie hat mir das Leben gerettet.«

»Wir werden das überprüfen«, erklärte Glaris. Er klang nicht so, als ob er ihr auch nur ein einziges Wort glaubte. »Übrigens: Der Wagen mit dem deutschen Kennzeichen B – F 2448 ist auf Veranlassung der Straßenverkehrsbehörde abgeschleppt worden. Er stand in einer kurzfristig ausgewiesenen Parkverbotszone. Tut mir leid.«

Constanze sah Freia an, die mitgehört hatte. Deren Lippen formten lautlos eine einzige Silbe.

»Und jetzt bleiben Sie bitte, wo Sie sind. Wir sind auf dem Weg zu Ihnen.«

13

Muss Con dem Cop wirklich den ganzen Scheiß erzähln! Geht wohl nicht anders. Dem Häschen des deutschen Politikers wird auch noch die Karre abgeschleppt, die der ihr zum Geburtstag verehrt hat. Wie peinlich ist das? Und wo genau? Vor nem Puff. Oder nem Ex-Puff. Auf solche Feinheiten kommts nicht an. Wenn das wo steht, kann ich mir nen Schuss setzn. Der Cop holt uns ab. Ein Netter. Nur kennt auch er keinen Spaß, runzlt die Stirn, weil Con die Kamera mitnimmt.

»Diesmal findet sie keine Leiche, und falls doch, lässt sie Ihnen den Vortritt«, sag ich.

Wir sitzen beide hinten, am Steuer Feldweibel Zoppi, die auch schon nach Hellbrücks Tod aufgekreuzt ist. Zurück zum Haus, von dem der Cop nicht glaubt, dass es ein Tatort ist. Was unser müder Blick erfasst, ist unbegreiflich. Klar, dass mein Töfftöff hier nix zu suchen hat. Wieder ein Lkw an der Stelle, jetzt beladen mit Bauschutt. Auchn Schaufelbagger. Hat das Haus an einer Ecke bereits angeknabbert. Paar Stunden noch, und es war mal. Con sieht mich matt an. Dann stürzt sie aus dem Wagen und kotzt.

14

Kein Zweifel, Freia hatte ihr das Leben gerettet. Wäre Constanze im Haus geblieben, hätte der Abrissbagger sie geholt.

Sie saßen wieder im Polizeiauto.

Hauptmann Glaris blieb skeptisch. »Sie behaupten, dass Sie betäubt worden sind. Vielleicht waren Sie nur betrunken, oder?«

»Aber nein und nochmals nein.«

»Das Gebäude wurde durchsucht und komplett geräumt, ehe der Bagger loslegte. Das ist so Vorschrift.«

»Wie beruhigend.«

»Ist Ihnen im Haus sonst etwas Sachdienliches aufgefallen?«

»Sachdienlich? Das Zimmer, in dem ich eingesperrt war, hat nicht so ausgesehen, als ob es kurz darauf abgerissen würde. Stoppen Sie doch endlich den Bagger! Er vernichtet gerade Spuren.«

Glaris war nicht davon überzeugt. Vermutlich wollte er es nicht wieder mit Schwendi zu tun bekommen.

»Das Haus war längere Zeit eine Privatpraxis für Kieferorthopädie«, erklärte er. Von einem Sado-Maso-Studio ist uns nichts bekannt. Vor drei Jahren wurde die Immobilie von der Grünhalden-Stiftung übernommen. Sie diente als Atelier und Wohnung junger Künstler. Nun soll es einem Neubau mit Eigentumswohnungen weichen.«

»Ja dann.«

Sie sah, wie sich ein wild gewordener Arzt im weißen Kittel, mit Ledermaske, Bohrern und Zangen über eine nackte Patientin hermachte. Das Trauma, das sie erlitten hatte, löste offenbar die absurdesten Bilder aus.

»Es geht Ihnen noch immer nicht gut«, befand Glaris. »Ich lasse Sie ins Spital bringen.«

»Es wird allmählich besser.«

»Ich hätte nicht gedacht, Ihnen hier noch einmal zu begegnen. Haben Sie noch immer nicht genug Dekadenz fotografiert?«

»Gandolfo hatte mir das angeboten. Ich wollte ein paar Tage abtauchen. Es sollte nicht für ewig sein, das können Sie mir glauben.«

»Sie glauben also, er hat Sie in eine Falle gelockt. Das hätte er einfacher haben können.«

Etwas in ihr weigerte sich noch immer, zuzugeben, dass Gandolfo ihre Sympathien schändlich missbraucht hatte.

»Wir ermitteln gegen Unbekannt«, sagte Glaris. »Einen Mann namens Rudolf Gandolfo gibt es unseres Wissens nicht.«

Mit wem hatte sie dann in Zürich und Berlin ... alles Mögliche gemacht? Rudi war kein Phantom. Sie hatte sich schon in hellen Farben ausgemalt, wie es wäre, zu ihm in die Schweiz zu ziehen. Dieses peinliche Kapitel war beendet, ein für alle Mal, und hoffentlich bald auch der Albtraum.

Sie tat, was sie immer tat, wenn sie überfordert war. Sie nahm ihre Kamera in die Hand und nahm die Wirklichkeit nur noch durch den Sucher wahr. Sie stieg erneut aus dem Wagen und ging ein paar Schritte auf das Haus zu. Sie fotografierte den Abrissbagger, die Staubwolken, die er aufwirbelte, das splitternde Holz der Treppen und Wandverkleidungen, die abgerissenen, verbeulten Rollos, den wachsenden Berg aus Schutt. Sie beobachtete, wie die Baggerschaufel sich in das Haus fraß. *Das alte Haus von Rocky Docky sah Angst und Pein und Not, es wartet jeden Abend auf's neue Morgenrot.* Auf nichts wartete es mehr. Es bebte zum letzten Mal. Sie zoomte heran. Entdeckte zuerst das Bein, dann eine Hand. Dann den Kopf, den blutenden Klumpen.

Ihr gellender Schrei drang durch den Baulärm.

Im selben Augenblick stoppte der Baggerführer die Maschine. Auch er hatte den Toten in der Schaufel bemerkt.

Dass es sich um die Reste von Rudi Gandolfo handelte, musste man ihr nicht erst beweisen. Ihre Beine gaben nach. Freia war zuerst bei ihr, klatschte ihr mit der Hand auf die Wangen und goss ihr aus einer Wasserflasche einen Strahl über den Kopf.

Glaris waltete seines Amtes. Das Haus war nun ein Tatort und musste auf Spuren untersucht werden.

15

Sie wollte nicht ins Hospital gebracht werden. Und Glaris hatte Wichtigeres zu tun, als sich mit der störrischen Berliner Journalistin anzulegen.

»Was Sie Ihrer Gesundheit antun, ist Ihre eigene Angelegenheit. Wir aber müssen Beweismittel sichern. Sie könnten uns sonst etwas erzählen. Sie stellen sich als Opfer hin und haben in Wahrheit den Toten dort selbst auf dem Gewissen. Sie können dankbar sein, wenn ich Sie nicht auf der Stelle festnehme.«

Diesmal würde ihr Schwendi nicht helfen. Was blieb ihr anderes übrig, als einzuwilligen. Zum Universitätshospital waren es nur einige Kurven den Berg hinunter. Sie war froh, dass sie nicht lange warten musste, bis man ihr Urin, Blut und eine Speichelprobe abgenommen hatte. Sie weigerte sich jedoch, die Medikamente einzunehmen, die ihr eine besorgte Ärztin anbot.

»Sie haben Glück gehabt und eine gute Konstitution. Aber es wird ein paar Tage dauern, bis Sie wieder ganz bei sich sind.«

Außerdem riet sie ihr, viel Wasser zu trinken. »Schwemmen Sie das Gift heraus!«

Das hatte sie schon einmal gehört. Sie hätte Wein und Bier und Gin Tonic bevorzugt, nur Champagner konnte sie nicht mehr sehen.

16

Dass mit seiner Mutter etwas nicht in Ordnung war, schien David gespürt zu haben. Es musste am Ton ihres Anrufs gelegen haben, nicht an ihren Worten, denn Constanze bemühte sich, so zu klingen wie immer.

»Hallo, mein Süßer, was hast du heute Tolles erlebt?«

»Ach, nichts. Wein getrunken, Motorrad gefahren, auf einen ganz hohen Baum gekraxelt.«

»David! Bist du nicht gescheit! Gib mir sofort Onkel Christoph!«

»Ist doch nur Spaß, Mami.«

»Du kannst einem vielleicht einen Schreck einjagen.«

»Ganz geflunkert hab ich nicht. Das Weintrinken stimmt. Aber ich war nur ein ganz, ganz, ganz klein wenig betrunken.«

»Da bin ich wirklich beruhigt.«

»Hast du auch zu viel Wein getrunken?«, fragte er sie. Die Vorstellung fand David offenbar lustig, er kreischte vor Vergnügen.

»Ich trinke doch nie zu viel Wein.«

»Stimmt nicht, stimmt nicht, ich hab's selbst gesehen.«

Das war leider nicht abzustreiten.

»Du verstehst keinen Spaß«, beschwerte sich David.

»Alles gut, mein Liebling.«

»Hast du Stress, Mami? Was machst du gerade?«

»Ich mach's mir gerade gemütlich mit Freia. Erinnerst du dich an sie?«

»Die mit dem gelben Beetle.«

»Genau. Und stell dir vor, das Auto wurde abgeschleppt.«

»Uuuuuh. Hat sie es wiederbekommen?«

»Noch nicht.«

»Was macht ihr ohne Auto?«

»Wir fahren Straßenbahn.«

Nichts, was David interessierte. »Ich mach's mir auch schön«, sagte er. »Aber noch schöner wär's mit dir.«

»Das ist lieb, mein Schatz. Höchstens noch drei Tage, dann hole ich dich wieder ab.«

»Sooooo lange noch. Warum nicht früher?«

»Weil ich in Zürich noch etwas zu erledigen habe.«

»Wen denn erledigen?«

Er lachte wie irr über seinen Witz. Nur Constanze fand ihn nicht komisch.

»Das kann ich dir wirklich nicht erklären.«

»Musst du mit Rudi auch noch was erledigen?«

»Mit Rudi erledige ich ganz sicher nichts mehr.«

»Magst du ihn nicht mehr?«

Das Kind konnte einen verrückt machen.

»Was soll das denn heißen.«

»Habt ihr euch gestritten?«

Konnte man das so nennen?

Sie gab sich einen Ruck. »Rudi ist leider gestorben«, sagte sie. Jetzt konnte sie die Tränen nicht mehr zurückhalten.

»Du bist traurig. Hab ich mir gleich gedacht.«

»Ist gleich vorbei.«

»Wieso ist es gleich vorbei? Als Opapa gestorben ist, ist es nie mehr vorbeigegangen.«

»Rudi ist nicht Opapa.«

»Wieso ist Rudi gestorben?«

»Gute Frage.«

»Das ist doch keine gute Frage.«

»David, Süßer, mach dir keine Sorgen.«

»Warum soll ich mir denn Sorgen machen?«

17

Wem konnte sie sich noch anvertrauen? Luis? Wohl oder übel, sie hatte keine andere Wahl. Er saß in Berlin. In Zürich gab es allenfalls Charlotte. Sie war sich keineswegs sicher, ob die jetzt die Richtige war. Niemand wusste besser über ihre Feinde Bescheid als Charlotte - so viel stand fest. Sie schickte ihr eine Nachricht. *Bin in Zürich. Können wir uns sehen - am besten sofort?*

Die Antwort folgte prompt.

Sie trafen sich am Bürkliplatz am Dampfersteg.

»Was ist denn mit dir los?«, sagte Charlotte.

Ihr erbärmlicher Zustand war nicht zu übersehen.

»Lag ein paar Tage auf der Schnauze. Aber es geht schon wieder.«

Sie bestiegen ein Rundfahrtschiff. Der Regen war glänzendem Wetter gewichen, die Berge leuchteten glasklar am Horizont. Touristen drängten aufs Oberdeck unter freiem Himmel. Die beiden Frauen blieben ungestört unterm Dach und tranken Kaffee.

»Wer sich Beat in den Weg stellt, hat nichts zu lachen«, bestätigte Charlotte. »Auch Journalisten nicht. Er hasst sie. Wenn sie ihren Job ernst nehmen, kennt er kein Erbarmen. Wenn sie es nicht tun, verachtet er sie.«

»Davon hat er mich überzeugt.« Von den Stunden in dem alten Haus gab sie kein Sterbenswörtchen preis.

»Beat hat Zeitungen und Sender gekauft. Gebracht hat es ihm nichts. Noch immer tanzt die Schweiz nicht nach seiner Pfeife. Deshalb interessiert ihn sein Land nicht mehr. Er setzt alles auf Deutschland.«

»Was hat er vor?«

»Was auch immer es ist, Hellbrücks Ableben kam ihm leider dazwischen.«

»Leider?«

»Mein Bedauern hält sich in Grenzen, das kannst du mir glauben.«

»Ich wüsste trotzdem gern, auf wessen Seite du stehst.«

»Ich kenne Banz besser als irgendjemand sonst. Und ich bin Deutsche. Das sind schon zwei gute Gründe, ihm in den Arm zu fallen. Andererseits lebe ich auch von ihm, und wir haben eine gemeinsame Tochter. Das hindert mich daran, ihn mit aller Härte zu bekämpfen. Er darf auf keinen Fall dahinterkommen, dass ich meine Finger im Spiel habe.«

»Den Handel mit den falschen Geigen hast du abgewickelt.«

»Beat ist ein Familienmensch und wollte mich davon profitieren lassen. Er wusste, dass ich von Geigen keine Ahnung habe. Ich sollte ja nur die Provision kassieren und nicht so genau hinschauen.«

Vor allem Letzteres, dachte Constanze.

»Du wusstest nicht, dass Brögs Frau die Instrumente besorgt hat?«

»Ich war ahnungslos, bis mir ein Zufall auf die Sprünge half. Als ich von der alten Jüdin erfuhr, der die Stradivaris angeblich gehörten, bat ich Titus, die alte Dame zu porträtieren. Sie hätte gut in sein Buch gepasst. Er machte sich auf die Suche – fand sie jedoch nicht. Weil sie nicht existiert, weil sie niemals existiert hat. Also können auch die Instrumente nicht von ihr sein.«

»Trotzdem echte Stradivaris?«

»Isabelle hat gewusst, auf was für einer Bratsche sie spielt.«

Constanze sog die klare, kühle Seeluft in die Lungen. Sie tat ihrem Kopf gut. Ringsumher waren die Hügel bedeckt von prachtvollen Villen, umgeben von Grün. Waren das die Wonnen der Dekadenz? Wehe, man sah hinter die Fassaden.

»Warum starb Hellbrück?«, fragte sie.

»Die traurige Wahrheit dürfte sein, weil ich seiner Frau, meiner Freundin, die Sache von den Geigen anvertraute.«

»Und dann?«

»Ich durchschaue noch immer nicht alles. Du musst mir helfen.«

»Wie könnte ich das?«

»Geh zu Banz!«

»Du hast mit ihm doch sicher schon gesprochen.«

»Ich lebe von ihm.«

»Und ich habe keine Lust, seinetwegen zu sterben.«

»Zeig mir noch mal deine Fotos, Constanze. Wir sollten über die Ausstellung sprechen.«

Als die Rundfahrt zu Ende war und sie das weiße Schiff verließen, war sie der Verwirklichung ihrer Träume einen großen Schritt näher gekommen.

18

Sie erzählte auch Luis fast alles. Ob er ihr alles glaubte, stand auf einem anderen Blatt. Sie war aus Berlin verschwunden, ohne ihm mitzuteilen, dass sie auf dem Weg nach Zürich war. Und erst recht hatte sie ihm verschwiegen, dass sie bei Gandolfo wohnen wollte. Jetzt gab es keinen Grund mehr, es für sich zu behalten.

»Er hat mich betäubt, Luis.«

»Und dann?«

»Und dann, was?«

»Wann? Wo? Wie? Warum?«

Der Arsch von einem Reporter schien kein bisschen schockiert, noch nicht mal beunruhigt. »Willst du nicht erst mal wissen, wie es mir geht?«

»Wie geht es dir?«

»Fast hätte ich mir die Seele aus dem Leib gekotzt. Freia hat mich gerade noch rechtzeitig befreit.«

»Glück braucht der Mensch.«

»Mein Hotel hat diesmal nur drei Sterne, in der Halle hängen Kuhglocken.«

»Wer kümmert sich um dich?«

»Das hab ich dir gerade gesagt: Freia. Sie wurde gefeuert und hat selbst Hilfe nötig.«

»Du erzählst mir immer nur die Hälfte«, beklagte sich Luis. »Was treibst du sonst in Zürich?«

»Jetzt sei nicht eingeschnappt! Ich recherchiere die Story zu Ende. Was soll ich denn sonst tun?«

»Recherche nennst du das.«

»Deshalb rufe ich an. Erst mal: Wie geht es Thaddäus?«

»Er ist außer Lebensgefahr. Aber wir kriegen immer noch nichts aus ihm heraus.«

»Ich spreche jetzt mit Banz. Vorher komme ich nicht zurück.« Das klang ein wenig angeberisch und hatte auf Luis keine Wirkung.

»Halt mir wenigstens die Daumen!«

»Wie willst du es anstellen?«, fragte Luis.

Befürchtete er, sie könnte die Nummer vergeigen? Es hörte sich ganz danach an.

»Lass das meine Sorge sein. Er wird mir schon nicht die Ohren abreißen.« Das sagte sich so leicht. Sie gefährdete mehr als nur ihre Ohren.

»Warum hast du denn nichts gesagt?«

Darauf hätte sie ausführlich antworten können. Aber sie

wählte die kurze Version: »Wenn du dir Mühe gibst, kommst du selbst darauf.«

Eines musste man Luis lassen. Er redete nicht um den heißen Brei herum. »Was ist mit Gandolfo? Bringt er dich zu Banz?«

»Es ist endgültig vorbei«, sagte sie. Es sollte locker klingen.

»Tut mir leid«, heuchelte er.

»Es muss dir nicht leidtun, Luis, dafür gibt es nicht den geringsten Grund.«

Weshalb sagte sie ihm nicht, dass der Schuft tot war, grauenvoll zugerichtet. Weil er selbst ein Opfer war? Man hatte Gandolfo dafür bestraft, dass er sie am Leben gelassen hatte. Hätte er mit ihr kurzen Prozess gemacht, würde er noch leben. Das wäre zu viel für Luis. Sie blickte selbst noch nicht ganz durch.

Trotzdem hätte sie Luis jetzt gern in ihrer Nähe gewusst. Plötzlich sehnte sie sich nach ihm.

19

Ne Fahne wird nicht gehisst auf dem Turm, wenn Banz im Haus ist. Ist ja nicht die Queen. Man spürts trotzdem. Dann drücken sich seine Bodyguards in der Halle rum. Con will alles wissn. Vom wem das Badge ist, das sie für den Turm braucht, sag ich ihr nicht.

20

Die schwere Metalltür krachte hinter ihr zu. Sie ließ sich von innen nicht wieder öffnen. Licht fiel nur durch einige schmale Schlitze im mächtigen, unverputzten Mauerwerk. Wenn sie von außen richtig gezählt hatte, ging es sechs Stockwerke hinauf. Aber als sie nun die schmalen Stufen hinaufstieg, Stufe um Stufe mit bangerem Herzen und schwereren Beinen, waren es nicht sechs, sondern sieben Etagen. Dafür hatte sie keine Erklärung. Die am höchsten gelegene Tür musste jedenfalls die richtige sein. Alle Türen besaßen einen Knauf, keine Klinke.

Sie versuchte es mit einer Plastikkarte, ihrem Journalistenausweis, den sie durch den Spalt zwischen Tür und Rahmen zog. Die Tür war verschlossen. Ein versperrter Notausgang entsprach nicht den feuerpolizeilichen Vorschriften. Gegen die verstieß in der Schweiz garantiert niemand. Doch auch bei wiederholten Versuchen zu öffnen, gab das Schloss nicht nach.

Ein Stockwerk tiefer, die gleiche Tür, der gleiche Knauf, der nächste Versuch mit der Karte. Wieder vergeblich. Es war wohl an allen Türen in allen Etagen so. Wurden sie jemals geöffnet? Der Service nahm selbstverständlich den Aufzug. Vielleicht wurde diese Feuertreppe nie benutzt. Ehe jemand kam, war sie verhungert. Falls nicht Freia sie erneut befreite.

21

Das Badge, das Con nun hat, hab ich gekauft. Für ne Pulle feinsten Kirsch. Pia steht drauf. Seit sie in Hellbrücks tote Augen geguckt hat, ist der Durst noch schwerer zu löschen. Sie hat Zutritt zur Banz-Suite. Wenn es auffliegt, wird sie behaupten, ich hätt ihr das Badge geklaut. Der Verdacht wird trotzdem auf Nicola fallen. Die verliert dann auch ihrn Job, obwohl sie für die Rooms Division unentbehrlich ist. Dir. Häfeli is ne Pflaume und wär ohne sie aufgeschmissen.

22

Schritte und Stimmen von oben, Schritte und Stimmen von unten. Man hatte sie entdeckt. Selbst in diesem Gewölbe gab es Überwachungskameras. Würden die Herren gleich hier zuschlagen? Wenn sie beim Grand Montagne arbeiteten, besaßen sie Manieren im Unterschied zu den Rüpeln im Abbruchhaus. Falls sie sich nicht täuschte. Sie blieb einfach stehen. Jeder Fluchtversuch wäre sinnlos gewesen. In gemächlichem Tempo kamen sie von oben und unten gleichzeitig auf sie zu. Sie trugen dunkle Anzüge und dunkle Brillen im düsteren Stiegenhaus, dazu weiße Handschuhe.

»Wen haben wir denn da?«, sagte der Erste.

»Eine gute Bekannte«, sagte der Zweite.

»Hier werden Sie wieder nichts Richtiges zu essen finden«, sagte der Dritte. Er hatte sie bereits in der Villa am See betreut.

Der Vierte hatte ihr dort die Kamera abgenommen. Er tat es nun wieder, nur dass es diesmal keine Pfandmarke dafür gab.

»Sie werden schon erwartet«, sagte der Erste.

Sie wurde in die siebte Etage eskortiert.

23

»Nehmen Sie bitte Platz, Frau Behrenberg! Endlich haben Sie heraufgefunden. Noch höher geht es nicht. Darüber glänzt nur der Himmel. Endstation.«

Beat Banz saß in einem Ohrensessel aus weinrotem Leder. Unter seinen Füßen ein Eisbärenfell. Alle fünf Sessel im Rund standen auf Eisbärenfellen. Unter den Balken der Turmhaube gab es kein avantgardistisches Design. Dafür stand da ein Steinway Grand Concert. Die Dekadenz war hier gediegen. Dass

Constanze dafür überhaupt noch einen Blick hatte! Sie wunderte sich über sich selbst.

Banz verschwand fast in seinem voluminösen Sessel. Zu seiner Linken thronte Friede Brög-Riedinger in einem Jagdkostüm aus anthrazitfarbenem Loden, zu seiner Rechten Schwendi, der Anwalt, heute mit violetter Fliege zum olivgrünen Tweed. Neben ihm der jungenhafte Riese mit den langen, kupferblonden Rastazöpfen, den sie am See flüchtig kennengelernt hatte. Einen nachtblauen Anzug von tadellosem Schnitt trug er auch jetzt wieder.

Ein fünfter Ohrensessel war für sie selbst reserviert. Einer der Bodyguards schob ihn hinter ihr zurecht. Ein anderer reichte auf einem silbernen Tablett einen Kelch Champagner Rosé.

»Nein, danke. Im Augenblick vertrage ich das nicht so gut.«

»Verzeihung, ich vergaß, dass Sie schlechte Erfahrungen gemacht haben«, sagte Banz. »Bitte bringen Sie Frau Behrenberg ein Valser-Wasser aus unseren schönen Bergen!«

Er wandte sich ihr wieder zu. »Ich hatte mir so einen schönen Tod für Sie ausgesucht. Sie werden ihm noch nachtrauern. Wie spricht der milde Tod zum Mädchen? *Gib deine Hand, du schön und zart Gebild! Bin Freund, und komme nicht zu strafen. Sei guten Muts! Ich bin nicht wild. Sollst sanft in meinen Armen schlafen!* Nun, ganz ohne Strafe geht es leider nicht.«

Sie hätte sich am liebsten mit den Fäusten auf ihn gestürzt. Doch wäre es ihrer Gesundheit nicht gut bekommen. Sie wandte sich an die Brög-Riedinger. »Ich vermisse Ihren Mann. Wo haben Sie ihn gelassen?«

»Dort, wo er hingehört, in Berlin.«

»Als Marionette von dem da.«

Banz reagierte nicht.

»Sehe ich aus wie eine Marionette?«

»Wie eine Marionette nicht, eher wie eine Puppenspielerin.«

»Damit liegen Sie nicht ganz falsch. Mit der jungen Frau hat Wilhelm August gespielt, solange es seiner Sache dienlich war.

Ich schließe nicht aus, dass er wirklich ein wenig verrückt nach ihr war.«

»Ich werde es ihr berichten«, versprach Constanze.

»Es würde sie nicht trösten.«

»Sie werden dazu keine Gelegenheit mehr finden«, stellte Banz fest. »Auch damit wird Ihre Freundin sich abfinden müssen. Eine tüchtige Mitarbeiterin. Unter anderen Umständen hätte ich sie gern behalten.«

Friede Brög-Riedinger gab ihm recht: »Eine recht aparte Person diese Freia. Geschmack hat er, mein Wilhelm August, das muss man ihm lassen. Ich bin Ihnen dankbar, Frau Behrenberg. Es war ja gewissermaßen auch Ihre Wahl.«

Darauf ging sie besser nicht ein. Ihr Hunger nach Information war noch nicht gedeckt. »Wer kam auf die Idee, falsch deklarierte Geigen zur Geldwäsche zu benutzen?«

»Vielleicht darf ich Sie an dieser Stelle mit meinem Spindoktor bekannt machen«, sagte Banz. »Hassan Hagen Schröder.« Er wandte sich den kupferblonden Rastazöpfen zu. »Er verfügt über einen IQ von einhundertfünfundsechzig, spricht sieben Sprachen fließend, wurde in Molekularbiologie an der ETH Zürich promoviert und besitzt einen Master in Political Science von Princeton. Was sehen Sie mich so erstaunt an? Haben Sie mich für einen Rassisten gehalten? In gewisser Weise bin ich es sogar. Hier sehen Sie das Musterexemplar der neuen globalen Elite, um nicht zu sagen: einer globalen Rasse. Ich bin schon lange der Überzeugung, dass der Genpool Europas erschöpft ist.«

Hassan Hagen Schröder erhob sich und deutete eine Verbeugung an. »Sehr erfreut, Sie wiederzusehen.«

»Sie haben über Beat Banz gelästert, ich erinnere mich gut«, bestätigte sie.

Banz brach in stummes Gelächter aus. »Genau das liebe ich an ihm. Ich mag keine Lakaien. Stimmt's, Schwendi!«

»Jawoll, Herr Vorsitzender«, erwiderte der Anwalt wie aus

der Pistole. »Am liebsten lachen Sie über sich selbst. Das kann ich bestätigen.«

»Das müssen Sie mir bestätigen, Schwendi! Ich bestehe darauf.«

Banz sah Constanze an. »Schade, dass Ihre Recherchen zu keinerlei Niederschlag in der deutschen Qualitätspresse mehr führen werden. Es hätte meiner Eitelkeit Freude bereitet. Ihr Land kann mir wirklich dankbar sein. Ein so schönes Land, ein so begabtes Volk. Was ist nur aus ihm geworden? Eine verwöhnte Wohlstandsgesellschaft, die glaubt, Exportweltmeister und Moralweltmeister zugleich sein zu können. Ihre Regierungen, eine wie die andere, fahren es gegen die Wand. Die Wähler ermuntern sie noch dazu. Ihre Soldaten können nicht mehr schießen, ihre Züge nicht mehr pünktlich rollen, ihre Schulen nicht mehr erziehen. Denker und Dichter hat sie einst hervorgebracht, heute ist sie zermürbt, ermattet, ausgelaugt. Das, Frau Behrenberg, ist wirklich dekadent. Darüber hätten Sie schreiben sollen.

Das Einzige, was in Ihrem Land noch zuverlässig wächst, ist die Zahl der Migranten und die Höhe der Steuern. Alles andere verfällt, sogar der IQ der Bevölkerung – kein Wunder, wenn niemand mehr liest. Die Deutschen ertragen die Demokratie nur noch als Beruhigungsmittel. Selbst wenn der Staat versagt, wollen sie in Ruhe gelassen werden. In Ruhe gelassen zu werden, halten sie für die wichtigste Pflicht der Obrigkeit. Und umgekehrt gilt ihnen Ruhe als die erste Bürgerpflicht. Niemand rebelliert. Das deutsche Volk hat resigniert. So darf es doch nicht weitergehen. Man muss Ihrem schönen Land auf die Sprünge helfen, wenn es sich nicht mehr selber helfen kann. Sie haben ein Überangebot an Flüchtlingsaktivisten, Klimaschützern, Genderistinnen und Genderisten, eine Armee von Demonstranten gegen Rechts. Nur für die Interessen der Mehrheit, für die betrogene, belogene, bestohlene Mitte kämpft niemand. Ich habe mich deshalb dazu durchgerungen, Ihr Land zu übernehmen. Vollkommen legal. Dazu ist kein Ermächtigungsgesetz nötig, ja noch nicht einmal ein Verfassungsbruch. Stimmt's, Schwendi?«

»Jawoll, Herr Professor Banz, da treffen Sie den entscheidenden Punkt.«

»Wir haben uns das reiflich überlegt. Eine Möglichkeit wäre der Anschluss Deutschlands an die Schweiz. Lachen Sie nicht! Gäbe es eine Volksabstimmung in Deutschland, erhielte der Vorschlag eine Mehrheit. Unter Schweizer Hoheit würden wenigstens die Züge wieder pünktlich rollen. Doch welcher Schweizer hätte daran Interesse, von seinen zurückgebliebenen Nachbarn überstimmt zu werden. Nicht geschenkt will ich euch. Ich bin doch nicht größenwahnsinnig!«

»Ganz außer Zweifel, Exzellenz.« Schwendi war schon wieder aufgesprungen.

»Halten Sie den Mund, wenn Sie nicht gefragt werden! Wie Sie sehen, sind meine Pläne zu groß für die Schweiz. Deshalb haben wir uns überlegt, wie wir in die deutsche Politik eingreifen können. Zuerst dachte ich daran, mir eine der Regierungsparteien zu kaufen. Die dafür auserkorene Partei sperrte sich wider Erwarten leider dagegen. Sie wissen, von welcher Partei ich spreche? Nein? Da kann ich Ihnen auch nicht helfen.

Stattdessen setzte ich auf Wilhelm August Brög. Was wir wirklich benötigen, ist keine neue Partei, sondern eine überparteiliche Bewegung. Es geht nicht nur um Deutschland. Wir müssen die Europäische Union vor sich selbst retten. Das ist meine Mission. Einverstanden, Schwendi?«

Schwendi stand auf und salutierte. »Europas Bürger werden Ihnen noch Denkmäler setzen, Herr Generalsekretär. Jawoll.«

»Reden Sie keinen Stuss, Schwendi!« Er sprach Constanze an: »Das Ableben von Felix Hellbrück missbillige ich ausdrücklich. Kein Hotelier wünscht sich ein derartiges Vorkommnis in seinen Mauern. Leider war Hellbrück dem Finanzierungsmodell seines Widersachers auf die Spur gekommen. Sie fragen mich, wie das geschehen konnte? Oder hat es Ihnen Charlotte schon verraten? Es war ein dummer Umstand. Bedauernswerterweise haben wir ihn nicht rechtzeitig bemerkt: Hellbrücks Lebensgefährtin ist mit Charlotte befreundet. Mir war das nicht bekannt, meinen Leuten auch nicht. Ein unverzeihlicher Fehler. Ohne ihn wäre die Sache mit den falschen Stradivaris ein genialer Trick gewesen.«

»Genial und irrsinnig zugleich«, sagte sie.

»Was bilden Sie sich ein!«

»Es ist verrückt, für eine politische Kampagne dreißig Millionen auszugeben.«

»Vierunddreißig. Hellbrück kreuzte hier auf. Ich überzeugte ihn davon, dass auch er profitieren könnte vom Wahren, Guten und Schönen. Mit einem Bratschenkoffer voller Geld verließ er das Seegrundstück. Er hätte jedoch wissen müssen, dass ich mich von niemandem erpressen lasse.

Der Führer der deutschen Moralopposition hat sich tatsächlich vorgestellt, er könnte meine Spende abschleppen wie die Mafia ihr Schwarzgeld. In einem Instrumentenkoffer. Was erzähle ich Ihnen! Sie haben es längst herausgefunden. Wie Hellbrück die Scheine eingelöst hätte, ist mir freilich ein Rätsel. Wollte er wirklich gegen das Parteispendengesetz und auch noch gegen das Geldwäschegesetz verstoßen? Diese Sorge haben wir ihm zusammen mit dem Geld abgenommen.«

»Wie großzügig!«, sagte Constanze. »Der Anschlag in Berlin: Was bezweckte der?«

Banz verzog säuerlich das Gesicht.

»Jetzt haben Sie mich ertappt. War das wirklich nötig? Sie stellen die Frage völlig zu Recht. Ich hatte tatsächlich zunächst gezögert. Doch der Erfolg spricht klar für die Aktion. Alle sprechen von islamistischem Terror. Wir tun es auch.«

»Was hat Ihnen Klein angetan?«

»Er hat einen Privatkrieg gegen Brög geführt und ist damit selbst in die Schusslinie geraten. Darüber sollte er sich nicht beschweren. Offen gestanden, hätte ich eine unblutige Lösung vorgezogen. Klein ließ sich leider nicht in dieselbe Falle locken wie Hellbrück. Die Sache wäre eleganter zu lösen gewesen.«

»Sie haben auch Mücke auf dem Gewissen.«

»Eine bedauerliche Verwechslung. Aber das wissen Sie doch schon. Ein Fehler meiner Leute. Sie sind uns entwischt. Irrtümlicherweise wurde Ihre Kollegin beschlagnahmt. Der Fehler war dann leider nicht mehr gutzumachen. Ein unnötiges Opfer.«

»Was ist mit ihr geschehen?«

»Sie wusste zu viel, genau wie Sie.«

»Lassen Sie sie bitte frei!«

»Zu meinem aufrichtigen Bedauern ist das nicht mehr möglich.«

Constanze sprang auf. Kräftige Hände packten sie an der Schulter und drückten sie zurück in den Sessel.

»Machen Sie sich keine Sorgen. Sie lebt. In einem Land, in dem meistens die Sonne scheint. Wir haben Frau Mücke veräußert. Man will doch auch als falscher heiliger Krieger möglichst bei der Wirklichkeit bleiben. Meinen Sie nicht?«

Lautloses Gelächter schüttelte Banz.

Obwohl Constanze saß, wurden ihr die Knie weich. Sie sackte innerlich in sich zusammen.

Als könnte Banz ihre Angst riechen, sagte er: »Ich hätte Ihnen ein romantischeres Ende gegönnt als das, was Ihnen nun bevorsteht. Gandolfo hat leider auf ganzer Linie versagt. Immer wieder derselbe Fehler. Er konnte Ihnen mehr abgewinnen, als seiner Gesundheit zuträglich war. Bedauerlich. Habe ich recht, Schwendi?«

»Ganz und gar, Exzellenz.«

»Erklären Sie es ihr!«, forderte Banz ihn auf.

»Sie stehen unter einem neuen schweren Verdacht«, sagte Schwendi. »Sie werden beschuldigt, nicht bloß die teure Bratsche entwendet, sondern auch Rudolf Gandolfo ermordet zu haben.«

»Ein schauerlicher Sexualmord«, erläuterte Banz. »Auf einem Zahnarztstuhl haben Sie ihn zu Tode gequält!« Er brüllte lautlos.

»Ich hätte gerne Ihre Verteidigung übernommen, nur wird es leider nicht mehr zu einem Prozess kommen«, sagte Schwendi.

»Nun schauen Sie doch nicht so verschreckt!«, fuhr Banz fort, als er sich beruhigt hatte. »Wir wissen, dass Sie unschuldig sind. Nur die Polizei weiß es nicht. Hagen Hassan, zur Illustration bitte ein paar Einzelheiten. Eine gute Reporterin hat es gern so anschaulich wie möglich. Nur mit Details gewinnt man Journalistenpreise.«

Hagen Hassan erhob sich: »Gandolfo wurde an den Hoden …«

»Ersparen Sie uns das«, stoppte ihn Banz. »Trotz stupender Intelligenz ist Hassan Hagen leider frei von jeglichem Mitgefühl. Es ist das Ergebnis einer nicht ganz fehlerfreien Genoptimierung.«

»War er auch am Anschlag in Berlin beteiligt?«

Hassan Hagen antwortete selbst: »Ich war nicht nur beteiligt. Ich führte das Kommando.«

»Gern würde ich Ihnen noch eine andere Illusion nehmen«, sagte Banz. »Vielleicht erleichtert es Ihnen den Abschied von dieser Welt ein wenig, wenn Sie es erfahren. Thaddäus Klein hat zwar überlebt, doch möchte er jetzt bloß noch leben. Ich kann das verstehen. Die Lage war für ihn schon zuvor nicht komfortabel. Er hat sein *Magazin* verkauft. Zu einem sehr anständigen Preis, wie ich erwähnen möchte. Käufer ist die Quality Press Holding. Sie werden vermutlich noch nichts von ihr gehört haben. Wer dahintersteckt? Schwendi!«

Schwendi schnellte hoch. »Die EAFSR, Herr Vorsitzender, eine internationale Kapitalgesellschaft.«

»EAF …?« Sie sah Banz fragend an.

»… SR. Es ist ganz einfach zu behalten.«

»Was bedeutet das Kürzel?«

»Eine Alte Frau Schabt Rüben. Ich halte selbst die Mehrheit.«

Es kam ihr vor, als zitterten die Dachbalken vom lautlosen Gewieher in dem roten Ohrensessel auf schneeweißem Bärenfell.

»Genial, Majestät!«, jubelte Schwendi.

»Loben Sie nicht mich, Schwendi, es war Hassan Hagens Vorschlag.« Er wandte sich wieder an Constanze: »Sie sind meine Angestellte, haben es nur noch nicht gewusst. Keine Sorge, ich werde Ihnen nicht noch kündigen, ehe Sie für immer abtreten.«

Schwendi fand das witzig.

»Da gibt es nichts zu lachen«, wies ihn Banz zurecht. »Hassan Hagens überragender Verstand hat sich gewiss etwas Originelles ausgedacht.«

Sie würde die Suite nicht mehr lebend verlassen, ahnte Constanze. Sollte sie kämpfen? Es wäre sinnlos. Doch war sie es sich schuldig. Zum Opferlamm war sie nicht geboren.

Als ob Banz ihre Gedanken lesen könnte, sagte er: »Der Tod im Grand Montagne schadet leider dem Geschäft.«

Beruhigend klang das nicht.

»Warum Hellbrück?«

»Es war Selbstmord, das wissen Sie doch.«

»Ich vermute etwas anderes«, sagte sie. »Brög hat an der Tür seines Rivalen geklingelt. Mit einer Flasche Merlot in der Hand hat er ihm einen Friedensschluck angeboten. Hellbrück hat ihn hereingelassen. Sie waren doch selbst dabei, Frau Brög-Riedinger. Sie haben den Instrumentenkoffer geöffnet und das Geld, das Sie darin vermuteten, an sich genommen. Richtig?«

»Falsch«, zischte sie.

»Glauben Sie wirklich, Brög hat seine Finger im Spiel gehabt?«, sagte Banz. »Weshalb hätte er sich die Hände schmutzig machen sollen? An anderer Stelle nützt er uns mehr. Für solche banalen Erledigungen beschäftigen wir Fachpersonal. Hellbrück hat die Tür geöffnet und seinen Besucher hereingelassen. Er kannte Hassan Hagen ja bereits. Kurz darauf tat er genau das, was er ihm befahl, und schluckte das Gift. Wären Sie nicht ein paar Stunden später mit Ihrer Kamera eingedrungen, wären die irritierenden Gerüchte gar nicht erst entstanden.«

Hellbrücks Mörder besaß einen IQ von einhundertfünfundsechzig, einen Doktortitel in Molekularmedizin, einen Master in Political Science und ein sehr schönes Gebiss. Vielleicht war er ja auch noch als Kieferchirurg zugelassen und als Folterspezialist, falls in seinem Fall eine Unterscheidung möglich war. Er war Hellbrück vom See ins Grand Montagne gefolgt.

Sie dachte nicht an den Tod, der ihr bevorstand. Sie zitterte nicht einmal vor Angst, sondern reagierte wie ein Kriegsreporter im Kugelhagel. Es war verrückt. Aber daran war zu sehen, was aus ihr geworden war. Sie lebte, um zu fotografieren. Die Kamera war ihr Schild. Mit wenigen Sätzen war sie am Steinway Grand Concert und riss ihre Canon an sich. Hassan Hagen war bereits bei ihr und nahm ihr das schwere Ding aus der Hand.

»Los!«

Er packte sie am Oberarm und stieß sie durch die Tür nach draußen auf die Galerie, die den Turm umgab.

Ihr hilfloser Versuch bewies, dass sie den Bezug zur Realität verloren hatte. Wohl noch sinnloser war es, dass sie ihrem Mörder vorschlug: »Wenn Sie wollen, porträtiere ich Sie.« Die Eitelkeit des Mannes war ihr zwar schon am See aufgefallen, dennoch war es hirnrissig, zu hoffen, dass er darauf einging. Die Worte waren aber unbewusst aus ihr herausgeplatzt, um die Situation zu deeskalieren.

Doch wurde Hassan Hagens überragende Intelligenz von seiner noch überragenderen Eitelkeit übermannt. Vermutlich war die Genoptimierung doch nicht so ganz optimal gelungen. Er sah sie fragend an.

»Mit dieser grandiosen Aussicht im Hintergrund. So klar sind die Berge nicht immer.« Das Panorama überwältigte sie selbst noch in diesem Augenblick. Sie registrierte aber auch, dass gegen die sinkende Sonne keine gute Aufnahme möglich war.

Hassan Hagen war auch noch einen Kopf größer als sie.

»Ich steige auf diesen Stuhl«, schlug sie deshalb vor. »Dann erwische ich Sie von oben. Der See ist noch zu sehen, und der Himmel überstrahlt Sie nicht.«

Hassan Hagen erlaubte es ihr. Sie rückte den Stuhl aus wetterfestem Tropenholz zurecht. Die schwere Nikon ließ sich nicht nur als Schutzschild benutzen. Sie stieg auf den Stuhl, packte die Kamera am Objektiv und sprang auf ihren Mörder zu. Dabei versetzte sie ihm einen mächtigen Hieb auf den Schädel.

Benommen drehte er sich um die eigene Achse und schwankte gegen das Geländer. Sie ließ die Kamera fallen, packte den Stuhl und stieß ihn mit aller Kraft gegen den Rücken des stöhnenden Riesen. Er richtete sich auf, schwang herum und taumelte ihr entgegen. Sie nahm Anlauf und benutzte den Stuhl als Rammbock. Der groß gewachsene Mann bog sich mit dem Rücken über das Geländer wie ein Hochspringer über die Latte.

24

Die geliebte Eiterbeule gegen horrendes Geld ausgelöst. Wenn Con vom Turm zurück ist, haun wir ab. An der Vorfahrt wart ich auf sie. Im Beetle neben blitzblanken Blechgenitalien.

Kann nicht raufschaun zum Turm, das Milchglasdach der Vorfahrt ist im Weg. Ein Kollege öffnet den Schlag von nem Bentley. Das Wesen, das seine Spinnenbeinchen herauslüpft, hab ich selbst schon eingecheckt. Kommt aus Herrliberg an der Goldküste, keine zehn Kilometer von hier, steigt hier mit nem Schriftsteller ab, der sich das Grand Montagne nicht leisten kann. Sie kann es sich nicht leisten, ihn in Herrliberg zu sehn neben Mann, Kind, Hund und ner profitablen Privatklinik. Schnuckliges Nymphchen, blonde Mähne bis zum Popöchen, japanische Designerklamotten. Der rote Rimowa, den der Wagenmeister aus dem Kofferraum wuchtet, ist groß genug für nen dreiwöchigen Aufenthalt. Sie bleibt aber immer bloß ne Nacht. Dann jaulen Hund und Kind und Mann. Bloß kein Neid.

Sie ist in der Drehtür verschwunden, und der Wagenmeister will sich den Spaß nicht nehmen, das Teil selbst in die Garage zu kutschieren. Da tuts nen wahnsinnigen Schlag. Ne Wolke aus Glas. Ne Bombe!

25

Später war Constanze untröstlich, dass sie diesen Augenblick nicht mit der Kamera erwischt hatte. Es wäre das Foto ihres Lebens gewesen. Man kann aber nicht alles haben. Der schön geschwungene gläserne Baldachin vor dem Hauptportal war bereits geborsten, als sie sich über das Geländer beugte, über das Hagen Hassan gestürzt war.

Das Krachen hatte man auch im Turm gehört. Sie hob ihre Kamera auf und drückte sich gegen die Wand, als könnte sie sich unsichtbar machen. Schwendi stürmte als Erster heraus. Er kümmerte sich nicht um Constanze. Auch die Brög-Riedinger nahm von ihr keine Notiz. Mit vor den Mund gepressten Händen starrte sie in die Tiefe. Ein schönes Motiv, fand Constanze und fotografierte. Dann sprang sie zurück in die Suite. Banz thronte noch immer in seinem Sessel, und sein lautloses Gelächter ließ den Turm geradezu erzittern.

Wo waren die Bodyguards? Nicht zu sehen. Den Lift wollte sie nicht nehmen. Also wieder die Feuertreppe. In diesem Augenblick öffnete sich eine Tapetentür, und Ruedi Siebeneich stand breitbeinig vor ihr.

»Gopfridstutz.«

Das Spiel war endgültig verloren.

»Abrrr schnöll!«, rief der Sicherheitschef des Grand Montagne und machte ihr den Weg frei.

26

Con hält sich fest an mir wien Kind. Kanns verstehen. Weshalb sie unbedingt auf den Turm gewollt hat, statt den Fall den Cops zu überlassen? Weils ihre Story ist. Will Banz nicht erledigen, sondern ihn verstehn. Man nennt das Journalismus. Oder Irrsinn.

27

Sie rechnete mit dem Schlimmsten, als Glaris aufkreuzte. Der Polizist sagte, er hätte auch eine gute Nachricht für sie. Die gute Nachricht war das Ergebnis der kriminaltechnischen Untersuchungen.

Die Spuren von Gift an den Scherben des von ihr benutzten Champagnerkelchs aus den Trümmern des Hauses waren identisch mit den Substanzen im Zimmer Hellbrücks. Man hatte sie auch in ihrem Urin nachgewiesen. Es war die Bestätigung dafür, dass sich Hellbrück nicht selbst umgebracht hatte. Bisher waren die Schweizer Behörden davon ausgegangen.

Endlich war die Story rund.

Und die schlechte Nachricht?

Sie hatte Hassan Hagen in die Hölle befördert. Hauptmann Glaris war bestimmt gekommen, um sie festzunehmen. Sie würde auf Notwehr plädieren, hatte schließlich nicht beabsichtigt, den Mann zu töten. Er hatte nur das Gleichgewicht verloren. Letztlich war er seiner Eitelkeit zum Opfer gefallen. Eitelkeit – ein passendes Wort dafür, wenn jemand aus der Balance gerät, weil er nur noch Augen für sich selbst hat. Sie würde sich dennoch rechtfertigen müssen.

Glaris standen drei Zeugen zur Verfügung. Alle drei gaben an, Hassan Hagen Schröder habe sich vom Turm gestürzt, nachdem er gestanden hatte, Gandolfo und Hellbrück getötet zu haben. Ihr stellte der Polizist zu diesem Sachverhalt keine einzige Frage. War er denn nicht daran interessiert, was im Turm geschehen war? Sie fühlte sich schuldig.

Schuld am Schicksal ihrer Kollegin Mücke.

28

Schwendi meldete sich telefonisch. Als ihr Anwalt, wie er sagte, gab er ihr einen guten Rat. »Schweigen Sie, wenn Sie Frieden finden und Ärger mit der Eidgenössischen Justiz vermeiden möchten!«

War das auch eine Drohung?

29

»Mami!«

»Ja, mein kleiner Schatz!«

»Luis fährt mit mir in die Schweiz.«

Ihr stockte der Atem. Er hatte sie nicht einmal um Erlaubnis gebeten. Und sie würde sie ihm niemals geben.

»Kommt überhaupt nicht infrage!«

»Aber Mami, Luis passt ganz toll auf mich auf.«

»Genau das befürchte ich auch.«

»Sonst erlaubst du ja auch alles.«

David hatte sie durchschaut.

»Das wäre ja noch schöner, wenn er dich ohne mein Einverständnis einfach mitnehmen würde. Was will er denn hier?«

»Wir fahren mit der Seilbahn auf einen ganz hohen Berg und baden dort, wo du auch mit Freia gebadet hast.«

Man würde weder Luis noch David in die Frauenbadi lassen.

»Ich habe dir von der Schokolade erzählt, und dass ich dir eine Riesenschachtel davon mitbringe. Morgen schon komme ich nach Hause, die weite Reise lohnt sich also gar nicht mehr.«

»Schon wieder gelogen! Luis sagt, du hättest eine Superstory an der Backe. Die will er mit dir in der Schweiz fertig machen.«

»Meine Story will er fertig machen! Gut, dass du mir das sagst.«

Es war ihre Geschichte. Offenbar wusste das Aas noch nicht, dass Klein das *Magazin* an Banz verkauft hatte. Falls es stimmte, würde aus der Geschichte sowieso nichts mehr.

»Mami!«

»Ja, mein Liebling!«

»Warum sagst du nichts?«

»Hab nur kurz nachgedacht.«

»Was hast du nachgedacht?«

»Dass wir uns mal ein schönes Wochenende gönnen sollten.«

»In der Schweiz!«

»Muss es unbedingt sein?«

»Au ja! Im Grand Hotel Montagne.«

»Hat dir das auch Luis eingeredet?«

»Gar nicht. Aber du hast so schöne Sachen davon erzählt.«

Sie sollte nicht so viel erzählen, dachte sie. Lieber flog sie mit David zum Mond als noch einmal hierher.

30

Sie würde kündigen, falls Banz tatsächlich das *Magazin* gekauft hatte. Falls das nicht der Fall war, würde sie trotzdem kündigen. Brögs Bewegung ging ihr sonst wo vorbei. Die Wähler würden ihm eine Quittung ausstellen.

Was sie wirklich bewegte, war ihre erste Ausstellung in der

Berliner Dependence von Charlottes Galerie. In drei Monaten bereits sollte sie eröffnet werden. Welche Fotos konnte sie zeigen, und wie sollten sie hängen? In welcher Größe? In welchen Rahmen? Arbeiten »aus allen Schaffensperioden«, hatte Charlotte vorgeschlagen. Schaffensperioden! Was für ein aufgeblasenes Wort. Was hatte sie schon groß geschaffen? Ein paar Porträts. Fotos aus der Provence. Die Serie aus verschiedenen Museen. Das war noch gar kein Werk, geschweige denn ein Gesamtwerk. Es ging erst richtig los – wie sie hoffte.

Ihre besten Fotos waren stets in Momenten entstanden, in denen sie aus der Bahn geworfen worden war. Der Ex-Terrorist Frederic nach dem Sturz mit dem Rad. Das Foto von dem Schusskanal, in dem sich eine, wenn auch falsche Muslima spiegelte. Und schließlich das Bild, das sie dann doch noch vom Turm herab gemacht hatte: das zerstörte Glasdach der Vorfahrt, darunter der dunkelblaue Bentley, auf dem mit zerschmetterten und verkrümmten Gliedern Hassan Hagen Schröder lag.

Verstand man diese Bilder auch ohne die dazugehörenden Geschichten? Hatte sie als Fotografin mehr zu bieten als ein paar optische Notizen zufälliger Ereignisse? War sie nur die rasende Bildreporterin ihres eigenen Lebens?

Sie wollte endlich zur Ruhe kommen, nur noch schöne Landschaften fotografieren und Menschen, deren Gesichter Geschichten erzählten, in denen sie selbst nicht vorkam. Ein neuer Anfang. Diesmal richtig.

Ein Plakat sollte sie auch entwerfen, auf dem das Motto der Ausstellung stand.

Wie wär's ganz einfach mit: *Splitter meines Lebens.* Oder doch besser: *Das Wahre, Schöne und Gute.* Die Ironie darin würde niemand verstehen. Sie verwarf die Idee.

Alle Verdächtigen sind tot. Banz kann getrost wieder seiner ersten Leidenschaft frönen: Er sammelt. Er hat drei neue Bilder gekauft. Sie lehnen im Turm an der Wand, und er vertieft sich in sie. In die Bilder und in die Künstlerin. Sie lehnt nicht an der Wand, sondern lässt die nackten Beine vom Grand Concert baumeln. Auf die Leinwände sind dicke Farbschichten aufgetragen, natürliche Pigmente aus vulkanischem Gestein. Rot, violett, schwefelgelb, kupfergrün und schwarz. Abstrakte Formen. An ihr ist nichts abstrakt.

»Du hast Glück, dass du sie noch vor Felix' Tod gekauft hast. Inzwischen sind sie das Doppelte wert«, sagt sie.

»Und nächste Woche das Dreifache«, sagt Banz. »Mit dem Auftritt in meiner Sammlung bist du als Künstlerin eine gemachte Frau.«

»Schön, dass du mir es noch einmal klarmachst. Ich bin nicht dein Geschöpf.«

»Immerhin die erste Malerin in meiner Sammlung.«

»Von welcher deiner Sammlungen sprichst du?«

Das wenige, das die Frau auf dem schwarzen Flügel trägt, ist ebenfalls schwarz. Witwen tragen immer schwarz.

»Dass es mit Felix so enden musste, ist nicht in Ordnung«, sagt sie.

»Wärst du lieber die unverheiratete Frau eines gescheiterten Spitzenkandidaten geblieben? Es waren zwei Fliegen mit einem Schlag. Nun bist du frei, und Brög wird Kanzler.«

»Du wirst dafür bezahlen, Beat.«

»Fragt sich nur, in welcher Währung? Was hältst du von einer Immobilie? Siebzehntes Jahrhundert. Vier Türmchen an den Ecken, Zugbrücke, Wassergraben, Seeblick mit Alpenpanorama.«

Lynelle Vandam hüpft vom Flügel und schlingt ihre dünnen Arme um den feisten Hals von Banz.

Personen und Handlung dieses Romans sind frei erfunden. Nicht erfunden ist der zentrale Schauplatz – ein berühmtes Zürcher Hotel. Es zog mich in seinen Bann – deshalb habe ich es unter anderem Namen fast so genommen, wie es ist. Es bietet beste Kunst und Dekadenz. Doch weder das Hotel noch sein Eigentümer haben mit den Geschehnissen dieser Geschichte und seinen Protagonisten auch nur das Geringste zu tun.